陆蠡精品选

中国书籍文学馆 大师经典

陆 蠡 ◎ 著

中国书籍出版社
China Book Press

图书在版编目（CIP）数据

陆蠡精品选 / 陆蠡著. —北京：中国书籍出版社，2015.12
ISBN 978-7-5068-5266-1

Ⅰ. ①陆… Ⅱ. ①陆… Ⅲ. ①散文集—中国—现代 Ⅳ. ①I266

中国版本图书馆CIP数据核字（2015）第265297号

陆蠡精品选

陆　蠡　著

图书策划　　武　斌　崔付建
责任编辑　　成晓春
责任印制　　孙马飞　马　芝
出版发行　　中国书籍出版社
地　　址　　北京市丰台区三路居路97号（邮编：100073）
电　　话　　（010）52257143（总编室）　（010）52257140（发行部）
电子邮箱　　chinabp@vip.sina.com
经　　销　　全国新华书店
印　　刷　　北京富达印务有限公司
开　　本　　710毫米×960毫米　1/16
字　　数　　300千字
印　　张　　23
版　　次　　2016年3月第1版　2016年3月第1次印刷
书　　号　　ISBN 978-7-5068-5266-1
定　　价　　39.80元

版权所有　　翻印必究

出版前言

我国现代文学是指用现代文学语言与文学形式，表达现代中国人思想、情感、心理的文学，是在20世纪初"五四"新文化运动的影响下，广泛接受外国文学影响而形成的新兴文学。其不仅用现代语言表现现代科学民主思想，而且在艺术形式和表现手法上都对传统文学进行了革新，建立了新的文学体裁，在叙述角度、抒情方式、描写手段以及结构组成等方面，都有新的创造。

我国现代文学的主流是人民的文学，集中表现为大大加强了文学与人民群众的结合，文学与进步社会思潮及民族解放、革命运动的自觉联系，构成了我国现代文学的基本历史特点与传统。此时的文学，以表现普通人民生活、改造民族性格和社会人生为根本任务。

在创作实践上，我国现代文学中出现了从未有过的彻底反封建的新主题和新人物，普通农民与下层人民，以及具有民主倾向的新式知识分子，成为了文学主人公，充分展示了批判封建旧道德、旧传统、旧制度以及表现下层人民不幸、改造国民性与争取个性解放等全新主题。也是通过这些内涵和元素，现代文学对推动历史进步起到了独特作用。

我们已经跨入21世纪，今天的历史状况和时代主题与现代文学的成长背景存在巨大差异，但文学表现人物、反映社会、推动进步的主旨并没有改变，在此背景下，我们非常有必要重温现代文学的经验，吸取其有益的因素，开创我们新世纪的文学春天。我们编选《中国书籍文学馆·大师经典》丛书，精选柔石、胡适、叶紫、穆时英、王统照、缪崇群、陆蠡、靳以、李劼人、张资平等我国现代著名作家的文学作品，正是为了向今天的读者展示现代文学的成就，让当代文学在与现代文学的对话中开拓创新，生机盎然。因为这些著名作家都是我国现代文学的开拓者和各种文学形式的集大成者，他们的作品来源于他们生活的时代，包含了作家本人对社会、生活的体验与思考，影响着社会的发展进程，具有永恒的魅力。

中国书籍出版社

2015年10月

陆蠡简介

陆蠡（1908～1942），原名陆考原，学名陆圣泉，浙江天台人，现代著名散文家、革命家、翻译家。他著有散文集《海星》《竹刀》《囚绿记》等，曾翻译俄国屠格涅夫《罗亭》，英国笛福《鲁滨逊漂流记》，法国拉·封丹《寓言诗》和法国拉马丁《希腊神话》等。

陆蠡从小资质聪颖，童年即通诗文，有"神童"之称。1921年，他于浙江之江大学附中读书，开始阅读文学作品并尝试写作。1922年，他考入之江大学附属高中部，初露文学创作的才华。

1930年，陆蠡在杭州中学任教，他在课余从事创作和翻译。1932年，他开始在上海文化生活出版社任编辑。此后，他经常与著名作家巴金、丽尼、许天虹等进行深入交流，使他文学创作迈上了新台阶。1936年8月与1938年3月，他先后出版了两本散文集《星海》与《竹刀》。1940年8月，陆蠡出版了第三本散文集《囚绿记》。

陆蠡的头两本散文集创作于抗战之前，多写家乡浙东山水之美和刚强坚韧的乡民受难与不平。在艺术上，那乡野泥土的气息，忧郁动人的故事情调，优美清丽的文笔，严谨的构思，形成他独特的风格。其文笔缜密、漂亮、醇厚，感情深沉、朴实、诚挚。

陆蠡散文具有优美、清丽的感染力，拥有丰富想象力，富有平淡、舒缓的表现力。他用词造句不露穿凿之痕，语气节奏恰似促膝而谈，字里行间显得那样从容自如,不露任何吃力和用劲的样子。他经常用一种讲故事的笔调，平淡、舒缓却具有很强的表现力，使读者像听故事一样不知不觉就进入了他的艺术世界中。因而，陆蠡也被誉为"散文家中的纯艺术家""绝代散文家"。

陆蠡还写过许多短篇小说，给人感觉总是"渴望着更有生命、更有力量、更有希望和鼓舞"。他同时精通英、法、日、俄和世界语，先后翻译了许多外国著名作品。

陆蠡作品大都瞩目现实社会和下层人民的贫穷疾苦，通过对劳动人民的勤劳、勇敢、淳朴的优良品质和不屈不挠的斗争精神的颂赞，表现出他爱国忧民的高尚情怀和可贵品格。他的作品的共同特色是凝炼、质朴、蕴藉而秀美，但有较重的寂寞感，特别是越到后期，作品的寂寞氛围就越浓厚，这主要是他自身内向性格和短暂人生辛酸命运遭遇所造成的。

陆蠡是一位坚贞的爱国者。在抗日战争中，他在沦陷的上海，坚守出版岗位，广泛联系进步作家，接待和掩护地下党员，为抗战文化做出了贡献。他目睹了日本帝国主义的残酷入侵，深刻感受到祖国和人民所遭受的苦难，使他的爱国救亡意识与日俱增。他曾与巴金、曹禺等进步作家一起，在抗议日本侵略的《中国文艺工作者宣言》上签名，发出"我们决不屈服，决不畏惧"的呼号。

1942年4月13日，由于发售抗日书籍，陆蠡在上海被捕，不久即在日本宪兵队惨遭杀害，临刑时年仅34岁。

著名作家巴金在《怀陆圣泉》中写到："……要是他们有一天读到圣泉的书，知道圣泉的为人，明白他的爱和恨，那么他们会爱他、敬他，他们会跟着我们呼唤他，呼唤他回来，呼唤那个昙花一现的崇高灵魂重回人间。"

目录

─ 散文 ─

黑夜	2
海星	3
钟	4
桥	5
夏夜	6
失物	7
春野	9
蛛网和家	12
窗帘	13
元宵	15
麦场	19
光	21
梦	23
松明	25
蝉	27
红豆	29
榕树	31
麻雀	33
母鼠	37
荷丝	39
水碓（故乡杂记之一）	41

哑子（故乡杂记之二）	44
蟋蟀（故乡杂记之三）	47
八哥（故乡杂记之四）	51
《海星》后记	53
溪	54
竹　刀	59
秋	65
庙　宿	70
嫁　衣	79
灯	84
网	91
谶	95
苦　吟	98
《竹刀》后记	100
《竹刀》附记	102
《囚绿记》序	103
囚绿记	105
光　阴	108
池　影	112
寂　寞	116
门与叩者	120
乞丐和病者	125
昆虫鸟兽	129

目录

私塾师　　　　　　　　145
独居者　　　　　　　　152
《少年读物》发刊词　　158
给亡妻（手记）　　　　159
《葛莱齐拉》译后记　　168
《罗亭》译后记　　　　169
《烟》译后记　　　　　170

— 小说 —

覆　巢　　　　　　　　172
秋　稼　　　　　　　　176

— 译作 —

罗　亭　　　　　　　　184
葛莱齐拉（节选）　　　324

大师经典

陆蠡精品选

散文

黑 夜

　　黑夜，少女发出无谓的微嘘。孩子梦见天上的星星跌在饭碗里。盖世的英雄，也将为无关紧要的歌声而泪下如雨。

　　黑夜惯将正正经经的事情当做玩笑，而将玩笑的事情当作正经。

　　昏天黑地的酒徒博棍却根本藐视黑夜。在灯红酒绿的筵前酡颜承笑的歌妓，她们虽则在盂门的膝前转来转去，但也忘不了黑夜的恩慈，在顾客不见的时候很巧妙地用双袖掩住她们的呵欠。

　　黑夜将人们感觉的灵敏度增强。黑夜的空气，正如radio的扩音器，将一切细微的声音，细微的感觉，扩大至数倍，十数倍。爱人的发丝好像是森林，里面永远是和煦阴翳。鼠儿跑过的声音，会疑是小鹿。

　　黑夜，是自然的大帷幕，笼罩了过去，笼罩了未来，只教我们怀着无限的希望从心灵一点的光辉中开始进取。

一九三三年八月

海　星

　　孩子手中捧着一个贝壳，一心要摘取满天的星星，一半给他亲爱的哥哥，一半给他慈蔼的母亲。

　　他看见星星在对面的小丘上，便兴高采烈地跑到小丘的高顶。

　　原来星星不在这儿，还要跑路一程。

　　于是孩子又跑到另一山巅，星星又好像近在海边。

　　孩子爱他的哥哥，爱他的母亲，他一心要摘取满天的星星，献给他的哥哥，献给他的母亲。

　　海边的风有点峭冷。海的外面无路可以追寻。孩子捧着空的贝壳，眼泪点点滴入海中。

　　第二天，人们发现了手中捧着贝壳的孩子的冰冷的身体。

　　第二夜，人们看见海中无数的星星。

一九三三年八月

钟

　　深爱这藏在榕树荫里的小小的钟。好似长在树上的瓜大的果实，又好像山羊颈下的铜铃，轻巧、得神。

　　气根流苏般地垂在它的周围，平行、参差、匀整。钟锤的绳沿着Catenary的曲线，弹然无力地垂着。

　　想起Atri的钟来。假如换上连枝带叶的野藤作我们的锤绳，不是更美丽得体么？

　　当当当，当当……

　　我们的孩子，打钟都未娴熟呢。

桥

月下，这白玉般的石桥。

描画在空中的，直的线，匀净的弧，平行的瓦棱，对称的庑廊支柱，这古典的和谐。

清池里，鱼儿跳了起来，它也热得出汗么？

远处，管弦的声音，但当随着夜晚的凉飔飘落到这广大的庭院中来时，已是落地无声了。

是谁。托着颐在想呢。

夏 夜

夜半，兀自拖鞋的声音。

沉睡的孩子翻着身。在他无邪的梦里，也许看见背上长了芒刺吧。

大自然板起嘴脸俯视下界。没有一点声息。没有一丝笑容。半透明的白云渗下乳色的光，像死人足前微弱的灯光映在白色的丧幕上，冷寂，死静。

虽则有拖鞋的声音，各人的心中像压着沉重的石屏。额际有颗颗的汗吧，但有谁听见汗珠落地的声音。

一切都期待着自然的颜色。

一切，只有拖鞋的声音。

失 物

近来，我失去一件心爱的东西。

幼年的时候，一个小小的纸匣里藏着我最爱的物件——一块红玉般的石子，一只自己手制的磁假山……我时常想，假如房子起火延烧起来，不用踌躇的，第一，我便捧着这匣子跑。但是房子终没有失慎，我没有机会表示我对于那几样物件的心爱。

年来已不再那样的孩子气。但心头的顽固终未祛除。心中念念不忘的是过去生活的遗骸，心中恋恋不舍的是曾被过去的生命赋予一息的遗物。

啊，七八年间绿色的生命，这小小的信物便是他的证人。不是粉红色却是檀香般高贵的爱，没有存着将来应用的心，纯是为了爱好，对于知识的追求和努力……一切，如初夏的早晨一样地新鲜。

现在我时常感到空虚，往昔回忆的精灵在我的面前时隐时现，却又拢不住它，回忆的蝉翼是太薄且轻了。

正如扶乩者的桃枝，正如巫者的魔杖，我便凭着我小小的宝贵的信物，将散失的影像召集拢来，啊，数不清的腮边的吻，数不清的江上的渔火，数不清的山林落叶的声音……一切的回忆向我点头，使我浑然忘了自己。

现在，魔杖遗失了。可怜的巫者已无法召回往昔的精灵，只长望着无垠的天空唏嘘而已。

春　野

江风吹过寂寞的春野。

是余寒未消的孟春之月。

本来，

我们不是牵上双手么？

沿着没有路径的江边走去，目送着足畔的浪花，小蟹从石缝中出来，见人复迅速逃避。

畦间的菜花正开。

走到远古废的江台前面，我们回来，互相握紧着双手。

江风吹过葱茏的春野。

是微燠的仲春之月。

本来，

我们不是靠坐在一起，在这倾斜的坡前？

我们是无言，我们抬拨着地上的花草：紫花地丁，蒲公英，莎草，车前。

当我看见了白花的地丁而惊异的算是一种空前的发现时,你笑我,因为你随手便抓来几朵了。这并不是稀珍的品种。

将窃衣的果实散在你的头发上,像吸血的牛蝇粘住拉不松去。

你懊恼了。

用莎草的细梗在地面的小圆洞洞里钓出一条大的肥白的虫来,会使你吓一大跳。我原是野孩子出身啊!

蒲公英的白浆,在你的指上变黑了。

江风吹着苍郁的春野。

春已暮。

本来,我们不是并肩立在一起,遥数着不知名的冢上的纸幡?

纸钱的灰在风中飞舞。过了清明了。

在林中的一角,我们说过相爱的话。

不,我们只不过说过互相喜悦的话罢了。

你的平洁的额际的明眸,令人想起高的天和深的湖水。我在你的瞳睛中照见我自己的脸,我爱你的眸子啊!

你也在望着我的眼睛,但它们是鲁钝、板滞、朦胧。

"我便爱你这板滞和朦胧啊!"

感谢你给我的幸福。

江风吹过寥落的春野。

过了一年,两年,十年,我们都分散了。

也许我们遇见竟不会相识。

现在,

只有我一人踏过这熟识的春野。

我知道这郊野的每一个方角。且喜这山间没有伸进都市的触角来呢。那边是石桥，一块石板已塌到水里去了。那边有一株树，表皮上刻着我不欢喜的而你也不欢喜的字，随着树皮拉长开来，怪难看的——因此我恨削铅笔的小刀，到现在我都没有买过一把——目前也许拉得更长了。还有被我们烧野火时燔毁了的石条，缝中长出了荆棘罢。

雨后润湿的土地，留下我的脚印。印在这土地上的，只有我的孤单的脚印。

豌豆的花正开。

脸上扑过不知名地带着绒毛的花的种子。

高的天和深的湖水令我想起你的眼睛来呢。

我仍是赍负着这板滞的蒙胧的眼睛。红丝笼上了它们的巩膜。不久，我会失去这蒙胧的眼睛，随着我的所有。

我会忧郁么？不，既然你是幸福。

我不过偶然来这郊原罢了。

一九三五年

蛛网和家

家，是蛛网的中心，四面八方的道路，都奔汇到这中心。

家，是蛛网的中心，回忆的微丝，有条不紊地层层环绕这中心。

人是不比蜘蛛聪明。当蜘蛛乘着春风作冒险的尝试时，往往陷于不能预知的运命，而人们的憧憬，又往往是世外的风土人情。

小小的虫，撒下多少无人补缀的尘封的网！

游子的家呢，只有脑中留着依稀相识的四面八方的道路和残缺不全的回忆而已。

一九三三年

窗　帘

回家数天了，妻已不再作无谓的腼腆。在豆似的灯光下，我们是相熟了。

金漆的床前垂着褪黄的绸帐。这帐曾证明我们结婚是有年了。灯是在帐里的，在外面看来，我们是两个黑黑的影。

"拉上窗帘吧，"妻说。

"怕谁，今晚又不是洞房。"

"但是我们还是初相识。"

"让我们行合卺的交拜礼吧。"

"燃上红烛呢。"

"换上新装呢。"

我们都笑了。真的，当我燃起红烛来说，"今后我们便永远的相爱吧。"心里便震颤起来。

丝般的头发在腮边擦过感到绒样的温柔。各人在避开各人的眼光，怕烛火映得双颊更红罢。

"弟弟，我真的欢喜。"

"让我倚在你的胸前吧。"

"顽皮呢，孩子。"

"今后，我不去了。"

"去吧，做事，在年青的时候。"

"刚相熟便分手了。"

"去了也落得安静。"

我在辨味这高洁的欢愉。红烛结了灯花，帐里是一片和平、谧穆。窗帘并未拉上。

一九三三年

元　宵

今夜元宵。据说出门走百步，得大吉祥。说是天上的仙子今晚也要化身下凡，遇见穷苦而善良的人们随缘赐福。所以也不能说乱话。

我，妻，孩子，三人提着灯笼上街去。

这样三人行，在别人看来还是初次。在古旧的乡间，是泥守着男子不屑陪女人玩的风习的。

"弟，这元宵于你生疏了吧。"

"是的，多年不来这镇上了，多年。"

"今晚……"

"可喜的元宵。"

"今晚……"

"快乐的元宵。"

"不，……我说，今晚……"

"难得的元宵。"

"今晚……我为弟弟祈福。"

"啊！愿你多福！"

"愿孩子多福！"

我们无语。孩子也不再噜苏。在明洁的瞳睛中，映着许多细影：红纱灯，绿珠灯，明角灯，玻璃灯，宫灯，纸灯……脸上满浮着喜悦。

去街何只百步。

回来，妻开了大门。

"作什么？"

仅有微笑地回答。

外面，锣鼓的声音，闯进僻静的巷来。随着大群的孩子的戏笑。

出乎我不意地跳狮的进来。纸炮，鼓钹，云板……早寐的鸡群全都惊醒了，咯咯地叫起来。

拳术，刀剑，棍棒，但是孩子所待望着的是红红绿绿的狮子。

处于深山中的雄狮，漫游，觅食，遇饵，辨疑，吞食，被絷，于是奔腾，咆哮，愤怒，挣扎，终于被人屈伏，驾驭，牵去。这是我们的祖先来这山间筚路蓝缕创设基业征服自然的象征，在每一个新年来示给我们终年辛苦的农民，叫我们记起人类的伟大，叫我们奋发自强。这也更成了孩子们最得意的喜剧。

家人捧上沉重的敬仪。中间还有一番推让。他们去后，庭中剩下一片冷静。堂上的红烛辉煌地燃着，照明屋子里的每一个方角。地上满是爆竹的纸屑，空气中弥漫着硫黄的气味。

屋顶，一轮明月在窥着。

孩子不曾入睡。随着我的视线，咿哑的说："月亮婆婆啊！"

鼓钹的声音去远了，隐约。我阖上大门，向着妻说：

"谢谢你。"

"愿你多福。"

"啊！愿你多福。"

"愿孩子多福。"

我开始觉得我不是不幸福的。诚然我是天眷独厚,数年来将幸福毫不关心地弃去了。当妻回到灶边预备元宵吃的一种叫做"胡辣羹"的羹汤时,我跑进房里,我顺手翻开我模糊地记着的一首华兹渥斯的诗。

……

……

O, My Beloved! I have done thee wrong,

Conscious of blessedness, but, when it sprung,

Even too heedless, as I now perceive;

Morn into noon did pass, noon into eve,

And the old day was welcome as the young,

As welcome, and as beautiful—in sooth

More beautiful, as being a thing more holy;

Thanks thy virtaes, to the eternal youth;

Of all thy goodness, never melancholy;

To thy large heart and humble mind, that cast

Into one vision, future, preseat, past。

……

……

啊!爱的,我对你多多辜负,

自知天眷独厚,

但幸福来时辄又糊涂,

恰至今时省悟。

自午至暮,自晨至午,

旧日一如新时可喜,可喜,

一如新时美丽,更美丽,神圣的福祜。

多谢你的淑德,
长春的仁惠,永无忧沮;
多谢你的厚道,虚怀若谷,
尽过去现在未来,冶就一炉。

懊悔的眼泪涌自我的心底。我深怨自己的菲薄而怀诗人的忠厚。

麦　场

不知道粒麦的辛苦,孩子,你把麦散了一地呢。

祖父在忙着,祖母在忙着,父亲在忙着,母亲在忙着,孩子,你也在忙着。你便是忙于从麦里拣出"麦豆"来,灰色的,花斑的,棕黑的。拿到母亲的面前,拿到我的面前,拿到祖父的面前,拿到祖母的面前。这样绊住了我们的手脚,而复把麦子散在地上。

不是在叱着么？"别把这围净的麦撒在地上。"

别不安,孩子。都是为了你,大家才把这累人的麦打下,簸扬,筛净,晒干。

但是现在你必得离开这麦场。

来这园中的一角,你不欢喜么？这里有黄的小鸡,黑的小鸡,白的小鸡。摘几根"小鸡草"来,我教你如何将细小的草粒放在手窝里给它们啄食。

它们都闲散地玩着。孩子,你也要和小鸡一样地闲散地玩着。不,暂时我陪你玩着。

地上的草真多，这是荠菜，这是菁，这是蛤蟆衣，孩子，别尽问，便是我，也认识不了这许多。

唏！你找了豌豆来么？让我替你把豆荚作舟，嫩绿的豆便成了乘客和舟子，小洼的浅水便是大海，而我的吹息便成了风暴，让他在无尽的海中飘浮，于是便有了风涛的故事。

让你剪取软嫩的麦梗而我替你作篮；提了这篮便可以入山采药。采了凤尾草和野莓子归来，我便将凤尾草替你作冠而莓子给你作食。

吹起麦叫来么？唱呵，孩子，唱：

　　大麦黄黄，
　　小麦黄黄……啊！

不连续，不清楚，也不成腔，唱个熟悉的歌儿吧。

　　燕啊燕，
　　飞过天……

采了麦乌回来，弄脏了手和脸了。早晨你脸都没有洗呢。我岂不是也欢喜整洁的衣服和洁白的手脸，但是只好任你这样。因为妈妈没有功夫而我不屑。

一九三六年五月二十三日

光

  为了探求光和热的本质，我独自乘了一个小小的气球，向光的方面飞去。

  这气球不大，不小，恰容我一个人；不轻，不重，恰载我一个人。飞得愈高，空气的浮力愈减，地心的引力也愈少，我可以永远保持着恒等的速度上升。只要我身子一蹲，就往下沉，一耸身，便往上升，我便得随我的意在这天地之间浮戏了。

  我向着光的方向浮去。耳畔只听见气球擦过云块嗤嗤的声音，"这是太虚的遨游了，"我想。于是我想起了一个叫作Liliom的自杀的青年的灵魂。被神召去受裁判，乘着闪电般的机车穿过灿烂的云霞，凭着窗口望着足下的白云，和怅望难返的家，胸口还插着一把自杀的小刀。为了忏悔他的自杀的罪恶，他被罚在炼狱的烈火中熬了几年……最后恳得神的准许，一次重回地上的家去望一望旧时光的妻女。女孩子已不认得这位生客，拒绝他走进室内，他便恼怒地批了她的颊走了……

  我正在想着这些故事，我不知不觉的已经穿过了云，腾上尘烟不染的境界。失去了云的围护，我觉得透骨地寒冷起来。

"咦！那里有愈近热而愈觉得寒冷？"

头上是一片蓝钢般的天。蓝钢般的蓝，蓝钢般的有弹性，蓝钢般的锋利，蓝钢般的冰冷。大小的星星，从这蓝钢的小洞洞漏出来，眨着梦般的眼睛。长空是一片暗黑，好像落入一个矿坑中，高不见顶，深不见底，四周不见边缘。

"咦！哪有愈近光而愈见暗黑？"

我迷惑了。

我仍继续上升。但是愈高愈见得漆黑，伸手不见五指的漆黑。只有陨石像树枝般的在我的身边流逝，发出轻微的哔剥的爆炸的声音。

"寻找光，乃得到黑暗了。"

我悲哀起来。

于是我悔此一行。从心中吐出一声怨怼，恍如一缕的黑雾，没入这漆暗的长空。

耳边，仿佛传来什么人的轻语。

"你寻找光，乃得到光了。回去查看你的棕黑的皮肤和丰秀的毛发。光已经落在你的身上，光已经疗愈你的贫血症了。"

"没有反射的物质，从何辨别光的存在，你也昧于这浅显的意义吗？你将为光作证，凭你的棕黑的皮肤和丰秀的毛发作证，并且说凡爱光者都将得光。"

恍如得仙人的指示，悲哀涣然若消。我身子一蹲，气球便缓缓地降下来。我回到美丽的大地，我凭着我的棕黑的皮肤指证说我曾更密近地见过光。并且说凡爱光者都将得光。

一九三六年四月

梦

迅疾如鹰的羽翮，梦的翼扑在我的身上。

岂不曾哭，岂不曾笑，而犹吝于这片刻的安闲，梦的爪落在我的心上。

如良友的苦谏，如恶敌的讪讥，梦在絮絮语我不入耳的话。谁无自耻和卑怯，谁无虚伪和自骄，而独苛责于我。梦在絮絮语我不入耳的话。

像白昼瞑目匿身林中的鸱枭受群鸟的凌辱，在这无边的黑夜里我受尽梦的揶揄。不与我以辩驳的暇豫，无情地揭露我的私隐，搜剔我的过失，复向我作咯咯的怪笑，让笑声给邻人听见。

想欠身起来厉声叱逐这无礼的闯入者。无奈我的仆人不在。此时我已释了道袍，躺在床上，一如平凡的人。

于是我又听见短长的评议，好坏的褒贬，宛如被解剖的死尸，披露出全部的疤点和瑕疵。

我不能耐受这絮语和笑声。

"去罢，我仅需要安详的梦。谁吩咐你来打扰别人的安眠？"

"至人无梦哪！"调侃地回答我的话。

"我岂讳言自己的陋俗，我岂需要你的怜悯？"

"将无所悔么？"

"我无所悔。谁曾作得失的计较？"

"终将有所恨。"

"我无所恨。"

梦怒目视着我，但显然有点畏葸。复迅疾如鹰的羽翼，向窗口飞去。

我满意于拒绝了这恐吓的试探。

"撒旦把人子引到高处，下面可以望见耶路撒冷全城。说，跳下去罢。"

他没有跳。

我起来，掩上了窗户。隐隐望见这鹰隼般的黑影，叩着别人的窗户。

会有人听说"跳下去罢"便跳下去的罢。

一九三六年三月

松　明

没有人伴我，我乃不得不踽踽踯躅在这寂寞的山中。

没有月的夜，没有星；没有光，也没有影。

没有人家的灯火，没有犬吠的声音。这里是这样地幽僻，我也暗暗吃惊了。怎样地我游山玩水竟会忘了日暮，我来时是坦荡的平途，怎样会来到这崎岖的山路？

耳边好像听见有人在轻语："哈哈！你迷了路了。你迷失在黑暗中了。"

"不，我没有迷路，只是不知不觉间路走得远了。去路是在我的面前，归路是在我的后面，我是在去路和归路的中间，我没有迷路。"

耳边是调侃的揶揄。

我着恼了。我厉声叱逐这不可见的精灵，他们高笑着去远了。

萤火在我的面前飞舞，但我折了松枝把它们驱散。小虫，谁信你们会作引路的明灯？

我于是倾听淙淙的涧泉的声音。水应该从高处来，流向低处去。

这便是说应该从山上来，流向山下去。于是我便知道了我是出山还是入山。

但是这山间好像没有流泉。即使有，也流得不响。因为我耳朵听不到泉涧的声音。

于是我又去抚摸树枝的表皮。粗而干燥的应是向阳，细软而潮润的应是背阴，这样我便可以辨出这边是南，那边是北。又一边是西，另一边是东方。

但是我已经走入了蓊密的森林里。这里终年不见阳光，我便更也无法区辨树木的向阳与否。

我真也迷惑了。我难道要在山间过夜，而备受这刁顽的精灵的揶揄。也许有野兽来跑近我，将它冰冷的鼻放在我的身上，而我感到恶心与腥腻？

我终于起来，分开野草，拿我手里的铁杖敲打一块坚硬的石。一个火星迸发出来。我于是大喜，继续用杖敲打这坚石，让星火落在揉细的干枯的树叶上。于是发出一缕的烟，于是延烧到小撮的树叶，发出暗红的光。我又从松枝上折得松明，把它燃点起来，于是便有照着整个森林的红光。

我凯旋似地执着松明大踏步归来。我自己取得了松明引路的灯火。这光照着山谷，照着森林，照着自己。

脑后，我隐隐听见山中精灵的低低的啜泣声。

蝉

负了年和月的重累,负了山和水的重累,我已感到迢迢旅途的疲倦。

负了年和月的重累,负了山和水的重累,复负了我的重累,我坐下的驴子已屡次颠蹶它的前蹄,长长的耳朵在摇扇,好像要扇去这年、月、山、水和我的重负。鼻子在吐着泡沫。

天空没有一点风,整个的地面像焙焦了的饼,上面蒙着白粉。蹄子过处,扬起一阵灰尘,过后灰尘复飞集原处。

为了贪赶路程,所以不惜鞭策我的忠厚的坐骑,从朝至午不曾与以停歇,我真是成了赶路人了。然而路岂能赶得完!

说是有人为了途穷而哭呢。

说是也有人曾为了走不遍的路而哭呢。

而后者是征服东欧的英雄。

我焉能不望这长途叹息。

我终于在一株树荫底下坐下来了。我趁凉,我休息。我的坐骑也不能再前进，它是必需饱有草和水。

我躺在地上，用那鞭子作枕。我咽下水囊中携来的水。把衣袖掩住眼睛。而让驴子在身旁啃啮它的短草。

我正要闭目睡去，耳边忽听到了高枝上蝉的声音，

知了知了知了。

笨的夏虫也知道路是为人走的还是人是专为走路的么？

知了知了知了。

嘶嘎的声音好像金属的簧断续地震动着。但是愈唱愈缓，腔子也愈拉愈长，然而仍固执的唱。

知了知了知了。

我想起了希腊哲人的话：

"幸福的蝉啊！因为他的妻是不爱闹的。"

还有高枝上临风的家。

所以便尽唱着知了知了，而嘲旅人的仆什么？

我恼怒地拾起鞭子，牵了驴，复走上迢迢的路。

脑后仍断续送来知了知了的声音。

一九三六年四月

红　豆

听说我要结婚了，南方的朋友寄给我一颗红豆。

当这小小的包裹寄到的时候，已是婚后的第三天。宾客们回去地回去，走的走，散的散，留下来的也懒得闹，躺在椅子上喝茶嗑瓜子。

一切都恢复了往日的冲和。

新娘温娴而知礼的，坐在房中没有出来。

我收到这包裹，我急忙地把它拆开。里面是一只小木盒，木盒里衬着丝绢，丝绢上放着一颗莹晶可爱的红豆。

"啊！别致！"我惊异地喊起来。

这是K君寄来的，和他好久不见面了。和这邮包一起的，还有他短短的信，说些是祝福的话。

我赏玩着这颗红豆。这是很美丽的。全部都有可喜的红色，长成很匀整细巧的心脏形，尖端微微偏左，不太尖，也不太圆。另一端有一条白的小眼睛。这是豆的胚珠在长大时联系在豆荚上的所在。因为有了这标志，这豆才有异于红的宝石或红的玛瑙，而成为蕴藏着生命的酵素的有机体了。

我把这颗豆递给新娘。她正在卸去早晨穿的盛服，换上了浅蓝色的外衫。

我告诉她这是一位远地的朋友寄来的红豆。这是祝我们快乐，祝我们如意，祝我们吉祥。

她相信我的话，但眼中不相信这颗豆为何有这许多的涵义。她在细细地反复检视着，洁白的手摩挲这小小的豆。

"这不像蚕豆，也不像扁豆，倒有几分像枇杷核子。"

我怃然，这颗豆在她的手里便失了许多身份。

于是，我又告诉她这是爱的象征，幸福的象征，诗里面所歌咏的，书里面所写的，这是不易得的东西。

她没有回答，显然这对她是难懂，只干涩地问：

"这吃得么？"

"既然是豆，当然吃得。"我随口回答。

晚上，我亲自到厨房里用喜筵留下来的最名贵的作料，将这颗红豆制成一小碟羹汤，亲自拿到新房中来。

新娘茫然不解我为何这样殷勤。友爱的眼光落在我的脸上。嘴唇微微一撅。

我请她先喝一口这亲制的羹汤。她饮了一匙，皱皱眉头不说话。我拿过来尝一尝，这味辛而涩的，好像生吃的杏仁。

我想起一句古老的话，呵呵大笑地倒在床上。

榕　树

　　榕树伯伯是上了年纪了，他的下颊满长着胡须。

　　在他年青的时候，轩昂地挺着胸，伸着肢臂，满有摘取天上的星星的气概。现在是老了，佝偻了。他的胡子长到地，他的面颜也皱了，但是愈觉和蔼慈祥。

　　孩子很唐突地攀住他的胡须，问：

　　"榕树伯伯，你有多少年纪了？"

　　榕树伯伯微笑着，摇摇头。

　　"你年纪太大了。记不清有多少年代吧！"

　　"榕树伯伯，你年纪很大，古往今来的见闻定然很多，请你告诉我，什么地方有美丽的花园？在什么地方，狮子和驯鹿是在一起游戏？"

　　微风卷起榕树伯伯的长须，仿佛若有所语，若无所语。

　　"榕树伯伯，请你告诉我，在什么时候，什么地方，人们可以随处找野生的蜂蜜，人们彼此都说着共通的语言？"

榕树伯伯似有所思,似有所悟。野蜂在盘旋,怕是刺取难告人的秘密吧。

孩子病了,梦中他说是要和狮鹿同游,要吃野生蜂蜜,要人们都了解他的语言。

远地的哥哥跑来,搂住病弱的孩子,吻着他的脸,柔声地说:

"弟弟,我和你同游,请从我的唇边吮取甜的蜂蜜,我将了解你的语言,人们也将了解我们的语言。"

麻　雀

小麻雀燕居屋檐底下，在旁有慈爱的母亲。窝中干燥而温暖。他日常所吃的，有金黄的谷粒，棕红的小麦，肥白的虫，和青绿的菜叶。

然而终于烦腻起来。遗传的轻薄、佻，躁急喜功的毒素，在他的血液中回转，好像被压缩的弹簧，他感到力的卷曲，生命的发酵，他想奋首疾飞，即使像鹰隼那样的猛健，他似乎也不难和它搏击。

他从檐底下望见半圆的天，望见葱郁的林木，望见映在池塘里闪烁的阳光，于是他幻想在高远的蓝天中飞鸣的快乐，想到如何到水边梳剔他的毛羽，如何在阳光底下展开他的翅膀，让太阳一直晒到他的胸际。他幻想自由，光明，他主意渐渐坚决起来。

一夜，他听见屋瓦摇摇欲坠的飒飒的声音。

"这是什么？"他问。

"风，会吹得你浑身乏力的。"母亲的回答。

"我喜欢风，我蜷伏得腻了。"

一夜，他听见淅淅沥沥欲断还续的声音。

"这是什么？"

"雨，会淋湿你的羽毛，使你周身沉重的。"

"我喜欢雨，这里永远的干燥使我腻了。"

一个早晨，他从半圆的檐缝中望见白色的原野和弥漫天空的毛片。

"这是什么？"

"雪，会冻得你发僵。并且最可怕的，是掩住了一切的丘陵，原野，田地，使我们找不到金黄的谷粒，红棕的麦，肥的虫和绿的菜叶。"

"我喜欢雪。这里永久的温和使我腻了。"

轻佻的，好大喜言的，不自量力的遗传的毒素，在他的血液中回流着。还有一种神秘的力推动着他，他要追求伴侣，恋爱，虚荣。

终于在母雀的泪中，飞出檐下来了。

外间有许多的朋友，鹩鹩，鹁鸪，竹鸡，知更雀。

他们都向新来的贵宾问讯，致了不少的殷勤。他们立时成了知心的朋友。

他们于是交换了许多意见。关于谋鸟类幸福的意见，他们都是为了别鸟的幸福而生活的，都是年轻，热情，激昂，迈进，说着服务，牺牲……麻雀把这意见都接受了。

于是不久他便熟悉了这许多的名词。他很快地取得他们的信仰。他会飞，会跳，会唱，会谈天，会批评，会发表意见，他自诩出身是布尔乔亚，但来的是为求大众的利益，鸟类的利益，他自己抛弃了温暖的窝，香美的食，来受寒受苦，是为了大众的利益。

他是为了大众而生活的了。

大家都信以为真的。

侣伴中他暗暗爱上了鹩鹩，她是纤巧可爱的。他向她表示爱，他向她夸张，说出自己的身份，说是他抛弃了美的窝，香美的食，来受寒受苦，都是为想要占有她。他愿意为她牺牲，只要能予他以生命的烈火。

鹡鸰信以为真，便允许了。

不久他又结识了黄雀，她是更活泼而美。于是他又把前番的话，向黄雀重说一番。

黄雀也信以为真，便允许了。

他是为了大众，又为了爱而生活的了。

天是有晴晦的。

一天，起风了。他于是觉得翅膀的无力。即使站在两足上，也摇摇不定，无力支持了。同时没有吃黄色的谷粒，棕红的麦，肥白的虫，身躯是消瘦了。

一天，下雨了。他于是初次感到羽毛的沉重。简直寸步难移了。遗传的畏缩，葸怯，在他的血液中回转着，他想起了家。那儿有他的母亲等着，那儿有干燥的窝，黄的谷粒，肥的虫，但是他浑身沉重，饶饶不休的舌也冻住了。他望着可羡的屋檐，但是廊下与檐头的间隔，竟是弱水三千，非仙可渡了。

不等天气放晴，复飘下片片的白雪来。寒冷更加寒冷，雪花不能充饥，原野上满是白色的茵褥，遮住一切的麦粒，冰死肥白的虫，青的菜。

檐前与廊间的距离因茫茫的雪色更长了。

小雀的意识渐渐渺茫起来。虽则似在怀念着慈爱的母亲，温暖的窝，甘美的食物。此时即使他的母亲出来，也已迟了。

诗人从外套中伸出头来，看见小麻雀，瞥了一眼，回到桌上，写了一首不相干的诗：

  三只小麻雀，
  滚在麦田里。
  叽里复咕噜，
  咕噜复叽里；

举世无此欢,
喧声腾林际。

朝来飞且食,
午间食且飞;
胃小口偏大,
心贪食又余,
矢橛遍地洒,
罗布如星棋。

午际鸣且食,
午后食不鸣;
薄暮不鸣食,
喑哑不闻声;
嗉囊如斗大,
巨腹似鹌鹑。

次晨人过处,
怜此数小禽;
两锄半抔土,
一窟葬三生。
瘗罢携锄去,
秋稼将收成。

诗中的时令,地点,连麻雀的只数都不对,但是有人说诗做得很好,把它选在诗集中,这不是诗人的错误,因为一般的麻雀,都是胀死的,而这因为了大众的利益和爱的生活而冻饿死的,确是例外。

母　鼠

正是稻熟梁黄的秋令，孜孜自喜的母鼠的心。

因为她已怀了可喜的孕。正如将要绽开的栗苞，她腹内的胎儿将随秋栗同时坠生；复如苞中的果实，她的胎儿将如栗儿一般的标致，齐整。

为了可喜的梦，她日夜都不能安枕。当她细心地捡起片片的红叶，叠成未来的产褥时，她喜不可支的心房几乎要爆破，即使极可诅咒的猫儿，她今番也忘了一切宿恨，而愿告诉她这番喜讯。

她的智慧使她知道她未来的幸福。

她的种族将在这地上繁衍，她的孩子将成为地面的主人，正如她自己一样多有机智，巧诈，对于光和暗的适应，她的孩子亦将一样的伶俐，敏捷，善于处境。

她无须忧虑于给养的匮乏，巨大的仓库都是她的外库，广袤的田畴都是她的采邑。她无须举手之劳，便可坐享其成。并且自古寄食者几曾见过饥馑？

看哪，地下的花生行将成熟，葡萄已在发酵，汤饼之筵已有人预备，只待她的喜讯。

看哪，林间积叶下初苗的蕈菌，和遍地散布的榛实，已经为嘉客们预备了珍馔，只待她的喜讯。

她是命定的安闲者，一切，都有人为她预备端整。

看哪，秋风将吹翻鹡鸰的窝，巢中的卵，恰是她的嗜物，而秋阳则适足以增加洞中的温暖。

看哪，秋水将涨满蛇的旧居，那是更可喜的，因为蛇是她的敌人。

她是命定的幸福者，别个的灾祸正是她的侥幸。

怀着这极有把握的骄矜，母鼠诚然有时未免忘形。但是谁也不能妒羡，因为这世上自有命运注定。况乎生存取巧的机智，原非一日养成。

荷　丝

我来讲一个故事。

为何荷梗中有抽剪不断的细丝。

原来在水底的荷花姑娘便和蜻蜓的公子水虿相识，无猜的姑娘便爱上温柔绿色的公子。

他们亲密得比兄妹更深，他们互相衷叙各人的隐私。荷花说她将来会长成一位无瑕的处女，水虿说他将来背上会长美丽的双翅。

他们幻想着将来的幸福。梦想着出水以后在大无碍的空气中的自由，和亲着几度偶尔照透到水底来的落日的雄姿。

几天的不见，荷花胀满了处女的胸姿，水虿也褪了旧服，背上负起骄傲的透明的薄翼，来向荷花告辞，说让我先走一步，我将在晚霞中等待你的来时。

在愉快的吻后他便振起双翅，啊，轻柔新鲜的空气沁入他的胸脯。他觉得心旌荡漾难以自持。野花遥遥地向他送吻，他翩翩的风度证明他正是游冶的公子。于是他浑然忘了水底的幼时。

当荷花姑娘盈盈的透出水面来,她宛然谢绝了蜂蝶们的拜访,也无心倾听小鸟们为它歌唱的爱思,她一心在待着幼时侣伴的公子。

但公子正在野花的丛中追逐着游冶郎的残梦,他忘了有人为他憔悴萦思。

荷花不懂负心的世事。她天天的焦恨孕成缕缕细丝。当她突然觉得四肢无力倒在母亲的水的怀中时,断梗中飘拂起无数的细丝。

这便是荷丝的故事。

一九三三年

水碓（故乡杂记之一）

谁曾听到急水滩头单调的午夜的碓声么？

那往往是在远离人居的沙滩上，在嘈嘈切切喁喁自语的流水的泞涯，在独身的鸥枭学着哲人的冥想的松林的边际，在拳着长腿缩着颈肚栖宿着黄鹭的短丛新柳的旁边，偶时会有一只犰狳从林间偷偷地跑出来到溪边饮水，或有水獭张皇四顾地翘起可笑的须眉，远处的山麓会传来两三声觅食的狼嗥，鱼群在暗夜里逆流奔逐上急湍，鳍尾泼水的声音好像溪上惊飞的凫鸟，翅尖拍打着水面的匀而急促的哒哒水花的溅声。

那往往是雨雪交加的冬令，天地凝冻成一块，这孤独的水碓更冷落得出奇了。况当深夜，寒风陡生，这没有蔽隐的水碓便冰冻得像地狱底。茅草盖的屋篷底下隐藏着麻雀，见人灯火也不畏避，它们完全信赖人们的慈悲，虽则小脑中在忐忑，而四周冷甚于冰，这水碓里尚有一丝温暖呢。

那往往是岁暮的时节，家家都得预备糕和饼，想借此讨好诱惑不徇情的时光老人，给他们一个幸福的新年。于是便不惜宝贵的膏火，夜以继日的借自然的水力挥动笨重的石杵，替他们舂就糕饼的作料和粉，于是这平时仅供牧羊人和拾枯枝的野孩儿打盹玩着"大虫哺子"的游戏的水碓，便日夜的怒吼起来了。

那是多么可怜的水碓啊！受了冷、热、燥、湿褪成灰白色的稻草帘，片片地垂下来，不时会被呼啸的朔风吹开一道阔缝。水风复从地底穿上来。守碓人乃不胜其堕指裂肤的寒冷。篷顶的角上垂着缀满粉粒的蛛网，好像夏日清晨累累如贯珠的一串缀满晓露的蛛网一样，不过前者是更细密不透明的罢了。地上的一隅，一只洋铁箱里放着一盏油灯，因为空气太流动，荧荧如豆的黄绿的灯光在不停地颤动。一双巨大的石杵单调地吼着。守碓人盘坐着的膝盖麻木了，受了这有规则的碓声的催眠，忘了身在荒凉的沙滩，忘了这将残的岁暮，忘了这难辨于麻木的感觉的寒冷，忘了主人严峻的嘱咐，在梦着家中壁角上粗糙的温暖的被窝，灶前熊熊的炉火，和永远不够睡的漫长的冬夜，于是眼睛便蒙上了。

当我听到这沉重的午夜的碓声，就不能不想到街邻的童养媳来。她是贫家的女儿，为了养不活便自幼把她许给一家糕饼店的作童养媳了。她那时是十五岁，丈夫年仅十一。她处身在别人都是"心头肉"的儿女们中间，"她是一根稗草，无缘无故落到这块田里，长大起来的"，一如人家往常骂她的话。她承受了凡是童养媳所应受的虐待和苛遇：饥饿，鞭挞，拿绳缠在她的指上，灌上火油点着来烧，冬天给她穿洋布衫，夏天给她穿粗布，叫她汲水、牵磨、制糕饼、做粗动细，凡是十五岁不应做的事都做了。而更残酷的便是每每在冬夜叫她独个去守水碓，让巨灵般的杵臼震怖她稚弱的灵魂，让黑夜的恐怖包围着她，让长夜无休息的疲劳侵蚀她，听说终于在一个将近除夕的冬夜里，被石杵卷进臼里，和糕饼粉捣成了肉酱；听说这粉还多拌上一些红糖做成饼子出卖哩！于是我便诅咒这午夜号吼的碓声，诅咒这吃食那些和着人血的糕饼的人。而我愿意会有一天一根蛛丝落在半明半灭的灯火上，把整个稻草篷点上了烈火，燔毁这杀人的臼杵。或有夏日的山洪，把水碓连泥带土的冲流漂没，不让有人知道这人间血腥的故事，不让林中食母的鸥枭讥我们和它一样的自食同类。而目前，我只有掩上临溪的窗户，用被蒙住头，不让隔岸的碓声传进来罢了。

哑子（故乡杂记之二）

他就叫作哑子。天生的不具者，每每是连名字都没分儿消受的。

高大的身材，阔的肩，强壮的肌肉，粗黑的脸配上过大的嘴，这可说是典型的粗汉。

一年到头的装束几乎是一样。破旧的布衫围着蓝的腰带。鞋子总不是成对的。

他是什么地方人，什么时候到我们村里来，人们也模糊了。他是在八月田忙的时候随着一群割稻客到这村里来的。过后，他们都回去了，带着几个辛苦的钱回去给他们的妻子。而他大概是不曾成家吧，此间人意尚好，便留下了。

说起割稻客这名词，在我们乡间有两种意义的：我们称那种身材短小黄褐色的蜻蜓——书本上正式称为蜻蛉的，停时两翅平展，和停时两翅折叠竖在背上的不同，后者叫做豆娘——为割稻客。因为在七八月间稻熟时便成群结队的飞来，正如成群到村间找工作的割稻客一样。便在现时，这两种割稻客都应时的到来，使我们得到不少的帮助。

Stuart Chase曾说起在美国每年有大批的农民，偷乘火车四处流浪找工做。在我们故国，这种缩小的影绘我曾亲眼看到。我们山间的农民，自己无工可做，便于稻熟时结队到四处乡间找工做帮忙。不过他们不如资本主义发展到高潮的美国农民那般狼狈，他们都有一个小小的温暖的家，而做工多少也带着几分年轻人高兴的气质的。

却说我们的哑子，便是这流人物。在某月某日流到我们这乡间。大概即使不乐，也无蜀可思的缘故吧，他便住下来。因为他是哑子，也不易得罪人。他便替人舂米、牵磨、排水、做杂工。虽则有时吃不到早饭，但是其余的两餐总不致挨饿的。

在一九二八年的年头，我们乡间第一次进了一架碾米机。这是摧毁人力劳动的第一机声罢，这是第一次伸到农村里都市的触角罢。大桶的柴油作美金元资本侵入的前驱，而破人晓梦的不是鸡声而是机械的吼声了。

虽则是一九二八年的机械，虽则是在一九二八年的内燃机是十二分完美了的，但是我们乡间的机械是笨拙不堪。所以机械来了，结果不是人驱使机械，而是机械驱使人，两个人般高的飞轮摇动时是需要两个壮汉的力量。

主人为了开车的事情央人受了不少的麻烦。而哑子在这地方便显出他的神力了。他只要一个人，飞轮摇动了，机械做起工来，大家都满意。

从此，哑子便专在此间摇车了。三餐饭食有人送来。主人也大量的，每天收入的铜元随手拿几十个给他，叫他积起来买件衣服穿。

但是哑子跑去买了花纸回来。余下的钱在赌摊上输了。哑子仍然没有一个钱。

为了机械的窳劣，碾米不久也停顿了。哑子又过原来的生活，排水、舂米、牵磨了。

哑子时常到人家里去看看水缸，拿起扫帚来东一下西一下，人们也高兴给他一点咸菜，几碗饭。有时给他一点钱，便数也不数的放在衣袋里。

哑子有时向我们要件旧衣服，要点东西；假如不给他，便装打手势说："在手摇蒲扇汗如雨下的时候要我挑水，而现在一点东西都不肯给，这是不该……"我们都懂的，有时实也因胡缠便故意拒绝他。第二次来时却仍是和颜悦色的。

哑子没有结婚，也不曾恋爱。有时看到女人会装手作势讨她欢喜，而每每遇到可悯的教训。一次头被人家打破了，拿着一张纸要到衙门里去告状，是人们暗地给他几个钱了事了。

不知为了什么事，又是一次被人毒打，病得厉害。而此番后气力便远不如前，挑水也少来，脸色萎黄了。

现在已不是一九二×年，碾米久已停顿，便是我们也不如往日称心。哑子生活，也日益艰苦。

哑子已过了中年，较前沉郁了。阴历岁除时，在我家里盘旋不去。我在缸里捞了两条又大又白的年糕——我们的年糕很大，浸在水里的——用纸包好给他，他意外的高兴走了。

我们在和暖的灶边过了年。哑子在什么地方守他的残岁呢？我不知道。

哑子现尚健在。假如到我家乡去，我可以介绍你认识。哑子以后是不会再买花纸了罢。

一九三三年

蟋蟀（故乡杂记之三）

小的时候不知在什么书上看到一张图画。题的是"爱护动物"。图中甲儿拿一根线系住蜻蜓的尾，看它款款地飞。乙儿摇摇手劝他，说动物也有生命，也和人一样知道痛苦，不要残忍地虐杀它。

母亲曾告诉我：从前有一个读书人，看见一只蚂蚁落在水里，他抛下一茎稻草救了它。后来这位读书人因诬下狱，这被救的蚂蚁率领了它的同类，在一夜工夫把狱墙搬了一个大洞，把他救了出来。

父亲又说：以前有一个隋侯，看见一只鹞子追逐着黄雀。黄雀无路可奔，飞来躲在他的脚下。他等鹞子去了，才把它放走。以后黄雀衔来一颗无价的明珠，报答他救命的恩德。

在书上我又读到："麟，仁兽也，足不履生草，不戕生物。"

所以，我自幼便怀着仁慈之意，知道爱惜它们的生命。我从来不曾用线系住蝉的细成一条缝似的头颈，让它鼓着薄翅团团转转的飞。我从来不曾用头发套住蟋蟀的下颚，临空吊起来飕飕地转，把它弄得昏过去，便在它激怒和昏迷中引就它们的同类，促使它们作死命地啃斗。我从来不曾用蛛网络缠在竹篱上，来捉夏日停在墙壁上的双双叠在一起的牛虻。也从来不曾撕断蚱蜢的大腿，去喂给母鸡。

在动物中，我偏爱蟋蟀。想起这小小的虫，那曾消磨了多美丽的我的童年的光阴啊！那时我在深夜中和两三个淘伴蹑手蹑脚地跑到溪水对岸的石滩，把耳朵贴在地上，屏住气息；细辨在土的旁边或石块底下发出的瞿瞿的蟋蟀的声音所自来的方向。偷偷跑上前去，用衣袋里的麦麸做了记认，次晨在黎明时觅得夜晚的原处，把可爱的虫捉在手里。露濡湿了赤脚穿着的鞋，衣襟有时被荆棘抓破，回家来告诉母亲说我去望了田水回来，不等她的盘诘，立刻便溜进房中，把捉来的蟋蟀放在瓦盘里，感到醉了般的喜悦，有时连拖泥带水的鞋子钻进床去，竟倒头睡去了……

我爱蟋蟀，那并不是爱和别人赌钱斗输赢，虽则也往常这样做。但是我不肯把战败者加以凌虐，如有人剪了它们的鞘翅，折断了它们的触须，鄙夷地抛在地上，以舒小小的心中的怨愤。我爱着我的蟋蟀，我爱它午夜在房里蛩蛩的"弹琴"，一如我们的术语所说的。有时梦中恍如我睡在碧绿的草地上，身旁长着不知名的花，花的底下斗着双双的蟋蟀；我便在它们的旁边用粗的石块叠成玲珑的小堆，引诱它们钻进这石堆里，我可以随时来听它们的鸣斗，永远不会跑开……

我爱蟋蟀，我把它养在瓦盘里，盘里放了在溪中洗净了的清沙，复在其中移植了有芥子园画意的细小的草，草的旁边放了两三洁白的石块，这是我的庭园了。我满足于自己手创的天地，所谓壶底洞天便是这般的园地更幻想化的罢了，我曾有时这样想。我在沙中用手指掏了一个小洞，在洞口放了两颗白米，一茎豆芽；白米给它当作干粮，豆芽给它作润喉的果品。我希望这小小的庭园会比石滩上更舒适，不致使它想要逃开。

在蒙蒙的雨天，我拿了这瓦盘到露天底下去承受这微丝般的烟雨，因为我没有看到露水是怎样落下来的，所以设想这便是它所喜爱的露了。当我看到乌碧的有美丽的皱纹的鞘翅上蒙着细微的雾粒，微微开翕着欲鸣不鸣似的，伴着一进一退地颤抖着三对细肢，我也感到微雨的凉意，想来抖动我的身躯了。有时很久不下细雨，我便用喷衣服的水筒把水喷在蟋蟀的身上。

听说蟋蟀至久活不过白露。邻居的哥儿告诉我说。

"为什么呢？"

"那是因为太冷。"

"只是因为太凉么？"

"怕它的寿命只有这几天日子罢。"

于是我翻开面子撕烂了的旧的黄历本，去找白露的一天，几时几刻交节。我屈指计算着我的蟋蟀还可以多活几天，不能盼望它不死，只盼望它是最后死的一个。我希望我能够延长这小动物的生命。

早秋初凉的日子，我便用棉花层层围裹着这瓦盘，沙中的草因不见天日枯黄了，我便换上了绿苔。又把米换了米仁。本来我想把它放在温暖的灶间里，转想这是不妥的，所以便只好这样了。

我天天察看这小虫的生活。我时常见它头埋在洞里，屁股朝外。是避寒么，是畏光么？我便把这洞掏得更深一些。又在附近挖了一个较浅的洞。

有一天它吃了自己的触须，又有一次啮断自己的一只大腿，这真使我惊异了。

"能有一年不死的蟋蟀么？"我不只一次地问我的母亲。

"西风起时便禁受不住了。"

"设若不吹到西风也可以么？"

"那是可怜的秋虫啊！你着了蟋蟀的迷么？下次不给你玩了。"

我屈指在计算着白露的日期。终于在白露的前五天这可怜的虫便死了。天气并不很冷，只在早晨须得换上夹衣，白昼是热的。园子里的玉蜀黍，已经黄熟了。

我用一只火柴盒子装了这死了的虫的肢体，在园子的一角，一株芙蓉花脚下挖了一个小洞，用瓦片砌成了小小的坟，把匣子放进去，掩上了一把土，复在一张树叶上放了三粒白米和一根豆芽，暗暗地祭奠了一番。心里盼望着夜间会有黑衣的哥儿来入梦，说是在地下也平安的罢。

"你今天脸色不好。着了凉么！孩子？"

母亲这样的说。

八哥（故乡杂记之四）

回乡去的时候风闻镇上有一只能言的八哥，街头巷尾都谈着这通灵似的动物了。

因此引了我好奇之念，想见识见识这有教养的鸟。幼时我听到八哥的故事，说有人养了一只能言的八哥，像儿子般的疼爱着，后来，被一个有钱的商人买了去，八哥思念故主，不食而死。

这是似信非信的故事。

但是我始终不曾见过说话的鸟，就是鹦鹉也不曾见过。我不解鸟类学人说话的能不能辨出齿音、唇音、鼻音、喉音、舌音，何以书上从未提起！

当我约了两三个淘伴去看这八哥时，已经有许多人在那儿了。蓄这鸟的是儿时的同学。现在他已完全变作两人，他整天伴着八哥。八哥学着他的话，他也学着八哥的话。

八哥关在笼子里，笼子的一半罩着青布。很多人的眼光望着它，它毫无慌张之色，自在地剔剔羽毛，啄杯子里的黍米，喝一口水。

我们几个人进去的时候，八哥便提起嗓子叫：

"喀哩喀哩。"

主人替它翻译道：

"客来客来。"

不一会又抖着翅膀叫：

"叽喳叽喳。"

又承主人达意：

"请坐请坐。"

大家都露喜色，赞美这八哥。

我和朋友出来。我心里想："这是什么话！这可怜的断了舌头的含糊的官腔，不像八哥，又不像人！"

于是想到某一种人的聪明，善于曲解各种话。

于是又想到某一种人们的愚笨，便是异类说的含糊的话，也往往当作真的人说的话了。

《海星》后记

将短短的几篇凑成一个集子出版，原先并无这个意思。偶取喻于未成熟的葡萄，因急于应市，便青青的采下来了。然而在园丁这方面想，只要有了葡萄就好，何况葡萄总有青的时候。

开始写这些短篇，是在一九三三年的秋天。因了一种喜悦，每次写两三百字给比我年轻的小朋友们看的。

不久成了三篇五篇十几篇，一位朋友替我拿去发表了。但当时我并未分外努力，过后的两年中就是一片空白。今年的春天，前后写了书中第三辑和第五辑的大部分。以后仍否是一片空白，不得而知。

篇中的月日，大都遗忘，有时在写就许久之后，添上一个日子，姑当它是正确的罢。

《海星》是我所写的第一篇，所以把它取作书名了。

一九三六，七，二十。陆蠡记

溪

你说你是志在于山,而我则不忘情于水。山黛虽则是那么浑厚,淳朴,笨拙,呆然若愚的有仁者之风,而水则是更温柔,更明洁,更活泼,更有韵致,更妩媚可亲,是智者所喜的。我甚至于爱沐在水底的一颗颗圆洁的卵石,在静止的潭底里的往往长着毛茸茸的绿苔,在急湍的浅滩中则被水磨挲得仅剩一层黄褐色的皮衣,阳光透过深浅不一的水层,投射在磊磊不平的石面,反映出闪动的金黄色的光圈。一粒之石岂不能看出整座的山岳来吗?卵石与粒沙孰大?山岳与世界孰小?倘能参悟这无关闳旨的微义,将不会怪我故作惊人之语了。"给我一块石,便可以造出整个的山来,"也不过是一句老话的脱胎。

不知你有否打着赤足渡过一条汨汨小溪的经验?你的眼睛须得望着前面的一个目标,一株柳树或是一个柴堆;假使你褰着衣裳呢,则两手便失却保持平衡的功用了;脚下的卵石又坚硬,又滑,走平路时落地的总是趾和踵,足心是娇养惯的,现在接触上这滑硬的石子,不好说痛,又不好说痒,自然而然便足趾拳曲拢来,想要缩回。眼光自动地离开前面的目标，移到滔滔流逝的水面，仿佛地在脚下奔驰，感到一阵晕眩。此时你刚走过小溪的一半，水淹没了半条腿的样子，挟着速度的水流从侧面一阵推荡，便会冷不防地被冲倒。等你站直身子来，已襦裳尽湿了。

我初次爱水有甚于山的时候，是在黄梅久雨后的晴天。雨丝帘幕似的挂在我的窗前有半个多月了，"这是夏眠呢，"我想。一天早晨靠东的窗格里透进旭红的阳光，霍地跳起身来，跑到隔溪的石滩上。松林的梢际笼着未散尽的烟霭，树脂的气息混合着百草的清香，尖短的柳叶上擎着夜来的雨珠，冰凉的石子摸得出有几分潮湿。一片声音引住了我，我仰头观看，啊！沿溪的一带岩岗，拍岸的"黄梅水"涨平了。延伸到水里的石级，上上下下都是捣衣的妇女。阳光底下白的衣被和白的水融成一片。韵律的砧声在近山回响着。"咚！"一只不可见的手拨动了我的一根心弦，于是我爱上这汤汤的小溪，"洋洋乎志在流水"了。我摹绘着假如这是在月光里，水色衣色和月色织成一片，不见捣衣的动作而只有万山齐应的砧声，"长安一片月，万户捣衣声，"那便未免有玉关哀怨之情，弥漫着离愁之境了。我宁愿看到晨曦里的浣妇，她们的身旁还玩着梳着总角髻的孩子，拿一根柴枝，在一片树叶上或一团乱草上使劲地捶，学着姊姊和妈妈们的动作。

我初次爱水有甚于山的时候，是在我游罢归来之后。自从泛迹彭蠡，五湖于我毫无介恋，故乡的山水乃如蛇啮于心萦回于我的记忆中了。我在别处所看到的大都是莽莽的平原，难得有一块出奇的山。湖沼是有的，那是如妇人在晓妆时被懒欠呵昙了的镜，或如净下一脸脂粉的盆中的水，暗蒙而厚腻的；河流也见得很多，每每是黄，或者发黑，边上浮着朱门里倾倒出来的鱼片肉片，菜片，如同酒徒呕出来的唾沫。我如怀恋母亲似的惦记起故乡的山水了。我披着四月的雾，沐着五月的雨，栉着八月的风，踏着腊月的霜，急急忙忙到这溪边来。倘使我做了大官回来，则挂冠之后，辟芜芟秽，葺舍书读于山崖水涯，岂不清高之至！而我往来只是一条穷身，所以冒清早背着手来望这一片捣衣了。

  人每每有溯源穷流的爱好，这探索的德性我颇重视。你问这溪流源出自什么地方，这事我恰恰知道。我在很小的时候开始用"呜呼"起头做作文的时候便知道了。那是一位花白胡须的先生告诉我的。我以后也没有去翻考县志通志，所以我知道的只限于此。我讨厌别人背诵着县志里的典故和诗词，我也不看名人壁上的题句，我不愿浪费我的强记。你该以我回答你的问题为满足了。这溪流发源于鹧鸪山，用这多啼的鸟命山，是落入宋人风格的，则此山的命名肇于宋代可知。那也该在南迁之后。则我的祖先耕牧于这山水之间，已八百年于兹了。

  你看这溪流曲折，在转角的岩壁之下汇成深潭。潭中有很大的鱼，一种有着粗的鳞，红的鳍，绿的眼，金黄的腹和青黑的背，是极活泼的鱼，我们叫做"将军"，在水中是无敌的，一出水立刻便死了，这颇合于英雄的本色。这潭里的鱼虽肥且多，可是不准捞捕，岩上不是镌着"放生"的大字么？垂钓是可以的。你有"猫儿耐心乌龟性"么？当然可以披上蓑衣，戴上箬笠，斜风细雨中，把两根钓竿同时放在水里。我也钓过的。那是阴雨迷蒙的天，打在身上的雨好像雾一样，整半天也不会潮湿。这样的雾雨落水便无声了，只把水面罩上一层轻烟，而水中的人影便隐约得好像在锈上了铜绿的被时代遗弃了的古铜镜里照见的面颜。说鱼儿是因为看不清钓者的脸，才大胆地浮上水面来游戏呢。这里我不想引物理学折光的原理来证明鱼在水中所能望及水岸上的可怜的狭小的视野。不是在谈钓鱼么，我钓鱼了。我带了几把米，罐里放了几条虫。我怕虫，还是央邻哥儿替我钩上去的。放钓了，在虫上啐了一口吐沫，抛了出去，"唑……"在水面上撒上一把米，说"大鱼不来小鱼来啊"便耐心等着，许久，不见动静，"唑……"复撒上一把米，等着，等着，仍是一丝不见动静，邻哥儿却捞了半尺长的金鲤鱼了。"唑……

哒……"我复撒上一把米，白的米在水中一摇一晃地沉下，我的浮标依然不见动静：我开始想这撒下白米是什么意思？这无齿的鱼！是听见"哒……哒……"的声音便疑是坠下什么东西来了前来觅食么，还是看到这白色耀眼的米来察看究竟是什么的出于好奇之感？看看衣袋里的米撒完了，我抓了一把沙，"哒……哒……"毫不吝惜地撒下去，过了半天，浮标动了，捞上来的是一寸长的鲫鱼。我笑了，我的半袋白米！我以后就简直灰心得懒得垂钓了。

你不看这溪岸么？山岗自远处迤逦而来，到这溪边成了断壁。壁下被流水冲空了的岩麓像是巨龙的口，像是饮水的巨龙。那向左蜿蜒起伏的便是龙尾。对，此地便名叫龙头。这头上有一块草木不生的岩皮。告诉你一个故事罢，这故事不载于府志，不载于县志，不载于"笔记"，不载于"志异"，而我恰恰知道。原来这片岩岗是活龙头。从前一位堪舆先生说这龙头是大吉祥之地，当时有人不信，他便说"你去站在龙尾，我站在龙头大喝一声，龙尾便该拨动起来。"他们这样做了。堪舆先生站在龙头大喝一声，龙尾动了。于是站在龙尾的便派了一个孩子传语道："龙尾动了"，而这孩子口齿不清传错了说："龙不动了"，堪舆先生大怒，遂喝道："畜生，该剥皮哪！"于是龙头上便成了一个疮疤，一年四季不生青草。

然而，看你的目光移上这溪边东西两端的两棵大树，让我把所知的再告诉你罢。

既然是龙头，则龙头岂可无角。是哟！这溪东西两尽头的两株数合抱的大樟树，岂不是嵯峨的两只龙角。因为是龙的角，所以十数年前樟脑腾贵的时候幸未被商人采伐，制成樟脑运销到金元之邦。东端的树下我是熟识的。秋时鸦雀吞食樟子，果皮消化了，撒下一颗颗坚硬的乌黑的种子，亮晶晶地看来一点也不肮脏，我们是整衣袋装着，当作弹子用竹弓打着玩的。樟树朝南向溪的方向，挖了一个窟窿，这是无知的妇女所作的伤残。她们求樟神的保佑，要给她们中了花会——这是妇女们中间流行着的一种赌博——竟不惜向大树跪拜，磕头许愿说着了之后拿三牲福礼请它。结果是没有中。愤怨使她们迁怒于树身，便在树根近傍凿了一个窟洞，据说凿时还有血浆流出来哩。这树底下是我们爱玩的地方，这树阴覆着我的童年，愿它永远葱茏郁茂罢。至于西边长着另一株树的地方是一个幽僻的所在。那儿一带都是无主的荒坟。说时常有男女到那里去幽会，那想怕不是真的。直到现在我还不曾细细去踏一遍。我仅遥望着树下双双的池塘，被蓼茨和菖蒲湮塞。夏初布谷从乱草中吐出啼声来。

　　让我们的幻想不要窜进那阴暗的坟窝，让我们记忆的眼睛落在昼夜不息地渲溽着的小溪的岸上。浣衣妇——携着衣篮归去了，把白的衣被无秩序的铺晒在岩上，石上，草上，令远处望来的人会疑是偃卧着的群羊，恍如闹市初散，溪边留下一片寂寞。屋背的炊烟从黑烟变成白烟了，那是早饭要熟的时节。我颇不想离开这可爱的小溪。想到会有一天仍将随着溪水东流而下，复回复到莽莽的平原去看看被懒欠呵昙了的妇人的妆镜和洗下油脂腻粉的脸水似的湖沼或到带着酒气和血腥的黄浊的河流边去过活时，不胜悲哀。

竹　刀

谁要是看惯了平畴万顷的田野，无穷尽地延伸着棋格子般的纵横阡陌，四周的地平线形成一个整齐的圆圈，只有疏疏的竹树在这圆周上划上一些缺刻，这地平的背后没有淡淡的远山，没有点点的帆影，这幅极单调极平凡的画面乃似出诸毫无构思的拙劣的画家的手笔，令远瞩者的眼光得不到休止，而感到微微的疲倦。

假如在这平野中有一座遮断视线的孤山，不，一片高冈，一撮小丘，这对于永久囿于地的平面上的人们是多么奋兴啊。方朝日初上或夕阳西坠，有巨大的山影横过田野，替没有陪衬没有光影的画面上添上一笔淡墨，一笔浓沈，多雾或微雨的天，山顶上浮起一缕白烟，一抹烟霭，间或有一道彩色的长虹，从地平尽处一脚跨到山后，于是这山便成了居民憧憬的景物。遂有平野的诗人，望见这山影移上短墙，风从门口吹进来，微有一丝凉意，哦然脱口高吟"天风入罗帏，山影排户闼"，意将古陋的旧门户喻作镶了兽的朱门，从朱门里隐隐窥见微风拂动的绣帘，而他自己成了高车骏马的公子，偶然去那里伫盼。一会儿门掩了，他才醒过来，原来只有一片山影；也有好事的名流，乘了短轿来这山脚底下，买了一杯黄酒，索笔题词道："湖山第一峰"，遗钞而去，吩咐匠人鸠工勒石；这小山经过了许多品题，如受封禅，乃成为名山。附近的村庄亦改名为某山村。于是，在清明，在重九，远地和近地的，大家像蚂蚁上树般地跑上这小山，"登高"啊，"览胜"啊。把山上的青草踏得一株不留。

有从远僻的山乡来的人望见了这名胜的小山，便呵呵大笑道："这也算是'山'么？这，我们只叫做'鸡头山'，因为只有鸡头大小，或者这因为山上长着很多野生的俗名叫做'鸡头'的草实。说得体面点，便叫做'馒头山''纱帽山''马鞍山'，这也算得'山'么？"双手叉住腰笑弯到地。

好奇的听客便会从他夸张的口里听到他所见的是如何绵亘数百里的大山。摩天的高岭终年住宿着白云，深谷中连飞鸟都会惊坠！那是因为在清潭里照见了它自己的影。嶙峋的怪石像巨灵起卧。野桃自生。不然则出山来的涧水何来这落英的一片？倘使溯流穷源而上，说不定有石扉耸然为你开启呢。但是如果俗虑未清，中途想着妻母，那回首便会迷途了。

"我不欢喜这揣测的臆谈，谁能够相信这桃源的故事？"

于是他描说那跨悬在山腰间的羊肠路。那是只有两尺多宽，是细密的整齐的梯级。一边靠山，一边靠峭壁千仞的深壑。望下去黑的，迷眩的，这深涧底下隐伏着为蛟，为龙，或其他神怪的水族，不得而知。总之万一踹了下去，则会跌得像一个烂柿子，有渣无骨头。但是居住山里的人挑了一二百斤的干柴，往来这山道，耳朵沿搁着一朵兰花，一朵山茶，百人中之一二会放上半截纸烟。他们挑着走着谈笑着，如履平地，如行坦途，有时还开个玩笑，在别人的腰边拧一把。

还有人攀援下依附岩上的薜萝，腰间带了一把短刀，去采取名贵的山药,其中有一种叫做"吊兰"的,风从峡谷吹来,身子一荡一荡啊像个钟锤,在厚密的绿叶底下,有时吐出两条火红的蛇的细舌头,或蹿出一个灰褐色的蜥蜴。……

听者忘了适才的责备,恍惚身临危岩,岩下是碧澄澄的潭水。仿佛脚下的小径在足底沉陷,他不敢俯凭,不敢仰视,一手搭住说故事的人的肩膀,如觅得一种扶持,一时找不出话由,道:

"你的家乡便在这深山里么?"

怎的不是。那是榛榛莽莽的山,林叶的荫翳,掩蔽了阳光,倘使在山径的转弯处不用斧头削去一片木皮作个记认,便会迷路。羊齿类高过你一身。绿藤缠绕在幼木上,如同蛇缠了幼儿。藤有右缠的左缠的,若是右缠的,则是百事无忧的征号,很容易找到路,碰到熟人,得好好儿受款待。迷路人倘若遇见左缠的藤,那是碰到鬼了,将寻不到要去的地方。但是你可以把它砍下,拿回家来,便会得了一根极神秘的驱邪的杖。

"关于山间神秘的话我听得许多。我知道妇人用左手打人会使人临到不幸的。则这左缠藤也正是这意义的扩张罢了。但是我想知道别的东西。"

故事又展开了。那是用"近山靠山,近水靠水"的老话开头。山民的取喻每嫌不恰切,故事中拉出枝枝节节来,有如一篇没有结构的文章。他最先说到山间头上簪花的少女,在日出的时候负了竹筐到松林里去扫夜间被山风摇落的松针,积满一筐了,用"篾耙"的柄穿着背了回来。沿途采些"鸡头","毛楂"和不知名的果实,一面在涧水洗净,一面嚼,倘有同伴在她的身旁投下一块小石,溅了她一脸的水,便会挨一顿着实的骂或揪扭起来;在雨天,她们躲在家里,把山里掘来的一种柴根,和水捣成浆,沉淀出略带红色的粉,那是比藕粉还细净的,或是把从棕榈树上剥下来的棕榈,一丝丝地抽出来,打成粗粗细细的绳线。

却说这山中少女，她在每天早晨携了竹筐到松林里去扫夜风摇落的松针，装满一筐便背了回来，沿途采些草实，在溪边洗洗手，一天也不曾间断。她有一天正背了满筐的松针回来的时候，觉得竹筐异常的沉重，便想道：是谁放了石块在里面么？暂时憩憩罢，便靠着竹筐坐下，却永久地坐在那儿了。山间人都说是因为她生得太美丽，被什么山灵或河伯娶去了，她的父母还替她预备了纸制的嫁妆，焚化给她……

"这又是我听到过不只一遍的故事……我颇想知道别的东西。"

你不是轻视幻想的编织么？那么让我选一个实际的故事说给你，只可惜有一个悲惨的收场。你愿意知道山居的人是如何获得每天的粮食和日用品么？狩猎是不行的，鸟兽乐生，不可杀尽；农田也不行的，高高低低梯级似的田垅，于他们很少兴趣，况且这团团簇簇的高山遮住了阳光，只在中午的时候才晒进来，他们虽则种些番薯，山芋，玉蜀黍，大麦和小麦，但是他们大都靠打柴锯木为生。他在高山上砍得松柯，搁在露天底下一个月两个月，待干黄的时候挑到附近数十里外的村镇，换取一把盐，几枚针，一些细纱布，有时带回一片蓍，一包白糖……

冬天，他们砍下合抱的大树，截成栋梁楹柱的尺寸，大概不会超过一丈六尺或一丈八尺，或则锯成七八分对开的木板，等到明春山洪暴发的时候，顺水流到港口，结成木筏，首尾衔接像一条长蛇，用竹篙撑着，撑到城市的近郊，售给木商运销外埠。

山势陡峻的所在，巨大的木材无法输运，那只好任它自己折断自己腐烂了。但是他们砍取寸许大小的坚木，放在泥土筑成的窑里烧成木炭，这样重量便减轻了四分之三，容易挑到外面来，木炭的销场是很好的。

"你说得又远了。没有指示给我故事的连索。"

是哟！事情便是这样：他们是靠打柴烧炭为生。但是你知道城市里的商人的阴恶和狠心么？他们想尽种种方法，把炭和木板的买价压低，卖价抬高。他们都成了巨富了，还要想出更好的方法，各行家联合起来，霸住板炭的行市。他们不买，让木筏和装炭的竹搁在水里，不准他们上岸，说销场坏了，除非你们完全让步。

但是谁都知道这鬼花样啊！

有的让步了。因为他们垫不起伙食费，有的呼号奔走了，但得不到公正的声援，因为吏警官厅都和他们连在一起。山民空着手在城里徜来徜去，望着橱窗里诱惑的东西，一袭夏季妇人穿的拷绸衣，红红绿绿的糖果，若能花了几个子儿带回去给孩子们，那他们多高兴啊。

并且他知道家里缺少一把盐，几升米，那是要用钱去换的。

他们忧郁了。口里也不哼短歌，妒忌地望着大腹便便的木行老板，竟想不出办法。

交易是自由的，不卖由你，不买由他，真是没有话说了。

这里由山村各户凑合成的木筏是系着许多家庭的幸福，纵然他们不致挨饿，他们的幸福的幻梦是被打碎了……

"我希望这木行老板有点良心，他们是够肥了。"

若将怜悯希望在他们的身上，抱那希望的人才是可悯的。可是事情的解决却非常简单，你愿意听我说下去罢。

一天，一位年轻的人随着大家撑着木筏到城里去，正在禁止上岸的当儿。大家议论纷纷想不出主意。这位年轻的人一声不响地在一只角落里用竹片削成一把尺来长的小刀，揣在怀里，跑上岸去，揪住一位大肚皮的木行老板，毫不费力的用竹刀刺进他的肚皮里，听说像刺豆腐一样的爽利，刺进去的时候一点也没有血溅出来，抽回来的时候，满手都是粘腻的了。他跑出城来，在溪边洗手的时候被警吏捉去。

"你说了可怕的故事了。我没有想到你会说出这样吓人的语句，在你说到松林中簪花的少女……那一片美丽和平……你驱走了刚才引起的高山流水的奇观，说桃花瓣从淙淙涧底流出来呢……我懊悔听这故事，但是请你说完。"

官厅在检验凶器的时候颇怀疑竹刀的能力。传犯人来问：

你是持这凶器杀人么？

是的。

这怎么成？

他拿了这竹刀，捏在右手里，伸出左臂，用力向臂上刺去。入肉有两寸深了，差一点不曾透过对面。复抽出这竹刀，掷在地上，鄙夷地望着臂上涔涔的血，说：

便是这样。

大家脸都发青了。当时便没有继续讯问。各木板行老板也似乎怵于竹刀的威力，自动派人和他们商订条件，见了他们也不如先前的骄傲。

厚钝的竹刀割断了这难解的结。"便是这样"的斩钉截铁的四个字胜于一切的控诉。你说这青年是笨货么？

"这位青年结果如何呢！"

听说刺断动脉后流血过多死了。……否则，他将在暗黑肮脏的牢屋里过他壮健的一生。

秋

秋是精修的音乐师（Virtuoso），而是绘画的素手（Amaieur），一天我作了这样的发现。这平凡的发现于我成了一种小小的秘密。当时我想在地上挖个窟窿，把这秘密偷偷地告诉给它，心怕瑟瑟的衰柳是一个嘴巴不稳的虔婆，则我将成为可笑的人了，便始终不曾这样做。今夜，西风扑了一个满窗，听四野的秋声又起，遂忽然在脑际浮起了这被掩埋着的比喻，复喜你远道来望我的厚意，并且看你的衣衫上赏着一襟秋凉，未免有几分怀感，所以便谈起秋来了。

我爱秋，我爱音乐，也爱绘画。倘使你不嫌我这样的说法，不嫌我用这样无奇的笔调作故事的开头，让我告诉你一个拙于手和笔者的悲哀吧。在一个秋天——八年前的秋天——夜里。旋风在平地卷起尘沙，庭院的拐角堵风的所在——学校的庭院，那时我是一个不折不扣的学生哩——处处积着梧桐树和丹枫的广阔的黄地红斑的落叶，人走过时沙沙作响。这时候却没有殷勤的校役用粗笨的扫帚东一下西一下地把枯叶堆聚拢来，在庭院的空地上点起一把火，好像菩萨庙前的庭燎；或是用一根头端插着粗铁丝的竹棒逐枚地捡拾着零散的叶子，放在腰边的一只竹篓里——这些，我总嫌是多事的——这是一个刮风的夜，一个萧索的夜，旦夕将死的秋虫的鸣声愈见微弱可哀了。我们是在学校的琴室里面，我们在教师的面前复习着半周来熟练着的指定的琴课。我们一共八九个人，有的练习着Beyer初级课本，有的使劲地敲着单调乏味的Hanon指法，有的弹到SonatainC.Major。我呢，正学习着一支Sonatina，哪一支呢现在我记不得，总之那本厚厚的Album中书页子的半数是给我揉得漆黑而角上也皱卷得不成样了。教师严格地指摘着每一个音符的指触和旋律的起承转合，时常用他的粗大的手指敲着每一个弹错了的音键，唤起你的注意。那天晚上我不知怎的总是注意到屋外的风声，似乎在担心着屋前瞿瞿叫着的秋虫的命运。直到一个同学在我的臂上拧了一下，我才知道是轮到我复习的时候了，望着严峻的教师，心中便有几分惴惴。第一节过后变调的地方便弄错了。"Eflat，Eflat，"巨大的毛手掠过我的面前，粗的手指落在一个黑键上。我手法更乱了，脸红了起来。"Staccato，Staccato！"教师喊着说，我好像没有听见他的话，自顾自地胡乱弹了一通。终了的时候，教师皱着眉一声不响，在谱上批了Repeat on Next Monday几个红铅笔粗字。当时我就想：假如我有一支画笔，安知我不能描出这人间的歌曲，这万籁的声音，悲壮的，凄凉的，急骤的，幽静的，夏午静睡着的山谷里生物的嘘息，秋宵月光下烟般飘散着大自然的低吟，于是遂生了畏难之心。等到后来每逢听到珠般圆润的琴声而妒羡着如风般滑过黑白相错的键盘的手时，我是失去我的机会了。

　　于是复在另一个秋天——四年前的秋天，我已经在一个没落的古城中的一个学校里做一群孩子的导师了——我从城里乘车到离城三四十里外的分校去，是早晨，天色是蒙暗的，没太阳。空气中浮悬着被风刮起来的尘土，四周望去是黄褐色的一圈，头顶上是鼠灰色的大圆块。啊！

我在溪岸望见一片芦花！在灰色的天空下摇摆着啊摇摆着！"多拙劣的设色！"我想。回来的时候我便在一张中国纸上涂了一层模拟天色的极淡极淡的花青，用淡墨和浓沈斜的纵的撇出长剑似的芦叶，赭黄的勾竖算是穗和梗，点点的白粉是代表一片芦花……水天相接的远处，三三两两地投下一些白点，并且还想在上边加上一笔山影……右角天空空白的地方我预备写上这样的两行诗句：

是西风错漏出半声轻叹，
秋葭一夜就愁白了头啦。

但是，啊！我笔底所撇的只是一堆乱草，毫无遒劲之致。而芦穗则是硬挺挺的像柄扫帚，更不消说有在西风里偃俯的样子。我生气了，我掷下笔，撕碎了纸，泼翻了花青，我感到一阵悲哀。我抱怨天赋我的这双笨拙的手。不然，生活便增添了多少的点缀呢！

但是幻想并不能消灭。昨晚，友人持来一枝芦花，插在我的花瓶里——这瓶里从来不曾插过什么花——说，"送你一个秋。"真的，当灯光把芦花的影放大映在壁上，现出幢幢的黑影来时，我感到四壁皆秋了。夜里，我梦见芦花摇落了一床，像童话中的公主，睡在厚厚的天鹅绒的茵褥上，我是睡在芦花的茵褥上，绵软而舒适，并且还闻着新刈的干草的香。我很满意，但是仍然辗转睡不着，似乎有一颗幻想的豆大的东西透过厚软的褥子，抵住我的脊心……

"那你是一位真正的皇子了……"

我又继续着晚秋的梦……这回我是到我所熟识的溪畔来了。仍是夜里，头上的天好像穿了许多小孔的蓝水晶的盖，漏下粒粒的小星，溪中显出的是蓝水晶的底，铺满了粒粒的小星，而我却在这底和盖的中间，好像嵌在水晶球里的人物。我疑心脚步重点便会把它蹴破了，所以我便静静地望着，静静地听，听啊，谁在吹起芦荻来了。

　　一枝小芦荻，
　　采自溪之滨，
　　溪水清且涟，
　　荻韵凄复清。
　　一枝小芦荻，
　　长自溪之滨。
　　吹起小芦荻，
　　能使百草惊，
　　宿鸟为我啼，
　　流水为我吟；
　　吹起小芦荻，
　　万籁齐和应。
　　深夜漫行者，
　　闻吾芦荻声，
　　若明又若暗，
　　或远又或近。
　　深夜漫行者，
　　随我荻声行。
　　一枝小芦荻，
　　采自溪之滨，
　　……
　　……

我的眼光随着歌声望去。心想，"谁在吹这芦荻呢？"但是星光底下甚为朦胧。我从纵横交错的叶底望去，仿佛看到一个白色的人影，靠坐在芦叶编成的吊床上随风摇摆着身躯哩。这是诱人的女水妖还是像我一样的秋的礼赞者呢？我想。我试"阿哈！"呛咳一声惊她一惊，人影消失了。睁眼一看，乃是一片芦花！我惘然。我悟及我所听到的是我从前哼过的一支短歌，是孩子时唱的短歌，适才不留神间脱口而出了。我怔着。若不是天空一声嘹亮的唳声唤回我的意识，大约还待在那里，对芦花作一番惆怅！

"我倒乐意听你的无稽之梦，且让我提起一句古话：说'痴人说……'什么的啊！你皱起眉头来么？"

我也不难告诉你一些不是梦的东西。但是你相信那些都是真实的么？不过我所谈的殊不值智的一哂。风劲了，倘不想睡，你得多添一件夹衣。

庙　宿

"冷庙茶亭，街头路尾，只有要饭叫花的人，只有异乡流落的人，只有无家可归的破落户，只有远方云游的行脚僧，才在那里过夜。有个草窝的人任凭是三更半夜，十里廿里，总得回自己的窝里去睡，何况有高床板铺的人家！……"一个夏天的清早，昧爽时分，我还阖着眼睛睡在床上，就听见父亲这样大声地申饬着。听说话的语气是十分生气了。父亲平常虽则很少言笑，望去有几分威严的样子，但也不轻易责骂。只要没有十分大过错，总装着不闻不见，不来理睬我们的，这样严厉的高声的斥责，在我听来好像还是初次。

这话是对我的表弟而发的。表弟比我小了几岁，因为早年便丧了父母，所以一大半的日子是住在我的家里。舅父的名分是比生身父母更亲的。我父亲姊妹两人，就只有这块骨肉，想起这两家门祚衰微，夜深谈话时太息着的时候也有过。因此表弟住在我家里的时候，是十分被珍爱宝贝着的。比较起我们来，他是有几分娇宠了。春天，他和邻家的孩子们去踢毽子，打皮球，放纸鹞，夏天，到溪边去摸鱼，捉蟋蟀，都纵容着，但求他爱吃爱玩，快长快大，舍不得用读书写字的约束去磨折他，只是崖边水边，暗中托人照料而已。我们呢，却时常为了参加这种游戏而被责罚的，这点在当时我们的心里颇有些愤愤不平，说起来是我们年纪大一点，只好不计较了。

表弟在他自己家里的时候，便益发放纵，简直成为顽皮的了。他家离我家只有三里路，往来这两家之间，有时便两头都管不着。那一天早晨他在东方发白的时候便擂着大门，高声地喊，"开门，我来了。"一进门来便气吁吁地说："舅父，你知道我们昨晚在那里过夜？昨晚，我和邻哥儿到沙滩上捉蟋蟀，直到夜深，'七姐妹'都快要上山了，便和他们在茶亭里睡了一觉，天一亮我便跑来这里了。"说着颇带得意的神色，意思是要舅父夸奖他几句，称赞他的大胆。却不料遭了一顿斥骂。当时我的心里着实替他不好过。心想他一团高兴，劈头浇了一盆冷水，脸上太过不去啊！当时表弟的心中是悔是怨是恨，不得而知，但看他自此以后便从来不曾在外边过夜这一点的事实，大概在细思之后觉得长辈的话是有几分理由的罢。

听了这隔面的教训之后，我益发不敢自由放肆了。虽则我渐渐地不满意起我所处的天地的狭小；渐渐地不欢喜起这方墙头里边的厅屋，庑廊；我讨厌这太熟识太平淡无奇的天天睡的房间，和它的一切陈设：那刻着我不认识的篆字和钟鼎文的旧衣橱，那缘口上贴着没有扯撕干净的红纸方的木箱，那床额雕着填青的"松鼠偷葡萄"，嘴里老是衔着一个颗粒却又永久吞不到肚子里去；枕窗的前面，右边是雕刻着戴状元帽的哥儿永远骑着一匹马，背后两个跟随老是一个打着伞盖，一个捧着拜盒，另一边则是坐在车中的美女，脸是白的，唇是红的，衣是金的，后面也跟着两个打掌扇的丫头，还有许多别的"如意和合"，"喜鹊衔梅"……等等雕镂，我统统看厌了。这些没有变化的摆设满足不了我的好奇，这小小的方角容纳不下年轻旁薄的心，我想突破这藩篱，飞向不知名的天地，不，只要离开这紧闭的屋子就好！我幻想，假如我能睡在溪边的草地上过夜，四面都没有遮拦，可以任意眺望，草地上到处长满了花，红的，白的，紫的，十字形的，钟形的，蝴蝶形的……都因为露珠的重量把头都压得低了。天上的流星像雨般掉下来，金红色的，橙黄色的，青蓝色的，大的，小的，圆的，五角的……我便不嫌多地捡满了整个衣袋。待回家来的时候，我要把它缀在蚊帐里面，一颗颗，一双双，亮晶晶的，……母亲临睡前拿了马尾的拂子撩开蚊帐要赶蚊子出去的时候，会吓了一大跳，说，"咦，在那里捉得这许多萤火虫来啊！这不洁的东西！……"于是我笑歪了头，笑得连气也喘不过来，告诉她："这是星星哪，我在溪边捡来的。你下次还放我出去么？"一手揪住她的衣裾，牵磨似地转，她一定不会生气。我又幻想，正如在一本图画册上看到的，说是到北极探险去的人，吃的是白熊的肉，睡的是白熊皮缝就的皮袋，……我颇佩服这皮袋的发明者，假如我有一只皮袋，我便可以离开这古旧的屋子，到新的地方去。白天，沿途采些草果充饥。晚上便睡在皮袋里，把头伸在外面。皮袋密不透风，不会受寒，并且什么地方都可以睡，不必拣什么草地了。……这样幻想尽自幻想着，而实际从不曾在外边过夜。跟着母亲到冷落的水碓或水磨里去的时候是有的，但不论半夜三更，总得回家去睡。

偶然白天到什么庙里去玩的时候，在壁角上常常看到黝黑的火烧过的痕迹，或者四散在地上的稻草堆。年长的同伴告诉我，这是叫花子们睡的地方，烧火则是因为太冷或者是烤煮从人家讨来的或从别人田里偷来的东西。庙里的地面大都是石铺的或是捶平的泥土，所以可想这地上是很冷很潮湿的。庙门往往没有。即使原来有，迟早会给他们拆下来劈作柴烧个精光。这庙头殿角，冬天多风，夏天多蚊，确不是睡的地方。我想父亲所说的有家的总要回到自己家里过夜的话是有理的了。又有一次我注意菩萨前面香案底下的木台上，钉着许多粗木的桩子，"这是防止叫花子们在香案底下打瞌睡的，"我想。"则菩萨也不欢喜穷人们么？"托一神之庇护且不可得，我感到睡在道旁殿角的人们有祸了。

我在父母的卵翼底下度过了平安的童年，不懂得人世风霜疾苦。假如我回溯起我第一次觉得人生的旅途是并不如幻想那般的美丽时，是在我十八岁的一个夏天。

那夏天，我从K地回家去。途中不知是为什么缘故，我病了。是不很轻的病，我发热，头痛，四肢无力。幸而已行近×埠，看看踏上故乡的山水了，耳朵听到的也是熟识的乡音。我知道在这种地方无论如何总不致吃大亏的，所以便也放心了。×埠离家还有一百七八十里之遥，一路沿山靠水，上水船要行四五天，没有车，也没有骡马等代步。——现在，自从五丁凿破之后，这条官道是通行着汽车了——山轿是有的，很贵也不很舒服，所以我便照着往常的习惯，——上水步行下水乘船——把行李交给过塘行（一种小型的转运公司），独自个捐着一顶伞，开始沿着官道走去。

第二天下午吃点心的时分，到了一个叫做长毛岭的地方。这岭因为打长毛得名，岭上还勒石一方，说明长毛被百姓打散的事迹。岭并不高，但是颇为陡峻。我走到岭脚的时候，突然一种晕眩攫住了我。我觉得无力。"休息一回罢，"我想。看看附近没有人家，离大路五十步远一株大枫树底下有一座庙。许多挑担的人坐在庙里乘凉憩息，担子则放在树荫底下。一副卖糖摊子摆在庙前，卖糖的习惯似的摇着糖鼓。这咚咚的声音才使我注意到这庙。我踅了进去，就在香案底下的木台上——且喜这上面没有木桩子，乡村的灵魂究是比较宽大的啊——坐下。案前烛台上亮着几双蜡烛，炉里香烟缭绕着，这倒不是冷庙呢，我想。一阵沁人的香气在风中送来。抬头一看，庙前的照壁上攀满一墙的忍冬花，八九已凋谢了。"可惜离家太远，否则可以采下这些花卖给药铺呢！"想着，便倚在香案的脚上假寐着，养着神。

时间过去，挑担的一个个都走了。太阳已经扒到岭后，山的巨影压到这庙上来，远处的平畴上闪耀着一片阳光，而这片阳光随着山影的进逼逐渐后退，愈退愈远，愈退愈狭了。庙中只留卖糖的和我。最后卖糖的也摇起一阵糖鼓，向我投来疑问的一瞥走了。这咚咚的声音和一瞥的眼光似乎在催我，说，"暮了，还不赶路！"

　　我好像有这样的一种习惯，在上一分钟内不想到下一分钟内的事。所以在卖糖的担子去后，我还着实挨了一刻时光，坐在那里不动。人都散了，抛下一团清静给这庙，鸟雀在人声阒然后都从屋脊飞集到墙头上，喊喊喳喳地噪着。暮了，我站起来一阵晕眩，好像从头顶上压下来，我不禁踉跄而却步。我又坐下来。我伸手探一探额，热得炙手，却没有一丝汗湿。身子也有点发颤。"病了，这回，却是真的。"我便照原来的姿势倚在香案的脚上。

　　暮色好像悬浮在浊流中的泥沙，在静止的时候便渐渐沉淀下来。太阳西坠，人归，鸟还林，动的宇宙静止，于是暮色便起了沉淀。也如沙土的沉淀一样，有着明显的界层，重的浊的沉淀在谷底，山麓，所以那儿便先暗黑了。上一层是轻轻的，更上则几乎是澄澈的，透明的了。那时我所坐的庙位在山麓当然是暮色最浓最厚密的地方，岭腰是半明半暗，而岭的上面和远山的顶则依旧光亮，透明。一只孤独的鹰在高空盘旋着。那儿应该是暮色最稀的地方，也许它的背上还曝着从白云反照下来的阳光呢。鹰是被祝福的，它是最后的被卷入黑暗者，而我则在这古庙之中，香案之下，苦于暮色之包围。

　　上弦月在西天渐渐明显了，这黑夜的帷幕的金钩。原来我可以踏着这薄明的月色扒过这条岭，这岭后五六里远摆渡处有住宿的店家。我是误了行程了。现在连开步的力气都没有。

　　看看这庙里并不肮脏，看看这一墙的忍冬花是清香可喜，一种好奇的心突然牵引着我："既然走不动，便在这香案底下睡他一宵，且看他怎样？"我思想着，"也许，在半夜里，像在荒诞不经的故事里所说的，会听到山灵的私语，说，在某处，藏着一缸金和一缸银啊！……哦，我明了这类故事的起源了。大概也是像我这样的人，——不，比我更穷更可怜的人——大概也是读过几句书的，——幻想很多，牢骚不少，——也来睡在这冷庙的香案底下——却不是为了病——为要排遣长夜的寂寥，为要满足这使'壮士无颜'的黄金的欲望，于是便编造这故事出来，逢人便说：听哪！我一天路过——请注意是路过啊——什么地方，天黑了，找不到宿处，便栖在一只破庙里。半夜——唔，子时——我听到有窃窃私语的声音，哪儿来的人呢，在这时候！一定是歹类无疑的了——我可不会报官邀赏——我屏息听着，听着，起先不大明了，但是最后这几句是听得清清楚楚，说是在离此不远，一株大漆树——漆树，是可怕的树——的根旁，离土三尺的地方，有两块见方石板，石板底下是两只大缸，左边的一缸是金，右边的一缸是银。那大漆树的周围十丈之内是没有人敢走近的，一走近了便会头脸发肿见不得人……但是如果用了绿豆芽煎汤，洗了脸，抹过身，拿了鸦嘴锄，跑近树边去，把土掘开来……则藏金便毫不费力地可得了……这位贫士到处宣扬他的奇遇，起先是开玩笑的，后来愈说愈正经，竟敢赌咒说他是亲耳听见的了。别人少不得要反驳他，'那么你为什么不去发财呢？''因为我根本没有钱买绿豆芽煎汤啊！……'于是哈哈大笑，说故事的和听的都满足了。"

我这样想着，我脱下布鞋，预备当作枕头睡下。庙宿虽是初次，我也不胆怯。明天，病好了，天未明前便起身走，一口气跑到家……

忽然一种悲哀涌自我的心底。我记起从前父亲责骂表弟的话。我想到他的话的用意深长了。当时他这样大声地呵斥着是故意叫我听见的么？是预知我有一天会在外边逢到山高水低，为免却这"迟行早宿"的嘱咐，便借着发怒的口吻，寓着警戒之意么？父亲知道我凡事小心，所以叮咛嘱咐的话也很少，不过偶然在谈话中间流露出来，每使我牢记不忘。现在假如我到家的时候，照例地端详了我的脸色，关切地问，"昨晚宿在什么地方？"我将噙着眼泪从实的说："唔……我病了，走不动，宿在长毛岭脚的庙里，一个人，……"还是打句从来不曾作过的谎话呢？父亲听到这番话后将如何想？……世间的父母，辛勤劳苦地为他们的子女都预备了一个家，大的小的，贫的富的，希望子女们不致抛荒露宿，而世上栖迟于荒郊冷庙中者，又不知有多少人！

痛苦咬着我，刚才的幻想烟般的消散了，我站起来，扶到庙前。望着黑黝黝的山岭，这挡在面前的山岭竟成为"关山难越"的了。"谁悲失路之人，"古句的浮忆益令我怆然。半钩的月亮隐到岭后去了。山岭更显得蒙暗。这是行不得了，我回坐在香案底下。我睡倒，又起来。

"咦，你是×镇来的么，天黑了，坐在这里作什么？"

一位中年妇人拿了一个香篮踏进庙来，熟视我的脸，惊讶地问。这熟视的眼光使我非常为难。

"是×哥儿吗？"

这种不意的直呼我的奶名怔住了我。我想否认，但说不出口。

"你认不得我，难怪，十多年头了。我是你的堂姊，××是我的哥哥的名字。我家和你家，也离不了百几步路。小时候我时常抱你的。"

她急促地把自己介绍出来，毫无疑义地她的眼睛不会看错。

我知道这位姊姊的名字，我也知道这位姊姊的命运。小时候我确是晨夕不离地跟着她的。她抱我，挽我到外边去采野生的果实，拔来长在水边的"千斤草"编成胡子，挂在我的耳朵上。端午时做香袋系在我的胸前。抱我睡的时候也有。有一次还带了一只大手套，在黑夜里把我吓得哭起来，那时我已有牢固的记忆了。在她出嫁的一天，好像并不以离开我为苦，在我哭着不给她走的时候分明地嫣然笑了。以后，我听到她的一些消息，都是悲惨的，不过我也全凭耳食得来，不十分准确。至于她如何会在这时候，在这地方和我遇见，那是不能不惊于命运的簸弄了。

看我一声不响，大概知道我有不得已的情形，便不再追问，只是热情地说，"天黑了，到我家去过夜，脏一点。"

接着连推带挽地把我拉进她的家。这不是家，这是庙左旁的一间偏屋。刚才我从右边进来，所以不曾留心到。屋里面只有一张床，一个灶，没有鸡，没有猫，没有狗；没有孩子，也没有老人，这不像家。

在我在床沿上坐了下去并且回答她我是她的堂弟的时候，她好像异常高兴似地问我：

"你为什么不雇把轿子呢？你在外面读书的，像你这样真有福气。你们是选了又选，挑了又挑的人。"

接着答应我的问句话便川流似的滔滔地流出来。她诉出了她一生的悲苦，在弟弟的面前诉说悲苦是可耻的呀，以前不是我每逢受委屈的时候跑去诉给她听的么？但是她还得这样地诉说着诉说着，世上她已无可与诉的人了。她说到她如何受她的丈夫的摈弃，受她自己的同胞的兄弟的摈弃，如何受邻里叔伯的摈弃，如何的失去她的爱儿，如何地成了一个孤独伶仃的人。她年纪仅三十左右，但望去好像四十的老人了。她又告诉我怎样来这庙，每天于早晨傍晚在神前插几炷香，收一点未燃完的蜡烛，庙里每年有两石租谷，她每年便靠这租谷和香火钱过活，勉强也过得去。

"靠来靠去还是靠菩萨。"慑于人之不可靠而仅能乞灵于神，她吐出这样可悲的定命论来了。

"但是你为什么这样晚坐在这里？"紧接着她便问。

"病了，"我简单地回答。

听说我病了，她便收拾起她未说完的话，赶紧到灶下点起一把火，随即在屋的一只角落里拿来一束草——这类似薄荷的药用植物在家乡是普遍地应用着的——放在锅里煎起来，一面把她自己的床铺理了一理，硬要我睡下，又在什么地方找出一包红糖，泡在汤里；热腾腾地端来给我。一壁抱歉似地说，"糖太少，苦一点。"

在她端汤给我喝的时候，这步行和端碗的姿态仍然是十多年前我熟识的她。我熟识她的每一个小动作。我感到安慰，我感到欣喜，在眼前，这化身为姊姊的形态的一切的家的温柔，令我忘了身在荒凉的岭下。她催我睡，不肯和我多说话，自己在床前地上展开一个旧毡陪我，我在这抚爱的幸福中不知不觉地睡去。

次晨动身的时候，她为我整整衣领，扯扯衣襟，照着从前的习惯，直到我走到岭的半腰，回头望这古庙时，她还兀自茫然地站在那里，我到家后，讳说起这回事，只说我身体不好，懒说话。

出外的时候，坐的是顺水船，没有过那庙。第二次回家的时候，走的另外一条路，没过她那里；出外又是坐船。两年前，我故意绕道去望她的时候，已是不在。住在偏屋里的是另一个女人。问起她的去处，一点也不知道。在家里我也打听不明她的去处。

"住在冷庙茶亭里的人有祸了。"我时常这样想。

"有家的不论三更半夜，十里廿里，总得回去……"父亲的话始终响在我的耳际。假使千途万水，百里几百里呢？则父亲母亲的照顾所不及可知。

嫁　衣

　　想叙说一个农家少女的故事，说她在出嫁的时候有一两百人抬的大小箱笼，被褥，瓷器，银器，锡器，木器，连水车犁耙都有一份，招摇过市的长长的行列照红了每一个女儿的眼睛，增重了每一个母亲的心事。但是很少人知道这些箱笼的下落和这少女以后的消息。她快乐么？抱着爱子么？和蔼的丈夫对她千依百顺么？我仅知道属于一个少女的一只箱笼的下落，而这故事又是不美的，我感到失望了。但是耳闻目见的确很少美丽的东西。让这故事中的真实补偿这损失罢。

　　假设她年已三十，离开华美出嫁的盛典有整整十个年头了。为了某种寂寞，在一个昏黄的夜晚，擎了一盏手照，上面燃着一段短烛，摸索上摇摇落落的扶梯，到被遗忘的空楼的一角。那儿有大的蛛网张在两柱中间，白色的圆圆的壁钱东一块西一块贴满黝黑的墙壁，老鼠粪随地散着，楼板上的灰尘积得盈寸。

　　为了某种寂寞，她来这古楼的一角，来打开她这久年放在这里的木箱。这箱子上面盖了一层纸，纸上满是灰尘揭开这层纸，漆色还是十分鲜艳的呢。这原是新的木箱，有幸也有不幸，放上了这寂寞的小楼便不曾被开启过，也不曾被搬动过。

箱子的木板已经褪缝，铰和铜锁也锈满了青绿。箱口还斜角地贴着一对红纸方，上面写着双喜字。这是陪嫁的衣箱。自从主人无心检点旧日的衣裳，便被撇弃在冷落的楼阁与破旧的家具为伍了。

为了某种寂寞，她用一大串中的一个钥匙打开这红漆的木箱。这里面满是褶得整整齐齐的嫁时妆。她的母亲在她上轿的前夕，亲手替她装下大大小小粗粗细细的布匹和衣服，因为太满了，还费了大劲压下去，复用竹片子弹得紧紧地，然后阖上箱盖。嫁衣那晚母亲把箱子里的东西一件件地重复地念给她听，而她的眼睛沉重得要打瞌睡，无心听了。现在这里是原封不动的，为了纪念母亲，不去翻动它罢，不，便是为了不使自己过分伤心；便不去翻动它罢。

在这箱子的上层，是白色的和蓝色的苎布。那是织入了她的整个青春啊。她自从七岁便开始织苎。当她绾着总角髻随着母亲到园子里去把一根根苎麻刈下来，跟着妈妈说"若要长，还我娘"，嘻嘻哈哈地把苎叶用竹鞭打下，堆扫到刈得光秃秃的苎根株上面，"把苎叶当作娘，岂不可笑，那地土才是它的娘啊，苎叶只是儿女罢了"，她确曾很聪明地这样想过；当她望着母亲披剥下苎的皮层，用一把半月形的刀把青绿脆硬的表皮刮去，剩下软白柔韧的丝绦，母亲的身旁堆了一大堆的麻骨，弟妹们便各人拈了一根，要母亲替他们做成钻子，真的用一根竹签做钻头，便会做成一把很好的钻子，坚实的土地便被钻得蜂巢似的了，她呢，装做大人气派说："我，大人了，我不玩这东西。"于是便拿来了一片瓦，一个两端留着节中间可以储水的竹槽，注上水；把苎打成结，浸入水里，又把它拿出来，分成细绞，放在瓦上一搓一搓，效着大人的模样，这样，她便真的学会了织苎了。

在知了唱个不停的夏天，搬了小凳到窄小的巷里，风从漏斗口似的巷口吹进来，她在左边放着一只竹篮，右边放了苎槽和剪，膝上放了瓦片，她织着织着便不知有炎夏的过了一个夏天，两个夏天，七八个夏天……等到母亲说："再织上几两，我替你做成苎布，宽的给你裁衣，窄的给你做蚊帐，全部给你做嫁妆，"她脸微赪了。

现在，锁在这箱里霉烂的是她织上了整个青春的苎布啊。

在冬时，她用棉筒纺成细细的纱，复把它穿进织带子的绷机的细眼里，用蓝线作经，白线作纬，她是累寸盈尺的织起带子来了。带子有窄的，有宽的，有白的，有花纹的，有字的。她没有读书，但能够在带上织字。"长命富贵，金玉满堂"呀，"河南郡某某氏"呀，卍字呀，回文呀，还有她锦绣般的心思，都织在这带上。

"妈妈，我织了许多带子了。"她一次说。

"傻丫头，等到出嫁后，还有工夫织带子么？孩子身上的一丝一缕，都得在娘身边预备的。"

"将来的日子有带般长才好呢。"

"不，你的前途是路般长。"

"妈妈的心是路般长。"

这母亲的祝福不曾落在她的身上。她没有孩子。展在她前面的希望是带般的盘绕，带般的迂回，带般的曲折。她徒然预备了这许多给孩子用的带，要做母亲的希望却随同这带子霉腐于笥底了。

在这箱子的底层，还有各色绣花的衣被，枕衣，孩子的花兜，披襟，和各种大小的布方。她想到绣在这上面的多少春天的晨夕，绣在这上面的多少幸福的预期，她曾用可以浮在水面上的细针逢双或逢单的数剔布绸的纹眼，把很细的丝线分成两条四条，又用在水里浸胀了的皂角肉把弄毛了的丝线擦得光滑，然后针叠针的缝上去。有时竟专心得忘了午餐或晚餐，让母亲跑来轻轻拧她的耳朵，方才把绣花绷用白绢包好，放入细致的竹篮，一面要母亲替她买这样买那样。

现在这些为了将来预备的刺绣随同她的青春霉烂于笥底了。

幸福的船像是不平衡的一叶轻舟，莽撞的乘客刚踏上船槛便翻身了。她刚刚跨上未来的希望的边缘，谁知竟是一只经不起重载的小舟呢。第一，母亲在她出嫁后不一年便病殁了。她原没有父亲。丈夫在婚后不久便出外一去不返，说是在外面积了钱，娶了漂亮的太太呢，她认不得字，也无从读到他的什么信。她为他等了一年，两年，十年了，她的希望的种子落在硗瘠的岩石上，不会发芽；她的青春在出嫁时便被折入一对对的板箱，随着悠长的日子而霉烂了。

这十载可怕的辛劳，夺去了她的健康。为要做贤惠的媳妇，来这家庭不久便换上日常的便服，和妯娌们共分井臼之劳。现在想来真是失悔。谁知自从那时候便永远不容有休息呢。在严寒的冬月，她是汗流浃背的负起沉重无情的石杵；在幽静的秋夜的月光中，为节省些膏火，借月光独自牵着喂猪的粮食。偶时想到她是成了一头驴子。团团转转地牵着永远不停地磨，她是发笑了。还有四月的麦场，五月的蚕忙，八月的稻，九月的乌桕，都是吸尽她肩上的血，消尽她颊边的肉的。原是丰满红润的姑娘呵，现在不加修饰的像一个吊死鬼。不过假如这样勤劳能得到一句公平的体恤的话，假使不至无由的横遭责骂，便这样地生活下去吧。

"闲着便会把骨头弄懒了啊！"这不公的诟声。

"闲着便会放辟逾闲啊！"这无端的侮辱。

于是在臼和磨之外又添了砻。在猪圈中添了一头猪为要增加她的工作。

在猪圈中又是添了一头猪，为要增加她的工作。

竟然养起母猪来了。那是可怕的饕餮！并且……

"你把这母猪喂饱，赶这燥猪过去啊！"

她脸一红。感到这可耻的讥刺，这无赖的毒意。她是第一次吐出怨的声音，诅咒这不义的家庭快快灭亡罢。她开始哭了。

接着是可怕的病，那是除了出嫁了的妹妹是没有人来她的床边的。妹妹是穷的，来去都是空手，难怪这一家人看到她来谁也不站起招呼一声。母亲留下她们姊妹兄弟四人，兄弟们都各自成家，和她成了异姓，和她同枝连理的妹妹，命运是这样不同。她是富，妹妹是穷，她是单身，妹妹是儿女多累，这奇异的命运啊！但是谁也没有想到这富家媳是受这样的折磨！当时父母百般的心计是为要换得这活人的凌迟么？她呜咽了。

假如生涯是短促的话，她已过了三分之二了。假如生涯是更短促的话，哪，便在目前了，所以她挣了起来，趸上这摇摇落落的扶梯，来这空楼的一角，打开古绿的锁，检点嫁时的衣裳么？箱里有一套白麻纱的孝服，原是预备替长辈们戴孝的，现在戴的为了自己，岂不可怜。

伏在箱子的一角，眼泪潸潸地流下来。手照落在地上，不知不觉地延烧了拖垂着的衣襟，等到她觉得周身火热才惊惶地呼喊时，一股毒烟冒进了她的口鼻，便昏厥过去。

家人听见叫喊的声音跑来，拿冷水泼在她的身上，因而便不救了。假如当时用毡子裹住她，或想法撕去她的外衣，那么负伤的身至今还活着的罢。

后来据他们说是"因为她身上的不洁，冒犯了这楼居的狐仙，所以无端自焚的"。不久之前，我曾去看这荒诞无稽的古楼，楼门锁着，贴上两条交叉的红纸条。这楼中锁着我的第二房的堂姊的嫁衣。

灯

　　院子里的鸡缩头缩脑地踱进埘里去了，檐头喊喊喳喳的麻雀都钻进瓦缝里，从无人扫除的空楼的角落，飞出三三两两的蝙蝠，在院宇的天空中翻飞。蝙蝠可说是夜和黑暗的先驱，它的黑色带钩的肉翅，好像在牵开夜的帷幕，这样静悄悄地，神秘地。

　　这时候，这家里的年青的媳妇，从积满尘垢的碗碟厨的顶上拿下一个长嘴的油壶，壶里面装着点灯的油。她一手拿壶，一手拿灯，跑到天井跟前——那里还有暗蒙的微光——把油注在灯瓢里面。她注了一点，停一停，把灯举得和眼睛相平，向光亮处照一照，看看满了没有，拿下来再加一点油，复拿起照了照，又加上一点，等到灯里的油八分满的样子等到油面和瓢缘相差二分的样子，才住了手。一边把油壶放还原处，一边顺手在一只破灯笼壳里抽了两条灯芯，把它浸在油里，让灯芯的一端露在瓢外二分长短，而另一端则像两道白色的尾巴翘着。

　　少妇把灯放在灶突上。这是灶间的中心点。不论从那一方量来，前后也好，左右也好，上下也好，都是等距离。她从来没有想到这所在是室内的正中心，只觉得放在这里很好，便放在这里了。她每次这样放，月月如此，年年如此，毫不以为异。

少妇没有伸手点灯，只是在灶门口坐下。灶里还有余火，吐着并不逼人的暖气。锅里的饭菜熟了，满室散着饭香。她把孩子拖到身边来，脸偎着他，若有所待地等着。等着谁呢？不，她只等着天黑，伸手不见五指的天黑。她要等天黑尽时方才举火点灯。她知道就是一滴的灯油也是不能浪费的。

我先来介绍这灯罢。这是一盏古式的青油灯。和现在都市里所见的是大不相同了。我怀疑我的叙述在人们听来是否有点兴趣，我怀疑我的介绍是否不必要的多余，并且能否描写得相像。说到这里我便想到绘画的长处，简单的几笔勾撇，便能代表出一个完美的形的，而我则是拙于画笔者。这灯在乡间仍被普遍地用着。"千闻不如一见"，假如你有机会到我们山僻的地方来时，便会知道这是怎样的一个形状了。

灯的全体可以分成两部分：一部是灯瓢；那是铁铸的像舀子或勺子的东西，直径四寸左右。乡间叫做"灯碟"，因为形状如盏碟，而它的功用在于盛油，如同碟子盛油一样。碟的边缘上有一个短柄，这是拿手的地方。这碟子是铁铸的。我曾想过假如换上了海螺的壳，或是用透明的琉璃，岂不是更美丽吗？不，铁铸便有铁铸的理由：盛油的家伙是极易粘上灰尘的，每隔四天五天，碟缘上便结了一圈厚腻黝黑的东西了，那时你用纸去擦么？这当然是费手脚的事。所以当初灯的设计者，用生铁铸成灯碟，脏了，只要把油倾去，用铁钳把碟子钳住，放到灶火里去烧一阵，烧得通红，拿出来放在水钵里一浸，"嘶……"地冷却之后，便焕然一新，如同刚买来的一样。这样，一个灯碟可以用得很久——烧着浸着，生铁是烧得坏的么？你想——"旧的东西都经久耐用。"这便是简朴的乡民一切都欢喜旧的理由。

灯的另一部分是灯台，一个座子。在这儿，装饰的意味是有重于实用了。坐台的华丽简朴随灯而异。普通的形式是上下两个盘，中间连接着一根圆柱。底盘重些大些，上盘便是承灯瓢的坐垫，柱子则是握手的地方。灯座有磁制的，也许有铜铸的，而我在这里所描写的则是锡的。在灰白的金属表面镶嵌着紫铜的花纹，图案非常古老。其中有束发梳髻宽衣博袖的老头，有鸟，也有花和草，好像汉代石室中壁画的人物。这工作倒是非凡精细的，大概是从前一个偏爱的母亲，在女儿出嫁的前几年，雇了大批的木匠漆匠铜匠锡匠，成年成月地做着打着，不计工资而务求制品之精巧，这灯擎便在许多的锡器中间被打成了。这些事在我们后辈当然无从知道。我只知道这座灯擎是这家的祖母随嫁带来的。是否这祖母的母亲替她的女儿打造的呢？那又不得而知。也许还是这祖母的母亲的嫁妆。在乡间，有多少的器皿都保留着非常古远的记忆。这儿，数百年间不曾经过刀兵，也没有奇荒奇旱，使居民转徙流亡，所以这儿留存着不少先民的手泽。甚至于极微小的祭器或日用的东西。有一次，一位远房的伯父随手翻起一只锡制的烛台，底面写着一行墨笔字，"雍正七年监制"，屈指一算！——历朝皇帝的年号和在位的久暂，他们都很熟悉的——该是二百年了。而仍是完好的被用着，被随便地放在随便的角落，永久不会遗失。话说得远了，刚才我说这灯擎是祖母随嫁带来这家里的。后来这祖母的女儿长大了，这灯擎复随嫁到另一姓。那位女儿又生了女儿，女儿长大之后，又嫁给祖母的孙孙，灯擎复随嫁回到这祖母的屋子里来。这样表姊妹的婚姻永远循环继续着，"亲上加亲又是亲上加亲的"，照着他们的说法。所以几件过时的衣服，古旧的器皿，便永远被穿了新衣服抬嫁妆吃喜酒的不同时代的姻亲叔伯，永远地在路上抬来抬去，仍旧抬回自己的老家。我真想说山乡的宇宙是只有时间而没有空间的。这看来很可笑么？我倒很少要笑的意思，除开某种的立场，我是赞成这种婚姻的。你想，一位甥女嫁到外婆的家，一切都熟识，了解，谐和，还有什么更好的么？

不用说，坐在灶前的媳妇，便是祖母女儿的女儿了，她来这家里很幸福，大家都爱她，丈夫在外埠做工，在一定的时候回来，从来没有爽约。膝前的孩子则已经四岁了。翁姑——她的舅父舅母——都还健在。

天黑了，伸手不见五指的黑。她推开孩子，拿一片木屑在尚未尽熄的灶火中点着，再拿到灯边点起来。蓦然一室间都光明了。"一粒谷，撒开满堂屋。我给你猜个谜儿，你猜不猜？""灯，灯，"连说话未娴熟的四岁的孩子都会猜谜儿了。且说灯点着了，这灯光是这样地安定，这样地白而带青，这样地有精神，使这媳妇微笑了。"太阳初上满山红，满油灯盏统间亮"，她在心头哼着儿时的山歌，她，正如初上的太阳，前面照着旭红的希望；她，正如满油的灯，光亮的，精神饱满的，坚定的，照着整个房间，照着她的孩子。所以她每次加油的时候，总要加得满满的，因为这满油的灯正是她的象征。

灯光微微的闪了。这家的舅父和舅母走进灶间来，在名分上他们是翁婆。可是她沿着习惯叫。这多亲热的名词。到了年大的时候要改口叫声"婆婆"，多么不好意思！而她避免了这一层了。她真想撒娇向他们要这要那呢！可惜已成了孩子的母亲。她看见他们进来了。她揭开锅盖，端出菜和饭。热喷喷的蒸气使灯光颤了几颤。她的舅父说："一起吃了便好。"而她总是回答，"你先吃"，她真是懂得如何尊敬长辈的。每逢别人看到这样体贴的招呼，总要说一声，"一团和气哪。"

饭吃半顿的样子。"剥剥剥"，有人敲门了。舅母坐在门边，顺手一开。头也不用回便说"二伯伯请坐。"二伯伯便在门槛坐下，开始从怀中摸出烟包，掐出一撮烟用两指搓成小球，放在烟管上。

"剥剥剥"，又敲门了，这是林伯伯。他们俩不用打招呼，便一个先一个后。从来不会有迟早。他们夜饭早吃过了。他们总在天未黑的时候吃的，吃过之后，站在门口望着天黑，然后到这家里来闲谈。有时这家里的媳妇招呼他们一声说"吃过么？"二伯伯便老爱开玩笑地说：

"老早，等到今天！"他的意思说，"我早就吃过了，我昨天便吃过了。"

二伯伯和林伯伯在一起，话便多了。他们各人把自己的烟管装满，拿到灯火上面燃点，"丝丝……"地抽着。

他们谈到村前，谈到屋后，谈到街头，谈到巷尾。真不知他们从那里得到许多消息。好像是专在打听这人间琐事，像义务的新闻访员。

第一筒烟吸完了。又装上了第二筒。二伯伯口里衔着烟嘴，一边说话，一边把烟管放在灯花上点火，手一偏险些儿把灯火弄熄了。他的谈话便不知不觉地转到灯上来。

"我有一次到城里去。他们点的都是洋灯，青油灯简直看不到。他们点的是洋油，穿的是洋布，用的是洋货，叫人看得不服眼。"

"他们作兴点洋油，那有什么好处。洋油哪里比得上青油！——这屋子里点的是青油——洋油又臭，又生烟，价钱又贵，风一吹便熄，灯光也有点带黄。青油呢，灯花白没臭气，又不怕风，油渣还可以作肥料。洋油的油渣可以作肥料么？"

"是啊！我说城里人不懂得青油的好处。譬如说，我们一家有两三株乌桕树，每年你不用耕锄，不用施肥，可以采几石桕子，拿到油坊里去，白的外层剥下来可以制蜡烛，黑的芯子可以榨青油。桕子的壳烧火。这些都是天的安排，城里人那里懂得。"

第二筒烟又完了。现在放到灯上是第三筒，林伯伯忽然指着浸在油里的灯芯，说：

"灯芯只要点上一根便够了。两根多花一倍油。"

"因为伯伯们在这儿，点得亮点，给伯伯点烟。"媳妇说。

"讨扰讨扰。"

谈话又移到灯芯上面。二伯伯和林伯伯谈着灯芯是怎模样的长在水边的一种草，便是编席子的草。灯芯还可以做药。又说有一种面，很脆很软,像灯芯大小,叫做灯芯面。

"蟹无血,灯芯无灰,这怎么讲?"媳妇插进一句。这时舅父们早已放下筷子。她在替孩子添菜,催他快吃。

"你看到蟹有血没有?你知道灯芯灰是怎样出典的么?"

二伯伯一面装烟一面讲:

"从前有一个少爷,父亲是做过大官的——什么官,六品官。(他以为品级越多,官越大。)做官的人家是有钱的,金子,银子,珍珠宝贝,数也数不清……却说这位少爷在十六七岁的年头病了,非常厉害的病症。你知道他生的什么病,做官人家还会缺少什么,有什么不如意的么?原来他只怀着一桩心事,就是愁着父亲留给他这许多钱怎样用得了,这时候他的父亲已经死了,只有这孩子的母亲。他是独养子,所以爱惜得是不消说的。真的倘使这孩子说要天边的月,他母亲便会毫不迟疑地雇工造个长梯子,派人去摘下来的。可是孩子并没有想摘月亮,他只愁着钱用不了。

"孩子病着愁着,脸孔黄起来。母亲的担忧也确实不少。她求神许愿,都没有效果。看看一天黄瘦似一天了。

"忽然,有一天,这位宝宝高兴起来,喊他的妈妈说,'妈妈,我要吃一只鹌鹑。'

"他的妈妈欢喜得不得了,忙说,'这容易办,这容易办。叫人立刻预备……'

"'不过,'孩子说,'妈妈,我的鹌鹑要放在石臼里炖,上面盖着石盖。石臼底下要用灯芯来烧,别种烧法我不爱。'

"痴心的母亲吩咐照做了。她盼望会有奇迹似的石臼里的小鸟突然炖熟了,她便可以拿去给她的儿子,吃了之后,病便会好。

"于是大批的金子银子拿去购买灯芯,灯芯涨价了,连家用点灯的灯芯都被收买了去,整车整船的灯芯运到显宦的府邸,都烧在石臼底下，奇怪，烧了几许的灯芯竟没有一撮灰。……"

"这鹌鹑炖熟了么？"媳妇问。

"你想烧得熟的么？"

"孩子后来怎样？"

"你想他后来怎样？"

大家没有说话。这故事流传在乡间，也不知几十百年，不知经过多少人的口，入了多少人的耳。所以这故事完后一点也不见得紧张。媳妇在这时候正洗着锅子。不一会灶头抹净了，舀一盆热水洗手，又把快要睡去的孩子擦了一把脸，解下腰上的围裙，拿一根竹签子剔一剔灯花。

伯伯们都告辞了。他们还要到别家去闲谈，把说过的话重说一遍。

媳妇一手提了灯，一手牵了孩子。施施然向自己的卧室走去。

网

我想说命运好比渔夫，不时不节在生命的海中下网。凡落入他的网的，便不论贤愚老幼，一齐被捞到另一个世界去。他是一个顶娴熟的撒网者，有一副顶细密顶柔韧的网，有时似会漏下了一尾两尾，但这一尾两尾，终有一天会落入他的网里的，只是早迟先后不同。我说这话可并没有寓着悲观之意，也没有怨嗟之情，犹如鱼不能自悲其为鱼，不能怨尤渔夫的下网一样。我不过偶然取个比喻而已。

引起我这不恰切的比喻来的，是一个老年人。他也是打网的。看到他提着用柳条贯成一串的鱼走过街市或肩着网从村里出来，我因而想起他自己倒是一条漏网的鱼了。正如池里的鱼，每年年头族祠设祭或婚嫁喜事的时候，总要打捞几次，这命运的网落在这村中，也不知有多少回了！老人的同辈都捞去了，他贴身的妻子也被捞了去。偏偏他从网里漏了出来。留在生命的海中，失去他的队伍，耐心等着下次的捕捞。

这老人是什么人？他叫什么名字？他和我什么关系？我不想说。总之他是一个老人，捉鱼的老人。在这村里捉鱼的只有他一个，似乎像他这样大的年纪的也只有他一个，——虽则我得声明还有许多半老的比不上他老的许多人——所以每逢别人叫他"捉鱼的！"或喊声"老头儿！"他一定点头答应，意思是："是的，我是捉鱼的，我是捉鱼的，我是老人。"

你看他早出晚归，日日奔遂于溪渚水滨，或用罾，或用网，或用钓，或者驾一张小竹，手里拿一柄鱼叉——（那往往是冬天，水族潜伏在水底的时候）——俯视透明的水底，觑看真切便飕地射下去，或者只拿了一尺多长的粗铁丝打成的钩，钩上挂着一条小虫，身子躺在池塘的边上，一手拿钩子向石缝里树根盘结的窟窿里逗引，一手用指头把水面弹得"泼泼"的响；或者更简单些，手里拿了一根竹竿，把池里的水乱搅一通，再蹲在一边等着，看看在水底冒起鳖鱼潜伏时所起的水泡泡来没有，于是用竹竿点定起水泡的地点，把身子钻到水里捞摸……但他所得的仍是无几，勉强够一天的温饱，他不能为明日预备一份休息的口粮。说到这里，我想到华兹华斯在一篇诗里说起的故事来了：说是一个老人，他每天拖着蹒跚的脚步从一个池塘挨到另一个池塘，坐在水边，把双脚悬在水里。作什么呢？你想，原来他把双脚当作钓饵，引诱池塘里的水蛭——这可怕的吸血的虫——来吸他胫上的血，然后把腿胫提起，捉下水蛭，卖给医生——在当时，水蛭是治疗某种病的，它能毫无痛苦地吸出被认为有害的血液——换取每日的面包。如果这情形是真的，则我应当为我的老人庆幸，因为他还有一个捉鱼的本领，只要负着渔具出门，多少可以捕得一些虾，一些鱼，一双鳖鱼或者几条黄鳝。而他的鱼饵，也只要取给予无辜的小虫，用不到自己的血。

这位老人身世如何？他曾否有过家庭？年轻的时候作什么生？想听者所欲知道的。我在前面曾提到他有妻子，可知他结过婚的。那么他有否子女？这也是必然的询问。但我请你千万莫问他自己，那会使他甚为不欢，这简直是敲上他的悲哀的音键，他甚至于会疑心你的问句是否含着讥讽和恶意了。据我所知，他先前有过一个儿子。不过这儿子非他所出，是他的老年的妻第二次改嫁跟他来的时候随身带来的，说得难听些，是个油瓶。孩子来他家的时候只有四五岁，而他有四十开外年纪了，所以也非常疼爱这儿子。吃的穿的，件件都周到，他尽所能的抚育他。等到长大了，他送他去学木匠，三年学徒满后，居然做得一手好细木，每天可以像正式的老司务一样地挣钱了。那时老人真是说不尽的欢喜，想老年总不至无依无靠了，想病时总有人送盏茶水汤药了，他对别人说话的时候老把儿子挂在口头，说他的工作做得多么细致，结实，说他现在做老司务了，每天可以赚多少钱。……便是对着自己的妻子，也笑逐颜开地说："等到××回来的时候，我们要把这道板壁修好，免得冬天冷风吹到我们的床头。"

但是这位木匠儿子出去一年两年不回，也不给个音信。终于在第三年的头上一个同村人给他带来一封信，两块钱，信里说：

"我不是你的儿子，不要指望我。寄上两块钱，请查收。"

这两块钱便算是报他抚育之恩！他气极了，他因此和他妻子着实闹了一场。他持的理由是：

"纵使他不是我的儿子，总还得是你做娘的儿子。这忘恩负义的东西！"

从此他绝口不提起他的儿子。两年后他的妻子病故了，那时他托人辗转捎了个信去，不知是遗失了，也不知怎样，没有回音。

话说回去，我得说他原先干的是什么职业。他原来不是捉鱼的。他和村里的大部分人一样，他种田，同时也撑竹，他自己只有一亩田，和屋后一小块菜园。他向别人再租几亩，春耕夏耘，也算得一个道地的农民。撑竹呢，那只好算作他的副业。从村前的埠头撑着竹送货到县城里，下水一天，接货回来，上水三天。四天工夫，可以挣几只光洋，这是顶赚钱的生意。秋末冬初，山上的木板编成筏子，由水道运送到府城里，来回便得半月余，除了伙食开销，可以剩下十来只大洋回家。他水路熟，身体好，有力气，凭他的双手一家衣食无缺。他下水是一条龙，说是有一次一袋铜板翻到一个一篙多深的潭里去了，他潜水下去，逐一摸回，一个没有短少。那时他便欢喜捉鱼，而捉回来的每每把小的坏的多余的卖掉，好的留给自己吃。有时不卖不吃，把它焙干放在土瓶里。

这些都是年轻时代的话了。现在他连回忆都懒得回忆。日趋衰老的体格，担受不起水途辛苦，挽竹上急滩只好让比他年轻的一辈去干，种田翻土呢，也难比从前，租来的田都给收回去了。于是他把从前作为玩意的游戏当作糊口的职业，好在这水边的生活于他原不生疏。

自从他妻子故后，他也有过一场不大不小的病。一亩薄田和屋后的一块菜园便在那前后抵押给别人了。老人没有别的嗜好，闲时贪吸一口旱烟。看他把白烟吸进之后闷在嘴里很久不吐，好像要把一生的愁苦，都要一口吞到肚子里去的样子。

不晓得他从哪里学得结网的本领，他用生丝结成半寸见方的网，专门拦取溪里的小鱼。有人告诉他：

"你老年了，少杀生吧。"

"我面前没个人，身后没个影，作什么功德。"他干涩地回答。

他家的门前便悬着各种的罾网。太阳照过来的时候，把网的影子映在单薄的板壁上，现出整齐的菱形的图纹。老人又在结他的网了，戴着一副老花眼镜。在他的手指底下似乎在铺排着鱼的命运。而我，不知从哪里袭来的一种古怪的念头，觉得这老人自己是一条漏网的鱼，有一天，他的腮子会再次挂到命运的网眼里去的。

谶

曾有人惦记着远方的行客，痴情地凝望着天际的云霞。看它幻作为舟，为车，为骑，为舆，为桥梁，为栈道，为平原，为崇陵，为江河，为大海，为渡头，为关隘，为桃柳夹岸的御河，为辙迹纵横的古道，私心嘱咐着何处可以投宿，何处可以登游，何处不应久恋，何处宜于勾留，复指点着应如何迟行早宿，趋吉避凶……。正神凝于幻境的想象的时候，忽然天际起了一片漆暗，黑云怒涌，为闪电，为雷霆，为风暴，为冰雹，为骤雨，为飓啸，……思远者乃省记起了已有多久没有收到平安的吉报，安知他途上山高水低，舟车上下，安知他途中不会遭遇兵灾，匪祸，疾病，厄难，于是引为深忧，甚至悄然坠泪，揣测着这不祥的谶兆……

曾有守望着病了的孩子的姐姐，因为久病把大家都弄累了，于是决议由大家轮流值夜看护，而她是极愿长久陪侍这亲爱的弟弟的……夜是暗黑的，高热度的孩子发出不可解的呓语，紧闭着的窗户隔断外来的一切的声音，室内只有一颗暗黄的灯光和两个生命的呼吸，姐姐阖上眼睛仿佛要睡着了，猛然抬起头来看见梁上挂下一个蜘蛛，它把细丝粘在梁上，自己却缓缓地坠下来。黄色的灯光映着这细丝，现成金黄色。姐姐恍若悟到维系住这小虫的竟然是这样脆弱的微丝，这里隐喻着身边的孩子的艰难的呼吸。"倘使断了呢？"她为着这蜘蛛担心了，于是暗暗占卜道："蜘蛛啊！假如你再能从你细丝回到梁上去，则我的弟弟便有救了，否则……"她不忍想了。蜘蛛往下坠着，又挣扎着沿着细丝往上去，又下坠了，将及地时又挣扎着上去，又坠下来，又上去……一霎间，丝断了！"啊呀！"这姐姐的惊叫惊醒了一家人，而她不能把她的谶语告诉旁人……

唉！自来一虫，一物，一言一语往往便成谶，你听我说完我的故事吧。我有一位姐姐，她花了很多的工夫绣花在她自己的一双鞋上面。这鞋做得很端整，很美丽，很结实，她自己看了很高兴。一位邻人称赞她说："多美丽的鞋啊！"她无心地轻轻地叹了一声道："不知我穿不穿得破这双鞋呢？"说了之后自知失口，忧郁地回到房中去了。于是在一天，当她还没有穿上新鞋的一天，她早起坐在镜前理她的鬓发，她觉得十分疲倦无力了，在早晨就疲倦得这样！她对镜端详了好久，悄然复回睡到床上，这样，便一声不响地永远地睡着了，没有留下一句告别的话……过后别人把她亲制的鞋子交给我，并告诉我这句话，我心里便想："所以说话总要留心啊！"

因此我怕看那迷幻莫测的人们的眼泪的晶球。我怕信口开河的fortune teller的唇边的恶语有时竟会幻成事实。我再也不敢像从前一样地在卖卜的摊前戏谑地随意掷下几个铜子，当他问我何事求卜的时候，思索了一回才回答道："我问一位远地的哥哥的平安。"因为我爱我的哥哥。我也怕听在我的头顶上从寒空里投下一串乌鸦的"哇"声。我怕听见丧夫的邻妇朝暮的啼哭。我欢喜看新年时在破旧黝黑的门窗上贴大红的楹联，我赞美满街的爆竹和空气里硝磺的气味。我也预备了红红绿绿的希望和吉祥的祝福,来分赠给比我年幼的和比我年长的人,愿他们幸福。

让"谶"成于既往,愿来日平安吧。

苦　吟

　　不晓得在什么时候，一桩事情扰乱了我。好像平静的渊面掠过行风，我的灵魂震颤得未能休止。大概是那天读报，一位善感的词人说"人间皆可哀！"乃怆然若有所感，陷入了无谓的思索里。我原不喜爱这种语句，我想立即屏除为这句话所引起的念头，却不料它已潜入了我脑筋的皱褶，像一粒尘芥落入眼睑，怎样搓揉也剔除不去。我想到了老蚌的故智，当一粒细砂嵌进它的壳里，柔嫩的肌肉受不住折磨，便分泌些粘液把它层层裹紧，索性让它成为一颗明珠；则我也吐些泡沫之类润它一润吧，我坐下来，靠在案前，笔蘸着墨出呆了。

　　顾我的笔底殊无可申诉，我思想的茧子找不出端绪可以抽缫。一团黑雾笼罩住我，把我的周围染成一片模糊，令我苦于寻索了。我将怎样写说我的怅触？是有所失抑有所待？假若我有华美的当年，豪奢的往日，我将哀悼失去的荣华如同失去一盒无价的珠宝或如一袭金紫的锦袍；而我不曾有过那些。究竟什么使我杌陧不安呢？我只能引譬河干流水，喻取那默默的奔劳。便毋庸细说吧。

一个被遗忘的古梦移到我的面前：梦中一巨人，头是金的，胸和腹是铜和锡的，腿是泥的。从前，为了一句for lofty aims好听的甜言，凡事我都仰头观看，我望见这巨人金光灿烂的脸，那是美丽的，辉煌的，平和，快乐，这金光显示着被期待的希望。我微笑着，以为这是看管乐园的金甲神呢，我私心向这幸福的门的掌钥者祷祝，希望他为我开启这云霓的门，好让我望望这门里藏着什么东西，虽则我并不想进去，用我肮脏的手脚拈损美丽的花草，我只想窥探窥探，回头好告诉别人这是怎样的一个地方……我守候了好久，不见门开，蓦地头上一声鸷鸟的怪叫怔住了我，一堆鸟粪落在光辉的金顶上，我定神细看，这神的胸部和腹部乃是铜和锡的。我迷惑，以后逢人便问这作怎样解释？一位读书人指点了我，说这是古书上写着在，并且告诉腿是泥的。

　　说是为这金神悲哀么？啊，我懊悔闲暇中假我多思索，我灵魂乃真的憔悴了。为了恢复它的健康，我计划着一个旅行，心想漠地的风沙或予它以砥砺。不幸昨天我郊游失足，一跤跌在泥土上，归后梦中恍如被搬走了几千里，七昼夜火车归不得。何人策石把我的过去送得那么辽远，令我续不拢这段空阔。因之我又憎恨距离，迟未成行了。

　　颇想唱一阕春的短章：枝头的融雪丁东地滴入静睡的碧潭，惊醒了潜藏的鳞族，大自然运杵捣和五色的浆，东抹西涂地乱洒在百花上，燕蝶忙于访问了。幻想中比牙琴上乱草丛生，绿苔胶满几案，这正是节候，歌人将因快乐而入神了。但是你看我啊，只因一时不慎打伤了手腕，愈后是那般无力敲打那键盘。眼看锈锁的琴盒，因之竟想把它毁碎呢。唉，完了完了，且看我这番辍食苦吟，只是招受讥笑罢了。

《竹刀》后记

《竹刀》，共九篇，分上下两集。上集自一九三六年六月起至十一、二月止，下集起一九三七年一月迄四月，未记日期。

原定上集七篇，下集七篇，给它一个对称的形式。但是下集各篇情绪是大不相同，所以删成两短篇了。

作为这一段时期的纪念，是这小集对我珍贵的理由。这一年来我失去很多，获得很多。我真再也无心去搜寻感怆的比兴了，世界上，应有更高贵的东西。这集子写就在我这样的年龄，正如诗人名曲的首句：

Midway the path of life that men pursue.

这集子，可作为我生命的里程碑。往事如坠甑，我颇懒于一顾。倘不幸遗下一丝感喟，那不过是凡人之情而已。

书中多篇未能使我满意，尤其是定作集名的《竹刀》。我想世人给人满意的东西本来太少。那末，便将就些原谅自己和别人吧。

本集编成于四月末旬，写此后记则时在七月二十九日。

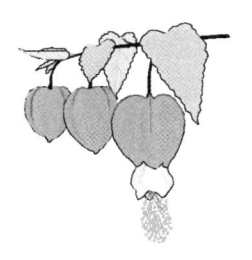

陆蠡记

《竹刀》附记

本书刚付印而八·一三战祸发生。半年间中国版图变色了。多少人死亡了，流离失所了。这神圣的民族解放的斗争将仍继续着，我惭愧这小小的散文集未能予苦难的大众以鼓励和慰藉。但我如同怀念一件旧物，怜悯它乃假以喜爱。这集子能免于劫火，重新和读者见面，似乎是它的幸运。但我是愿意将幸运分给别人的。

文化生活出版社在万难中仍设法出书，这是使我感激的。特在此附笔志谢。

一九三八年三日二日陆蠡记

《囚绿记》序

我羡慕两种人。

一种赋有丰盛的想象,充沛的热情,敏锐的感觉,率真的天性。他们往往是理想者,预言者,白昼梦者。他们游息于美丽的幻境中,他们生活在理想之国里。他们有无穷尽的明日和春天。他们是幸福的。

另一种具有冷静的思维,不移的理智,明察的分析,坚强的意志。他们往往是实行者,工作者,实事求是的人。他们垦辟自己的园地,他们的生活从不离开现实。他们有无止境的乐趣和成就,他们是幸福的。

前者是诗人的性格,后者是科学家的典型。

前者是感情的师傅,后者是理智的主人。

我羡慕这两种性格。

反观我自己?

两者都不接近。

我是感情的奴役,也是理智的仆隶。

我没有达到感情和理智的谐和,却身受二者的冲突;我没有得到感情和理智的匡扶，而受着它们的轧轹；我没有求得感情和理智的平衡，而得到这两者的轩轾。我如同一个楔子，嵌在感情和理智的中间，受双方的挤压。我欢喜幻想，我爱做梦，而我未失去动物的本能，我不能扮演糊涂，假作惺忪。我爱松弛灵魂的约束，让它遨游空际，而我肉身生根在地上，足底觉触到地图的坚实。我构造许多崇高的理想，却不能游说自己，使之信服；我描拟许多美丽的计划，仍不能劝诱自己，安排自己。我和我自己为难。我不愿自己任情，又不能使之冷静；我想学习聪明，结果是弄巧反拙。我弃去我所喜悦的我所宝贵的，而保留住我所应当忘去的应当屏除的；我有时接受理智的劝告，有时又听从感情的怂恿；理智不能逼感情让步，感情不能使理智低头。这矛盾和，把我苦了。

啊！我是一个不幸的卖艺者。当命运的意志命我双手擎住一端是理智一端是感情的沙袋担子，强我缘走窄小的生命的绳索，我是多么战兢啊！为了不使自己倾跌，我竭力保持两端的平衡。在每次失去平衡的时候便移动脚步，《囚绿记》序取得一个新立足点，或者是每次移动脚步时，要重新求得一次平衡。

就是在这时刻变换的将失未失的平衡中，在这矛盾和中，我听到我内心抱怨的声音。有时我想把它记录下来，这心灵起伏的痕迹。我用文字的彩衣给它装扮起来，犹如人们用美丽的衣服装扮一个灵魂；而从衣服上面并不能窥见灵魂，我借重文采的衣裳来逃避穿透我的评判者的锐利的眼睛。我永远是胆小的孩子，说出心事来总有几分羞怯。

这集子就是我的一些吞吐的内心的呼声，都是一九三八年秋至一九四〇年春季间写的。在这时期内敢于把它编成集子问世，是基于对读者的宽容的信赖的。

至今还不曾替自己的集子写序。写这序的，是自白的意思，也是告罪的意思。以后，不想写什么了。

一九四〇年六月二十五日

囚绿记

这是去年夏间的事情。

我住在北平的一家公寓里。我占据着高广不过一丈的小房间，砖铺的潮湿的地面，纸糊的墙壁和天花板，两扇木格子嵌玻璃的窗，窗上有很灵巧的纸卷帘，这在南方是少见的。

窗是朝东的。北方的夏季天亮得快，早晨五点钟左右太阳便照进我的小屋，把可畏的光线射个满室，直到十一点半才退出，令人感到炎热。这公寓里还有几间空房子，我原有选择的自由的，但我终于选定了这朝东房间，我怀着喜悦而满足的心情占有它，那是有一个小小理由。

这房间靠南的墙壁上，有一个小圆窗，直径一尺左右。窗是圆的，却嵌着一块六角形的玻璃，并且左下角是打碎了、留下一个大孔隙、手可以随意伸进伸出。圆窗外面长着常春藤。当太阳照过它繁密的枝叶，透到我房里来的时候，便有一片绿影。我便是欢喜这片绿影才选定这房间的。当公寓里的伙计替我提了随身小提箱，领我到这房间来的时候，我瞥见这绿影，感觉到一种喜悦，便毫不犹疑地决定下来，这样了截爽直使公寓里伙计都惊奇了。

绿色是多宝贵的啊！它是生命，它是希望，它是慰安，它是快乐。我怀念着绿色把我的心等焦了。我欢喜看水白，我欢喜看草绿。我疲累于灰暗的都市的天空，和黄漠的平原，我怀念着绿色，如同涸辙的鱼盼等着雨水！我急不暇择的心情即使一枝之绿也视同至宝。当我在这小房中安顿下来，我移徙小台子到圆窗下，让我的面朝墙壁和小窗。门虽是常开着，可没人来打扰我，因为在这古城中我是孤独而陌生。但我并不感到孤独。我忘记了困倦的旅程和已往的许多不快的记忆。我望着这小圆洞，绿叶和我对语。我了解自然无声的语言，正如它了解我的语言一样。

我快活地坐在我的窗前。度过了一个月，两个月，我留恋于这片绿色。我开始了解渡越沙漠者望见绿洲的欢喜，我开始了解航海的冒险家望见海面飘来花草的茎叶的欢喜。人是在自然中生长的，绿是自然的颜色。

我天天望着窗口常春藤的生长。看它怎样伸开柔软的卷须，攀住一根缘引它的绳索，或一茎枯枝；看它怎样舒开折叠着的嫩叶，渐渐变青，渐渐变老，我细细观赏它纤细的脉络，嫩芽，我以握苗助长的心情，巴不得它长得快，长得茂绿。下雨的时候，我爱它淅沥的声音，婆娑的摆舞。

忽然有一种自私的念头触动了我。我从破碎的窗口伸出手去，把两枝浆液丰富的柔条牵进我的屋子里来，教它伸长到我的书案上，让绿色和我更接近，更亲密。我拿绿色来装饰我这简陋的房间，装饰我过于抑郁的心情。我要借绿色来比喻葱茏的爱和幸福，我要借绿色来比喻猗郁的年华。我囚住这绿色如同幽囚一只小鸟，要它为我作无声的歌唱。

绿的枝条悬垂在我的案前了。它依旧伸长，依旧攀缘，依旧舒放，并且比在外边长得更快。我好像发现了一种"生的欢喜"，超过了任何种的喜悦。从前我有个时候，住在乡间的一所草屋里，地面是新铺的泥土，未除净的草根在我的床下茁出嫩绿的芽苗，蕈菌在地角上生长，我不忍加以剪除。后来一个友人一边说一边笑，替我拔去这些野草，我心里还引为可惜，倒怪他多事似的。

可是在每天早晨，我起来观看这被幽囚的"绿友"时，它的尖端总朝着窗外的方向。甚至于一枚细叶，一茎卷须，都朝原来的方向。植物是多固执啊！它不了解我对它的爱抚，我对它的善意。我为了这永远向着阳光生长的植物不快，因为它损害了我的自尊心。可是我囚系住它，仍旧让柔弱的枝叶垂在我的案前。

它渐渐失去了青苍的颜色，变成柔绿，变成嫩黄，枝条变成细瘦，变成娇弱，好像病了的孩子。我渐渐不能原谅我自己的过失，把天空底下的植物移锁到暗黑的室内；我渐渐为这病损的枝叶可怜，虽则我恼怒它的固执，无亲热，我仍旧不放走它。魔念在我心中生长了。

我原是打算七月尾就回南去的。我计算着我的归期，计算这"绿囚"出牢的日子。在我离开的时候，便是它恢复自由的时候。

卢沟桥事件发生了。担心我的朋友电催我赶速南归。我不得不变更我的计划，在七月中旬，不能再流连于烽烟四逼中的旧都，火车已经断了数天，我每日须得留心开车的消息。终于在一天早晨候到了。临行时我珍重地开释了这永不屈服于黑暗的囚人。我把瘦黄的枝叶放在原来的位置上，向它致诚意的祝福，愿它繁茂苍绿。

离开北平一年了。我怀念着我的圆窗和绿友。有一天，得重和它们见面的时候，会和我面生么？

光　阴

　　我曾经想过，如若人们开始爱惜光阴，那么他的生命的积储是有一部分耗蚀的了。年轻人往往不知珍惜光阴，犹如拥资巨万的富家子，他可以任意挥霍他的钱财，等到黄金垂尽便吝啬起来，而懊悔从前的浪费了。

　　我平素不大喜爱表和钟这一类东西。它金属的利齿瑟瑟地将光阴啮食，而金属的手表的的答答地将时间一分一秒地数给我。当我还有丰余的生命留在后面，在时光的账页上我还有可观的储存，我会像一个守财虏，斤斤计较寸金和寸阴的市价？偶然我抬头望到壁上的日历，那种红字和黑字相间的纸页把光阴划分成今天和明天。谁说动物中人是最聪明的？他们把连续的时间分成均匀的章节，费许多精神去较量它们的短长。最初他们用粗拙的工具刻画在树皮上代表昼夜，现在的人们则将日子印在没有重量的纸条上每逢揭下一张来，便不禁想："啊！又过了一天！"

　　怎样我会起了这些古怪的念头呢？是最近的一个秋日的傍晚，我在近郊散步，我迎着苍黄的落日走过去，复背着它的光辉走回来，足踩着自己的影子。"我是牵着我的思想在散步，"我对自己说。"我是踪蹑着我的影子，看我赶不赶得过它？"我一面走一面自语。"我在看我自己影子的生长，看它愈长愈快，愈快愈长，"我独语。总之，我是在散步罢了。我携着我的思想一同散步。它是羞怯得畏见阳光，老躲在我的影子里。使得我和它谈话，不得不偏过头去，伛偻着身子，正如一个高大的男子低头和身边的女子说话，是那么轻声地，絮絮地。

我们走着走着，不知从那里来的一枚树叶，飘坠在我们的脚前。那样轻，怕跌碎的样子。要不是四周是那么静寂，我准不会注意。但我注意到了，我捡了起来，我试想分辨它是什么树叶？梧桐的，枫槭的，还是榕栎的？但我恍若看到这不是一张树叶，分明是一张日历，一张被不可见的手扯下来的日历。这上面写着的是一个无形的字："秋。"

"秋！"我微喟一声。

"秋，秋，"我的思想躲在我的影子里和答我。

我感到有点迟暮了。好像这个字代表一段逝去的光阴。

"逝去的光阴，"我的思想如刁钻的精灵，摸着了我的心思。

"光……阴，"这两个平声的没有低昂的字眼，在我的耳边震响。

光阴要逝去么？却借落叶通知我。我岂不曾拥有过大量的光阴，这年轻人唯一的财产，一如富贾之子拥有巨资。我曾是光阴富有者。同时我也想起了两个惜阴的人。

正是这样秋暖的日子，在很早很早以前。家门前的禾场上排列着一行行的谷簟、在阳光下曝晒着田里新收割来的谷粒。芙蓉花盛开着。我坐在它的荫下，坐在一只竹箩里面，——我的身子还装不满一竹箩——我玩着谷堆里捉来的蚱蜢螳螂和甲虫，我玩着玩着，无意识地玩去我的光阴。祖父是爱惜光阴的。他匆匆出去，匆匆回来，复匆匆出去，不肯有一刻休息。但是他珍惜也没有用，他仅有不多的光阴。等到他在一个悄然的夜晚，撇下我们而去时，我还不懂他为什么要离开我们，原来他把光阴用尽了。

还是在不多年以前，父亲写信给我说："你现在长大了，应该知道光阴的可贵。听说你在学校里专爱玩，功课也不用功……"父亲也珍惜起光阴来了。大概他开始忧光阴之穷匮，遂于无意中把忧心吐露给我。在当时我不是能领会的。我仍是嫌光阴过得太慢。"今天是星期一呢！"便要发愁。"什么时候是圣诞节呢？"虽则我并不喜欢这异邦的节日。"怎样还不放假呢？"我在打算怎样过那些佳美的日子。光阴是推移得太慢了，像跛脚的鸭子。于是我用欢笑去嗾逐它，把它赶得快些。正如执棰的孩子驱着鸭群，唿哨起快活的声音促紧不善于行的水禽的脚步，我曾用欢笑驱赶我的光阴。

"你曾用欢笑驱赶你的光阴。"我的思想像"回声"的化身，复述我的话。

但是很久不那么做了。竟有一次我坐在房里整半天不出去。我伏在案前，目视着阳光从桌面的一端移到另一端。我用一根尺，一只表，来计算阳光的足在我的桌面移动的速度，我观察了计算了好久。蓦然有一种感触浮起在我的脑际，我为什么干这玩意儿呢？我看见了多少次阳光从我的桌面爬过，我有多少次看见阳光从我的窗口探入，复悄悄地退出。我惯用双手交握成各种样式，遮断它的光线，把影子投在粉壁上，做出种种动物的形状，如一头羊，一只螃蟹，一只兔；或则喝一口水，朝阳光喷去，令微细的水滴把光线散成彩虹的颜色。何时使我的心变成沉重，像吝啬的老人计数他的金钱，我也在计算光阴的速度呢？我曾讥笑惜阴人之不智，终也让别人来讥笑自身么？

"你也在计算光阴的速度了。"我的思想像喜灾乐祸似的，揶揄我。

真的，我在计算光阴的速度了。我想到光阴速度的相对性，得到这样的结论：感觉上的光阴的速度是年龄的函数。我试在一张白纸上列出如下的方程式："光阴的速度等于年龄的正切的微分。"当年龄从零岁开始，进入无知的童年，感觉上的光阴速度是极微妙的。等到年龄的角度随岁月转过了半个象限（我暂将不满百的人生比作一个象限，半个象限是四十五岁了），正切线的变化便非常迅速。光阴流逝的感觉便有似白驹，似飞矢，瞬息千里了。我想了又想，渐渐陷入了一个不能自拔的思索的阱里。想到我自己在人生的象限上转过了几度呢？犹如作茧自缚，我自己衍出方程式而复把自己嵌在这式子里面，我悲哀了。

"你自己衍出方程式而复把自己嵌在里面。"思想嘤然回答，已无尖酸的口吻。

但是我无法改正这方程式，这差不多是正确的。在我的智识范围内不能发现它的错误。啊，悲哀的来源，我想把这公式从我的脑筋中擦去，已是不可能。正如我刚才捡起来的树叶，无法把它装回原来的枝上。我重新谛视这片叶，上面仍依稀显现着无形的字："秋"。

另一天，从另一枝柯上，会有不可见的手扯下另一片树叶——是一张日历——那上面写的应该是另一个字，"冬"！

"冬"，我的思想似乎失去了回答的气力。

"秋，……冬"，又是两个没有低昂的平声的字眼，像一滴凉水滴进我的心胸，使我有点寒意。我不能再散步了，我携着我的思想走回家，正如那西洋妇人携着她的狗，施施归去。此后我就想起：如若人们开始爱惜光阴，那么他的生命的积储是有一部分耗蚀的了。

池　影

　　我来这池塘边畔了。我是来作什么的？我天天被愤怒所袭击，天天受新闻纸上消息的磨折：异族的侵陵，祖国蒙极大的耻辱，正义在强权下屈服，理性被残暴所替代……我天天受着无情的鞭挞，我变成暴躁，易怒，态度失检，我暴露了我的弱点……，我所以特地来偷一刻的安闲，来这池塘边散一回步。我要暂时忘却那些不愉的念头，借这一泓清水来照一照我自己，瞧一瞧我原来是怎么样的。我手里还拿着一本书，一本没有血腥气的和平时代写就的小书。我逡巡在池塘边际，足蹈着被秋露染黄了的草茵。自然好像并未生恼，他仍不惜花很多工夫串缀无数枚露粒于蛛网上，仍不吝惜许多鲜明的颜料，把枫林染红，复把甜美的浆液装满了秋柿和桔。就是眼前的池水，也静静地躺着，一动也不动，好像不与闻世事似的。

　　你瞧，我的影子拖过水面了，它和我的身体成一直角，它是躺在水平面上我则是沿垂线的方向站立。它的腿子比我短了一点，因为我站在岸上。我且蹲下来罢，摸过一个石块坐着，脸朝池塘。石块是这般冰凉,那里面是溶解了许多秋寒,是"秋之心"哪。我坐在石块上眼望池塘,让我和我的影对语一回罢。这里是我自己,我们可以打开心说话,谁也不用敷衍谁,谁也不用欺瞒谁。彼此无需掩藏起自己的喜悦和弱点。近郊没有人来,只有我和我的影子。

你瞧这亮晶晶的水面岂不像一只水汪汪的眼睛。我的影子映在它里面,正如我的影子落在我母亲的瞳睛里面,当她望着我的时候。我现在那里会这样傻蠢,想摘取母亲瞳孔中的影子而来捞捉这池面的影呢?在世上我已学得许多聪明了。你瞧这不寐的水的眼睛吧,它守望着我们,寒暑复寒暑,年年又月月。你若问它看到过多少故事,我怕它会说出它曾经看到我母亲在它的水边洗濯我儿时的襁褓。是哟,它也曾看到我穿着开裆裤,拿长竿捞水面的浮萍,拿石子打破水底的青天。

是哟,它还知道许多我的和别人的秘密。当我的一个婶母偷偷在半夜投入它的怀抱,把所有的秘密都托付给它,吩咐它不要说出。它便真的守口如瓶,半句不漏,好像不知道的样子。大概那故事一定是伤心的。不过我总嫌它太爱缄默。把许多故事霉烂为沼气,岂不可惜!

要说起它的历史么?它虽则比我和我的父亲老大得多,但不比我祖父的祖父老。我从祖母的口中知道它的故事,所以它不应对我傲慢了。那不过在很久以前,当我祖父的祖父到老年才生了一个儿子,在满月的时候,他把路过地打着两根竹棒走路的瞎子喊进来,告诉他孩子的生辰,听他的三弦琴上会漏出什么消息,关于孩子的未来命运的。

瞎子弹拨着琴,拖起长腔唱,从

……三周四岁啊离娘身……起。唱到一半,忽然把弦一扣,道白道:

"啊,你的公子爷要交落塘运。"

好像一个故事中女巫对初生下来的公主说:"将来你碰到纺锤的时候,便得永远睡去……"使王后国王以及许多人大大忧心一样,"要交落塘运"，这预言像冷风似的透进每一个环瞎子坐着听他弹唱的妇人们中间。在她们中间起了骚动，窃窃的絮语从一个人的口传入另一人的耳，"要交落塘运，要交落塘运"，一种神秘的威胁像蝙蝠的黑翅，无声地在各人顶上盘旋。这句无足的语言，却迅速地传遍全村。"某某的孩子要交落塘运。"

"落塘运"是什么意思呢？就是孩子要掉到池塘里淹死的意思。这是跟着生辰八字来的，无可避免。要想逃避这厄运么？你听他们说罢：说是从前有一个人生了一个儿子，算命的说他要交"落塘运"，他坚不相信，一面却严禁孩子到池边水边去。他以他的固执违抗命运，但命运决不可抗的。一天，他的孩子向天井拨一盆洗脸水，不提防连人跌过去，他的脸覆在洗脸水潴成的水洼里，淹死了。此后再也没有谁敢违拗命运了。

"要交落塘运，要交落塘运"，祖父的祖父拈着胡子，望着孩子。他知道禳除的方法。就是在自己家门口的田里挖一口池塘，方向照堪舆先生的指定。这样便可以消灾消晦，孩子便不会掉到池里淹死了。祖父的祖父当时有的是人力。决定开挖池塘了，兄弟叔伯全都来帮忙，大家一铲一铲地不期年便成了一口方整的池塘。这池塘可以灌溉许多田亩，可以养鱼，给小孩子洗尿布，也极方便。

屋边塘是不准把水戽干的。这在当初的用意大概是防火警，后来成了习惯法。所以当这池塘竣工的时候。在池岸的半腰，嵌了一块"平水石"。申着禁令道：

"不论荒旱，'平水石'露出水面时，便不准再戽水灌田了。"

这禁令从未被破坏。池水也未曾干过。因此池里蕃息着许多水族。藉了盲者三弦琴上的一语，无数生命得熙熙乐生。谁说迷信是全无是处的呢？

这池塘经过了多少冬夏，风风雨雨当然不是从前的样子了。你看池边的扁柏已经成材，那是不易长大的树木。野藤蔓遍了石砌的罅隙把它胶结得更加牢实。因此可以减少许多崩塌。你看那池边一块长方的岩石上，绘着无数的水纹。这便是它的历史记录，有如树木的年轮，满载春秋的记忆。

我是怎么了？我是坐在这池水旁边，我原是为了来看我自己的影，而我想起了它，忘了我自己。我曾有多少影子映照在这水面呢？穿着红绿的披领衣，手拿喇叭的，初剪成西式的头发捧着书包上小学去的，从中学读书回来趾高气扬的，和现在一副好像失去欢乐的平板的面孔。何时有斑白的头首照临这水面呢？但我并没"感慨系之"的意思。我的思想野了。我携来一本小书而我不曾把它翻开，我在翻开无形的记忆的书页。从何处送来一个小小的波纹，把水面弄皱而同时也揉绉了我的幻想。让我来找寻这起皱的原因。原来对岸的水底，骨骨地冒出许多水泡。我可以辨别这水泡而知道水底的情形：一连串断续的水泡是表明水底有动物钻动。一只鳖，一条鱼，或是一个大蚌移动它迂缓的脚步。疏朗的小小的像圆珠子的水泡则是因为池底积下腐朽的植物化成沼气，渐渐聚成颗粒，透出水面来。但我不能长待在这里，我必得回去。回去受新闻纸的磨折，让他挑拨我，激怒我。只要我能够来这池边，我还能驾驭我的感情，不令人目我是浮躁的狂苴。

寂 寞

当一个人独处的时候，当他孑身作长途旅行的时候，当幸福和欢乐给他一个巧妙的嘲弄，当年和月压弯了他的脊背，使他不得不躲在被遗忘的角落，度厌倦的朝暮，那时人们会体贴到一个特殊的伴侣——寂寞。

寂寞如良师，如益友，它在你失望的时候来安慰你，在你孤独的时候来陪伴你，但人们却不喜爱寂寞。如苦口的良友，人们疏离它，回避它，躲闪它。终于有一天人们会想念它，寻觅它，亲近它，甚至不愿离开它。

愿意听我说我是怎样和寂寞相习的么？

幼小的时候，我有着无知的疯狂。我追逐快乐，像猎人追赶一只美丽的小鹿。这是敏捷的东西，在获不到它的时候它的影子是一种诱惑和试探。我要得到它，我追赶。它跑在我的面前。我追得愈紧，它跑得愈快。我越过许多障碍和困难，如同猎人越过丘山和林地，最后，在失望的草原上失去了它。一如空手回来的猎人，我空手回来，拖着一身的疲倦。我怅惘，我懊丧，我失去了勇气，我觉得乏力。为了这得不到的快乐我是恹恹欲病了，这时候有一个声音拂过我的耳际，像是一种安慰：

"我在这里招待你，当你空手回来的时候。"

"你是谁？"

"寂寞。"

"我还有余勇追赶另一只快乐呢？"我倔强地回答。

我可是没有追赶新的快乐。为了打发我的时间，我埋头在一些回忆上面。如同植物标本的采集者，把无名的花朵采集起来，把它压干，保存在几张薄纸中间，我采撷往事的花朵，把它保存在记忆里面。"回忆中的生活是愉快的。"我说。"我有旧的回忆代替新的快乐。"不幸，当我认真去回忆，这些回忆又都是些不可捉摸的东西。犹如水面的波纹，一漾即灭。又如镜里的花影，待你伸手去捡拾，它的影子便被遮断消失，而你只有一只空手接触在冰冷的玻璃面上。我又失败了。"没有记忆的日子，像一本没有故事的书！"我感到空虚，是近乎一种失望。于是复有个关切的声音向我嘤然细语：

"我在这里陪伴你，当你失去回忆的时候。"

"谁的声音？"我心中起了感谢。

"寂寞。"

我没有接近它，因为我另有念头。

寂寞我有另一个念头。我不再追赶快乐，不再搜寻记忆，我想捞获些别的人世的东西。像一个劳拙的蜘蛛，在昏晓中织起捕虫的网，我也织网了。我用感情的粘丝，织成了一个友谊的网，用来捞捉一点人世的温存。想不到给我捞住的却是意外的冷落。无由的风雨复吹破了我的经营，教我无从补缀。像风雨中的蜘蛛，我蜷伏在灰心的檐下，望着被毁的一番心机，味到一种悲凉，这又是空劳了，我和我的网！

"请接受我的安慰罢，在你空劳之后。"

这是寂寞的声音。

我仍然有几分傲岸，我没有接受它的好意。

岁月使我的年龄和责任同时长大，我长大了去四方奔走，为要寻找黄金和幸福。不，我是寻找自由和职业。我离开温暖的屋顶下，去暴露在道途上。我在路上度过许多寒暑。我孤单地登上旅途，孤单地行路，孤单地栖迟，没有一个人做伴。世上，尽有的是行人，同路的却这般稀少！夏之晨，冬之夕，我受等待和焦盼的煎熬。我希望能有人陪伴我，和我抵掌长谈，把我的劳神和辛苦告诉他，把我的希望和志愿告诉他，让我听取他的意见，他的批评……但是无人陪伴我，于是，寂寞又来接近我说：

"请接受我的陪伴。"

如同欢迎一个老友，我伸手给它，我开始和寂寞相习了。

我和寂寞相安了。沉浮的人世中我有时也会疏离寂寞。寂寞却永远陪伴我，守护我，我不自知。几天前，我走进一间房间。这房里曾住着我的友人。我是习惯了顺手推门进去的，当时并未加以注意。进去后我才意识到友人刚才离开。友人离开了，没留下辞别的话却留下一地乱纸。恍如撕碎了的记忆，这好像是情感的毁伤。我怃然望着这堆乱纸，望着裸露的卸去装饰的墙壁，和灰尘开始积集的几凳，以及扃闭着的窗户。我有着一种奇怪的期待，我心盼会有人来敲这门，叩这窗户。我希望能够听见一个剥啄的声音。忘了一句话，忘了一件东西，回来了，我将是如何喜悦！我屏息谛听，我听见自己呼吸的声音和心脏的跳动。室内外仍是一片沉寂。过度的注意使我的神经松弛无力，我坐下来，头靠在手上,"不会来了,不会来了,"我自言自语着。

"不要忘记我。"一个低沉难辨的声音。

我握上门柄,心里有一种紧张。

"我是寂寞,让我来代替离去的友人。"

"别人都离开而你来了。愿你永远陪伴我!"

啊!情感是易变的,背信的,寂寞是忠诚的不渝的。和寂寞相处的时候,我心地是多么坦白,光明!寂寞如一枚镜,在它的面前可以照见我自己,发现我自己。我可以在寂寞的围护中和自己对语,和另一个"我"对语,那真正的独白。

如今我不想离开它,我需要它做伴。我不是憎世者,一点点自私和矜持使我和寂寞接近。当我在酣热的场中,听到欢乐的乐曲,我有点多余的感伤,往往曲未终前便想离开,去寻找寂寞。音乐是银的,无声的音乐是金的。寂寞是无声的音乐。

寂寞是怎么样?我好像能够看到它,触摸到它,听见它。它好像是没有光波的颜色,没有热的温度,和没有声浪的声音。它接近你,包围你,如水之包围鱼,使你的灵魂得在它的氛围中游泳,安息。

门与叩者

你想到过世界上自有许多近似真理的矛盾么？譬如说一座宅第的门。门是为了出入而设的，为了"开"的意义而设的，而它，往往是"关"着的时候居多。往时我经过一个旧邸第，那双古旧的门上兽环锈绿了，朱漆剥脱，蛛网结在门角上，罅缝里封满尘土。当时我曾这样想："才奇怪！人们造了门，往往矞皇而庄严的，却为的是关着？"

人是在屋顶底下，门之内生活着的。人爱把自己关在门里。门保证了孤独和安全，门姑息了神秘和寂寞，门遮拦住照露现实的阳光，门掩蔽起在黑暗中化生的幻想。人在门里希望，在门外失败；在门里休息，在门外工作；在门里生活，坟墓则在门外。门隔开两个不同的世界：己和群的世界，私和公的世界，理想和现实的世界，生和死的世界。门槛是两世界的边缘，象征两种不同领域的陲疆。人生便是跨进和跨出门与户槛；跨进和跨出希望与失望的门与户槛，跨进和跨出理想和现实的门与户槛；等到有一天，他跨了出去，不再回来时，他已经完成有生的义务，得到了灵魂的平安。

啊，我的文章本来不是论"门与人生的关系"，当我落笔的时候，原想写出两个矛盾：门是为开启而设的，而它往往关着；既然常关着，而人，又每每巴望它的开启。这矛盾不难体验：譬如说有一个日午——一个长长的夏午吧——时钟走得慢了（摆锤受热延涨了），太阳也爬得慢了（因为它爬上了回归线的顶端），声浪的波动也震颤得慢了（你听蝉声是那么低沉，拉长，而无力），生命的发酵也来得慢了（动物都失去喧闹，到阴处觅睡去了），人们自己，也会觉得呼吸和脉搏都慢了，一种单调的厌倦落在人身上，那种摆不脱的，无名的厌倦。他失去可以倾吐悰悃的语言的机能，因为得不到对谈者；他失去可以舒发幽情的思想的机能，因为思想找不到附着点，如同水蒸气的凝聚必得有一个附着点。打不破的单调紧紧裹着他，如同尸布紧裹一个尸身。这时，他渴望能有一点变化，一件事故⋯⋯而当他偶把眼光移上肩掩着的门时，便自然而然地希望它能有一次开启，给他带来一个未知的幸福，爱情，甚至于一个不幸的消息，总之，一个惊异。而他便预先构起幻想，想象门的那边将是一些什么，便预为快乐，预为兴奋，以至预为悲戚了。

生活在门里的人是寂寞的。愿意听一个门的故事么？我那故事中门里的主人是寂寞的，我那故事中门里的主人也是矛盾的。他已经有了中人以上的年纪，户外流泊的生活于他不再感到兴趣，英勇和冒险的生活不再引起他的热情，于是从一个时候起他便把自己关在门里。拜访是绝对地少，他也不爱出去。好像世界遗忘了他，他也遗忘了世界。岁月平滑地流过去了，岁月有如一道河，在屏着的门前悄悄地流过。门里的主人好像是忘了这么一回事，忘了岁月了，伴着他留在门里的，是寂寞和回忆。

有一天一颗不安的种子落入他的心田，好像一颗野草的种子落在泥土，生根萌发。起先是觉察不到的，到后来渐渐滋长了，引起他自己的注意了，"啊！这门多时不曾开启过了！为什么不开启一次呢？"他自己问自己。"我希望有一个拜访。我愿意听到一声叩环的声音。垂着的铜环哑默得有点近于冷清呢!"

这不安渐渐显露,渐渐加深。我的故事中门里的主人的心的平静给扰乱,好像在平静的潭底溜过一尾鱼,被扇起的浪动是极微极微的,但整个潭水都传遍,全部水族都觉得。

"门为什么不开启一次呢?"嘘出了一声祈求和愿望。

恍同神意的感召,怎么想,便怎么显现:

"嗒!"金属的门环响了。

"什么?叩门么?"这在门内的主人是视同奇迹了。

"嗒,嗒。"连续的金属的低沉的寂寞的声音。

"啊!机缘!"

听哪,听!又是一声低哑的"嗒"!

无疑地是有人推动那沉重的铜环!

还得仔细辨认!

"嗒"地又是一声。

我们门内的主人感到惶乱了(这声音于他太生疏)。但是钝滞的动作永远掩饰起这情绪。他缓慢地悄悄地立起身,曳开步子,缓慢地悄悄地走向门边,缓慢地悄悄地把门打开。在门旁出现的是一个陌生的面脸。

"找谁啦?"舒缓而低沉地问。

"找一个朋友。"

"是不是一个瓜子脸的,黑眸子的,乌头发的,红嘴唇的,苗条身材的?……听说她在某一天——在我还不是这屋子的主人以前——从这门出去,不曾回来。以后人们都没有她的消息。"

"我找的不是她。"

"是不是一个清癯脸的,窄腰身的,削肩膀的,尖鼻子的,薄嘴唇的，忧心忡忡的，沉默寡言的？听说他在某一年——在我还不是这屋子的主人以前——从这门出去，进入了墓地……"

"我找的是另一位。"

"我敢保证你是找错了。我来这屋子时，是芜秽荒落，阒无人居。除了那两人以外，人们没有告诉我第三者。"

陌生的面脸无表情地在门边消失了。门轻轻地被掩上。这样轻轻地，连从偶而被风吹落在门臼里的野草的种子萌生出来的柔嫩芽苗，也不曾为之辗碎。

我的故事中门里的主人从门边退了回来，重新裹在无形的寂寞的氅衣里。这拜访多无由啊！但环被叩过了，门开启过了。我们故事里的主人又恢复了他的平静。

岁月平滑地流过。过了多少时日呢？连他自己也不知道。我们故事里的主人又觉得不安了。犹如冬季被野火燔烧的野草，逢春萌发。这不安的萌蘖又在我们故事中的主人心里芽苗了。人是矛盾的，在嚣逐中缅思寂寞，寂寞中盼待变化，门启时欢喜掩上，门掩后又希望开启。我的故事中主人又在渴望一声"嗒"的金属的叩环声音了。这不是强烈的企待，却是固执的企待。而当这企待成为一种精神的感召时，神意又显示了。"嗒"的声音又在门环上震响了，这轻微而清脆的声音。门里的主人又起了震栗，好像这声音敲醒他的回忆。我们的故事中的主人又无表情地缓慢地悄悄地站起，曳开步子，缓慢地悄悄地走近门边，缓慢地悄悄地把门栓打开。这次出现的是似曾相识的熟稔面脸，一个手挽着孩子的中年妇人。

"找谁啦？"不假思索地随口问。

（发见了似曾相识，片刻的沉默，各人在搜寻久远的记忆。）

"啊！是你！"

（儿时的朋友，成长的容颜里仍然认得出幼年的形貌。）

"是你啊！"

（惊愕使他觅不出语言。）

"怎么来的？"

（迟暮的感觉。）

"这是你的孩子么？你几时嫁人的？生活幸福么？丈夫依顺体贴么？孩子乖么？……"

（一串殷勤的问候。）

"感谢你叩上这寂寞的铜环。"

（无端的感谢使她惊愕了。）

寒喧是短暂的。不久这妇人和孩子在门边消失了。门又轻轻地掩上。这样轻轻地，连停在门上的蝇虎（夏季的动物哪）都不曾惊动。

我的故事中门里的主人又从门边退了回来，裹在寂寞的无形的氅衣里。门被叩过了，开启过了，他又恢复平静了。以后，他怎样呢？以后他又不安了，随后门又开启了，一个熟稔的或陌生的面脸在他眼前闪过了，随后门又掩上了……终于，最后一次地，他听到叩环的声音，最后一次他延见了门外的叩者，那是"她"。是他所盼待的，用黑纱裹着面脸的，穿着黑衣的，他随着她跨出这个门。以后就没人看见他回来了。代替他掩上这双门的，将是另一双手。

乞丐和病者

仿佛我成了一个乞丐。

我站在市街阴暗的角落，向过往的人们伸手。

我用柔和的声音，温婉的眼光，谦恭的态度，向每一个人要求施舍。

市街的夜是美丽的。各种颜色的光波混合着各种乐曲的音波。在美丽的颜色间有我的黑影，在美丽的音乐中间有我求乞的声音。

无论人们予我以冷淡，轻蔑，讥诮，呵斥，我仍然有着柔和的声音，温婉的眼光和谦恭的态度。

在我的眼中人们都是同等的。不论他们是王侯，公主，贫民，歌女，我同样地用手拦住他们，求一份施舍，一枚铜子或纸币。

我在他们的眼中也是同等的。不论他们是黄种，白种，本国人，异国人，我同样地从他们的手中接到一份施舍，一个铜子或纸币。

我是一无所有。我身上只有一袭破衣衫，但这不是为了蔽寒而是为了礼貌；我的破帽则只是为了承受别人的施舍。我是世界上最穷的人。

我没有金钱，名誉，爱情，幸福，地位，事业，一切人们认为美好的东西；我也没有自私，骄矜，吝啬，嫉妒，虚荣，贪欲，一切人们认为丑恶的东西。我如同来这世上的时候，也如同将要离去这世上的时候，我身上没有赍携，心中没有负累。

然而我有一个美丽的东西。我有一个幻想。没有一样东西比我幻想中的东西更美丽，更可爱，没有一块地方比我幻想之境更膏腴，更丰饶，没有一个国家比我幻想之国更自由，更平等。我有可以打开幻想的箱子的钥匙，我有可以进入幻想的国境的护照，这钥匙和护照，便是贫穷。

我还有一种珍贵的财宝。一种人们认为黄金难买的东西。我是"空闲"的所有者。有谁支配他的时间如同我浪费的光阴？有谁看见夜合花在夜里启闭，有谁看见蜗牛在潮湿的墙脚铺下银色的辇道，有谁知道夜里的溪水在石滩上怎样满涨，有谁知道露粒在草叶尖上怎般凝结？更有谁知道一个笑颜在人的脸上闪过而又消失，或是一茎须发的变白？而我，我知道这些多于别人的。因为我有多余的"空闲"，我有余闲和自然及人类接近。我消耗我的光阴在极琐细的事情上面，我浪费我的光阴如同我在海里洗澡浪费了一海的水，我是光阴的浪费者。我有浪费的权利。

我可还是另一种宝贵的东西的所有者。我拥有大量的祝福。乞丐的祝福是黄金。没有一种祝福比乞丐的祝福更真诚，更纯洁，更坦白，也是更可贵，更难求的。我用虔心的祝福报答人们的施舍。啊！你说我是在求乞么？不，我是在施予。我分赠我的祝福给愿意接受它的人。你看我穿了破衣衫在街边鹄立，我是来要求每一个过路的人为我打开祝福之门。

我又仿佛成了病者。

我没有病。只因偶时起了惜己之心，想到应当照料一下自己了，于是仿佛病了。

我没有病。只因偶时起了偷闲之心，想着愿意懒一懒呢，于是真的好像病了。

我独自睡在静静的房间里，一张干净的床上。房里有着柔和的光线，一切粗犷的噪声都被隔断。没有人来打扰我，我有正当的理由躲开别人。

于是我开始照料我自己：寒暖，饮食，思维，动作……我照料我自己如同父母照料一个婴儿，我体贴我自己如同体贴一个情人。我发现自己是那么被疼爱，被宝贵，这种并不高尚的感情在我的心中生长。这回却毫不矛盾地妥协地接受了。病是"自私"的苗床，"自私"在那里生长。

我开始检查我自己：神经，心脏，肝肾，肠胃，皮肤，毛发，……我检查自己的过去和现在：忧伤，快乐，悔恨，庆幸，顺遂，蹉跌，奢心，幻灭……我分析我自己如同医士解剖一具死尸，我审鞫我自己如同法官谳问一个犯人。我发现自己的每一个缺点，正如我熟悉别人的缺点。我不能过分谴责自己，正如不能过分谴责别人，这种并不高尚的感情在我的心中生长，这回又毫不惭愧地妥协地接受了。病是"自私"的苗床，受"宽容"的灌溉。

我愿意有一回病的，我不想避开它。病是生活的白页。当你，偶然读一个长篇小说，为紧张的情节所激动而疲倦了，但你不能不读下去，那时你会渴望逢到一张白页，一个章回，借以休息你的眼睛，松弛你的注意力，以待精神恢复；当你在人生的书本上翻了一页又一页，你逢到许多悲，欢，离，合，你有时为感情压倒了，你无法解开人生之结，你不宁愿有一场疾病么？病使苦痛遗忘，病使生机恢复。病是人生的书本的章回，它是前一章的结束，下一章的开始。

我期待着有一回病的，我需要它。病是生活的乐曲的休止节。

当一个旋律进行着，一会儿是Andante，一会儿是Allegro，一会儿是Crescendo，一会儿是Decrescendo，你的心弦为之震荡，为之共鸣，为之颤动，为之兴感，你有时觉得有点疲累，你愿意有一个休止节，这无音的音符。病是人生的乐曲的休止节。它从前一节转到下一节，从Fine回到Dacapo。

然而，正如老是生的暮年，病是死的幼年。生的长成，趋于衰老，病的长成，渐于死亡，噫！

昆虫鸟兽

白　蚁

祖父不欢喜屋边种树，院里莳花，园中长草。而我自幼便爱花木果树以及虫鸟。少时读书，记得"鸟雀之巢可俯而窥"的句子，颇为神往。试想屋边有树，树下有荫，树上有巢，巢中有黄口的小鸟，见人并不惊惧，何等可爱！但是我的宅边是无树的。栽种果树，也是幼时可数的几桩伤心事件。我曾种过一株杏子，天天用柴枝计量它的生长。好容易等待了三年，已经开花结果，一天从学校回来，已被祖父砍去。剩下一截光秃秃的根株，好像向我哭诉的样子。祖父严肃的面貌显得非常无情，连撒娇发恼的宽容也不给。此外我还在瓜棚底下种过一株柚子，秋收时节，被堆上稻草，活生生的给压死。因此我一连郁闷了好几日。待到把一切都隐忍住做一个乖孩子时，生命里便失去一片葱茏了。

如今应该我来原谅我的祖父，（愿他在地下平安！）年龄帮助我了解他不爱果树花木的理由。他是地道的农民，他爱五谷有甚于花草，爱瓜豆有甚于果树。果树给园圃遮阴，树根使菜根发苦；青草则是农家的劲敌，草叶上春夏多露，秋冬多霜，霜露沾湿了朝行的脚，使趾缝霉烂。青草复濡湿了篝场，妨碍晒谷。所以在祖父经营底下的田园，都处理得干干净净，不留杂草。坐享其成的我，不知粒粟辛苦，单爱好看好玩的事物，不爱好用的事物。像我这样的也不只我一个人罢。

祖父不爱果树的第二个理由，是怕它招来无端是非。孩子都爱花果，为了攀折花果引起大人们的争执，时常看到。乡居最重要的是睦邻。聪明的治家的人对于凡能引起争执的原因，都要根本加以除去。祖父是极端的例子。他把家藏的打长毛用的土枪，马刀，匕首等故意丢在夹壁中让它锈烂，禁止我们耍枪弄棒，或和别人争吵打架。他和平地度过一生，而和平也随着他的时代消失了。

但是祖父不爱屋边树还有一个最大原因。他的经验告诉他屋边树会遮住阳光，使居宅阴暗，树下往往是有害的昆虫聚居的所在，其中有一种叫做"白蚁"的，是可怕的害虫。这是白色的米粒大小的动物，学名叫做Leucotermis speratus，就个体而言，它是极软弱的小虫，然而它们的数量多得惊人。它们有强大的繁殖力和食欲，专吃树木。树木吃完时，不论杂粮谷粒，甚至药材衣料也都吃。如果一个村庄被白蚁侵入了，那么近则数年，远则十数年，建筑物的木料被吃一空，因之房屋坍毁，村舍破败。这破坏的工作又在暗中进行，好像吸血的寄生虫，把生物暗暗吃瘦，它们把整个村落暗暗吃空。使人们只觉日渐崩败，而不知崩败之所以然。

农人对"白蚁"视为灾异，畏之如恶神，因之也有许多迷信。他们说起这种动物，好像很有灵性。说是它们未来之前，有一种昆虫替它引路，正如伥是替虎引路似的。又说它们能够渡水，巢筑在隔溪地方，却会侵入溪的对岸人家……。每当老年人夜晚无事，聚坐闲谈，偶而落到这问题上来，便真有谈蚁色变的样子。其实这种恐怖的心理，乃是夹带着"家运衰落"的暗示。因为被白蚁侵入的人家，便是将要残败的征兆。

家里的住宅虽已古旧，但建筑的年代并不十分久远。从前这里大概是一片灌木丛，仅有几间小屋，点缀在荒烟乱草间。我们的家便是从早已翻造过了属于别人的几间小屋里发祥的，便有点寒碜感觉，而暗暗对那一块地觉得分外亲热。对于旧土地之亲恋就是并非种田的我也有说不出的眷念之情的，也许是凡人的常情罢。离我的村庄不远，从前还有个村落，听说不知何故犯了皇法，被官兵杀尽，房屋地基充公，良田改为大路，大路改为良田，那些被消灭了的人们便也无人能够记忆。我每想到村后曾是个流血的地方，更兼那一带都是垒垒荒冢，幼小时候是连后门也不敢出去的。秋冬之夜，西北风吹得瓦棱震响，仿佛有一些冤抑的言语在低诉，便缠着母亲，要她去看看后门有否拴上，还心怕门栓不坚实，提议多加几道杠子，致被人们取笑。不听话的时候，便被吓着要关到后门外去。

现在当然改观了，园后建了新宅，灌木荆棘都已削平，村庄也日渐扩展。而往日荒凉的庭园的记忆，却从小一直刻在脑际。那时园子四周长着各色各样的荆棘，藤萝，和细竹，这些植物可作天然篱垣，所以任其自然生长，不加砍伐，这荆棘丛成了鼬鼠和狸獾藏匿的所在。村中走失鸡只，往往在荆丛旁边发现毛翻。小偷在人家窃得衣物，把赃物暂藏在这丛蓁背后，给人们发现的，也不只一次。在这平静的小村庄中是一件大事。

每一块土地都有它的历史。而这历史，当其中的人物消失之后，就坠入一种暗黑里，令人不能捉摸。后人望着这段历史或故事，便如同一个黑洞窥视，什么都不见，心里便有一种恐惧和神秘的感觉。这园子在我看来也有几分神秘的。它的一角上有一个土墩，好像坟冢的样子。

有人说这是某姓的祖坟，而那一姓已经香火断绝了。又有人说这是一个不知从什么地方来的乞丐，在路边倒死，别人把他葬在这里。至于这块地怎样成为我家的园子，正如我家的小屋怎样成为别人的住居一样的茫然，这土冢和荆棘丛以及那被官兵消灭的村庄，同样地使我起一种恐怖的念头。加之被荆棘遮住，园子的一半是终年照不到阳光的，踏进里面，便有一种阴森感觉。

初次踏进这园子，仗着人多的声势胆敢向土冢和荆棘丛正望一眼的，是一个初冬的早晨，太阳刚刚出来，大家喝了热腾腾的早粥，身上微微热得有点汗丝后，便一齐动身到园里去。祖父，祖母，父亲，母亲，我和我的姊姊，婶母，和许多邻居，他们拿着锄头，畚箕，铁锹，如临大敌。我不懂为了什么事，只听得祖父声音洪亮地喊："一定在这坟坑里，一定在这坟坑里。"我问母亲他们找的是什么？

"孩子不要多问。"

我仍然要问。逼得她不得不回答我。

"白蚁。"

我没见过白蚁，蚂蚁是常见的。看事情这样严重，似乎是可怕的东西。

"会咬人吗？"

"会咬人的。走得远点。"别人唬吓我。

但是大家围着坟墩不动手，显出踌躇样子。祖父坚决说白蚁一定住在这里面，人们则乱嚷着坟不能轻易开掘。开罪于亡灵会在家里发生什么不祥事件也难定。有人则主张替它另外择地迁葬。受着维新思潮的洗礼的父亲只说："管他是乞丐的坟或是谁家的祖坟，既然成了白蚁的住居，便非掘开不可。"说着便将铁锹插进去。于是大家一齐动手，一面还希望能够发现什么古物异物。谁知砍了进去，除了几根竹鞭之外，什么也没有。既无砖拱，也无石砌，只是一堆乱石和黄土，并且不见半个白蚁影子。等到大家手掘得发软，憩息下来，才断定这不过是一个土墩。大概是从前垦田，把田里的石块抛成一堆，日久蔓草滋生，遂成坟冢样式。这番工作虽找不到蚁窠，却替园子辟出一块隙地。给黑暗的历史解了一个谜，大家心里倒畅快。

自从那时起白蚁便在我稚弱的心中投下威胁。祖父说村庄的东端已发现白蚁，不久会把全村侵遍。他好像眼见一种祸害降临，想极力设法避免，显出一种不安和焦急。他提议把村周树木砍光，也许会发现它们的住处。听信他的人固然有，讥笑他的人却占大多数。断定自己园子里的土冢一定是蚁窠，结果却无所获的一回事成了别人背后谈笑的资料，甚至讥讽他的杞忧。祖父从那时起也不说话，只是把屋角阴暗的所在，打扫得干净，又把朽腐的木头聚在一堆，杂些枯柴加以烧毁。从那腐烂得不能发火的木头冒出缕缕的青烟影里，祖父的面容是有点忧郁似的。

日后因为蚁啊什么的不常被人提起，便都忘了。许多年后的冬天，接连下了几天雨。冬雨令人忧愁，它还带来寒冷，好像哭泣欲止还流地，却又非常吝惜。家里没有故事书和画报等等，只在灰烬里煨着番薯和芋头等东西打发日子。祖父年衰了些，仍还健康。他发现屋瓦有数处漏雨，吩咐我上去瞧瞧。我燃了一支短烛并且携了木盆上楼去。楼很低，不通光亮，平素不住人，只放些祭器之类，一年难得有一两次上去的。我用手掌遮住短烛，寻觅楼板上漏湿的和屋顶发亮的所在，预备用木盆来承滴漏，忽然不知怎的，脚底一软，裕一声一只脚便踹到楼下去，烛也打翻了。惊定之余，才发现楼板穿了一洞，差险些连人也会跌到楼下去。我捡起楼板的碎片，那是像发酵的面包，表面却非常完好。我把这事告诉祖父。他说这是白蚁把楼板吃空了，一面携我一同上楼，用一个铁锤敲击梁栋，告诉我那几根梁是吃空了，那几根有一半完好，那几根则是全部完好的。"这房子不久便会全部吃空了。"他担忧说。

"加以修理不行么？"我问。

"换上新木料，只不过耐几年，不久一样被吃空。"

"有不被吃食的木料么？"

"有的。并不适用。而且不能全部重换过。"

"不能用一种药品把它杀死么？"

"它的活动人们看不见。它们把木质吃空了，表面上看不出来，药料渗不进去。"

"那么没有办法么？"

"听说有一种甲虫，专吃白蚁，只要养一对，便会繁殖起来，把它们吃个干净。"

"想法弄一对来呢。"

"这是江湖术士卖的。价钱很贵。可是我从未见过。"

"没有什么别的办法呢？"

"有一种人，专捉白蚁。他知道白蚁所经的路，沿这路线去发现他的窠。冬季白蚁聚居蛰伏，把它连窠掘掉，是基本的办法。只是人们都认为杀死亿万生命是罪过的，不肯干这行业。这种技术差不多失传了。"

"这样说来，只好让它们去啮蚀了。"我觉得失望。

"且托人打听打听看。"祖父这样说。

说了这番话后每年春夏之交，夜间屋子里辄有成阵的白色小虫，在灯前飞舞。这便是有翅的白蚁。交尾期到了，雌雄成阵飞翔，不数天后便产卵死去。这使我们极端讨厌，不论油灯里，茶碗里，汤锅里，到处发现这昆虫的尸体。它们同着苍蝇和蚊子，成了最讨厌的三种夏虫了。

一个春天，村中来了一个远行客手里拿了一根铁杖，肩上背着褡裢。他一径走进我们的村庄，到我家找我的祖父。他已去世多年了。父亲的鬓发也已斑白，俨然一老人。我和弟弟已长成得够稳重。当我们问来客找去世的祖父有何贵干，他回答是捉白蚁的，我们大家都惊异了。寒暄一番用过点心之后便请他到屋子里村庄周围踏看。他从容地不动声色地巡视了一番，用铁杖在树根底下坟冢旁边捣了几下，回到家里说已有几分眉目。他说干这种杀害生命的行业，若不是因为家道穷，是不肯干的。所以他要一点钱。当父亲向他保证说不致叫他白辛苦之后，他说：

"不要府上出钱。请做个主，向各家捐募一点款子有多少就多少，随便都行。"

事情说定了。他答应明天伴同他的助手一同来，他就在离此不远的一间乡下客店里住着。他看定蚁窝在村东的大樟树下。樟树长在坟上。他先要知道砍倒这樟树或者对坟的毁害是否得村众的允许。

这消息传出去了，于是村人便纷纷议论"樟树是万万砍不得的！"差不多全体都这样说。"樟树有神，极是灵验。谁家的孩子对着它撒尿，回家来肚皮痛哩！""樟树是镇风水的，没有樟树，龙脉走动，村庄会败落的！"这样七嘴八舌的呶呶谈论着。

"还记得你家把园里的坟掘了，并无白蚁发现。万一樟树砍了并无白蚁，那怎么办？"他们拿这问题来诘难父亲。

"砍倒这双人合抱的樟树要费不少人工哩！倘不小心会压坏附近房子的。"

城狐社鼠的例子到处都存在。父亲也不愿拂逆众意，讨论结果定了一个折中办法。就是先凿一个洞试试看。"如果蚁窠发现了，并且筑得很深，非把树砍倒不可，那么把它砍倒后让人埋怨去就是。"父亲暗自打定主意，就这样决定了。

第二天早晨，初春的皑皑的白雪熠耀在附近的山头，寒风掠过落了叶的枯枝。在冬季仍是青苍的樟树的荫下，麇聚着好奇的观众。各人手里捧了火钵。风扬起钵里的草灰，煽红炭火，把火星散在灰色的天空下。大家冷得发抖，却冒风站在那里，看捉白蚁的和他的助手挥斧砍树。有的为了怕冷，便自动帮忙，拿起斧来狠劈，弄得一身温暖。父亲也兴致很高似的，披上过窄的大氅，站在人丛间说着白蚁的故事。有些人则带着讥刺的眼光，眼看捉蚁人在凛冽的寒风里额上冒着汗珠，心想如果发现不出白蚁来，一定狼狈得令人快意的。

约摸过了一点钟的样子。斧底下飞出霉烂了的树心的片屑。再是一阵用力，便显出一个黝黑的树洞。捉蚁的挺了挺腰身，用铁杖往洞里探了探。抽回来的时候，尖端上粘附有白色被捣烂了的昆虫。他露出胜利的微笑。翻身对我说：

"到家里挑两双谷箩来罢？"

"难道装得满四只谷箩么？"我惊奇地问。

"还不够装呢！如果多的话。"

谷箩挑来了，并且带来了长柄的勺子。捉蚁的伸进勺子，把白色的动物像米饭般不住地掏了出来。大家都非常惊异。它们是扁长形状，肚子椭圆，恰像香尖米。头上一对黑褐色的腮颚。它们冬眠正酣哩，却连窝被人掏出来。看它们在寒风里抖动着细嫩的脚，似乎吃木头的罪恶也有可原谅之处了。

看看快装满四箩，剩余的再也掏不出来了。父亲叫人把家里存着的柴油拿来，混合着滚水，从树孔中灌进去。这是去恶务尽的意思。树心空蚀了的樟树干恰像一根烟囱似的从顶端透冒出蒸汽和油的混合烟雾。我和我的弟弟被派把白蚁倾到溪流里去。每一次把谷箩的内容倾入汩汩的春日的寒流里，被波浪泛起的璨璨的白虫，引起水底游鱼的吞食时，我心中暗里觉得所谓生命者也不一定是可宝贵的东西，一举手间这无数的个体便死灭了。以后在一本生物学书本上读到"物种是这样慎重选择，而生命是怎样的滥毁"的一语，不禁瞿然有感于心者，是受白蚁的故事的影响也未可知。

把空的容器挑回家来，姊姊笑脸问我把白蚁怎样处置了？我回答她是倾倒溪水里面。她笑着说：

"你这小傻瓜。你不妨把它挑回家来，把它放在大缸里，我来替你养两只母鸡，每天用它喂食。它们每天可以替你生两个蛋。你便不致吃饭时嫌菜蔬了。"

"把它放在家里，不怕爬出来么？"

"这种冷天还会动么！而且你可以把它放在露天底下。爬不到屋子上的。"

鹤

在朔风扫过市区之后，顷刻间天地便变了颜色。虫僵叶落，草偃泉枯，人们都换上臃肿的棉衣，季候已是冬令了。友人去后的寒瑟的夜晚，在无火的房中独坐，用衣襟裹住自己的脚，翻阅着插图本的《互助论》，原是消遣时光的意思。在第一章的末尾，读到称赞鹤的话，说是鹤是极聪明极有情感的动物，说是鸟类中除了鹦鹉以外，没有比鹤更有亲热更可爱的了，"鹤不把人类看作是它的主人，只认为是它们的朋友"等等，遂使我忆起幼年豢鹤的故事。眼前的书页便仿佛变成了透明，就中看到湮没在久远的年代中的模糊的我幼时自己的容貌，不知不觉间凭案回想起来，把眼前的书本，推送到书桌的一个角上去了。

那是约摸十七八年以前，也是一个初冬的薄暮，弟弟气喘吁吁地从外边跑进来，告诉我邻哥儿捉得一只鸟，长脚尖喙，头有缨冠，羽毛洁白，"大概是白鹤罢，"他说。他的推测是根据书本上和商标上的图画，还参加一些想象的成分。我们从未见过白鹤，但是对于鹤的品性似乎非常明了：鹤是清高的动物，鹤是长寿的动物，鹤是能唳的动物，鹤是善舞的动物，鹤象征正直，鹤象征涓洁，鹤象征疏放，鹤象征淡泊……鹤是隐士的伴侣，帝王之尊所不能屈的……我不知道这一大堆的概念从何而来？人们往往似乎很熟知一件事物，却又不认识它。如果我们对日常的事情加以留意，像这样的例子也是常有的。

我和弟弟赶忙跑到邻家去，要看看这不幸的鹤，不知怎么会从云霄跌下，落到俗人竖子的手中，遭受他们的窘辱。当我们看见它的时候，它的脚上系了一条粗绳，被一个孩子牵在手中。翅膀上殷然有一滴血痕，染在白色的羽毛上。他们告诉我这是枪伤，这当然是不幸的原因了。它的羽毛已被孩子们翻得凌乱，在苍茫夜色中显得非常洁白。瞧它那种耿介不屈的样子，一任孩子们挑逗，一动也不动，我们立刻便寄予以很大的同情。我便请求他们把它交给我们豢养，答应他们随时可以到我家里观看，只要不伤害它。大概他们玩得厌了，便毫不为难地应允了。

我们兴高采烈地把受伤的鸟抱回来，放在院子里。它的左翼已经受伤，不能飞翔。我们解开系在它足上的缚，让它自由行走。复拿水和饭粒放在它的面前。看它不饮不食，料是惊魂未定，所以便叫跟来的孩子们跑开，让它孤独地留在院子里。野鸟是惯于露宿的，用不着住在屋子里，这样省事不少。

第二天一早我们便起来观看这成为我们豢养的鸟。它的样子确相当漂亮。瘦长的脚，走起路来大模大样，像个"宰相步"。身上洁白的羽毛，早晨来它用嘴统身搜剔一遍，已相当齐整。它的头上有一簇缨毛，略带黄色，尾部很短。只是老是缩着头颈，有时站在左脚上，有时站在右脚上，有时站在两只脚上，用金红色的眼睛斜看着人。

昨晚放在盂里的水和饭粒，仍是原封不动，我们担心它早就饿了。这时我们遇到一个大的难题："鹤是吃什么的呢？"人们都不知道。书本上也不曾提起，鹤是怎样豢养的？偶在什么器皿上，看到鹤衔芝草的图画。芝草是神话上的仙草，有否这种东西固然难定，既然是草类，那么鹤是吃植物的罢。以前山村隐逸人家，家无长物，除了五谷之外，用什么来喂鹤呢？那么吃五谷是无疑的了。我们试把各色各样的谷类放在它跟前，它一概置之不顾，这使得我们为难起来了。

"从它的长脚着想，它应当是吃鱼的。"我忽然悟到长脚宜于涉水。正如食肉鸟生着利爪而食谷类的鸟则仅有短爪和短小活泼的身材。像它这样躯体臃肿长脚尖喙是宜于站在水滨，啄食游鱼的。听说鹤能吃蛇，这也是吃动物的一个佐证。弟弟也赞同我的意见，于是我们一同到溪边捉鱼去。捉大鱼不很容易，捉小鱼是颇有经验的。只要拿麸皮或饭粒之类，放在一个竹篮或筛子里，再加一两根肉骨头，沉入水中，等到鱼游进来，缓缓提出水面就行。不上一个钟头，我们已经捉了许多小鱼回家。我们把鱼放在它前面，看它仍是赵趄踌躇，便捉住它，拿一尾鱼喂进去。看它一直咽下，并没有显出不舒服，知道我们的猜想是对的了，便高兴得了不得。而更可喜的，是隔了不久以后，它自动到水盂里捞鱼来吃了。

从此我和弟弟的生活便专于捉鱼饲鹤了。我们从溪边到池边，用鱼篓，用鱼兜，用网，用钓，用弶，用各种方法捉鱼。它渐渐和我们亲近，见我们进来的时候，便拐着长脚走拢来，向我们乞食。它的住处也从院子里搬到园里。我们在那里掘了一个水潭，复种些水草之类，每次捉得鱼来，便投入其间。我们天天看它饮啄，搜剔羽毛。我们时常约邻家的孩子来看我们的白鹤，向他们讲些"鹤乘轩""梅妻鹤子"的故事。受了父亲过分称誉隐逸者流的影响，羡慕清高的心思是有的，养鹤不过是其一端罢了。

我们的鹤养得相当时日，它的羽毛渐渐光泽起来。翅膀的伤痕也渐渐平复，并且比初捉来时似乎胖了些。这在它得到了安闲，而我们却从游戏变成工作，由快乐转入苦恼了。我们每天必得捉多少鱼来。从家里拿出麸皮和饭粒去，往往挨母亲的叱骂，有时把鹤弄到屋子里，撒下满地的粪，更成为叱责的理由。祖父恐吓着把我们连鹤一道赶出屋子去。而最使人苦恼的，便是溪里的鱼也愈来愈乖，不肯上当，钓啦，弶啦，什么都不行。而鹤的胃口却愈来愈大，有多少吃多少，叫人供应不及了。

我们把鹤带到水边去，意思是叫它自己拿出本能，捉鱼来吃。并且，多久不见清澈的流水了，在它里面照照自己的容颜应该是欢喜的。可是，这并不然。它已懒于向水里伸嘴了。只是靠近我们站着。当我们回家的时候，也蹦跳着跟回来。它简直是有了依赖心，习于安逸的生活了。

我们始终不曾听到它长唳一声，或做起舞的姿势。它的翅膊虽已痊愈，可是并没有飞他去的意思。一天舅父到我家里，在园中看到我们豢养着的鹤，他皱皱眉头说道：

"把这长脚鹭鸶养在这里干什么？"

"什么？长脚鹭鸶？"我惊讶地问。

"是的。长脚鹭鸶，书上称为'白鹭'的。唐诗里'一行白鹭上青天'的白鹭。"

"白鹭！"啊！我的鹤！

到这时候我才想到它怪爱吃鱼的理由，原来是水边的鹭啊！我失望而且懊丧了。我的虚荣受了欺骗。我的"清高"，我的"风雅"，都随同鹤变成了鹭，成为可笑的题材了。舅父接着说：

"鹭肉怪腥臭，又不好吃的。"

懊丧转为恼怒，我于是决定把这骗人的食客逐出，把假充的隐士赶走。我拳足交加地高声逐它。它不解我的感情的突变，徘徊瞻顾，不肯离开，我拿竹捶打它，打在它洁白的羽毛上，它才带飞带跳地逃走。我把它一直赶到很远，到看不见自己的园子的地方为止。我整天都不快活，我怀着恶劣的心情睡过了这冬夜的长宵。

次晨踏进园子的时候，被逐的食客依然宿在原处。好像忘了昨天的鞭挞，见我走近时依然做出亲热样子。这益发触了我的恼怒。我把它捉住，越过溪水，穿过溪水对岸的松林，复渡过松林前面的溪水，把它放在沙滩上，自己迅速回来。心想松林遮断了视线，它一定认不得原路跟踪回来的。果然以后几天内园子内便少了这位贵客了。我们从此少了一件工作，便清闲快乐起来。

几天后路过一个猎人，他的枪杆上挂着一头长脚鸟。我一眼便认得是我们曾经豢养的鹭，我跑上前去细看，果然是的。这回弹子打中了头颈，已经死了。它的左翼上赫然有着结痂的疮疤。我忽然难受起来，问道：

"你的长脚鹭鸶是那里打来的？"

"就在那松林前面的溪边上。"

"鹭鸶肉是腥臭的，你打它干什么？"

"我不过玩玩罢了。"

"是飞着打还是站着的时候打的？"

"是走着的时候打的。它看到我的时候，不但不怕，还拍着翅膀向我走近哩。"

"因为我养过它，所以不怕人。"

"真的么？"

"它左翼上还有一个创疤，我认得的。"

"那么给你好了。"他卸下枪端的鸟。

"不要，我要活的。"

"胡说，死了还会再活么？"他又把它挂回枪头。

我似乎觉得鼻子有点发酸，便回头奔回家去。恍惚中我好像看见那只白鹭，被弃在沙滩上，日日等候它的主人，不忍他去。看见有人来了，迎上前去，但它所接受的不是一尾鱼而是一颗子弹。因之我想到鹭也是有感情的动物。以鹤的身份被豢养，以鹭的身份被驱逐，我有点不公平罢。

虎

乡间过年，照例要买盏灯笼，上面写上住宅的堂名或是商铺的店号，这些虽属琐屑，但也是年终急景的一种点缀，这习惯至今沿袭着。做孩子的时候，就渴望着父亲能买一盏灯笼回来，上面写着本宅的堂名，和别人的一样。而父亲提回来的，虽是漂亮的纱笼，灯上题的却连"陆"字的影子都没有，老是"山房水月"四个大字。父亲说，这四个字代表四种景物，正合乡居风味，同时还夸这几个字写得好，好像得之不易似的。我心中大不以为然，为什么不写个堂名呢？我可不知道叫做什么堂？厅上也没有匾额。

旧历新年的时候，人们便快乐起来，就是乞丐，也翻出各种花样，用他们的笑脸和讨彩换取布施，人们的施舍也特别丰厚，并且对他们换了尊称。例如摇钱树的，狗捣米的，扫扫地的，我们都叫做"佬"；尤其是对于一种打卦定吉凶的，我们称之为"先生"，因为他也认得几个字。看到打卦先生上门，看他摇摇摆摆，正正经经，口中念念有词，手里搬弄着两块木卦，便非常有趣。每年在同一时候，打卦先生站在灶间门口咕噜了一大阵之后，插着问：

"尊府贵姓啊？"

"陆。"祖母好像熟悉他的每一字句，早就预备好了这个单字，在适当的时间填入他滔滔的语流中似的。

"贵府堂名啊！"有时这样问。

"没有。"总是这样回答。

一次父亲恰巧在旁，便抢着说。

"辟虎堂。"

打卦的茫然不知所措。因为这名字来得生疏而奇突。但也将就糊里糊涂念下去，把手中的木片东南西北抛掷了一回，说些吉利话，要了施舍而去。父亲那天似乎特别高兴，在打卦先生去后，走进房中，随手拿出红纸和笔砚，他先研起一池浓墨，把纸折出方格，然后展开，平铺在桌上，挥笔写出"辟虎堂"三个大字。又似余兴未尽，便谐义谐音地一连写了"殪虎堂"，"一瓠堂"六个字。于是稍稍退后几步，抱着手欣赏自己的书法。

"这几个字怎读法怎解释呢？"那时我已读书识字。但像这样冷僻的字，还没见过。

父亲是嫌这堂名取得不佳呢，是从字义或字音上想到不吉的语句呢，还是怪自己的字写得不好呢，他忽然不高兴起来，把墨沈未干的红纸揉作一团，抛在纸篓里，他并不向我解释，以后也从未提起。

以后我想到父亲偶然的题名应当是和虎有关的。在我的屋子背后曾经过一条虎。那是在一两年前初冬的早晨，我一早醒来便听见邻居的一位堂房伯母在那儿哀哭。原因是她的唯一的心爱的牲畜和财产———一个小猪，夜间被虎衔去了。我们跑去看她养猪的所在，猪栏是筑在廊前檐下，用竹席和稻草盖搭就的，住在居室的外面，没有关锁。虎从矮墙跳进来，衔了小猪又从矮墙跳出去。虎把猪栏撞翻了，栏里歪斜地倒着木条和玉蜀黍秆子之类。伯母一边哭一边恸，数说着她如何自己巴不得省一口食粮来喂这小猪，她疼爱它赛过自己的儿女。为贫穷压弯了腰身的伯父则指手画脚地在说着虎的来踪和去迹，在泥地寻觅它的脚印。他们踪迹它的脚印子，终于落到我家的后园，越过一个荆棘丛，直到溪边去了。当时我也跟着大家找脚印子，人们说什么"梅花印子"啦，"碗口大小"啦，我则并没有清晰的印象，只是人云亦云，作算是自己曾看到过的罢了。这事发生之后，大家都说"虎落平阳"是年荒世乱的预兆。

原来秋季已经歉收，人心便惴惴不安担忧冬季日子不好过。他们一面告诫孩子，一面束紧肚皮，极力节省，作度冬的准备。冬天终于过去了，虎也不曾重来，伯母又从针黹积得零钱，再买一只小猪来了。

　　父亲心里所辟的"虎"是否这一只有形的"虎"？还是别的使农村贫穷的无形的"虎"呢？也许是另一回事。那是更久远了，我出世还不久，母亲只有二十多岁，正当丰盛的年龄。我家曾弄到一只虎。这是祖父和他的同学们在山上打得的还是别人打得的，不得而知。我从幼便天天看到悬在廊前的一颗虎的头骨。这骨头，同着两把铜钱剑，被人家搬来搬去，当作镇邪的东西。譬如什么人着妖精迷了，夜里化作女子来伴宿啦，什么人在野外归来，骤然得病啦，便把这两件法宝借去。凭着猛虎生前的余威和铜钱剑上历代帝王的名号壮了病人的胆，因而获得痊愈的事也许不是没有，这虎头和铜钱剑便愈走愈远不知下落了。

　　关于那只虎的猎得和处理传说了好些年头罢——乡间的故事是那么少，而他们那么喜爱！正如他们有着健啖的肠胃，需要丰盛的酒肉，他们需要许多资料来充他们的精神的粮食——可是待我长大，他们便不常谈起了。我也只剩一些朦胧的记忆。

　　几年前一位甥女出嫁，母亲在临睡前打开箱子，想找出什么送嫁的东西。最后她拿出一串项链，上面悬着几个虎爪和虎牙，还缀有小小的银铃。这是她亲手在虎掌上挖下来的，也曾围过我的项颈。当她把这串银链放在掌上，作着长长的谛视时，我仿佛看到她出神的脸色的变容。鬓边有了白发的母亲重想起嫁后不久用小刀剜着虎爪时的年青时代，心中涌起甘的或是苦的一些什么滋味？像我做孩子的是不能了解的。

私塾师

今年的春天，我在一个中学里教书。学校的所在地是离我的故乡七八十里的山间，然而已是邻县了。这地方的形势好像畚箕的底，三面环山，前一面则是通海口的大路，这里是天然的避难所和游击战的根据地。学校便是为了避免轰炸，从近海的一个城市迁来的。

我来这里是太突兀。事前自己并未想到，来校后别人也不知道。虽则这地方离我家乡不远，因为山乡偏僻，从来不曾到过。往常，这一带是盗匪出没的所在，所以如没有什么要事，轻易不会跑到这山窝里来。这次我来这学校，一半是感于办学校的师友的盛意，另一半则是因为出外的路断了，于是我便暂时住下来。

这里的居民说着和我们很近似的乡音，房屋建筑形式以及风俗习惯都和家乡相仿。少小离乡的我，住在这边有一种异常亲切之感。倘使我不是在外间羁绊着许多未了的职务，我真甘愿长住下去。我贪羡这和平的一个角落，目前简直是归隐了，没有访问，没有通信，我过着平淡而寂寞的日子。

有一天，一位同学走进我的房间，说是一位先生要见我。

这使我很惊讶。在这里，除了学校的同事外，我没有别的朋友。因为他们还不曾知道我，在这山僻地方有谁来找我呢？我疑惑着。我搜寻我的记忆，摸不着头脑，而这位先生已跨进来了。

他是一位年近六十的老人，一瞥眼我就觉得很熟识，可是一时想不起来。我连忙让座，倒茶，递烟，点火，我借种种动作来延长我思索的时间，我不便请教他的尊姓，因为这对于素悉的人是一种不敬。我仔细分析这太熟识的面貌上的每一条皱纹，我注意他的举止和说话的声音，我苦苦地记忆。忽然我叫起来。

"兰畦先生！"

见我惊讶的样子，他缓慢地说：

"还记得我吧？"

"记得记得。"

我们暂时不说话。这突如的会面使我一时找不出话端，我平素是那么木讷。我待了好久。

兰畦先生是我幼年的私塾师。正如他的典雅的别号所表示，他代表一批"古雅"的人物。他也有着"古雅"的面孔：古铜色的脸，端正的鼻子，整齐的八字胡，他穿了一件宽大的蓝布长衫，外面罩上黑布马褂。头上戴一顶旧皮帽，着一双老布棉鞋。他手里拿了一根长烟管，衣襟上佩着眼镜匣子——眼镜平常是不用的——他的装束，是十足古风的。这种的装束，令人一望而知他是一个山里人，这往往成为轻薄的城里人嘲笑的题材，他们给他一个特别的名称"清朝人"，这便是"遗民"的意思。

他在我家里坐馆，是二十多年前的事。现在我想起私塾的情形，恍如隔了一整个世纪。那时我是一个很小的孩子，父亲把他的希望和他的儿子关在一起，在一座空楼内，叫这位兰畦先生督教。我过的是多么寂寞的日子啊！白天不准下楼，写字读书，读书写字。兰畦先生对我很严厉：破晓起床，不洗脸读书；早饭后背诵，点句，读书，写字；午饭后也是写字，读书；天黑了给我做对仗，填字。夜间温课，熬过两炷香。我读着佶屈聱牙的句子，解说着自己不懂而别人也不懂的字义。兰畦先生有时还无理地责打我，呵斥我，我小小的心中起了反感和憎恨。我恨他的人，恨他的长烟管，恨他的戒尺，但我最恨的是他的朱笔，它玷污了我的书，在书眉上记下日子，有时在书面上记下责罚。于是我便把写上难堪字样的书面揉烂。

自他辞馆后，我立意不再理睬他，不再认他做先生，不想见他的面。真的，当我从外埠的中学念书回来，对于他的严刻还未能加以原谅。

现在，他坐在我的面前，还是那副老样子。二十多年前的老样子。他微笑地望着，望着他从前责打过的孩子。这孩子长大了，而且也做了别人的教师。他在默认我的面貌。

"啊，二十多年了！"终于我说了出来。

"二十多年，你成了大人，我成了老人。"

"身体好么？"

"穷骨头从来不生病。我的父亲还在呢，九十左右了，仍然健步如飞。几时你可以看到他。"他引证他一家人都是有极结实的身体。

"真难得。我祖父在日，也有极健康的老年。"我随把他去世的事情告诉他。

"他是被人敬爱的老人。你的父母都好么？"

"好。"

"姐妹们呢？"

"都好。"

他逐个地问着我家庭中的每一人。这不是应酬敷衍，也不是一种噜苏，是出于一种由衷的关切。他不复是严峻的塾师，倒是极温蔼的老人了。随后我问他怎样会到这里来，怎会知道我，他微笑了。他一一告诉我，他原要到离此十几里的一个山村去，是顺路经过此地的。他说他是无意中从同学口里听到我在这里教书，他想看看隔了二十多年的我是怎个样子，看看我是否认得他。他说他看到我很高兴，又说他立刻就要动身，一面站起来告辞。

"住一两天不行么？"我挽留他。

"下次再有机会，现在我得走。"他伸手去取他的随身提篮。

我望着这提篮，颇有几斤重量，而且去那边的山岭相当陡峻，我说，"送先生去吧。"

"不必，不必。你有功课，我自己去。"他推辞着。他眉宇间却露出一种喜悦，是一种受了别人尊敬感觉到的喜悦。

我坚持要送他。我说好久不追随先生了，送一程觉得很愉快。我说我预备请一点钟假，因为上午我只有一课。随时可补授的。

窗外，站着许多同学，交头接耳地在议论些什么，好像是猜测这位老先生和我的关系。

我站起来，大声地向他们介绍，说这位是我的先生，我幼年的教师。他现在要到某村去，我要送他。我预备请一点钟假。

同学中间起了窃窃的语声。看他们的表情，好像说："你有了这样的一位教师，不见得怎么光荣。"

于是我又向他们介绍："这是我的先生。"

我们走了。出校门时，有几位同学故意问我到那里去，送的是我的什么人，我特地大声回答，我送他到某村去，他是我的先生。

路上，我们有着琐碎的谈话。他问起我：

"你认得×××么？他做了旅长了。"

"不大认得。"

"××呢，他是法政大学毕业的，听说做了县长。"

"和我陌生。我没读过法政。"

"××，你应该认得的。"

"我的记性太坏。"

"××，你的同宗。"

"影像模糊，也许会过面。"

"还有××？"

"只知其名，未识其面。"

"那么你只记得我？"

"是的。记得先生。"

他微嘘一口气。好像得到一种慰藉。他，他知道，他是被人遗忘的一个。很少有人记得他，尊敬他的。他是一个可怜的塾师。

"如果我在家乡住久些，还想请先生教古文呢。从前念的都还给先生了。"我接着带笑说。

"太客气了。现在应该我向你请教了。"

这句话并没有过分。真的，他有许多地方是该向我请教了。当他向我诉说他家境的寒苦，他仍不得不找点糊口之方，私塾现在是取消了，他不得不去找一个小学教员的位置；他不得不丢开四书五经，拿起国语常识；他不得不丢下红朱笔，拿起粉笔；他不得不离开板凳，站在讲台上；他是太老了，落伍了，他被人家轻视，嘲笑，但他仍不得不忍受这一切；他自己知道不配做儿童教师，他所知道的新智识不见得比儿童来得多，但是他不得不哄他们，骗他们，把自己不知道的东西告诉他们；言下他似不胜感喟。

"现在的课本我真弄不来。有一次说到'咖啡'两字，我不知道这是什么东西。我只就上下文的意义猜说'这是一种饮料'，这对么？"

"对的。咖啡是一种热带植物的果实，可以焙制饮料，味香，有提神的功用。外国人日常喝的，我们在外边也常喝的。还有一种可可，和这差不多，也是一种饮料。"

"还有许多陌生字眼，我不知怎解释也不知怎么读。例如气字底下做个羊字，或是圣字，金旁做个鸟字或白字，这不知是些什么东西？"

"这是一些化学名词，没读过化学的人，一时也说不清楚，至于读音，顺着半边去读就好了。"

他感慨了。他说到他这般年纪，是应该休息了。他不愿意坑害人家子弟，把错误的东西教给孩子们。他说他宁愿做一个像从前一样的塾师，教点《幼学琼林》或是《书经》，《诗经》之类。

"先生是应该教古文而不该教小学的。"我说。

"是的，小学比私塾苦多了。这边的小学，每星期二三十点钟，一年的薪金只有几十块钱，自己吃饭。倒不如坐馆舒服得多！"

我知道这情形。在这山乡间，小学仍不过是私塾的另一个形式。通常一个小学只有一个教师，但也分成好几年级，功课也有许多门：国语，常识，算术，音乐，体操等。大凡进过中学念过洋书的年轻人，都有着远大的梦想，不肯干这苦职业，于是这被人鄙视的位置，只有失去了希望的老塾师们肯就。我的先生自从若干年前私塾制废除后，便在这种"新私塾"里教书了。

"现在你到××干什么呢？"我还不知道他去那边的目的。

"便是来接洽这里的小学位置哟！"好像十分无奈似的。忽然他指着我头上戴的帽子问：

"像这样的帽子要多少钱一顶？"

"大约五六块钱。"我回答。

"倘使一两块钱能买到便好了。我希望能够有一顶。"

"你头上的皮帽也很合适。"我说。

"天热起来了，还戴得住么？"

说话间我们走了山岭的一半。回头望望，田畴村舍，都在我们的脚下。他于是指着蟠腾起伏的峰岭和点缀在绿色的田野间的像雀巢般的村舍，告诉我那些村庄和山岭的名字。不久，我们踅过了山头。前面，在一簇绿色的树林中显露出几座白垩墙壁。"到了。"他对我说，他有点微喘。我停住脚步，将手中提篮交给他，说我不进去，免得打扰人家。他坚要我进去吃了午饭走，我固执地要回校。他于是吐出他最后的愿望，要我在假期中千万到他家去玩玩，住一宿，谈一回天，于他是愉快的。他将因我的拜访而觉得骄傲。他把去他家的路径指点给我，并描出他屋前舍后的景物，使我便于找寻，但我的脑里却想着他所说的帽子，我想如何能在冬季前寄给他。它应是如何颜色，如何大小，我把这些问得之后，回身下山走了。

我下山走。我心里有一种矛盾的想头：我想到这位老塾师，又想到他所教的一批孩子。"他没有资格教孩子，但他有生存的权利。"我苦恼了。我又想中国教育的基础，最高学府建筑在不健全的小学上，犹如沙上筑塔——我又联想到许多个人和社会的问题，忽然听到脑后有人喊。

"喂，向左边岔路走哪。"

原来我信步走错了一条路。这路，像个英文的Y字母，来时觉得无岔路，去时却是两条。我回头，望见我的先生，仍站在山头上，向我挥手。

"我认识路的，再见，先生。"我重向他挥手。

独居者

现在我很懊悔无意中发现了C君的秘密，一个人在孤独时的秘密。这是一种痛苦，他原先紧紧藏着，预备留给他自己的，我无意中知道，这痛苦乃交给了我。他自己还不知道这回事，实际上另外有个人在分担他的痛苦了。听说有一种眚神，专给人家作祟的。但作祟的工作要在秘密中进行。譬如一个人在单房暗室，独处的时候，这眚神便用各种威胁引诱，弄得他害病为止。万一这作祟的工作被一个闯入者发现了或道破了，这眚神便舍掉原先想害的人，转向闯入者纠缠，将祸害嫁给后者。我碰到的正是这种情形。当我发现了他深自掩藏着的痛苦，我也要替他分负的了。

要说我为什么把这回事放在自己心上？我不知道。只好怪我自己了。要说他有什么痛苦，为什么痛苦？我也不知道。这是一个谜。痛苦是往往说不出的。好像挨了毒打，浑身疼痛，却摸不着痛处。C君是一个奇特的人！他是属于幸福的一群呢？还是属于不幸的一群呢？我不能下断语。要论断某一个人，总得自己的见解智慧比人高出一筹，方得中肯。正如景色的眺望者，从高处往下看，方见全景；若从卑处往高看，所见结果一定不对的。我对C君的观察是从卑处往高看吧，我的叙述也许是不对的。也许他不似我所猜想的，根本没有什么痛苦，这一切倒是我自己的幻觉，这也难定。总之，说他有点奇特，不算过分吧。

C君是我的朋友。我们认识有许多年头了。他给我最初的印象是一个可爱的，快乐的，和蔼的青年人。他服装穿得干净，鞋帽整齐。他的头发总是剪得齐齐的，两旁梳开，披在颞颥边，中间显出一条肉路。他的脸端正，端庄的表情浮在端正的脸上，有一种没有矜伐的厚道。他有明净的眼珠，不常直视人，偶然碰到别人的眼光在他的脸上搜索的时候，总是微微一笑避开。他鼻子方正，鼻准微平。嘴也搭配得大小适宜，嘴唇略厚一点，这使他的脸减损一分秀气。他会说话，不大流利，可够表达，显然是练习出来的。他的脸颜微嫌瘦削，照他的骨架子，应当更丰满些。总之，他是一望而知的没有受过生活鞭挞的人，在一个陌生人的眼中，正如一般生活优裕的人，往往多受人们尊敬。

从他对人和做事的态度看来，他是一个热情的没有自私的青年。他对朋友极诚恳，做事认真负责。他的信念极坚定，在他的眼前永远闪现着美丽的希望。他不颓沮，不懊丧，脸上心里总是浮着微笑的。他从没有对任何事失去忍耐，对任何人抱怨，责备；他忙，但颇有点闲情。有一次我见他照画报上的样子在剖剔一个水仙球茎，弄了好几个钟头，似乎没失去耐性。

我们时常在一起，散步谈天。我们谈到粗俗的，猥亵的，平凡的，崇高的，他很坦白，很少隐藏，因此我也约略知道他的身世，他的思想，他的感情。一切都没超人或异乎常人的地方。他正是一个脚踏实地地为理想的工作者。

但是当我发现他有一种爱好独居的性格的时候，我渐渐觉得他有点奇特。他的工作（我想对他的工作性质的说明是不必要的。世界上，哪种工作最高贵最重要，而哪一种又不重要的，无价值的，我想没有人能够品评），使他和人们亲近，同居处，同饮食。但他总是单独住一个房间。他从不肯留一个朋友在他房里住宿。他好像是洁身自爱的女子，不让别人占用她的闺阃。当有一次一位从远道来的友人来望他，那友人找不到别的宿处而又疲倦了，打算在他房里过一夜，他陪他坐到夜深，最后，站起来说道："我房里没留过客人，我要保持这记录，我陪你上旅馆去。"友人显然有点愠色，但他还是曳着友人上旅馆去了。这事后来那友人告诉我好多次，说他是有点不近人情的。

  他住的房间陈设简陋，但他守住这简陋的房间，像野兽守住它的洞穴，不愿意别兽闯入。我对个人的癖爱颇能谅解。像他这样的人，也许为了工作性质的关系，也许为了读书研习的关系，不愿别人打吵他，是说得过去的。我曾有个时期和他同住在一所公共的建筑内，同处在一个屋顶下，但我们仍旧保持着各人的生活习惯。因为我们有着不同的职业。我白天出去，晚上一早就睡了。他到夜深睡，早晨起床比较迟。有时候我们是数天不见面的。

  一天的夜里我发现了他孑身独处的原因。愿他原谅我，我是无心的。我看取了他的秘密，却无法把它交还原主，这使我时时引以为憾。我不是好奇的。这发现属于偶然，至今我还是懊悔那一次的闯入。

  那是一个有月亮的夏季的晚上，夜深使一切喧嚣归于静寂。我这夜特别比平时睡得迟，正预备熄灯睡的时候，突然想起一件东西遗在C君的房里，想立刻得到它。我想他是已经睡了，为了不惊扰他，我悄声走过去，我蹑着脚步走近他的房间。他的房门没有锁，被午夜的风吹开，留着一条阔缝。我一脚跨进去，仿佛眼前一个异景怔住了我，我几乎不相信我自己的眼睛了。C君在做什么啦！他跪在自己床前的地上，头伏在臂里，好像在作祈祷。从窗口斜射进来的月光把室内照成一种淡淡的晖明，他虽则跪在暗里，我却清楚地能够辨别他额上流着汗，脸孔是严肃而神秘的，一种不胜苦楚之情。这使我想起耶稣基督在客西马尼亚园中的祈祷："汗珠大如血点，流在地上。"一种在苦杯前踌躇的惶悚。C君也好像是在推开一个苦杯而又准备接受。他全神贯注地沉在默念中，好像在一种不可见的神前忏悔，又好像是一个为热情所燃烧的男子在冷若冰霜的女子面前恳求，一种祈求幸福或是向幸福辞谢的神情……我几乎失声喊了出来，一种神秘的力量使我噤住。我悄悄退出，站在外面，从门隙中望他继续的动作。约莫过了四五分钟，他慢慢地站起来，走向窗口，面朝月光把手徐徐举起，好像迎接从月光中降落的天使似的。随后又把手垂下，向后摸索着床架，扶在上面，脸仍不回过来，这样站着好久好久。我只能从他偶然偏过来的脸望见那上面的神秘似的似乎痉挛的表情。"他是被痛苦啮噬着，"我忽然想到，于是迅速地跑回我自己的房间，忘记了适才去他房里的目的，我熄了灯，躺在床上，辗转了好久，我细细分析他平时的见解和行为，一丝也没有异样。但渐渐我从他偶尔流露的片言只语里，好像发觉他是怀着什么痛苦。

那也是和他相识不久的时候，我们已有时常谈天的习惯，我坐在他房里，我们纵谈着各种琐事，讨论着许多问题。我们谈得很有兴趣，这时他手中揉弄着一条领带。我想到一个友人，爱把领带当作裤带束在腰间，于是我说：

"你知道领带还有什么别的用途么？"

"哈哈哈。"

"猜得着吗？"

"哈哈哈。"

我不耐烦地就把我的发现告诉他。说是领带当裤带是适宜的。长短阔狭都好，只是一端太宽了些。

"还有一个用途。"他补充说。

"什么？"

"哈哈哈。"他不说下去了。

但是一转想我也猜到了。那是上吊用的。当时我觉得这家伙脑筋古怪,怎会想到这上面来呢?但是他那快活的笑声,立刻把我思想的阴云打散了。

我从来不曾听到他悲观的论调。但有一次一个友人颂赞"生的欢喜""生的美丽"说:

"生是多美丽啊!我便从来没想到自杀过。"

"谎话!"好像听见C君的自言自语。但他立刻用快活的声音接着道:

"是的。生是美丽的。"

谁能够解释他身上的矛盾呢?谁能够看出他极快活的表面底下潜藏着一个痛苦的灵魂?他有希望的光明,却又有失望的暗影;他有快乐的外表,却又有忧郁的内心。他好像是一池深深的潭水,表面平静光滑,反射着美丽的阳光,底里却翻涌着涡卷的伏流。有人留心到海面么?涡流最急的地方往往表面上显得异常光滑。C君的心境便是这样子。令人费于索解了。

我想从他自己的口中和别人的口中探听,他是否受过什么大刺激,譬如失恋等情事,答案都是否定的。受过良好的教育,正如有着进步思想的人,他是自由主义者,他反对宗教,反对权力,反对加在人类身上的经济的和思想的一切桎梏,那么他为什么那样苦苦地祈祷呢?简直像一个虔诚的教徒!为什么他想到"死"呢?想到人们认为罪恶而自己也认为罪恶的"自杀"呢?这一切都是谜。他是在割舍一种人性上离不开的东西呢?他是不是凭他那严刻的内省,在替他自己的信念和理想觅取一种道德上的支持?好像他发现了一种理想,而又怀疑着,又给自己的怀疑解释,而这解释又不能使自己满意,他想抓住无定形的理想,而又抓不住,因而显得痛苦呢?这一些,也许连他自己也不会明白。

于是我发现他平时乐观的态度倒是一种悲哀的掩饰了。嗣后每次他和我谈话的时候，我便不禁想起他夜晚苦苦跪着的样子。"他苦苦地制造了一个希望，一个理想，来扶掖自己。"我总这样地想。他是天生的有忧郁性格的人，却人为地在忧郁的底子上抹上一层愉快的色彩。这种努力是可敬的，但是这种努力，总给我以一种不可言说的悲哀。

《少年读物》发刊词

我们编辑这小刊物，是专给初中学生和同等程度的读者看的。高中学生和同等程度的也可以读。这里面没有艰深的学理，没有佶屈的术语，也没有呆板的说教。文字浅易明显，大家都看得懂。但是题材都是新颖的，观念都是明确的，思想也是前进的。我们不敢期望这小小的刊物对读者有多大贡献，多大裨益，但敢期其必无害处。我们不敢自诩太高，但也努力求自己和读者的满意。

我们做过少年，做过学生，也做过少年的朋友，学生的教师，我们知道他们所想知道的是什么，所以内容方面侧重于自然科学、社会科学及文艺，但我们也没有忽略使少年们苦恼的种种问题。现在的少年，遭受国难家难重重痛苦，肩上却负着建设新国家新社会的非常责任。苦痛愈深，责任愈大。让这小刊物成为苦痛时的慰藉，工作时的参考，休息时的消遣吧。

我们诚恳地希望读者和我们合作。大家来做个朋友，共同研究，共同讨论。这是刚开辟的园林，它的繁茂全靠大家合力的灌溉。

给亡妻（手记）

姊呀，请你祝福我，帮助我驱除览稿之念，好让我平安地过活，把你的爱女养大成人。她，是你所爱的。

姊，到现在我才发现我是怎样的爱你。我为你半年来泪却未曾干。我呼唤你的名字，但你不答应，因此我更悲伤。

我想忘了你，我不能，所以我便写胡乱的字在这本簿子上。好像是写成文字之后，影像便会更淡似的。且试试看吧，我希望能够忘了你。

姊姊哟，现在这两个字于我是多么亲热。孩子曾数次问我，我叫你什么，我说我叫她姐姐，她不信。这一点在孩子将永远成为谜的。

你写给我的信，我看不懂。我只记得这两句："生姜苦殊却尝够，问问你来为甚同。"姐姐，你痛苦，现在我更痛苦。

姐姐哟，我爱你的头发，因为它们是很长。我把它当作翁郁的树荫，以为在那被找到荫丛了呢。姐姐，你去了，随着我失去了你的头发。姐姐，你应懊悔，不曾把美丽的头发缠住我的头颈，叫我跟你同去。

姐姐哟，想起你的肉身不是不敬么？不，姐姐，你不会怪我的。因为你是我肉中之肉啊！

姐姐啊！假如你在，我们将可以住一间新屋子，前面有花，后面有菜。孩子长大得可爱，你看，我们是多幸福。

为了孩子，所以我不能跟你去呵，亲爱的姐。我打算再活十年。那时孩子十六岁，勉强可以嫁人。我便可跟姐姐一道了。

姐姐呵，我是怎样渴想吻你啊！但是现在黄土掩埋了你的脸。姐姐，你应当懊悔。你以前不肯吻我。我是你亲爱的弟弟，为何不吻我？

我们结婚只有十年，但是姐姐算来算去说有十二年，不知怎样算的。

姊姊的面貌在我生疏了。因为我总共没有半年的见面。姐姐，我真懊悔。

我现在向谁说我爱姐姐。除非在你的坟前。世上没有人记得你。孩子一次说得真乖。我问她记得妈妈么？她回答记得的，说就是到明年也还记得的。但是大了之后，当然忘了。

你想我怎样来纪念你，姐啊。我的想法可惜都行不通。我想把你的坟墓搬到青山绿水的地方，那附近没有行人来往。我要在坟上亲手写镌下小小的墓碑，文字是这样的：

呜呼书姊　十□失恃
　　　　　十□失怙
　　　　　二十从余
　　　　　三十而殁
　　　　　世无哀者
　　　　　惟弟念之

下题弟沐手立。

姐姐，上次在箱中看到你的红绒的衬衫，那是我们结婚的时候穿的。姐姐，人不如衣久啊。

姐姐，为了你，我陷入悲哀的深渊中了，我失了一切的理智和能力。我也许因此失去我的职业，都是为了纪念姐姐。

姐姐啊，帮助我解除无用的烦恼。让我重想做人吧。帮助我使我快乐，使我得到满足，因为我不能死，还有姐姐的孩子。

姐姐，吻我呢，在梦中吻我。姐姐啊，我梦见你了。一次，我梦见姐姐的身体，那是这样可爱的。一次我梦你脸消瘦如病人。还有很多次，我忘了。姐姐，多给我几个梦，我要抱吻你。

姐姐，我要跪在地上，伏在姐姐的胸前。姐姐啊，你的胸是何等可爱。我现在要跪在地上，但我所亲着的只是泥土。因为泥土已掩了你的胸。

姐姐，假使你在，你叫做什么都干。只要为了姐姐的快乐。但是现在我什么都懒干，因为姐姐已不知快乐。

姐姐啊，让我称呼你十万声，等到这名词于我生厌，那时我会忘了姐姐，那时我便会好好儿生活。姐姐，亲爱的姐姐，姊姊呢。

我爱写这姊字。因为姐字你不熟习。

照理姊姊爱我应当不比你自己的弟弟好。因为你们相处了二十年，而和我仅十年。况且总共见面的日期不到半年。但是姊姊爱的是我。

姊姊，现在我右手有一个伤疤。但是我并不以为难看，因为这是纪念我的姊姊。我在我的肉上刻我姊姊的纪念。

我是爱姊姊的，但没有人知道我爱你——现在有人知道些了——姊姊，假如你在，我要对任何人说我爱你。

以上四月八日五时

姊姊，你的名字是护卫我的护身符，帮我辟除阴恶不吉的念头。念着姊姊的名，我觉得幸福。姊姊啊，我还不曾称呼你到一万声，我便心轻了许多了。姊姊，刚才我出去，我向着田野跑。天空原是一片阴沉，但走了几步之后，便有一抹的斜阳照着我的脸。在途上我遇见女人，并没有作不良之念，这是姊姊的祝福，我想。我安慰了。姊姊，帮助我，使我坚强。……

姊姊啊，三十过后是老年，则你在三十死去，正得其时。以前我自私，希望我在六十死去。但是我希望你死在我的前面，因为我爱你。现在我的希望满足了，你死在我的前面。姊姊啊，你在我的眼中永远是年轻。姊姊的脸是永远那样美，姊姊，假使你活到老，也许我们相对无欢的。姊姊，我可惜的是我不认识你姑娘的时代。那时应当更美。姊姊，我真懊悔。我怎地忽略你在三十岁那几个年头。啊，姊姊你是永远年轻的。

姊姊，我们是多可笑，我们屡次谈到离婚。我是太爱你了。所以要离婚。姊姊，你知不知道弟弟是怎样想。我要名义上和你离婚，给你完全自由，而我仍然忠诚每年按时来拜望你，伏在姊姊的胸前。但是现在岂又比离婚好得多。弟弟永远是爱你的。

姊姊，我在你面前的撒娇，在别人前装得出么！我不知道。姊姊，因为你是姊姊啊，所以我爱你。姊姊应当爱护弟弟的。

八日五时半

姊姊！许多事想起真苦痛。姊姊，你没有因为我在早晨多留片刻。说是给别人笑话。姊姊，你身体多病，你每每贪一刻的睡眠，但是又不容你贪眠。我呢，我愿意姊姊多给我一分钟，而姊姊复迅速起身了。想起这些，我难过了。

姊姊啊，在我的眼睛里你是聪明而又能干。姊姊会措辞而我拙讷，姊姊懂事而我不谙世故。姊姊，你是我的右手。我失却了扶持了。

姊姊，你看我多爱你。想着我曾经有你这样的姐姐，我便微笑。在街上，我看到许多女人，我心里也起些不端之念。但想起姊姊来，好像一片光明笼罩住我，我便肃然了。姊姊啊，我的姊姊，我没有言语说出我对你的爱，我只能轻轻地唤你的名字。

姊姊，昨天我到市中心去玩，那儿有很好的马路，很好的花园，清爽的空气，明亮的阳光，也有整洁的房子。姊姊，以前我曾想，假使和你一起住在这文静的地方，我们可以尽情戏谑，尽情的乐。我们眼看我们的孩子长大，我们是多幸福。姊姊啊，别人说你没有福气，我却是说我没有福气。这样好的姊姊是不配给我的。亲爱的姊姊啊，你知道我是如何的伤痛，我没有一天不想起你。以前和我好的朋友，连父母我都撇开了，我只纪念着姊姊，姊姊啊，你是我的灵魂，我的生命哪。

我在公园里看到一个女子和她的孩子在散步，在玩，我想到你。本来，我们也是幸福。我们的幸福超过别人的，因为姊姊是纯洁高尚，而我也是纯洁高尚的。姊姊啊，我发现我自己的优点。姊姊是镜，我在姊姊的镜中才照见我自己纯洁的灵魂。姊姊啊，我称你一万声都不够。

去年，秋末冬初，我惯在□□路徘徊散步，我望着贫民窟的家庭。我羡慕他们。只要姊姊在，我们住在破烂的房子里也是幸福的。姊姊是灯，姊姊是光明，姊姊的存在照明我的黑暗，在姊姊的面前我是快乐的。

姊姊，明天是四月初一了。今天我和你知道的那位姓陈的女的一同去散步，散到乡间，一路都很臭。我看到了小豆花，小豆应当结子了。姊姊，我想起这时候，我偷闲借着藉口回家来望你。只有三天。姊姊，我现在只记得你的一句话和你的眼泪。姊姊说："我知道你的心是好的"，但是姊姊哭了。我心里多难过。想不到那是姐最后的眼泪。姊姊啊，当然我的心是好的。不好怎么恋着你。我知道我是纯洁的，正直的，但是我不幸。我丧失了你了。

姊姊啊，想起我们结婚之夕。我是多么地不懂事。姊姊，我心惊了，我望着姊说不出话。但是这因为与女性初次的接触。那时我没有爱你，我在唇边还呼着别人的名字哩，姊姊，我懊悔了。十年来我错过了幸福。我们把青春在无知中度过了，姊姊，我多懊悔。

但得姊姊在，我便怎样磨折也甘心。姊姊啊！我可以跪在你的前面，我听你的吩咐。但姊姊口中不会有为难的事嘱咐我做的。我的大姊，我的表姊啊，我要怎样说明我爱你。

姊姊，想起别人的侮辱，都是我的罪孽。姊姊不生孩子，只有我与姊姊两人是明白的。这可以对别人说，对别人辩明吗？假使我们结婚后就生孩子，孩子应当是十多岁了。姊姊，我没有对你忏悔我的罪，等待姊要有一个儿子时，我算应了你的要求，但是姊姊又懊悔了。这未来的孩子的赘累，说是害你不得自由啊。姊姊，这几桩事我都没有懊悔。假使姊留下一个初生的孩子给我，那叫我怎样办呢。

姊姊，我把幼年的时候细细想起了。我想起八岁和十几岁的时候。但是这些记忆在十四岁的年龄便断了。姊姊的十五六岁时是怎样的，我懊悔那时不认识姊姊。亲爱的姊姊,怎么你在我是这般生疏!

我想到姊姊看了孩子的欢乐,我也欢乐。姊姊不担心孩子的将来,好似有把握似的,而我不然。

姊姊不能再活过来,真是可惜的事。姊姊此时只有一堆骨头了。倘使把它们裹在荷叶里,使它重生,我多欢喜啊。

死后没有灵魂,真是悲哀不过了。这样,姊姊是没有了。我亲爱的姊姊会化成没有。叫我怎样安慰我自己呢。

姊姊,最后一次见姊姊的时候,是在四月间。快一整年了。听到姊姊死去的消息是在七月间。姊姊这两节期在我是多悲痛。

姊姊不吻我的脸。姊姊是□的。姊姊没有对我作什么要求。姊姊是太爱我了。

今晚我从×××回来,好像受了委屈。姊姊,我对谁诉说我的委曲,姊姊安慰我,姊姊知道我的好处和缺点。好处该颂扬而缺点能原谅的。

姊姊,我想了一件事情,我要买几瓶好酒,放在人不知的地方,我每晚临睡时偷喝个醉。这样我可以忘却痛苦,但我又怕弄坏了身子,因为我的身体还有用。

喝酒也是纪念姊姊。因为姊也爱喝一杯两杯的。以前,我不欢喜姊喝酒,喝了酒脸红红眼一斜一斜的。姊给我酒喝我都不喝。我不知道为什么原因不高兴姊喝酒，大概因为女人喝酒会不规矩的。

　　我变得笨了，见人讷讷说不出口。姊姊是聪明的。姊姊会说话。我爱姊姊聪明的话。

　　我时常有许多幻想，幸福的幻想。去年，我在杭州的时候，我预备在今年春天我和你住在湖社里，那里房租不贵，菜也便宜，空气也好，附近有小学，孩子可读书，我和姊姊一起，天天玩。我们在白天接吻。我们同坐在小船里手牵着手，我要在人前夸耀我爱我的妻。

　　近来我校阅了好几篇牢狱生活的文章，我倒想坐坐牢狱的。我倒情愿挨鞭受苦，因为我的心里是太苦了。肉体的苦痛有时会分轻心的苦痛的。但是我不能坐牢狱，我必得在别人的面前装着坚强镇定的样子，其实我的心早就病了。

　　姊姊，今早我醒来时，好像姊站在我的身边，肥了一点。姊说些什么我忘了。我伸手抱你，却又没有了。

　　姊姊，昨天我看了电影，我为了欢乐而流泪了。

《葛莱齐拉》译后记

关于拉马丁的生平和作品，凡读过法国文学史的人都能道其详。我不想作非必要的介绍而耗读者宝贵的时间。

葛莱齐拉，实有其人。不过不是如书中所称的"珊瑚女"，而是拿波里城一纸烟厂中的女工。拉马丁旅意时在一八一一年，据计算，那时他应该有二十一岁了。

译此书的动机，纯是一时高兴。若说是也算淘掘法国文学遗产中一颗并不煜煌璀璨的明珠，则我并无此种奢望。

本书从原文法语译出，注释则都是我自己加上去的。

承友人瑜清借我数种不同的版本，并为我悉心从原文校阅一番，费了他不少可贵的晨夕。我在此向他申谢。

书中错误的地方，总不能说是没有的。我希望每个读者都是吾师，所以大胆地从箧底检出来呈诸读者的面前了。

陆蠡记

一九三六年三月十二日

《罗亭》译后记

《罗亭》是屠格涅夫有连续性的六部小说的第一部。原书起稿于一八五五年六月初旬,至七月末旬完稿。刊行于一八五六年。

译文根据的是Mrs. Constance Garnett的英译本。伦敦William Heinemann公司出版。卷首附有斯特普尼亚克的长序。现在把序一并译入,以供读者参阅。

译时也参看Henry Bolt的英译本(一八七三年纽约Thomas Y. Crowell公司出版)和二叶亭四迷及上野村夫的日译本。二叶亭四迷把书名译作《浮草》,收编在改造社《现代日本文学全集》里面。上野村夫的译本则是今年三月刚出版的。

迻译校订虽则花了不少时间,我自己还不能认为满意。我只能说这译文不能算是十分草率。我尊重作者,我也尊重读者。

承丽尼、陆少懿、天虹诸兄百忙中为我细细从英日文本逐字校读一遍,指出不少错误,我在这里致深深的感谢。

一九三六年十二月十四日

《烟》译后记

  这重译本所根据的是Constance Garnett的英译，伦敦William Heinemann出版。同样的版本又见于Modern Library中，卷首有John Reed的序。翻译时我还参考了Isabel F. Hapgood的英译（纽约Charles Scribner's Sons出版）和Nelson Collection中的法译本。法译本未注撰人，有丛书编者Charles Sarolea的序。内容章节，与英译本略有出入。

  本译文脱稿于一九三七年夏季。现在则已经是一九四〇年的暮春了。人事倥偬，诚或未能无感。

  书中内容文字，因中西文字的结构不同，而对作品的领悟复因人而异，译者不敢期望能传达原作的神貌于什一，但曾规谨地尽力使错误减少。其中许多处所，则曾就正于许天虹君。

  巴金先生借给我几种本子，在许多地方得到他的帮忙，是很感激的。

译者

一九四〇年四月十日

大师经典

陆蠡精品选

小说

覆 巢

  九月秋凉的一天,上午十点钟左右,我走过这成为上海中心的大动脉——霞飞路。因为小病,我二十多天不出门了。一雨便成秋,道旁法国梧桐的叶子似添几分憔悴,照面的阳光也那么柔和无力,失其胁人的炎威,转觉有几分可爱。这条路的情形和二十多天前已大不相同。记得我最后一次踏过这条街的时候,路上的行人形色都有点张皇,漂亮的少年少女一个也没有,满街都是衣服不整洁的工人,商店伙计,童子军,救护队等,路旁坐满面有饥色的被难同胞。目前情况是不同了,商店大半复业,橱窗里铺陈着诱惑的货品,无线电在播音,电车汽车照常走动,衣履入时的男女也以极安详的姿态缓步人行道上,一切是这般和平,谧穆,设若不是常有隆隆的炮声继续送来或轧轧的铁鸟掠过空际,真会令人疑心这里是避乱桃源,大家过的安闲岁月呢。

  我对于这样安闲之群虽有点担心,但是我觉得大家愁眉苦脸也用不着。这时候,除了工作,工作,工作,牛衣对泣是无补实际的。所以心里尽管苦闷,脸上却有笑颜存在的必要。

我慢慢地通过这成为上海中心的动脉，心里胡乱想着。在一条比较冷静的转角上，我遇见两个妇人，一个三十左右，一个则是五十开外了。她们坐在一家闭锁了的大门沿阶上，好像没有感觉似的，不理睬路过的人。她们的衣衫尚新，却满沾泥污，一看便知是战区逃出来的难民。我瞥视了一眼便走过去了，但是我的感觉有点异样，使我觉得有两个人的面形跟着我，一副有着明亮的眼睛，另一副则是悲切的表情。

我走了很远，那两副面孔始终跟着我，好像它们是素识。我搜寻我的记忆，我把步折回来，我再注视这两位妇人，而我仍想不起她们是什么人。

"是×先生么？"突然我听到从老妇人的口中吐出这样的称呼。瞧她的脸，眼泪珠串似地滚下来了。我端视了好久，我才认出她们是什么人，至于我和她们怎样相识，却是一年前的事。

去年夏天，我应了一位朋友的邀请，在长江边的一个小村里住了好些天。那里原是我从前学校所在的地方，那一带我很熟悉，我非常喜爱这所在。沿江的长堤上长着翁郁的槐柳，堤下便是不尽东流的长江，堤里边却是一片苇塘，不知名的鸟类吐出款款的啼声，衬着这弥绿一片；远处乃是一角城楼，是县治的所在。朝暾初上时，夕霞迫照时，我曾有不少的年轻的记忆，使我对这河山发生深厚的感情。

我们原是暑假偷闲，到这江边乐一乐的。我们居住的是一家渔户。房屋家具很简陋，但瞧他们的家庭生活，却很美满。他们一共七人，一对中年夫妇，一个母亲，三个孩子，和一位死了丈夫的弟妇。男的晨出晚归，渔汛时捉鱼，平时则种菜耕田，薄薄的田园，一家衣食粗可维持。女的一年到头打绒线衫，据说这是包工，绒线由工头供给，打成绒衫照件论工资。有一次我说要请她们替我打一件，她们说这是不可能，查明要罚的。

由于我们随便的习惯，使得我们和他们很亲近，如同一家人一样，我们也不讲礼貌，跟着家人一般的称呼他们。男的叫阿祥。他的妻子大家叫阿姊，弟妇便叫阿妹了。我们的生活也和他们一致，我们一同吃麦饭，夜里一同坐着拍蚊子，谈天，看萤火，有时坐着他们的小船到江边逛一逛，我们羡慕他们每天的生活，他们却希望儿子做读书人。

不久，我们离开了，我已经把江边故人忘得干干净净。却料不到今天在这流水游龙的霞飞路逢着她。五十多岁的老妇是邻人，她认识我。三十左右的妇人即是阿姊了。

"是×先生么？"老妇人继续问。

"是阿姊么，怎样来的？"我明知她是怎样来的，但我还是老套地问。

青年女人惘然望着我。她的眼睛似有几分异样。那是显露着惊惶，恐惧，和无可告助的精神。这眼睛，我一向熟悉的，温和，明洁，含笑的，现在却异常撩触我，令我寒栗。她望着我，却不回答我的话。显然她是认不得我，或者受刺激太深，感觉麻木了。

"阿祥他们呢？"我转身问邻妇。

"天啊，他们死得可怜！"接着她告诉我这一家人不幸的遭遇。说是战事发生后，他们因为舍不得家园，别处也没熟人，只是惴惴地躲在家里。终于有一天敌人侵入这毫无防御的家宅，勒迫阿祥交出渔舟，强他划着去偷袭某某河口，阿祥在淫威下，载着敌人向自己的弟兄方面冲去，渔舟覆了，阿祥肩上中了弹伤泅水回来。到家以后两天又有四五个鬼子闯进他的住宅，对阿妹意欲强加凌辱。阿祥按不住怒火，持刀逐去，砍伤了一个鬼子，于是这全家的惨运便开始了。为了报复这一刀之恨，阿祥被缚在柱子上，备受刀刺鞭挞。三个孩子和老母杀在他的面前。在他未曾完全失却知觉之前，眼看胼胝经营的家园起火了。这时阿姊刚巧外出，所以留得一条性命。

"阿妹怎样呢？"我问。

"听说被鬼子掳去喂马了,大概成了马蹄下的泥浆吧。可怜忠厚的一家人,遭到这横灾,还说天有眼么?"

一种沉重的心情占据了我,我没有苦痛,没有悲哀。我知道像这样的例子不知还有多少!"覆巢之下,宁有完卵?"乃理之当然。历史上便有无数先例。而且我相信以后的历史还要照演下去。我们除了自强,还有别的办法么?

不知不觉间我离开她们了。突然我听得悲切的声音。

"×先生,叫我们到哪里去呢!"

"到哪里去?"叫我如何回答她。我想起长江边上的小小家园,她们除了那老窝是没地方可去的。我戚然了。我回头看她们。一副悲愁的脸撩触了我。我只能掏出身边不多的钱给她们,替她们雇了一辆黄包车,对车夫说:

"到××同乡会。"

(原载《烽火》第4期)

秋　稼

　　阿富醒来的时候，太阳已经照在床上。这使阿富有点惊异，他似乎从来没有看到过自己的家是这样的舒贴，和煦，光明，美丽。阳光透过半截糊纸半截敞着的窗格，金黄色的长方块印在被褥上，反射起通室的透明。尘埃在空中飞舞，好像极细的蚊萤，在那里摆阵。这温和，这舒贴，这慰抚，简直叫他想起做小孩子的时候，在被窝里撒赖，非教母亲拧得转不过气来才起身的时候来。他微笑了。他现在已是孩子们的父亲，四十上下的人了。但是这种想头的袭来却不能不怪四周出奇的阒寂，冷静。

　　平常，他起身总比太阳早，回家的时候总比太阳迟。他是一个种田人，不论阴晴雨雪，总有事情做着，忙着的。为什么现在却闲着呢？别人也许要问。那是因为战事发生后，这里已经成为战区，村里的男女老幼都逃避了，只有几个大胆的，或者是病得不能动弹的才留在这儿。前几天，日夜只听得隆隆的大炮声，格格的机关枪声和呼呼穿掠屋顶的步枪子弹声，弄得他整天躲在家里不敢出门一步。开头是非常怕，后来听惯了,出来窥探窥探,什么也瞧不见,前晚起,炮声稀疏了,隐隐约约地渐离渐远,大概不是打到前面去,便是退到后面。总之,这里不是火线了。

阿富是有了战争经验的,所以比别人沉着些,有把握些。十几年前江浙战争的时候,他正是壮年,曾被拉去扛了几天子弹。但是凭他的机敏,讨好兵士的心理,得安然回来,非但没有损失,还赚得两只袁头。六年前,东洋人也曾打到他的村庄,走进他的家里,他又应付出去,除了牵去一头耕牛,没有别的损害。这一回,他把牛和家眷部寄托在别处,自家守在屋里。一样固然是舍不得离开这胼胝经营的家;另一样的理由,则是因为秋稻转眼成熟,这是他半年辛苦的结晶,他全家命脉所在。他是离不开土地的,正如鱼是离不开水一样,他曾聪明地比喻过。

一阵嗡嗡的声音把阿富从呆想中拉回来。他侧起身子来看,一只蜜蜂一头撞在纸窗上,向外边光亮处飞。大概是失群的蜜蜂,夜间迷失在他房里,否则便是朝来误被九月无力的阳光所诱,冒寒出来。其实天气太凉,不是采花的时候了。阿富起来,用纸条把它从没有糊纸的格孔中放出去,自己拿起不离身的烟管和锄头,到外边来。

田野是一片旷寂。波形起伏的禾稼,每一茎上都垂着重甸甸的金黄谷穗,这些好像是他亲手养大的孩子,在等着收获。地面草叶上,禾藁上,蛛网上,都被夜露濡湿,踏过的时候,簌簌地掉下来,沾湿了他的衣襟。他一边走,一边用锄柄掠起倒在田塍上的谷穗,审视落在地上的谷粒,早稻已经过熟,谷粒都掉下来了。他踱踱着,徘徊着,心里好像感觉到有一种义务,有一种责任,不能让天赐的粟粒委弃在地上,这种在他心底起的惜物的心,使他一步步更坚决地向家里走。他想起锈钝了的镰刀,想起禾床(这乡间打禾是沿着最浪费的习惯,用禾床打在地上),想起尘封的谷簟,终于想起邻居的癞子。

他便先去找癞子。癞子和他一样,今天起来很迟。癞子家里穷,只有半亩田地。大半是替人做工度日。他和阿富是老相好。阿富时常帮他忙，他也帮助阿富。阿富不走，他也留在这里，但是许多天不见面了。他们今天碰到的时候，都意外地高兴。

"喂，稻黄了。"阿富扬着烟管说。

"稻黄了。"应声虫似地回答。

"收割吧，"

"收割。"

"带镰刀来。"

"马上来。"

全部的对话就只有最后的一句微有不同。几分钟后，他们的镰刀，便在禾梗上飕飕地挥舞了。他们俩都有大的奋兴，他俩都不说话。似乎忘了早餐尚未吃过的腹中的饥饿，似乎忘了疲倦，各人驼着腰，撑起腿，只顾把稻束往身边放。突然，身后有一声口哨，他俩不约而同地停住了，挺起腰子来往后看，在他们身后站着两个雄赳赳的兵，穿着黄绿色的军服，臂上有红膏药的符号，手里拿着枪杆。旁边还站着一个穿便衣的，用生疏的口音向他们招呼，瞧脸色却是和善的。

"辛苦么？"穿便衣的说。

"这里真是满地黄金。"他指黄熟的稻穗继续说，装着笑脸。

"我们队长请你说话。"他用手招呼阿富和癞子。

据阿富的经验，和他们绝对拗不得。客客气气请你不去，等到绳索套上来，那是迟了。他把镰刀丢在地上，招癞子一道过去，跟在他们的后面走，穿便衣的三番四次地关照他说："见我们队长的时候，不要装痴装呆，队长吩咐的事情，千万不要推诿，队长顶爱好人，你们好处多着咧。"

在不数十步远的土庙里，便见着所谓队长，是一个戴眼镜八字须的矮胖子。瞧他脸色确是和悦，说话时露出一个金牙，他的本地话说得不好，字句先后颠倒，可是也够明白。他坐在一只破椅上，后面还有十数个兵士，他招阿富过去，用温和的口吻问：

"你是本地人么，你们做工每天可赚多少钱？"

阿富谦逊地回答他说他是本地人，说他和癞子是种地的，没有工钱。

"你们要钱么？只要照我们的话去做，要多少都可以，你们不用愁穷了。"队长夸耀地说。接着见他们没有回答，便用手指一指穿便衣的，意思是叫他说明。

穿便衣的跑过来，凑在阿富的耳朵边说："事情很容易，只要你跑去躲在×村的沟里，把一天或一夜的来来去去的人数马匹车辆记个数目，回来报告我就成，我自派人接应的。你看这容易么？"

"我们每天给你两块钱，事情做得好，另有赏钱，你愿意么？"穿便衣的补充地说。

阿富没说话。他知道当前是个大难关。他没读过书，但是他知道他自己是中国人，自己的父亲祖宗以及妻儿后代也还是中国人，现在坐在他前面的是东洋人，是中国人的敌人，帮敌人的叫作里通外国，这是对不起祖宗，对不起后代的。一个人能对不起祖宗后代么？并且东洋人应许的钱也不见得靠得住。又听得中国人时常打胜仗，这样，做里通外国还活得成么。他还记得六年前的老三，就是为了做里通外国，在一座纪念塔前面枪毙了，个个人都说应该。

"你愿意么？这岂不比种田好些，并且没人知道的。"

阿富回头看癞子，他已经被两个兵带在另一旁。癞子是不懂这样关窍的。只是看阿富的榜样，阿富不答应，他是抵死也不答应的。瞧他样子，似乎呆了。

忽然间，队长发出嘶哑的声音：

"你们是便衣队么，给我搜。"

穿便衣的复跑来凑在阿富的耳朵说："只要你答应，我可以替你辩白，不是便衣队。你答应么？"

"还不给我搜！"队长连连地吼。

"你看，队长生气了，要再不答应，那我也不能保你了。"

两个兵士跑上前来，在他们俩的身边摸上几摸，阿富的衣袋里一盒洋火，被他们掏出来了，放在队长的前面。

"你还不答应么？连证据都有了。你只要点一点头答应，我便替你说情去。"穿便衣的作好作歹地说。

"给我拖去，枪毙！"队长连声吼。

"再不答应，你的命就没有了。"穿便衣的人说。

阿富不了解死是怎样一回事。但是站在他身边拿枪的兵士，好像是死神的化身。这时候，他已经失去判断的能力。穿便衣的连连在他的耳边问了几声，他好像不曾听进去。他想起他的妻子和三个儿女，但是只如轻烟似的一瞥即逝了。他回过头去看癞子，他脸色发青，站在那里，动也不动，穿便衣的大概也拿同样的话在问他，也得到同样的结果。阿富想说话，喉头好像哽住了，头颈也好像僵直了似的。

"不答应吗？"穿便衣的显然有点不耐烦。"但是我想还来得及。你答应么？"

一点声息都没有，一只蚱蜢飞进来，停落在阿富的身上。他想起刚才给他放走了的蜜蜂，他是愿意一切都乐生的，他父亲在世的时候，曾对他说过，动物都有生命，应当爱惜。但是父亲没告诉他人的生命该怎样爱惜。

两个兵拿上两块蓝布，意思是要蒙在他们两人的脸上。突然，阿富看见军官的眼镜上闪烁着一个纸窗的影，他转过头去。自己的小屋在阳光底下闪烁着，两柄因刈割方始发硎的镰刀，散落在田里，也隐约可见。稻穗仍旧垂着，好像等他去爱抚的样子，露水也干了。被太阳蒸晒的原野散出乌藻的浓香，再看看癞子，仍然呆着。

一阵枪声响了，一切复归于沉寂。田野间一片金黄的秋稼，却没有一个收割的人。

（原载《烽火》第8期）

大师经典

陆蠡精品选

译作

罗 亭

（俄）屠格涅夫

一

是静静的夏朝。太阳已高悬在明净的天空，而田野仍闪烁着晓露。一阵凉爽的微风馥郁地从初醒的山谷吹来，群鸟在朝露未霁，阒无声息的森林中快乐地颂着晨歌。在自顶至麓都满布着放花的裸麦的隆起的高原的瓴脊，有一个小小的村落。沿着到这村落去的狭径，一个少妇在走着，她穿着白纱布的长袍，戴一顶圆草帽，手里拿了遮阳伞。离开她的后面不远，尾随着一个僮仆。

她好像在欣赏步行之乐，缓缓地前进。前前后后临风点首的修长的裸麦，以轻柔地沙沙作响的长波摆动着，时而在这边投下一片灰绿色的光影，在那边皱起一道红波；百灵鸟在头顶上流啭。少妇适间从自己的田庄来，这田庄离开她正朝向着走去的小村落约一哩许。她的名字叫作亚历克山得拉·巴夫洛夫娜·黎宾。她是一个寡妇，没有孩子，颇有点资产，她和她的兄弟，一个退伍的骑兵队军官，名叫塞尔该·巴夫里奇·服玲萨夫的住在一起。服玲萨夫没有结婚，替他的姊姊管理田产。

亚历克山得拉·巴夫洛夫娜到了这小村，在最后的一所很古旧的很低矮的草舍前面停住了。她喊仆人上前来，叫他跑到里面去问候女主人的健康，他立刻便回出来了，同着一位衰老的白须的农夫。

"嗳，怎样，她好么？"亚历克山得拉·巴夫洛夫娜问。

"唔，她还活着。"老人回答。

"我可以进去么？"

"当然可以，请。"

亚历克山得拉·巴夫洛夫娜走进这草舍。里面很狭小，气闷，满是烟。在充作卧榻的暖坑上有人在蠕动着，开始呻吟起来。亚历克山得拉·巴夫洛夫娜环瞥四周，在半明半暗的当中可以分辨得出这裹在棋格子花纹的布巾里面的干皱枯黄的老妇人的脸。一件笨重的外套一直盖到喉头，使她呼吸都感困难。她的无力的手在抽搐着。

亚历克山得拉·巴夫洛夫娜跑到老妇人的身边，用手指探她的额，那是火热的。

"好过么，老婆婆？"她问，身子俯在床上。

"哎唷！"老妇人呻吟着，想把身子伸出来，"坏，很坏，亲爱的！我临终的时刻到了，亲爱的！"

"上帝是慈悲的，老婆婆；也许不久就会好些。你有没有服用我送来的药？"

老妇人痛苦地呻吟着，没有回答。她几乎不曾听到这问句。"她吃了，"站在门边的老人说。

亚历克山得拉·巴夫洛夫娜转身朝着他。

"除开你便没有别的人陪伴她么？"她问。

"有一个女孩子——她的孙女——但是她老是跑开去。她不肯坐在她的身边；她是一头无缰马。拿一杯水给老婆婆喝于她都嫌太烦累了。而我老了，我有什么用？"

"要不要把她带到我那里去到医院里去？"

"不，为什么把她搬到医院里去？横竖一样地要死。她活够了一生，现在，这似乎是上帝的旨意。她再也不会起床了。她怎样能够到医院里去呢？假如把她抬一抬起身，她便死了。"

"哦！"病妇人呻吟道，"我的好太太，不要撇弃我的孤儿；我们的主人在远的地方，但是你——"

她继续不下去，她已经用尽了气力来说这几句话了。

"不要愁，"亚历克山得拉·巴夫洛夫娜回答说，"一切都将要照你的意思做。这里有一点茶和糖，是我带来给你的。假如你想喝的话，你应该喝一点。你们有茶炊么？也许？……"她望着老农奴继续地说。

"茶炊？我们没有茶炊，但是可以想法找一个。"

"那么想法找一个，否则我送一只过来。并且要告诉你的孙女，不要像这样地撇开老婆婆，告诉她这是可耻的。"

老人没有回答，只是用双手接过那包茶和糖。

"好，再会，老婆婆，"亚历克山得拉·巴夫洛夫娜说，"我要再来看你；你不要气馁，要按时吃药。"

老妇人抬一抬头，将身子微向亚历克山得拉·巴夫洛夫娜移拢。

"请把你的手给我，亲爱的太太。"她喃喃地说。

亚历克山得拉·巴夫洛夫娜没有伸给她手；她俯身在老妇人的额上吻了一下。

"现在好生照料，"她一面出去一面对老农奴说，"不要忘记给她吃药，照着方单上所写的，并给她喝一点茶。"

老人仍是没有回答，只深深地打了躬。

跑到外边的新鲜空气里，亚历克山得拉·巴夫洛夫娜便觉得呼吸舒畅了。她撑起遮阳伞正想起步回家去，突然在小草舍的角上出现了一个三十岁左右的男子，驾一辆竞赛的轻马车，穿着灰色的亚麻布的旧外套，戴着同质料的军营小便帽。他瞥见亚历克山得拉·巴夫洛夫娜，立刻便勒住马，转向着她。他的阔大的无血色的脸，一对细小的浅灰色的眼睛和几乎斑白的短髭，一切似乎和他的衣服同一色调。

"早晨好！"他开口道，带着懒意的微笑；"你在此地干？假如容我问一句的话。"

"我正望了一位病妇人……你从哪里来，密哈罗·密哈伊里奇？"那个叫作密哈罗·密哈伊里奇的男子直盯着她的眼睛，又笑了。

"这倒很好，"他说，"来望病人，但是你把她送进医院里去不是更好么？"

"她太衰弱了，不能搬动她。"

"但是你是不是想要放弃你的医院了？"

"放弃，为什么？"

"哦，我这样想。"

"多奇怪的念头！你的脑袋里装着的是一种什么想法？"

"哦，你知道，你现在时常和拉苏斯基夫人一起，好像受了点她的影响。在她的口吻中——医院，学校，以及诸如此类，都只是耗费时间——无补实际的时髦戏。慈善事业应该完全行于私人间的，教育也是一样，这些都是灵魂的工作……这就是她所发表的意见，我相信。她从谁那里摭拾得这些主张呢？我倒想知道。"

亚历克山得拉·巴夫洛夫娜笑了。

"达尔雅·密哈伊洛夫娜是一个精明能干的人，我很欢喜她，很尊敬她，但是她也会有错误的，我并不一概相信她所说的一切。"

"你不一概相信她是很好的，"密哈罗·密哈伊里奇接着说，老是坐在车里不动，"因为她对于自己所说的都不十分信任。我很高兴碰到你。"

"为什么？"

"这真是妙问呢！碰到你岂不总是可高兴的么？今天你看来仿佛和这早晨一样的新鲜、明媚。"

亚历克山得拉·巴夫洛夫娜又笑了。

"你笑什么？"

"笑什么？当真的！假如你自己能够看见你献这番恭维话的一副冰冷和无情的脸！我倒奇怪你说到最后的一句时不曾打呵欠！"

"一副冰冷的脸……你老是需要火；但是火是毫无用处的。闪了一阵，冒一阵烟，便熄了。"

"但是与人温暖……"亚历克山得拉·巴夫洛夫娜插进一句。

"是的……也把人焚毁。"

"就算是，焚毁了算得什么？这并没有大害！无论如何总比……好……"

"好，待有一天烧你一个痛快，那时且看你怎样说，"密哈罗·密哈伊里奇用不耐烦的声调打断她的话，拢一拢缰绳，"再会。"

"密哈罗·密哈伊里奇，等一等，"亚历克山得拉·巴夫洛夫娜喊着说。"你什么时候来看我们？"

"明天，替我望望你的兄弟。"

马车辘辘地滚去了。

亚历克山得拉·巴夫洛夫娜望着密哈罗·密哈伊里奇的背影。

"布袋子！"她想。挤作一团地坐着，灰尘盖满了一身，帽子戴在后脑袋，一堆堆的乱麻似的头发从帽底下钻出来，他是出奇地像一只大面粉袋。

亚历克山得拉·巴夫洛夫娜静静地转身踏上回家去的小径。她走着，眼睛茫然凝视在地上。一阵马蹄声使她停住，抬起头来……她的兄弟骑着马来迎接她了；在他的身边走着一个中等身材的青年，穿着淡颜色的上衣，淡颜色的领带，和淡灰色的帽子，手里拿了一根杖。他早就望着亚历克山得拉·巴夫洛夫娜眯笑了，虽则她沉在思想中，什么都不曾注意，当她脚步停下来时，便跑上前去，以快乐的几乎是热情的声音喊道：

"早晨好，亚历克山得拉·巴夫洛夫娜，早晨好！"

"啊！康斯坦丁·狄渥密地奇！早晨好！"她回答。"你从达尔雅·密哈伊洛夫娜那儿来的不是？"

"一点也不错．一点也不错，"少年带着光彩焕发的脸回答，"从达尔雅·密哈伊洛夫娜那儿来。达尔雅·密哈伊洛夫娜叫我来找你，我倒高兴跑路来……是这样美丽的一个早晨，并且只有三哩路，我到的时候，你不在家。你的兄弟告诉我说你到色蒙诺夫卡去了，他也正要去田里，所以你看我和他一起来迎接你了。是哟！是哟！多愉快！"

年青的小伙子俄国话说得很正确很合文理，但是带点客腔，虽则难于辨别是哪一个地方的腔。在他的容貌里有几分亚细亚大陆的风度，长的钩形鼻子，大而缺乏表情的突出的眼，厚的红嘴唇，和低洼的额，以及碧玉般乌黑的头发——这一切都暗示着东方产；但是这年青的小伙子自称姓柏达列夫斯基，说奥台萨是他的诞生地，虽则他是在白俄罗斯的某一个地方，一位慈善而有钱的寡妇把他养育大的。

另外一个寡妇替他在政府机关中找得了一个位置。中年的太太们一般都乐于帮助康斯坦丁·狄渥密地奇的；他知道怎样去逢迎她们，博取她们的欢心。目下他是和一位有钱的太太，一个地主，名叫达尔雅·密哈伊洛夫娜·拉苏斯基的住在一起，他的地位是介乎宾客和义子之间。他很有礼貌，殷勤，十分懂事，暗地里示着几分色情。他有可爱的喉咙，钢琴弹得不坏，他有专注地凝视着和他谈话的对方的眼睛的习惯。

他打扮得很整洁，衣服穿得很久不用换，很细心地修刮他广阔的下颏，一鬓一鬓地梳剔着头发。

亚历克山得拉·巴夫洛夫娜听完了他的话，翻转头来对她的兄弟说。

"今天我老是碰到熟人，刚才我和列兹尧夫谈了来。"

"哦！列兹尧夫，他赶着车子到什么地方去么？"

"是的，你试闭眼想一想；他坐在跑车里，装扮得像只麻袋，满身都是灰尘……他是多么古怪的家伙！"

"也许是的，但他是一等好人。"

"谁，列兹尧夫君么？"柏达列夫斯基问，好像出惊似的。

"是的，密哈罗·密哈伊里奇·列兹尧夫，"服玲萨夫回答。

"好，再会；这是我到田里去的时候了，他们正在替你播种荞麦。柏达列夫斯基先生可以伴送你回家。"服玲萨夫疾驰而去了。

"莫大的欣幸！"康斯坦丁·狄渥密地奇高声说，将手臂递给亚历克山得拉·巴夫洛夫娜。

她挽住了他的手，两人折向回家的路上走去。

和亚历克山得拉·巴夫洛夫娜挽手同行，似乎予康斯坦丁·狄渥密地奇以很大的快乐；他脚步细密地走着，含着微笑，连他的东方味的眼睛也笼上了一层薄薄的湿云了，虽则真的这并不是稀罕；在康斯坦丁·狄渥密地奇，感动了，溶化在眼泪里了，算不了一回事。手里挽了一位美丽的、年青的、彬雅的女人，谁会不露得意之色呢？说到亚历克山得拉·巴夫洛夫娜，在她的整个教区里都齐口同心说她是可爱的，这区里的人没有错。她的端正的梁骨微微拱起的鼻子便尽足令所有的男子神魂颠倒，不消说起她的碧绒般的黑眼珠，金黄的头发，圆胖胖的双颊上的笑涡，和其他的诸般的美丽。但是最可贵的远是她的甜蜜的颜面的表情，推心置腹的，善良而温蔼。同时使你感动，使你着迷。亚历克山得拉·巴夫洛夫娜有着孩子般的眼波和笑；别的太太们觉得她有点过于单纯……难道还有什么可以加添的么？

"达尔雅·密哈伊洛夫娜叫你来找我的，你说？"她问柏达列夫斯基。

"是；她叫我来的，"他回答，将"是"字的声音说得和英语th的咝声一样。"她特别盼望着，告诉我务必请你赏光今天和她一起用晚饭。她等候着一位新来的宾客，特别是要介绍给你。"

"这位宾客是谁？"

"某某缪法先生，一位男爵，一位彼得堡宫廷的侍臣，达尔雅·密哈伊洛夫娜最近在迦林亲王那儿认识的，她极口称赞他是一位够味的有教养的青年。男爵阁下对于文艺，也感到兴趣，更严格地说——呵！多美丽的蝴蝶！你瞧！——更严格地说，对于政治经济学也感到兴趣的。他写了一篇关于一些饶有趣味的问题的论文，要请达尔雅·密哈伊洛夫娜批评指正。"

"关于政治经济的论文？"

"从文体的观点，亚历克山得拉·巴夫洛夫娜，从文体的观点。你知道得很清楚，我想，达尔雅·密哈伊洛夫娜是这方面的权威。楚珂夫斯基[1]时常要征求她的意见的，还有我的恩公，住在奥台萨的那位仁厚的老人，洛克舍伦·美地亚罗维奇·克桑得里卡——无疑地你知道这名人的姓字罢？"

"不，我从来不曾听见说起他。"

"你从来不曾听到说起这样的人物？奇怪咧！刚才我想说洛克舍伦·美地亚罗维奇是非常佩服达尔雅·密哈伊洛夫娜的关于俄罗斯语的智识的。"

---

[1] 楚珂夫斯基（Jasilli Zhukovsky，1783~1852）普希金以前俄国大诗人。文词佳美，冠绝一时。——译者

"这位男爵是炫学之流么？那么？"亚历克山得拉·巴夫洛夫娜问。

"一点也不。达尔雅·密哈伊洛夫娜说，反之，你立刻便可以看得出来他是属于社会最高层的人物。他谈到贝多汶，齿锋的伶俐，令老亲王都显得十分高兴了。这一点我认为，我是欢喜听到的；你知道这是我的本行了。让我献给你这朵可爱的花。"

亚历克山得拉·巴夫洛夫娜拿了这朵花，当她再走了几步远的时候便让它掉在路上了。他们离家约摸还有二百步。屋子是新筑的，新刷上白粉，在老菩提树和槭树的浓密的叶荫里，露出迎人的敞开着的窗户的屋的一角。

"那么你将给我以何种回讯来传达给达尔雅·密哈伊洛夫娜呢？"柏达列夫斯基说，对于他送给她的那朵花的命运，心里微微感到刺伤。"你来赴晚宴么？她也邀请你的兄弟一同去。"

"是的；我们来，准定来。娜泰夏好么？"

"娜泰雅·亚历舍耶夫娜很好，我很高兴地说。但是我们已经走过到达尔雅·密哈伊格夫娜家去的分岔路了。让我给你说声再会。"

亚历克山得拉·巴夫洛夫娜站住了。"你不想进我的家里坐坐么？"她以犹疑说不出口的声音说。

"我当然高兴，真的，但是恐怕时间不早了。达尔雅·密哈伊洛夫娜想听一支泰堡[1]的新的习曲，我须得练习，准备好。还有一点，我说一句老实话，我怀疑我的访问能否使你高兴。"

"哦！不高兴！为什么？"

柏达列夫斯基微嘘一声，似含深意地低垂了眼睛。

"再会，亚历克山得拉·巴夫洛夫娜！"稍停了一会，他说；于是

---

[1] 泰堡（Thalberg，1812~187）德国音乐家，以弹Tremolo（颤音）出名。——译者

一鞠躬，翻身走了。

亚历克山得拉·巴夫洛夫娜回转身，走回家去。

康斯坦丁·狄渥密地奇也走回家去。一切的温柔从他的脸上消失了；一种自信的，几乎是冷酷的表情浮上他的脸。连他走路的步法也改变了，他跨得更阔，踏得更重。他走了两哩多远，毫不介意地挥舞着手杖，突然间他又笑了：他在路旁望见一个年轻的颇有姿色的农女，从燕麦田里赶出几条小犊去。康斯坦丁·狄渥密地奇像猫一般地轻轻袭到农女的旁边，开始和她说话。起先她没有说什么，只是脸红了一阵，笑了一阵，但是到后来她用衣袖遮住脸背转身去，喃喃地说：

"走开，先生；我说……"

康斯坦丁·狄渥密地奇摇摇手指吓她，叫她替他采几朵矢车菊来。

"你要矢车菊有什么用？拿去做花环么？"少女回答；"嗳，你走罢。"

"听着，我的好宝贝，"康斯坦丁·狄渥密地奇开始说。

"喂，你走罢，"女孩子打断了他的话，"那边有两位小先生走来了。"

康斯坦丁·狄渥密地奇回头一看。真的，是达尔雅·密哈伊洛夫娜的两个儿子，樊耶和贝耶，沿着这条路跑来；在他们的后面走着他们的教师巴西斯它夫，是二十二岁的青年，刚从大学里出来的。巴西斯它夫是很有教养的青年，单纯的脸，大鼻子，厚嘴唇，细小的猪眼睛，朴素而不扬，但是温和，善良，正直。他衣服穿得不整洁，头发很长——不是故意学时髦，只是为了懒；他欢喜吃，欢喜睡，也欢喜好的书本和恳切的谈话，他是切骨地恨着柏达列夫斯基的。

达尔雅·密哈伊洛夫娜的孩子们崇拜巴西斯它夫，但是一点也不怕他；他对这家庭中其余各分子，都亲热得好像自家人，这事使女主人不十分欢喜，虽则她老爱宣言说她没有旧社会诸般的成见的。

"早晨好，亲爱的孩子们，"康斯坦丁·狄渥密地奇开口说，"今天你们散步得多么早！但是我，"他朝着巴西斯它夫，添上一句。"出外边来很有些时光了；这是我的爱好——欣赏自然。"

"我们望见你是怎样在欣赏自然的，"巴西斯它夫喃喃道。

"你是一个俗汉，天知道你在想些什么东西！我知道你的。"每当柏达列夫斯基和巴西斯它夫或类似巴西斯它夫的人们说话的时候，总带点微愠，将"是"的声音发得很清晰，甚至有点咝咝声。

"喂，你是向这女孩子问路的罢。我想？"巴西斯它夫说，眼睛一左一右地溜来溜去。

他觉得柏达列夫斯在直盯着他的脸，这种看法他是极端不高兴的。

"我说，你是一个不折不扣的俗汉，你当然欢喜凡事只从庸俗的方面去观察的。"

"孩子们！"巴西斯它夫突然喊道，"你们看到那只角上的一棵杨柳没有？让我们看谁先跑到那里。一！二！三！跑！"

孩子们以全速力向柳树跑去。巴西斯它夫跟在他们的后面。

"乡下人！"柏达列夫斯基想。"他把孩子们宠坏了。一个十足的田庄汉！"

康斯坦丁·狄渥密地奇很满意地望一望自己的整洁的漂亮的身段，他用手掌在外衣袖子上面拂了两次，整一整硬领，走了。当他回到自己的房里的时候，他披上一件旧的寝衣，带着焦灼不安的脸坐在钢琴的前面。

二

达尔雅·密哈伊洛夫娜的屋子几乎是被视做全省之冠的。这是高大的石筑的巨厦，依照拉斯特雷里的设计，带着旧世纪的风味，筑在一个小山的高顶，一个扼要的位置上，山麓流着中俄罗斯一道主干河流。达尔雅·密哈伊洛夫娜本人是富裕的有名望的贵妇人，皇室枢密顾问官的寡妇。柏达列夫斯基说她认识全欧罗巴，全欧罗巴也都认识她！话虽如此，欧罗巴是很少有人认识她的；就是在彼得堡她也不成为重要的脚色；只是在另一方面，在莫斯科，人们都认识她，来拜访她，她是属于社会的最高层，被称做相当有点乖僻的女人，脾气不很好，但是异常精明能干。在她年轻的时候是很美的。诗人们献诗给她，青年们都爱上她，高贵的男子们都愿意做她的臣仆。但是过了廿五年、三十年，往昔的姿颜丝毫不留了。现在倘使有什么人初次见她，便不禁要自己问自己，难道这女人——皮包骨头，尖鼻子，黄蜡面，虽则年纪不算顶老——曾经是美丽的么？难道她真的是那曾与诗人以灵感的那个女人么？……而他便会暗暗惊于浊世花花草草的无常了。据柏达列夫斯基的发现，说达尔雅·密哈伊洛夫娜还不可思议地保留着一双非凡的眼；这是真的；但是我们都知道柏达列夫斯基还是坚持着全欧罗巴人都认识她的哩！

达尔雅·密哈伊洛夫娜每年夏天都带着她的孩子（她有三个孩子；十七岁的女儿娜泰雅，还有两个九岁和十岁的男孩）到乡间来。她的乡间住宅是开放着的，这就是说她招待男子们，特别是未结婚的男子们；至于粗俗的乡村姑娘是忍受不了不招待的。但是还施其身的她从那些村姑们那里所得到的待遇是什么呢？据她们说，达尔雅·密哈伊洛夫娜是傲慢的、品行不端的、难堪的暴君，尤其是——她在说话中自由肆漫，这是极可厌的！达尔雅·密哈伊洛夫娜当然在乡间并不留心礼节，在她的没有拘检的态度的傲慢中，可以觉得是有几分像都市的母狮莅临她四周的属僚和暗愚的群属似的那种轻蔑的神情。就是在她自己的集群中间，她也有一点不经意带讥讽的样子，只是没有轻蔑的形迹。

顺便说一句，读者，你曾否留心到一个对于下属非常随随便便的人而对于上级的人却永不会随随便便的么？这是什么缘故？但是这种问题也推不出什么结论。

当康斯坦丁·狄渥密地奇于把泰堡的习曲在心头记熟了之后，从他的明净的愉快的室中走到客厅里来，他看见全家人都聚集在那里了。茶话已经开始。女主人欹在一张宽阔的榻上，两脚缩着，手里拿了一本新出版的法兰西小册子；靠窗，在刺绣绷架的后面，一边坐着达尔雅·密哈伊洛夫娜的女儿，一边坐着女教师彭果小姐——一位干瘦的六十多岁的老处女，花花绿绿的帽子底下戴着黑发的假额，耳朵里堵着棉花；靠近门的一角挤缩着巴西斯它夫，在读报纸，贝耶和樊耶在他的身边玩将棋，还有，靠身在壁炉旁边，两手反握在背后，是一位身材低矮的男子，黝黑的面脸簇着灰白的头发，炯炯的黑眼睛——这就是阿菲利加·塞美尼奇·毕加梭夫。

这位毕加梭夫是一位古怪的人物，对于任何事任何人——特别是女人——都十分刻薄，他自晨至暮都恶声不绝，有时骂得很得当，有时是相当傻气的，但总是很有趣。他的坏脾气是几近于稚气了；他的笑，他的说话的声音，他的全部，都好像在毒液里浸过似的。达尔雅·密哈伊洛夫娜亲切地接待他，他的笑料使她快乐。这些笑料自然是再荒谬不过的。他老是欢喜夸张。譬如，假如有人告诉他有什么不幸的事情发生了，或是一个村庄被雷打了，或是一座水碓被大水漂去了，或是一个农夫被斧头劈伤了手指，他便一定要问，带着浓厚的苦涩相说，"她叫什么名字？"这就是说惹起这场灾祸的女人叫什么名字，因为根据他的信条，一切的不幸都是女人的缘故，只要你对这桩事追究到底。他曾有一次跪倒在一个贵妇人的面前，这贵妇人原不过只请他吃一顿小点心，和他并不怎样熟识，而他眼泪汪汪的，脸上露愠怒之色，说是求她发放发放罢，说是他也没有什么得罪她的地方，说是将来将永远不再见她。又有一次一匹马把达尔雅·密哈伊洛夫娜的一个女佣人踢到小沟里去，几乎把她杀死。从那时候起，毕加梭夫一提到那匹马，就连说"好马，好马。"他甚至于把那座小山和这条沟当做特别好景致的地点。毕加梭夫一生蹇淹，所以陷于这怪癖的疯狂了。他生于穷困的家庭。他的父亲曾经当了好几个小差使，简直不会写读，也不愿把儿子教育的问题来麻烦自己；他给他吃，给他穿，便完了。他的母亲是宠他的，但是很早便死了。毕加梭夫自己教育自己，先进区立学校，继进中学，他自己读法文、德文，以至拉丁文，他得了最优等的证书离开中学，跑到道尔伯大学去，在那里，他不断地和贫苦搏斗，但终于给他读完三年的课程。毕加梭夫的才能是不会超过中庸的水平线的，他的优点便是坚忍和耐劳，但是他心中最强有力的感情便是"野心"，不管他的财产不及别人，总想要跻进高等社会里，不肯次人一等。他进了道尔伯大学，努力用功读书，都是为了这野心。贫困激怒了他，使他变成敏于观察而狡猾。他的言语表达都是独创一格；自从他的幼年他便采用了一种刺耳的具挑拨性的一种特别的口才。他的思想也不会超过普通水准，但是他说话的方法使他看来好像不仅是聪明，并且是十分聪明伶俐的人。得了候补的学士位之后，毕加梭夫决心致全力于教学的职业；他知道在别的事业中他是不能和他的同伴们比肩的。他试想从高级人士中选出他的同伴，也知道怎样去讨他们的欢喜，甚至不惜曲意阿谀，虽则老是在辱骂他们。但是要教书他还没有——说得明白点——充分的教材。并不爱读书而读书，毕加梭夫所知道的烂熟的东西很少。他很可怜的在公开的辩论中被打倒了，同时另外一位和他同寝室的同学，常常成为他取笑的题材的，一位才能很有限，但是受过根柢很好的教育的，完全得到成功了。这回的失败使毕加梭夫发火，把所有书籍和抄本都投在火里，到一个政府机关里做事。开头他做得并不坏，他是一个好职员，不很活动，却绝对有自信而勇敢；但是他想钻得更快一点，他失足了，糟了，不得不辞职。他在自己购置的田产中度了三年，突然和一个受过半三不四的教育的有钱的女子结了婚，这女子便是被他那种无礼貌的连讽带刺的态度吊来的。但是毕加梭夫的性质竟成为如此暴戾易怒，家庭生活于他是不堪其疲倦。他的夫人和他一起同居了几年之后，秘密地跑到莫斯科，将地产卖给一位企业家了；毕加梭夫还在那块地皮上刚修好了一座房子。受了这最后的打击，毕加梭夫开始和他的夫人涉讼，什么也没有得到。自此以后他便孤独地住着，他跑去找曾经在背后或当面受过他的辱骂的邻居，因为他也没有什么可怕，他们便都忍住了笑欢迎他。他手里从不拿起书本。他有百来个农奴，他的农奴的境况都还好。

"啊，康斯坦丁！"当柏达列夫斯基走进客厅里来的时候，达尔雅·密哈伊洛夫娜说，"亚历克山得玲纳[1]来么？"

"亚历克山得拉·巴夫洛夫娜托我谢谢你，他们非常高兴。"康斯坦丁·狄渥密地奇回答，很和蔼地向四面各方行礼，将指甲修剪成三角形的肥白的手指掠过光洁无疵的头发。

"服玲萨夫也来么？"

"来的。"

"这样，照你的说法，阿菲利加·塞美尼奇，"达尔雅·密哈伊洛夫娜转身向毕加梭夫继续说，"所有的年青女人都是装腔的么？"

毕加梭夫嘴巴一歪，兴奋地搔一搔臂肘。

"我说，"他用慢吞吞的声音说——在他动怒的最激烈的情绪中总是慢慢地明确地说，"我说年青的女人们，一般——至于在座各位，当然，我不说什么。"

"这可并不妨碍你对她们作何想法。"达尔雅·密哈伊洛夫娜插进一句。

"我不是说她们，"毕加梭夫重复道。"所有的年青的妇女们，一

---

[1] 亚历克山得玲纳，即亚历克山得拉的爱称 ——译者

般都装腔到极点——在她们的感情的表现上也要装腔。假如一位少妇被惊吓了，比方说，或是什么东西使她高兴，或是失望了，她第一步一定要先摆出一个漂亮的姿态（毕加梭夫张开两手把身子摆成一个不适当的姿势）。然后她喊了出来——啊呀！或者是笑，或者是哭。虽则我也曾有一次（说到这里，毕加梭夫露出得意的笑），居然给我从一位最会装腔作势的少妇身上诱出一个天真的未加掩饰的表情来！"

"你怎样得到的！"

毕加梭夫眼睛发光了。

"我从背后用一根白杨木棒在她的腰边戳了一下，她喊起来了，于是我对她说，'好哪！好哪！这是自然的声音，这是天真的喊叫！将来要常常如此！'"

客厅里的人们都笑了。

"你说什么废话，阿菲利加·塞美尼奇。"达尔雅·密哈伊洛夫娜喊道，"难道我能够相信你敢用木棒在女孩子的腰边戳一下么？"

"是的，真的，用一根木棒，一根很粗的木棒，像守卫堡垒用的那种粗木棍。"

"Mais c'est un horreur ce que vous dites là, Monsieur,"（"你所说的真可怕，先生，"）彭果小姐喊道。怒目睨视着笑得不歇气的孩子们。

"哦，你不要相信他。"达尔雅·密哈伊洛夫娜说，"你难道不认识他么？"

但是惹怒了的法兰西太太很久不能平息下来，尽管自己对自己喃喃着。

"你无须相信我，"毕加梭夫冷冷地说，"但是我可以向你担保我所说的是单纯的真实。除了我还有谁知道？就此你也许不肯相信我们的邻居，爱伦娜·安东诺夫娜·柴沛兹太太，她亲口告诉我——请注意，

'亲口'——说她谋害了她的外甥。"

"捏造啊！"

"等一等，等一等！听着，由你们自己去评判。请想一想，我并不想诽谤她，甚至于我也正如一般人爱女人似的爱她。在她的屋子里除了一本日历之外没有别的书，除了高声朗读以外不会看，而这种读书的劳作会使她陷于极度的疲劳，说是眼睛像要爆出额角外面来似的在叫苦……要而言之，她是一个顶等的女人，她的使女们都长得肥了。我为什么要诽谤她？"

"你们看，"达尔雅·密哈伊洛夫娜道，"阿菲利加·塞美尼奇骑上他的癖爱的马了，今晚他不下来。"

"我的癖爱！但是女人们至少有三种！除非在晚上睡觉的时候，死也撤不开。"

"哪三种癖好？"

"好责难，好诽谤，好反驳。"

"你知道，阿菲利加·塞美尼奇，"达尔雅·密哈伊洛夫娜说，"你不能无缘无因地对女人如此刻薄。一定有什么女人或别的……"

"害了我么，你的意思是？"毕加梭夫打断了她的话。

达尔雅·密哈伊洛夫娜有点为难了；她记起毕加梭夫不幸的结婚，只是点一点头。

"确曾有一位女人害了我，"毕加梭夫说，"虽则她是好的，很好的人。"

"是谁？"

"我的母亲。"毕加梭夫说，放低了声音。

"你的母亲？她害了你什么？"

"她把我生到这人世间来了。"

达尔雅·密哈伊洛夫娜皱一皱眉头。

"我们的谈话，"她说，"好像转向阴暗的方面去了。康斯坦丁，替我们弹一支泰堡的新习曲。我敢说音乐能够安慰阿菲利加·塞美尼奇的。奥菲斯¹驯服了野兽。"

康斯坦丁·狄渥密地奇在钢琴前面就坐，曲子奏得相当好。娜泰雅·亚历舍耶夫娜起先很注意地听着，就后又低头到绣花工作上面去。

"Merci，c'est c'harmant，"（"谢谢，这是佳妙的，"）达尔雅·密哈伊洛夫娜说，"我爱泰堡。Il est sid istingué.（它是这般出色的。）你作何感想，阿菲利加·塞美尼奇？"

"我想，"阿菲利加·塞美尼奇慢慢地说，"世上有三种自我主义者，自己生活着同时也让别人生活着的自我主义者，自己生活着而不让别人生活的自我主义者，和自己不生活着又不肯让别人生活的自我主义者。女人，大部分，是属于第三种。"

"说得多文雅！只有一桩事情使我惊异的，阿菲利加·塞美尼奇，就是你对于自己的信条的信仰；当然你是永不会错误的罢。"

"谁这样说？我也有错误；一个男子，也，也有错误的。但是你知道男子的错误和女子的错误的区别么？你知道么？这就是：一个男子会说，打个譬喻，两个的两个不是四个，而是五个，或者是三个半。但是一个女人会说两个的两个等于一支蜡烛。"

"我好像听到过你从前曾经说过这番话。但是请你允许我问一声，你所说的三种自我主义者的想头和刚才你听的音乐有什么连带关系？"

"一点也没有，我并没有听音乐。"

"罢了，'我看你是无可救药。病根也便在这里。'"达尔雅·密

---

① 奥菲斯（Orpheus），希腊神话中色拉斯（Thrace）王与女神卡丽奥比（MuseCalliope）之子，爱普罗授之以琴，众女神教之，遂成七弦圣手，奏时，岩石，草木，野兽，莫不感动。——译者

哈伊洛夫娜回答说，引用了格里卜耶陀夫[1]的诗句，稍微改窜了一下。

"你喜欢什么呢？既然你无心于音乐。文艺么？"

"我欢喜文艺，只是不喜欢当代的文艺。"

"为什么？"

"我可以告诉你为什么。最近我和一位大人先生同乘摆渡船过鄂迦河，渡船靠峻壁停泊；这位先生有一辆笨重的四轮车，他们必得要用手把马车拉上岸去。当船夫使尽力气把这辆马车拖到岸上去时，这位先生站在渡船里，在那边哼叹，叫别人听了替他可怜！……对啦，我想，这便是分工制度的一张活现的画图！正像我们的现代文艺，别人在做工而他在哼叹。"

达尔雅·密哈伊洛夫娜笑了。

"而这便称做表达现代的生活，"毕加梭夫滔滔不断地继续往下说，"予社会的种种问题以深切的同情等等……哦，我是如何痛恨这些天大的话！"

"可是，你所攻击的女人们——她们至少是没有使用这些大话。"

毕加梭夫耸一耸肩。

"她们不用这些大话，因为她们不知道。"

达尔雅·密哈伊洛夫娜脸微微一红。

"你愈说愈固执起来了，阿菲利加·塞美尼奇！"她说，带着勉强的笑。

室内一片静寂。

"梭罗它诺夏在什么地方？"一个男孩子突然问起巴西斯它夫来。

"在波泰瓦省，亲爱的孩子，"毕加梭夫回答，"在小俄罗斯中

---

[1] 格里卜耶陀夫（Griboyedov，1795~1829）俄国戏剧作家，他的唯剧本《聪明误》（Góre-ot Uma,）奠定了他在旧俄的剧坛的地位，正如普希金之于俄国诗坛，他成不了不朽的一人。——译者

部。"（他很高兴有个机会把话锋转过来。）"我们刚才谈到文艺，"他继续说，"假如有钱给我花，我立刻便会成一位小俄罗斯诗人。"

"啊呀呀！你会做一个了不起的诗人哩！"达尔雅·密哈伊洛夫娜反讥似地说。"你懂得小俄罗斯的话么？"

"一点不懂；但这并不需要。"

"不需要？"

"哦，不，不需要。你只要拿过一张纸，在顶端上写了'短歌'两字，于是便像这样地开始，'哎嚧，暧啦，我的运命啊！'或者是'哥萨克奈里梵诃坐在小山上，坐在大山上，绿树的荫下鸟儿在唱，嘎喇兮，伐啰啪兮，咯咯！'或者类似这样的东西。便完成了。付印，出版，小俄罗斯人读了它，低下头来埋在掌里，的确地眼泪便汩汩地涌出来，原是善感的灵魂啊！"

"天哪！"巴西斯它夫喊道。"你在说些什么？这是太荒唐得怎也说不过去。我曾经在小俄罗斯住过……我爱它，知道它的语言……'嘎喇兮，嘎喇兮，伐啰啪兮'是绝对地毫无意义。"

"也许是的，但是小俄罗斯人也一样的会流泪，你说到'语言'……有一种小俄罗斯语言么？据你的意见，这是一种'语言'？一种独立的语言？要我同意这句话，就是顶好的朋友，我也要把他放在石臼里捣个稀烂。"

巴西斯它夫正想反驳。

"由他去罢，"达尔雅·密哈伊洛夫娜说。"你知道从他那里除了矛盾的话之外是听不到什么的。"

毕加梭夫解嘲似地笑着。一个仆人走进来通知说亚历克山得拉·巴夫洛夫娜和她的兄弟来了。

达尔雅·密哈伊洛夫娜站起身来迎接她的客人。

"你好，亚历克山得玲纳？"她说，跑上前去，"你是多么好意，光临敝处！……你好么？塞尔该·巴夫里奇？"

服玲萨夫和达尔雅·密哈伊洛夫娜握手，跑到娜泰雅·亚历舍耶夫娜身边。

"但是那位男爵怎样了啦，你的新相知，他今天要来么？"毕加梭夫问。

"是的，他就要来的。"

"他是一位大哲学家，他们说；他满肚子都是黑格尔哲学，我想？"

达尔雅·密哈伊洛夫娜没有回答，请亚历克山得拉·巴夫洛夫娜坐在沙发上，自己也坐在她的旁边。

"哲学，"毕加梭夫继续说，"崇高的观点！这又是我所极憎恶的；这些崇高的观点。从高高的上面你能够看得见什么呢？真的，假如你要买一匹马，你用不到爬到塔尖上去看啊！"

"这位男爵要拿一篇论文来给你么？"亚历克山得拉·巴夫洛夫娜问。

"是的，一篇论文，"达尔雅·密哈伊洛夫娜回答，态度非常冷淡；"《论俄国之商业与工业之关系》……但是不要着慌；我们不在此地宣读它……我请你来并不是为了这个。Le baron est aussi aimable que savant（男爵是和蔼可亲的而又博学。）他的俄国话说得很漂亮！C'est un vrai torrent... il vous entraine（真是口若悬河，会把你漂没冲走的。）"

"他俄国话说得很漂亮，"毕加梭夫咕哝道，"值得用法国话去称赞他。"

"你要咕哝便尽自去咕哝好了，阿菲利加·塞美尼奇……恰配你的一头乱发……我奇怪，为什么他不来。你们知道什么把他……Messieurs et mesdames（先生们，太太们，）"达尔雅·密哈伊洛夫娜看一下四周,又说,"我们到花园里去。离吃饭时间差不多还有一个钟头,天气又晴朗。"

大家站起身来,到花园里去。

达尔雅·密哈伊洛夫娜的花园一直伸展到河边。古老的菩提树一行行地排列着,园中充满了阳光、阴影和香气,在小径的尽端,可以望见翠绿的一片,还有许多刺毯花和紫丁香花的园亭。

服玲萨夫伴着娜泰雅和彭果小姐向树荫浓密的地方走去。他默默地在娜泰雅旁边走着,彭果小姐稍为离开一点地跟在后面。

"你今天做点什么事?"终于服玲萨夫开口问了,用手摸一摸他的好看的棕黑色的短髭。

在容貌上他异常像他的姐姐,但是在他的表情中比较缺少生命和活力,他的柔媚美丽的眼睛带着几分忧郁。

"哦,没做什么,"娜泰雅回答。"我听了毕加梭夫的讥剌,在花绷上面绣了几朵花,我读了一点书。"

"你读点什么书?"

"哦,我读了——十字军战史,"娜泰雅说,带着犹疑的样子。

服玲萨夫望着她。

"啊!"他终于吐出一句来,"这一定很有趣的。"

他折得一根树枝,在空中挥舞着。他们又走了二十多步。

"你的母亲认识的那位男爵是谁?"服玲萨夫又重新开口。

"一位宫廷的侍臣、一位新客;妈妈极口地褒崇他。"

"你的母亲是很容易把别人想做好得不得了的。"

"这就是表示她的心还年青,"娜泰雅说。

"是的。不久我可以把那匹牝马送来给你了。它现在差不多训练驯熟了。我还要教它奔驰,不要多久便可以教好的。"

"Merci!("谢谢!")……但是我很不好意思,你亲自训练它……他们说这是很辛苦的！"

"只要你欢喜，你知道，娜泰雅·亚历舍耶夫娜，我准备着……我……这点小事算得什么？——"

服玲萨夫渐渐慌张无措了。

带着友谊的鼓励，娜泰雅望着他，重说一遍，"Merci！"

"你知道，"停了好久，塞尔该·巴夫里奇继续道，"这算不得什么……但是我为什么说这话？一切你都明白的，当然。"

在这时候屋内的铃声响了。

"啊！La cloche du diner！（晚饭钟！）"彭果小姐喊道，"rentrons！"（"我们回去罢！"）

"Quel dommage（多可惜），"当她跟在服玲萨夫和娜泰的后面。走上庑廊的沿阶时，老法兰西小姐这样想，"Quel dommage que cecharmant garcon ait si peu de ressources dans la conversation，（这位漂亮的小伙子讲话这般拙讷，多可惜）。"这句话可以翻译过来说，"你是一个好家伙，我的好孩子，但是相当有点傻。"

男爵没有来吃晚饭。他们又为他等了半点钟。餐桌上谈话是松懈了。塞尔该·巴夫里奇坐在娜泰雅旁边，只是瞧着她，很殷勤地替她在杯子里加水。柏达列夫斯基徒然想讨他的邻座亚历克山得拉·巴夫洛夫娜的欢喜；连珠串地说了许多蜜甜的话，但是她熬不住要打呵欠了。

巴西斯它夫把面包搓成小球，什么也没有想；就是毕加梭夫也沉默着。达尔雅·密哈伊洛夫娜提醒他说他今天不大有礼貌，他莽撞地回答，"什么时候我曾有礼貌的呢？这不是我的本色；"脸上浮起一阵苦笑，又说，"稍微忍耐一下；我不过是麦酒（kvas）你知道，普普通通的（du simple）俄罗斯麦酒；但是你的宫廷贵人——"

"妙极！"达尔雅·密哈伊洛夫娜喊道，"毕加梭夫是嫉妒的，他已经在吃醋了。"

但是毕加梭夫并不给她回答，只斜瞥了一眼。

七点钟响过了，他们又聚焦到会客室里面。

"他不来了，很明显的。"达尔雅·密哈伊洛夫娜说。

但是，听，一阵车轮的辚声听见了，一辆车跑进院子里来，不一会，一个仆人跑进客厅，银碟子上面托着一张字条，递给达尔雅·密哈伊洛夫娜。她在字条上瞥了一眼，回头问仆人说：

"送这信来的那位先生在哪儿呢？"

"他坐在车里，要请他上来么？"

"请上来。"

仆人出去了。

"试想，多讨厌！"达尔雅·密哈伊洛夫娜继续说，"男爵接到了一个召命，要立刻回彼得堡去。他把他的论文叫一位他的朋友罗亭先生送来——男爵非常褒赞他，要把他介绍给我。但是这多讨厌！我原希望男爵在此间住一些时光的。"

"德密特里·尼哥拉伊奇·罗亭。"仆人通报道。

三

一位年约三十五岁的男子进来，身材很高，微微有点佝偻，卷曲的头发，黝黑的皮色，一张不匀称但是有表情的聪颖的脸，水汪汪发亮的活泼的深蓝的眼睛，笔直的广阔的鼻和弧形完整的嘴唇。他的衣服不新，有几分过窄，好像是因为身体长大了，所以不合身。

他迅速地走到达尔雅·密哈伊洛夫娜的前面。略略一鞠躬，告诉她说是他很久便渴慕着得能介绍到她跟前来的荣幸，说是他的朋友男爵不能亲自到她这里来辞行，深引为憾。

罗亭的尖细的声音和他高大的身材以及广阔的胸部似乎不大调和。

"请坐……我很高兴，"达尔雅·密哈伊洛夫娜喃喃地说，在将他介绍给其余的在座的人之后，她问他是否本地人还是作客。

"我的田庄在T省。"罗亭回答，把帽子放在膝上。"我在此地住得不久。我是为了一点事务来的，在你们贵区暂住几天。"

"和什么人一起？"

"和那位医生。他是我大学里的老同窗。"

"哦，那位医生。他是很有名的。他的手术很好，人们说。你认识那位男爵很久了么？"

"我是去年冬天在莫斯科和他碰见的，最近我和他同住过一个礼拜。"

"他是很聪明能干的人，这男爵。"

"是的。"

达尔雅·密哈伊洛夫娜嗅一嗅蘸着eau de cologne（香水）的褶皱了的小手巾。

"你是在政府机关里服务吗？"她问。

"谁？我么？"

"是。"

"不。我退职了。"

接着是短时间的静默，大家便重又接谈起来。

"假如你不嫌我多嘴，允许我琐屑地问，"毕加梭夫朝着罗亭开始说，"你知道男爵阁下送来的那篇论文的内容么？"

"是的，我知道。"

"这篇论文述及商业的关系……不，我国之商业与工业之关系……这就是你所说的，我想，达尔雅·密哈伊洛夫娜？"

"是的，述及……"达尔雅·密哈伊洛夫娜说，将手按在额上。

"我，当然，对于这问题是劣等的评判者，"毕加梭夫继续说，

"但是我须得承认在我看来甚至于这篇论文的题目都好像非凡（我怎样说得文雅一点呢？），非凡涩晦而错综复杂。"

"为什么对你觉得这样？"

毕加梭夫笑了一笑，瞟一眼达尔雅·密哈伊洛夫娜。

"对于你很清楚么？"他说，将狡猾的脸转向着罗亭。

"对于我？是的。"

"呒。无疑地你一定知道得比较详尽。"

"你头痛么？"亚历克山得拉·巴夫洛夫娜问达尔雅·密哈伊洛夫娜。

"不。只是——C'est nerveux（神经不宁）。"

"请容许我问，"毕加梭夫又开始带着鼻音问。"你的朋友缪法男爵阁下，我想这是他的名字罢？"

"一点不错。"

"缪法男爵阁下是否对政治经济有特殊的研究，还是他只在公余和应酬之暇，抽点功夫来研究这饶有兴趣的问题的？"

罗亭目不转睛地直望着毕加梭夫。

"男爵在这方面是一个业余爱好者，"他回答，有点面红，"但是在他的论文里面有很多有趣味的材料和公允的见地。"

"我不能够和你争论；我没有读过这篇论文。但恕我大胆地问——你的朋友缪法男爵的大作无疑地大部分是立论在一般的定理上较之基于事实罢？"

"有事实也有基于事实的定理。"

"是的，是的。我必得告诉你，在我的意见——我当然有权利发表我的意见，只要机会允许；我在道尔伯大学住了三年……这些，所谓一般的定理，假设，这体系——原谅我，我是一个村夫俗汉，我粗鲁地说话毫无掩饰——是绝对毫无价值的。这一切只好讲理论——只好用来骗人。给我们以事实，先生，便尽够了。"

"真的！"罗亭反驳道，"难道不应该找出事实的真义来么？"

"一般的定理，"毕加梭夫继续道，"这些是我最憎恶的东西，这些一般的定理、理论、结论。这些全都是根据在所谓'信仰'上面的；每一个人都说起他的信仰，把它当做了不起，以有了它自骄。哎！"

毕加梭夫向天摇起拳头。柏达列夫斯基笑了。

"妙极！"罗亭插口道，"那么据你说来是没有什么信仰之类的东西了。"

"不，没有。"

"这就是你的信仰么？"

"是的。"

"那么你怎样可以说是没有这东西呢？这里你第一着便先了有一个。"

室内的人都笑了，彼此你看我，我看你。

"等一等，等一等，但是——"毕加梭夫开始……

但是达尔雅·密哈伊洛夫娜拍着两手喊道，"好极，好极，毕加梭夫打倒了！"她轻轻地从罗亭的手里把帽子拿了过去。

"勿忙开心罢，太太；还有很多的时间！"毕加梭夫带着厌烦的神气说。"说了一句俏皮话，摆出超然的神气，这可不够；还得要证明，辩驳。我们话岔到讨论的问题外去了。"

"对不起，"罗亭冷冷地说，"事情是很简单的。你不相信一般定理的价值——你也不相信'信仰'么？"

"我不相信，我什么都不相信。"

"很好，你是一个怀疑主义者。"

"我看没有引用这种专门字眼的必要，无论如何——"

"不要停止，往下说！"达尔雅·密哈伊洛夫娜插口道。

"向他反驳哪,老狗!"柏达列夫斯基同时在肚子里说,向大家笑一笑。

"这传达意义的字眼,"罗亭接着说。"你懂得的;为什么不能用?你什么也不相信,为何要相信事实呢?"

"为何,问得好!事实是经验的事物,任何人都知道事实是什么。我凭经验去评判它,凭我自己的感觉去评判它。"

"但是你的感觉便不会骗了你么?你的感觉告诉说太阳是绕着地球转的……也许你不同意于哥白尼克斯[1]罢?你连他都不相信么?"

又是一阵微笑掠过各人的脸,所有的眼睛都凝集在罗亭的身上。"他并不是傻子,"每人都这样想。

"你欢喜开玩笑。"毕加梭夫说。"当然这是很独创的,但这并不是我们所要讨论的一点。"

"直到此刻我所说的,"罗亭回答,"可惜是,很少独创的,一切在很久以前便早知道了的,都是说过一千遍了的。但是问题的关键不在这里。"

"那么是什么?"毕加梭夫问,未免有几分无礼。

在辩论中他时常要先把对手揶揄一番,然后渐渐说不通了,终至于发怒,默不出声。

"这就是,"罗亭继续道,"我不能不,我承认,觉得疚心的歉仄,当我听到明理人也在攻击——"

"这些体系么?"毕加梭夫插进一句。

"是的,随便你说,就是体系罢。在这个字眼里什么东西吓怕了你?每一种体系都是建设在基本定律的智识上的,生命的原则——"

"但是没有人知道这基本定律,也没有人去发现。"

---

[1] 哥白尼克斯(Copernicus 1473~1543)波兰天文学家,地动学说之始创者。——译者

"且住。无疑地要每一个人去懂得这些定律是不易的,错误是人类的天性。可是,你当然也和我同意,比方说,牛顿,至少也发现几条基本定律罢?他是一位天才,我们得承认;但是天才的发明的伟大处就是因为这发明成了大众的遗产。在森罗万象中去发现宇宙的原则的努力是人类思想的特征,我们一切的文化——"

"你想说的便是这句话!"毕加梭夫懒洋洋地插嘴道。"我是一个实际的人,所有这些形而上学的玄虚我不参加讨论,也不想参加讨论。"

"很好!这是随你高兴。但是请你注意,你要成一个真正老牌的实际的人的那种愿望的本身就是你的体系——你的理论。"

"你说到'文化'么!"毕加梭夫突然说,"这又是你的另一种可赞美的观念!这吹擂得很响的文化,用处是很大的。我可不肯花一个铜子来买你的文化!"

"多么拙劣的强辩啊,阿菲利加·塞美尼奇!"达尔雅·密哈伊洛夫娜说,心里很高兴她的新朋友十分优雅的态度和镇静。"C'est un homme comme il faut"("这是有身分的人"),她想,怀着善意的窥察,望一望罗亭。"我们要好好儿招待他。"这最后的一句话是用俄文暗暗藏在脑子里面说的。

"我并不拥护文化,"停了一会,罗亭继续说,"它也无须我的拥护。你不欢喜,那也各有各的趣味。而且,我们说得太远了。让我只是向你提起一句古话罢,'周彼得,你发怒了;所以你错了。'我的意思是说这些对于一般的定理的体系的抨击是非常可悯的,因为随着这些体系,他们把一般的智识,一切的科学和信念都一齐摈弃了,随之也摈弃了他们对自己的自信,对自己的能力的自信,但是这种自信于人是不可少的;人们不能够单靠五官感觉生存;他们惧怕理想,不信理想,他们是错了。怀疑主义常常是无知识和无能力的特征。"

"这都是掉文弄字啊！"毕加梭夫喃喃说。

"也许是的。但是让我指出来给你，当我们说'这都是掉文弄字啊！'的时候，便是想要避免说一些比文字更实际的东西。"

"什么？"毕加梭夫说，妄一妄眼睛。

"你知道我所说的意思。"罗亭反讥道，带着不由自主的但又立刻抑制住的不耐烦。"我说，假如人没有可以信赖的坚牢的原则，没有可以站得稳定的立脚点，他怎样能够对他的国家的需要、趋势和将来作正确的估计？他怎样能够知道他应该怎样做？假使——"

"由你去说罢。"毕加梭夫突然说了一句，打一个躬，什么人也不看便翻身走了。

罗亭凝望着他，微微一笑，不说什么。

"呵！他逃走了！"达尔雅·密哈伊洛夫娜说。"不要紧，德密特里……对不起。"她加上一句，带着真心的微笑，"你的父名叫什么？"

"尼哥拉伊奇。"

"不要紧，亲爱的德密特里·尼哥拉伊奇，他瞒不过我们的。他只是表示不'愿'再争论罢了。他体会到他'不能'和你争辩。但是你最好坐得和我们靠近一点，让我们谈一谈好么？"

罗亭把凳子移近前去。

"怎样直到现在才相识？"达尔雅·密哈伊洛夫娜说。"这真是意料不到的机缘。你读过这本书么？C'est de Tocqueville, vous savez？（这是托克维[1]写的，你知道么？）"

达尔雅·密哈伊洛夫娜将法文的小册子递给罗亭。

罗亭把薄薄的书本接在手中，翻了几页，放在桌子上，回答说他不

---

[1] 托克维（Alexis-Charles-Henri de Tocqueville，1805-1859）法国政治家及政论家。——译者

曾读过托克维先生这部作品，但是他对于他所研究的问题是时常会加以思索的。谈话开始了。罗亭开始好像游移不定，不敢放胆自由地说出来；他的话句不很流畅，但是到后来渐渐热烈起来开始说话了。在一刻钟之后，客厅里只听见他的声音。大家都挤做一圈围绕着他。

　　只有毕加梭夫远远地撇留在一边，在靠壁炉的一只角上。罗亭口齿伶俐地，热情地，果断地谈着；他夸示出很有学问，书读得很多。谁也不曾料到他是一位了不起的人物。他的衣服如此破旧，名声也没有。这样一位伶俐的人突然会在这乡间出现，人人都觉得惊奇而不可解。他一步强似一步地令人惊奇，简直可以说，他把他们都迷住了，打头从达尔雅·密哈伊洛夫娜数起。她正自诩能够发现他，而这样早日便在梦想着如何将罗亭介绍到社会里去了。虽则这般年纪，在很易接受别人的印象这一点看来，她是很有点孩子气的。亚历克山得拉·巴夫洛夫娜，说老实话，她很少懂得罗亭所说的，但是充满了惊奇和喜悦；她的兄弟也羡慕他。柏达列夫基望着达尔雅·密哈伊洛夫娜，满怀了嫉妒。毕加梭夫在想，"假如我有五百卢布，我买一只夜莺来，唱得比他好听些哩！"但是在这集群中影象最深刻的是巴西斯它夫和娜泰雅。巴西斯它夫连呼吸都屏住；整个时间坐在那里，口张开，睁着圆眼听着——听着，他生平从不曾这般地听别人讲话——娜泰雅脸上浮散起一阵红晕，她的眼睛，不移动地注视着罗亭，同时有点迷糊而又发光。

　　"他的眼睛多光彩？"服玲萨夫在她的耳边轻轻地说。

　　"是的，它们是。"

　　"只可惜双手太大，而且发红。"

　　娜泰雅没有回答。

　　茶端上来。大家随便谈着，但是罗亭一开口，大家便突然不约而同地一声不响，由此也不难推断他给人的印象之深了。达尔雅·密哈伊洛夫娜突然想要挖苦一下毕加梭夫。她跑到他的前面，低声地向他说，

"为什么你不说话而只是轻蔑地笑着？"不等到他的回答，便招呼罗亭道。

"他还有一桩事你不知道。"她说，向毕加梭夫做一个手势，"他是痛恨女人者，他时常攻击她们；请你，指示他以正路。"

罗亭不由自主地望一眼毕加梭夫，他比他高过一头一肩。毕加梭夫几乎气得僵了，他的难堪的脸发白。

"达尔雅·密哈伊洛夫娜错了，"他以不坚定的声音说，"我不只攻击女人；对于整个人类我也不大赞美。"

"为什么你这样地蔑视人类呢？"罗亭问。

毕加梭夫直望着他的脸。

"研究自己的心的结果，无疑地，我发现自己的心一天不如一天地更其可鄙。我将自己来推度别人。也许这也是错误的罢，也许我比别人坏得多，但是我有什么办法？这已成了习惯了。"

"我了解你，同情你，"罗亭的回答，"凡是宽大的灵魂谁不曾体验到需要自谦呢？但是人不应该滞留于这种情况里面，这样是打不开出路的。"

"我深深感谢你给我的灵魂以宽厚的证明。"毕加梭夫反驳说。"至于我的情况，并没有什么不对，所以就是有了一条出路，让鬼去走罢，我不想找它！"

"但是这就是说——原谅我这样说法——你宁愿在自己的骄傲里得到喜悦与满足，而不希求真理或是生活在真理里面。"

"无疑的，"毕加梭夫喊道，"骄傲——这我是懂得的，你，我想，也是懂得的，任何人都懂得的；但是真理，真理是什么？在哪里？这真理！"

"你又在说老话了，让我提醒你。"达尔雅·密哈伊洛夫娜说。

毕加梭夫耸一耸肩。

"就算是，说几句老话打什么紧？我问：真理在哪里？就是哲学家也不知道这是什么。康德说是这样的东西；但是黑格尔说——不，你错了，这是另一回事。"

"你知道黑格尔怎样说么？"罗亭问，不曾提高声音。

"我再说一遍，"毕加梭夫继续道，有点动火了，"我不懂真理的意义是什么。照我的意思，世界上根本没有这样东西的存在，这就是说，这两个字是有的，但是本身没有。"

"呸，呸，"达尔雅·密哈伊洛夫娜喊道，"我奇怪你这样说竟不以为可耻，你这老囚徒！没有真理么？果真如此，那么生活在这世上还有什么意义？"

"好啦，我简直想说一句，达尔雅·密哈伊洛夫娜，"毕加梭夫反驳道，带着不耐烦的声调，"无论如何，在你，没有真理的生活总比没有厨子斯蒂芬——他烧汤是拿手——的生活过得要舒适些。你要真理做什么用？请你告诉我，又不能把它来装饰帽边子！"

"开玩笑算不得正论，"达尔雅·密哈伊洛夫娜说，"尤其是你涉及侮辱个人的方面。"

"我不知道真理，但是我看再谈下去也得不到什么答案。"毕加梭夫咕噜道，他带怒地转过身子去了。

于是罗亭开始说到"骄傲"，他说得很好。他指出人假使没有骄傲便是无价值的，骄傲是可以把地球从它的基础上移动的杠杆[1]，同时他又说，只有能够制驭骄傲，如骑师制驭他的马一样，献出自己的人格，为普遍的利益牺牲的人，才配得上称为人。

"自我主义，"他结束道，"是自杀。自我主义者将如孤独的不结果实的果树般枯萎；但是骄傲，野心，是臻于完善的动力，一切伟大事

---

[1] 这是科学之父迦里罗（Galileo Galilei，1564~1642）的话。"假如给我以立足点，我可以用杠杆把地球移动。"——译者

业的渊源。……是的！一个人应该剔除去他的人格上的顽固的自我主义而使之能自由地表达自己。"

"你借给我一支铅笔好么？"毕加梭夫问巴西斯它夫。

巴西斯它夫一时不懂毕加梭夫问他的用意。

"你要一支铅笔做什么？"他终于问。

"我想把罗亭先生最后的一句话写下来。假如不抄录下来是会忘记了的，我担心。但是你知道，类似这种的句子是一大堆的花言巧语。"

"对于有些事情取笑胡闹是可耻的，阿菲利加·塞美尼奇！"巴西斯它夫带着热情地说，背向毕加梭夫扭转身去。

当这时候罗亭跑近娜泰雅。她站了起来，她的脸色有点迷惘。服玲萨夫，坐在她的旁边的，也站了起来。

"我看这架钢琴，"罗亭说，带着出外旅行的皇子般的大方的礼貌，"你弹这琴么？"

"是的，我弹，"娜泰雅回答。"但是不大好。这位是康斯坦丁·狄渥密地奇先生，弹得比我好得多。"

柏达列夫斯基迎上前来，带着假装的笑。

"你不应这样说，娜泰雅·亚历舍耶夫娜；你弹得并不比我坏。"

"你知道修贝尔的《骁王歌》[1]么？"罗亭问。

"他知道的，他知道的，"达尔雅·密哈伊洛夫娜打插道。"坐下来，康斯坦丁。你爱音乐么，德密特里·尼哥拉伊奇？"

罗亭只是微微点一点头，用手掠一掠头发，好像准备听似的，柏达列夫斯基开始弹。

娜泰雅站在钢琴旁边，而正对着罗亭。乐曲开始的时候，他的脸便变容了。他的深蓝的眼睛徐徐转着，时时移到娜泰雅的身上。柏达列夫

---

[1] 修贝尔（Schubert，1797~1828）奥地利音乐家。《骁王歌》（Erlkönig）系歌德作故事诗，由修贝尔配谱制成歌曲者。——译者

斯基奏完了。

　　罗亭没说什么,跑到敞开着的窗口。带香的薄雾好像轻纱般的笼罩着花园;一阵醉人的香气从就近的树丛送来。星星洒漏下柔媚的光辉。夏夜是温柔的——把一切都软化了。罗亭凝睇着暗黑的花园,又望一望四周。

　　"这音乐和夜,"他说了,"令我记起我在德国时的学生生活;我们的集会,我们的夜的歌。"

　　"你曾经在德国么,那么?"达尔雅·密哈伊洛夫娜问。

　　"我在汉德堡过了一年,在柏林差不多也有一年。"

　　"你穿着学生的装束吗?听说他们穿的是很特别的服装。"

　　"在汉德堡我穿着带马距的长统靴,和轻骑兵的绣着花瓣的短上衣,头发长得披到肩膊。在柏林,学生的装束和普通人是一样的。"

　　"告诉我们一些你的学生生活吧,"亚历克山得拉·巴夫洛夫娜说。

　　罗亭照做了。但是他对于叙事很少成功。在他的描写里没有声色。他不知道怎样插浑打趣。可是,从他自己在国外的故事说起,不久又转到一般的题目上来,教育和科学的特殊价值,大学和一般的大学生活,他用粗健的笔触描了一个范围广泛内涵复杂的图略。大家都非常注意地听着他。他谈吐风生,娓娓动听,不十分清楚,但是这点不大清楚的地方,却替他的语句增添了一种特殊的魅力。

　　罗亭思想之丰盛使他不能有条理地准确地表现自己。一番幻想过后又是幻想,一个比喻之后又是一个比喻——一会儿惊人地大胆,一会儿又异常真实。这不是练习有素的演说家的可喜的努力的结果,而是按捺不住的随兴所之的灵感的嘘息。他并没有思索字句;字句是左右逢源地自发地流到唇边,每一个字都像从他的灵魂的底里迸涌出来,燃烧着信仰的热火。罗亭是最大的秘藏——辩才的音乐——的得主。他知道怎样去拨一条心的弦而使一切的人都莫明所以地颤动着共鸣着。也许很多的听众不确切地明白他讲点什么；但是他们的胸头为之叹息，好像在他们的眼前揭起了一层帷幕，有什么光辉灿烂的东西在远处遥遥闪耀。

罗亭的一切思想都集中在未来上面。这把他装成青年热情奔放的样子……站在窗口前面，没有望着任何人，他谈着，受了普遍的同情和注意，青年少女和夜的美丽所触发的灵感，逐着自己的情感的浪潮，达到雄辩滔滔的高点，诗的极致……他说话的声音，热烈而柔和，增加了幻想的成分；好像有什么更有力量的灵动在他的唇边流吐，他自己也吃惊了……罗亭谈到流逝的人生永久的意义何在。

"我记得一个北欧的故事，"他下结论道，"一个皇帝同着他的战士围坐在火的边旁，在一个暗黑的小屋子里面。是夜里。是冬天。突然一只小鸟从打开着的窗户飞进来，又从另一个窗户飞了出去。皇帝说这鸟好像世上的人，从黑暗飞进来，又向黑暗飞去，温暖与光明是短暂啊……'陛下，'最老的战士回答，'就是在黑暗中小鸟也不致迷失，它找到了它的巢。'这样，虽则我们的生命是短暂而无形迹，但是伟大的一切都是人类造成。要成为这种高等职务的执行者的一种自觉，衡诸乎其他的个人的享乐，当比较为重；就在死亡中，他也找得到他的生命，他的巢。"

罗亭停止了，低垂下眼睛，带着一脉无奈的略有难色的微笑。

"Vous etês un poète，"（"你是一个诗人，"）这是达尔雅·密哈伊洛夫娜轻声的注释。

其余的人都暗暗地和她同意——除了毕加梭夫。不等到罗亭长篇议论的终结，他一声不响地拿了他的帽子，跑了出去，向站在门边的柏达列夫斯基带恶意地咬耳朵说：

"不！我倒反欢喜傻子。"

可是没有一个人想留住他，甚至也没有人注意到他。

仆人端上夜点心来，一点半钟之后，大家散了，各自回去。达尔雅·密哈伊洛夫娜留罗亭过夜。亚历克山得拉·巴夫洛夫娜在和她的兄弟一起回家去的车中，有好几次高声称赞，惊佩罗亭异乎寻常的敏慧。服玲萨夫也和她同意，虽则在他们看来有时候罗亭所表达的有几分涩晦。"这就是说，不很容易领会。"他添上一句。无疑地他想把自己的意思弄得清楚一点，但是他的脸色沮丧，眼睛凝视着车中的角落，好像比平时更忧郁。

柏达列夫斯基走到卧室里去，当他解下华丽的绣花的吊带时，大声地说，"一个玲珑的伙子！"突然，凶暴地向他的仆人一瞥，叫他走出房外去。巴西斯它夫整夜没有睡觉，没有脱衣服——他写信给他的一个在莫斯科的朋友，直到天明；娜泰雅呢，也，虽则脱了衣服躺在床上，她一刻都没有睡，眼睛不曾交睫。她的头支在手上，目光不移地望着黑暗处；她的脉管在热狂地跳动，她的胸口时时嘘出深深的叹息来。

四

第二天早晨罗亭梳洗刚毕，一位仆人跑进来说达尔雅·密哈伊洛夫娜请他到她的闺房里一起用茶。罗亭看见房里只有她一个人。她很诚恳地欢迎他，问他晚上睡得好么，亲手替他倒一杯茶，问他茶里的糖够不够，递给他一支纸烟，并且重复了两遍说恨不早认识他。罗亭正想在离她稍远的座位上坐下；但是达尔雅·密哈伊洛夫娜请他坐在自己的沙发旁边的一把安乐椅上，她身子向着他稍微前俯，开始问起他的家世、他的计划，和他的旨趣。达尔雅·密哈伊洛夫娜说话随随便便，听话也没精打采似的；但是罗亭十分清楚地知道她在想法使他高兴，甚至于恭维他。这早晨的晤面是费了一番安排的，她打扮得非凡朴素却又高雅，

à la Madame Récamier（列加美夫人式）！[1]但是达尔雅·密哈伊洛夫娜不久便停止了向他问长问短。她开始把自己的事情说给他听，说到她的青年时代，她认识的朋友。罗亭同情地倾听她的煞费心思的饶舌，但是——一桩奇异的事实——不论她谈论到什么人物，她自己总是独自个儿站在主要的地位，而其余的人物好像都被抹消，在背景中隐没不见了。但是抵补这缺点，罗亭也能精确地十分详尽地知道达尔雅·密哈伊洛夫娜对某某显官说过什么话，和她曾经予某某著名诗人以什么影响。照达尔雅·密哈伊洛夫娜的说法判断起来，好像最近二十五年中的所有知名之士都只是如何在希求和她认识，博得她的好评似的。她随便地提起他们，不带特殊的热情和尊敬，好像他们都是她日常的老朋友，其中有几个她叫做"荒唐的家伙"，当她说起他们的时候，好像华丽的嵌镶围绕着一块无价的宝石，他们的名字排列成珠宝气的一圈，环绕着这主要的名字——环绕着达尔雅·密哈伊洛夫娜的名字。

　　罗亭听着，抽着纸烟，很少开口。他说得好，也欢喜说话；接谈对话却非他的擅长；他是一位知趣的听者。任何人——只要开头不感到他的威胁——会在他的面前把他们的心信赖地打开；他便会跟随着别人的谈述的丝缕，容易感动而富于同情的。他的性情很好——那种觉得自己比别人高一等的只瞧自己不看别人的特殊的好性情。在辩论中他可是很有少容他的对方得完全表现自己，他以迫不及待的躁急而热情的对辩压倒他。

　　达尔雅·密哈伊洛夫娜说的是俄国话。她颇以自己本国语言的知识自骄，虽则法语也常常脱出口来。她故意采用平常俚俗的名词，但不是时常得到成功。罗亭的耳朵倒并不觉得达尔雅·密哈伊洛夫娜唇边流吐的夹杂的语言的难受，真的他简直不曾听它。

---

[1] Madame Récamier（1777~1849）法国拿破仑时代著名贵妇人。——译者

达尔雅·密哈伊洛夫娜终于说得累了，把头放在安乐椅的垫子上，眼睛盯着罗亭，一声不响。

"现在我懂得了，"罗亭开始慢慢地说，"我懂得你为什么每个夏天都到乡间来。这短期的休息于你是必需的；在你过了都市生活之后，这乡村的和平会使你恢复疲劳和增进健康。我相信你是深深地感到大自然之美的。"

达尔雅·密哈伊洛夫娜把罗亭盯了一眼。

"大自然……是的……是的……当然哪……我热烈地爱好它；但是你知道么，德密特里·尼哥拉伊奇，就是在乡间也不能没有朋友。而此间是一个都没有。这些人中间毕加梭夫算是顶有机智的了。"

"昨晚在此地的那一位执拗的老先生么？"罗亭问。

"是的……在乡间，就是他也有一点用——他有时叫人喜笑。"

"他并不笨，"罗亭回答说，"但是他走错了路了。我不知道你是否和我同意，达尔雅·密哈伊洛夫娜，在否定——完全的，对于一般的否定——中没有得救之道。否认了一切而你便会把他当做一位有才能的人，这是尽人皆知的狡计。心地单纯的人们很容易下这样的结论说你比被你自己所否认的总高过一等。而这时常是错了。第一点，你可以挑剔任何事件的破绽；第二点，就算你所说的很对，这于你更不好；你的才智，随着简单否定的引导，会渐渐失去光彩而枯萎。当你快意于虚浮的骄傲的时候，你是被褫夺去思想的真正的慰藉了；生命——生命的本质——自会避开你的不足道的嫉妒的评论，而你终于愤骂而成为可笑的人。只是爱人的人才有权利责备和寻找错误。"

"Voilà Monsieur Pigasov enterré,（这样，毕加梭夫先生完了，）"达尔雅·密哈伊洛夫娜说。"你是有何等的天才品评人物啊！但是毕加梭夫当然不了解你的。他除了自己个人而外什么都不爱。"

"他在自己个人身上发现缺点，便以为有权利去找别人的缺点了，"罗亭添进一句。

达尔雅·密哈伊洛夫娜笑了。

"'他把好人，'正如老话所说的，'把好人当做病人看。'暂且丢开不谈罢，你想男爵怎样？"

"男爵？他是顶呱呱的人物，心地很好，学问也很好……但是他没有个性……终他的一生，将成为半个学者，半个要人，这就是说一个多才多艺的人，这就是说，说得明白一点——不像这，也不像那……多可惜！"

"我也这样想，"达尔雅·密哈伊洛夫娜说。"我读了他的论文……Entre nous……cela a assex peu de fond。（在我们彼此间，可以说，不够根底。）"

"你此地还有什么人？"停了一会，罗亭问。

达尔雅·密哈伊洛夫娜用小指弹去烟灰。

"哦，简直没有什么人。黎宾夫人，亚历克山得拉，巴夫洛夫娜，昨天你看到过的；她是温和妩媚的——但别无足取。她的兄弟也是一个好家伙——un parfait honnête homme。（一个完全老好的人。）还有你知道的加林亲王。便是这几个人。除此之上还有两三位邻居，但是他们真是毫无用处的。他们有的神气十足，有的不可接近，或者是十分不合身份的优游潇洒的。至于太太们，如你所知，我一个都看不上眼。还有一位邻居，听说很有教养，学问也很好的男子，但是一个离奇得可怕的人，性情非常古怪。亚历克山得玲纳认识他……我想她对他并非无心的……真的是，你应当和她谈一谈，德密特里·尼哥拉伊奇；她是温和的，她只要再加以开导。"

"我也很欢喜她。"罗亭说。

"完全是个孩子，德密特里·尼哥拉伊奇，绝对是一个小宝宝。她结过婚，Mais c'est tout comme……（但这完全好像……）假如我是一个男子，我一定爱上像她那样的女人。"

"真的？"

"当然。这类女子至少是新鲜活泼，而活泼并不能假装得像的。"

"别的也可以假装的么？"罗亭问，他笑了——在他是难得笑的。当他笑的时候，脸孔有一种奇异的几乎是老人相，他的眼睛不见了，鼻子皱了起来。

"那位你叫做古怪的人是谁，黎宾夫人对他表示好意的那一位？"他问。

"一位姓列兹尧夫的先生，密哈伊罗·密哈伊里奇，本地的一位地主。"

罗亭好像有点惊异，他抬起头来。

"列兹尧夫——密哈伊罗·密哈伊里奇？"他问。"他是你的邻居么？"

"是的。你认识他么？"

罗亭一会儿没有回答。

"我在很早以前曾认识他。他有钱的，我想？"他接上一句，拉一拉椅披的边。

"是的，他有钱，虽则他打扮得很怕人，好像衙差一样地驾一辆竞赛的轻马车。我很希望请他到此地来，人们说他很有才学的，我找他有点事要商量……你知道我是自己管理田产的。"

罗亭点头表示知道的。

"是的，我亲自管理的，"达尔雅·密哈伊洛夫娜继续说。"我并不采用什么外国的花样，只欢喜我们自己的，俄国的东西，你看，事情好像也不坏。"她又说，扬一扬手。

"我始终以为，"罗亭和蔼地说，"那些不肯承认女子有实际生活的智能的人们的是绝对的错误。"

达尔雅·密哈伊洛夫娜蔼然可亲地笑了。

"你对我们女子很好。"她下注释道。"刚才我们说的什么？哦，是的，列兹尧夫！我和他有一点关于界址的事情。我有好几次请他到此地来；今天我也等着他来，但是来不来不知道……他是这样奇怪的东西。"

门前的帐幔轻轻地被拉到一边，一个仆人进来，高个子，灰白的头发，秃顶，穿着黑衣服，白颈巾，白背心。

"什么事？"达尔雅·密哈伊洛夫娜向，把头稍微转向罗亭，低声地说，"n'est ce pas, comme il ressemble à Canning?（对么，他多么地像梗宁？[1]）"

"密哈伊罗·密哈伊里奇·列兹尧夫来了，"仆人通知说，"你要接见他么？"

"天啊！"达尔雅·密哈伊洛夫娜喊起来道，"真是说到神鬼，神鬼就到——请上来。"

仆人出去。

"他真是一位古怪的人。现在他来了，时间不凑巧，他把我们的谈话打断了。"

罗亭从座位上立起身来，但是达尔雅·密哈伊洛夫娜止住他。

"你到哪里去？我们可以在你的面前讨论。我要你也把他分析一下，如同对毕加梭夫一般。你说话的时候，vous gravez comme avec un burin（好像刻在书版上一样）。住罢。"罗亭想要分辩，但是想了一想依旧坐下。

密哈伊罗·密哈伊里奇，读者已经认识的，走进室内。他仍旧穿着那套灰色外套，在太阳晒黑了的手里拿着老样子的军营便帽，他静静地

---

[1] 梗宁系指 Viscount Stratford de Redcliffe Canning（1786~1880），英国著名外交家，有"东方英吉利喉舌"之称 ——译者

向达尔雅·密哈伊洛夫娜一鞠躬，走到茶桌前面。

"终于，你光临了，列兹尧夫先生！"达尔雅·密哈伊洛夫娜开口道。"请坐。我听说你们已经相识。"她继续说，做个手势指罗亭。

列兹尧夫望一望罗亭，带着奇怪的笑。

"我认识罗亭先生。"他颔首示意，微微一鞠躬。

"我们一起在大学里。"罗亭轻轻地说，垂下眼睛。

"以后我们也见过面。"列兹尧夫冷冷地说。

达尔雅·密哈伊洛夫娜摸不着头脑地望着两个人，请列兹尧夫坐下。他坐下来。

"你要见我，"他开口道，"是为了界址的问题么？"

"是的，关于界址的问题。但是我不论怎样也想看看你。我们是近邻，你知道，只不过不是亲戚罢了。"

"我很承你的情，"列兹尧夫回答，"至于界址，我已经和你的管理人完全商妥了，我统统同意于他的建议。"

"我知道。"

"但是他告诉我说没有和你亲口谈过，合同是不能签订的。"

"是的，这是我的规则。带说一句，假如我可问：你的所有的农奴，我相信都是缴租的罢？"

"正是。"

"而你自己劳心去管理界址的事情！这是值得钦佩的。"

列兹尧夫停一下没有回答。

"好啦，我总算亲自来和你谈过了。"他最后说出一句。

达尔雅·密哈伊洛夫娜微笑着。

"我看到你来了。你说话用这样腔调。……你不大高兴来看我罢。"

"我什么地方都不去。"列兹尧夫慢吞吞地回答。

"什么地方都不去？但是你去看亚历克山得拉·巴夫洛夫娜的。"

"我是她兄弟的老朋友。"

"她兄弟的！……可是，我从来也不勉强别人……但是，原谅我，密哈伊罗·密哈伊里奇，我年纪比你大，容许我贡献给你一点意见罢；像你这样的不和人来往地生活着究竟觉得有何兴趣？还是我的家里特别使你不高兴？你讨厌我么？"

"我不了解你，达尔雅·密哈伊洛夫娜，所以我也不能讨厌你。你有华美的房子，但是我得向你坦白地承认我并不欢喜礼节。我没有像样的衣服，我没有手套，我是不属于你们队里的。"

"出身，教育，你都是属于这一队的，密哈伊罗·密哈伊里奇！Vous êtes des nôtres（你是我们队里的）。"

"出身和教育都很好，达尔雅·密哈伊洛夫娜；问题不在这里。"

"一个人应当和他的淘伴生活在一起，密哈伊罗·密哈伊里奇！像狄奥基尼斯坐在桶子里，有什么愉快？"

"第一点，他坐在那里很舒服，第二点，你怎样知道我不和我的淘伴们一起过生活呢？"

达尔雅·密哈伊洛夫娜咬一咬嘴唇。

"这是另一回事！我只是表示我没有算是你的朋友中之一的荣幸的一点歉意而已。"

"列兹尧夫先生"罗亭插嘴道，"似乎把爱自由的感情——这感情的本身当然值得赞扬的——看得太重一点。"

列兹尧夫没有回答，只望了罗亭一眼。接着是片时的静寂。

"就是这样，"列兹尧夫站起身来说，"我们的事情就算是这样决定，告诉你的管理人把契纸送到我这里来。"

"好的……纵然我得承认你这样的不给面子，我真的该得拒绝你才对。"

"但是你知道这回的重勘界址,你的利益比我的多。"

达尔雅·密哈伊洛夫娜耸一耸肩。

"难道你在这里吃早点都不行么?"她问。

"谢谢你,我一向不吃早点的,我忙着要回家去。"

达尔雅·密哈伊洛夫娜站起来。

"我不留你,"她说,跑到窗口旁边,"我不敢留你。"

列兹尧夫开始告辞。

"再会,列兹尧夫先生!对不起,麻烦了你。"

"哦,不要客气!"列兹尧夫说,他走了。

"嗳,对他,你怎么说?"达尔雅·密哈伊洛夫娜问罗亭。"我曾经听说他有点怪癖的,真的那是不可理解的!"

"他犯的也是和毕加梭夫同样的毛病,"罗亭说,"想立奇好异。其一想做曼费斯多斐里斯,另一个成了愤世嫉俗者。这内中原因,都由于太多自我主义,太多浮夸,而太缺少真实,缺少爱。真的,甚至于其中还有利害的打算。一个人带上了事事不关痛痒的闲散疏懒的面具,人们便一定会这样想:'看这人,大好的才干埋没了!'但是你近前去细看一下,什么才干也没有。"

"Et de deux(这是第二个)!"达尔雅·密哈伊洛夫娜下了一句注脚。"攻击起人来你真是可怕。在你的前面什么也掩饰不住了。"

"你这样想么?"罗亭说……"可是,"他继续道,"我真的不该说起列兹尧夫;我爱他,朋友般地爱他……但是后来,一番两番的误会……"

"你们吵了架么?"

"不。但是我们离开了,离开了,好像是,永远的。"

"呵,我注意到在他来访的整个时间中你是在不安……但是今天早晨你给我的受益很多,时间过得真十分舒畅,但是一个人要知可则止。你请便罢，早餐的时候再见，我也要去料理一下我自己的事情。我的秘书，你见过他的——Constantin, c'est lui qui est mon sécretaire（康斯坦丁，他就是我的秘书）——现在在等我了。我把他推荐给你；他是一位顶等的挚恳的青年，很热心地关心你。Au revoir, cher DmitriNikolaitch！（再见，亲爱的德密特里·尼哥拉伊奇！）我多么地感激那位男爵使我得和你相识！"

达尔雅·密哈伊洛夫娜把手伸给罗亭。他先紧握一下，然后拿到唇边，然后走出客室，从客室走到悬廊。在悬廊上他遇见娜泰雅。

五

达尔雅·密哈伊洛夫娜的女儿娜泰雅·亚历舍耶夫在初眼看来也许不觉得可爱。她还没有完全发育；她是瘦的，皮色浅黑，身子微微有点驼曲。但是她的面貌是秀丽的、匀称的，虽则在一个十七岁的女孩子是略大了一点。特别美丽的是在她的修细的弯弯的眉黛上配上一张纯洁平直的额。她少说话，只是听着，不转眼地望着别人，好像她在拟定自己的结论。她时常站在一边，两手闲空地垂着，一动也不动，深深地在思索；她的脸在这时候表现出她的脑筋是在内部活动着的……一丝几难察觉的微笑会突然浮上她的唇边而旋复消失；于是她徐徐地抬起她的大的深蓝的眼睛。"Qu'avez vous（你怎么啦）？"彭果小姐便会这样问，于是便开始责备她，说是一个少女想得出神了好像失魂失魄似的是不对的。但是娜泰雅并不失魂失魄；反之，她求学很勤勉，读书工作都很努力。她的感情是强烈而深刻的，但是不露出来；就是在做小孩子的时候，她很少哭，现在连叹息也很少听到了，每逢有什么事使她苦恼的时候，只是脸色变得苍白一点。她的母亲当做她是聪明听话的好女孩子，开玩笑地叫她"mon honnête homme de fille（我的好女男儿）"，但是并不十分看重她的智力。"我的娜泰雅幸而冷静的,"她时常说,"不像我——这样倒好些。她将是幸福的。"达尔雅·密哈伊洛夫娜是错了。但是很少母亲了解她们的女儿的。

娜泰雅爱达尔雅·密哈伊洛夫娜,但是并不完全信任她。

"你没有什么瞒过我,"达尔雅·密哈伊洛夫娜有一次对她说,"否则你会十分秘密地保藏起来的;你是一个不漏气的小东西。"

娜泰雅望着母亲的脸,想,"为什么我不可以保藏起来?"

当罗亭在走廊遇见她的时候,她正和彭果小姐跑进屋子里去戴上帽子,要到花园里去。她的早课是完毕了。

娜泰雅现在已经不是当做女塾里的孩子看待。彭果小姐很久没有教给她神话和地理了;但是娜泰雅每天早晨都读历史书籍、游记,或别种有教益的作品。书是达尔雅·密哈伊洛夫娜选给她的,她自以为有她特殊的系统。其实她只不过把法文书籍商人从彼得堡寄来的一切拿给娜泰雅罢了,当然除了杜玛父子公司出版的小说。这些小说她留给自己读。当娜泰雅读历史书籍的时候,彭果小姐特别严峻地带着不愉之色从眼镜里望着;依这位老法兰西小姐的意见,一切历史里都载有"看不得"的东西,虽则因某种或别种理由,她所知道的古代的伟人只有一个——康比西斯[1]——近代的一路易十四和她所厌恶的拿破仑。但是娜泰雅也读别的书,这些书的存在彭果小姐并没有疑心到,她在心头把全部普希金的诗都记熟了。

碰见罗亭,娜泰雅脸微微一红。

"你们去散步吗?"他问。

"是的,我们正要到花园里去。"

"我可以奉陪么?"

---

[1] 康比西斯(Cambyses,528?~522B.C.)波斯国王。——译者

娜泰雅望着彭果小姐。

"Mais certainement, monsieur, avec plaisir,"（"当然，先生，很高兴，"）老小姐口快地说。

罗亭拿了帽子和她们一起走去。

在这狭径上和罗亭并靠着走，娜泰雅起始觉得有点局促；过后她觉得舒松了些。他开始问她做点什么事，欢喜不欢喜乡间。她回答他的问句，多少带点生怯，但是并没有人们惯常误作温娴文静的那种不自然的羞赧。她的心在跳着。

"你在乡间不觉得无聊么？"罗亭问，斜瞟了她一眼。

"怎样在乡间会觉得无聊呢？我很高兴我们能够在此地。在此地我很快乐。"

"你很快乐——这是一个大字眼。可是，这是容易明白的；你是年青。"

罗亭说最后一句话的声音颇有点异样，不知是妒羡娜泰雅呢还是在怜恤她。

"是的！年青！"他继续说，"科学的全部目的就是要意识地求得年青时候不费任何代价得来的一切。"

娜泰雅注视着罗亭，她不懂。

"今天我和你的母亲谈了一整个早晨，"他继续往下说；"她是一个了不起的人。我懂得为何所有的诗人们都在觅取她的交谊了。你欢喜诗么？"他停了一停又加上一句。

"他在考我哩，"娜泰雅想，于是高声地说，"是的，我很欢喜诗。"

"诗是上帝的语言。我自己也欢喜诗。但是诗不仅是在诗句里面；到处都浮散着，在我们的四周。看这树、这天——无论在哪一方都有美和生命的嘘息，有生命和美的所在，便有诗。"

"让我们坐在这凳子上罢，"他说。"这里——这样就好。我想，假如你和我更相熟一点（他微笑地望着她的脸），我们做个朋友，你和我。你想怎样？"

"他把我当做女学生看待哩！"娜泰雅又这样想，不知道说些什么好，她便问他是否想在乡间久住。

"整个夏天和秋天，也许再加上冬天。我是一个很可怜的人，你知道；我的事情糟得一塌糊涂，其次，我从一个地方漂流到另一个地方，现在觉得疲倦了，是休息的时候了。"

娜泰雅惊讶了。

"难道你觉得这是你休息的时候么？"她怯生生地问。

罗亭转过头来，面对着娜泰雅。

"这是什么意思？"

"我意为，"她带着几分为难的口吻回答，"别人是可以休息；但是你……你应该工作，要做个有用的人，假如你不……还有谁？"

"我谢谢你的过奖的意见，"罗亭打断她，"要做个有用……说说是容易的！"（他用手抹他的脸）"要做个有用……"他又重复道。"就是我有坚固的信仰，我怎样能成为有用——就是我信任我自己的能力，到哪里去找真实的同情的灵魂？"

罗亭失望地挥一挥手，忧郁地让头歪倒下去，使娜泰雅不禁自己问自己，难道那些真的是他所说的话——昨晚她曾经听到的充满着希望的气息的那些话么？

"但是不，"他说，突然把他的狮鬣般的头发向后一掠，"这些都是傻气，你是对的。我谢谢你，娜泰雅·亚历舍耶夫娜，我真心地谢谢你。"（娜泰雅完全不懂得他向她谢些什么。）"你的一句话令我童新记省起我的责任，指出我的途径……是的，我要干。我不应该埋藏起我的才能，假如我多少有一点的话；我不应该把精力浪费在说话——空洞的，无补实际的话——上面。"于是他的话像川流般泻出来。他说得高贵地，热情地，有坚信地，说到怯懦和闲懒的罪恶，行动的需要。他把自己责备了一大顿，说是事先把你想要做的事加以讨论是不智的，正像拿一枚针去刺一只胀得烂熟的水果，只是耗费精力与浆汁而已。他说没有一桩高尚的理想是赢不得同情的，说那些始终不被人了解的人们，或是因为他们自己不明白他们要做些什么，或者是值不得去了解。他说了一长套，向娜泰雅·亚历舍耶夫娜再谢了一番作结尾，复突然出其不意地握住她的手，喊道，"你是高贵的，宽大的！"

这热情的奔放使彭果小姐吃惊，她纵然在俄国住了四十多年，听俄国话仍然费力，她只惊羡罗亭唇边滔滔不断的字句惊人的速力。在她的眼中，罗亭大概是艺术家或音乐家之流；照她的观念，这一类人是不能以严格的礼度相苛求的。

她站起身来，在裙子的四边拉一拉、整一整，对娜泰雅说这是进去的时候了，特别为了服玲莎夫（她这样地叫服玲萨夫的）要在那儿用早点。

"说到他，他就来了，"她加上一句，望着通到屋子里去的一条路上，真的，服玲萨夫在不远的地方出现了。

他带着踌躇的脚步跑上前来，远远地向他们招呼，脸上带着痛苦的表情，回头向娜泰雅说：

"哦，你们在散步吗？"

"是的，"娜泰雅回答，"我们正要回家去。"

"啊！"服玲萨夫的回答"好，我有一道走罢。"他们一起走向屋子去。

"你的姊姊好么？"罗亭问，带着特别亲切的声调。昨天晚上，他对服玲萨夫也是非凡和蔼的。

"谢谢你；她很好。今天她也许要来……我来的时候你们正在讨论些什么罢？我想。"

"是的，我和娜泰雅谈话。她说了一桩事情令我非常感动。"

服玲萨夫并不追问这桩事是什么，在深深的沉默中他们回到达尔雅·密哈伊洛夫娜的屋子里。

在晚宴之前这小小集群复聚在客室里面。只有毕加梭夫没有来。罗亭没有显出他的本领；他只是逼着柏达列夫斯基弹贝多芬的乐曲，其余一点也没做什么。服玲萨夫默默地望着地板。娜泰雅不曾离开她母亲的身旁，有时沉入思想里，于是复专心做她的刺绣。巴西斯它夫眼睛不离罗亭，时常在警备着他会说出什么警惕的话。三个钟头便这样单调地过去了。亚历克山得拉·巴夫洛夫娜没有来吃饭。当他们从餐桌上站起身来的时候，服玲萨夫即刻吩咐套起他的马车，没有对任何人说一声"再会"，便溜走了。

他的心是沉重的。他很久便爱着娜泰雅，三番两次决定想向她求婚……她待他很好。——但是心仍然没有动，他清楚地看到。他并不希望挑逗起她心中的更温柔的感情，只在等着有一个时候她能够十分和他相熟，和他亲热。是什么扰了他？这两天来他可留意到有什么改变？娜泰雅还是和从前完全一样地待他。……

或者是他脑筋中来了什么想头说是他也许一点都不了解娜泰雅的性格——她之于他是想不到的生疏——或者是嫉妒已经在他的心头作祟，或者是他有了不幸的模糊的预感……总之，他苦痛着，虽则他试想用理智来克服自己。

当他跑进他姊姊的房中的时候，列兹尧夫和她坐在一起。

"为什么你这样早便回来？"亚历克山得拉·巴夫洛夫娜问。

"哦，我受不了。"

"罗亭在么？"

"是。"

服玲萨夫把帽子一抛坐下来，亚历克山得拉·巴夫洛夫娜兴奋地朝着他。

"请你，塞莱夏（服玲萨夫的爱称），帮我说服这固执的人（指列兹尧夫），说罗亭是非常有才干而口齿流利的。"

服玲萨夫喃喃地说了几句。

"但是我不和你争辩，"列兹尧夫说，"我并不怀疑罗亭先生的才干和雄辩；我只是说我不欢喜他。"

"但是你见过他么？"服玲萨夫问。

"今天早晨我在达尔雅·密哈伊洛夫娜的家里遇见他。你知道他现在是她的宠客了。有一天她会和他离开的——柏达列夫斯基才是她的唯一的永远离不开的人——但是现在罗亭是至尊无上的，我看到他，真的！他坐在那里——她把我夸示给他，'看哪，好朋友，我们这里有一位多么古怪的家伙！'但是我不是夺锦标的马，在竞赛场中跑给人看的，所以我抽身走了。"

"你怎样到她那里去的？"

"关于界址的事，但是这些都是托故的废话；她只是要瞧瞧我的面相罢了。她是个漂亮的贵妇人——这解释便够了。"

"罗亭的盛气自负冒犯了你——这就是！……"亚历克山得拉·巴夫洛夫娜温婉地说，"这就是你所不肯原谅的。但是我相信除了他的才干以外他一定还有一颗同样很优尚的心。你应该望一望他的眼睛，当他——"

"'侈谈崇高的纯洁哪'。"[1]列兹尧夫引一句诗。

"你使我生气，我要叫起来了。我真心地可惜我没有到达尔雅·密

---

[1] Griboyedov 的诗句 ——1873年出版 Henry Holt 英译本文中所载

哈伊洛夫娜那儿去，和你缠了许久。你不配。不要惹恼我，"她带着恳求的声调说，"你还是把罗亭的青年时代告诉我倒好些。"

"罗亭的青年时代？"

"是的，当然。你不是告诉过我你很知道他么，很早便认识他么？"

列兹尧夫站起身来在室内走来走去。

"是的，"他开始说，"我很知道他。你要我告诉你他的青年时代么？很好。他生在T省，一个穷地主的儿子，父亲不久便死了，留下他和他的母亲。她是很好的人，把他当做宝贝似的；她只是吃燕麦粉挨饿过日子，每一个铜子都花在他的身上。他在莫斯科受教育，起先用他一个叔父的钱，后来，当他长大了羽毛丰满了的时候，拍上了一位有钱的亲王，供给他各项费用——对不起，我不再这样说了——他和亲王做了朋友。于是他进了大学。我是在大学里认识他的，并且成了契友。过几天我可以把我们在那些已往的日子中所过的生活告诉你，现在我可不能够。于是他到外国去。……"

列兹尧夫继续在室内走来走去，亚历克山得拉·巴夫洛夫娜用眼睛跟着他。

"当他在国外的时候，"他接着说，"罗亭很少写信给他的母亲，只有回国望过她一次，而且仅住了十天……老妇人在陌生人的照料中死了，没有见到他。但是直到死的时候，她眼睛还离不开他的画像。当我住在T省的时候，我跑去看过她。她是和善慈蔼的女人；她时常请我吃樱桃酱。她爱她的密且耶（罗亭的爱称）是愚诚的。彼周林[1]典型的人物告诉我们说，我们时常偏会去爱那种他自身丝毫不会感到爱的人们；但是我的意思是所有的母亲都爱她们的孩子，特别是当他们不在的时

---

[1] 彼周林 Petchorin，莱尔蒙它夫（Lermontoff）小说中的主人公。——Hrnry Holt英译本法。

候。此后我在外国碰到罗亭。那时他和一位女人发生关系,一位我们的本国人,一只蓝袜子,年纪已不轻,不好看,活像一只蓝袜子[2]。他和她同住了好久,终于丢弃了她——或者,不,请原谅——她丢弃了他。就在这时候我也丢弃了他。完了。"

列兹尧夫停止说话,把手掠一掠额角,身子一仰倒在椅子上,好像疲乏了似的。

"你知道么?密哈伊罗·密哈伊里奇,"亚历克山得拉·巴夫洛夫娜说,"我看你是处处怀着恶意的一个人,真的,你不比毕加梭夫好多少。我相信你所告诉我的一切是真实的,你并没有添加进什么,但是你把一切都说到坏的一方面去!可怜的老母亲,她的愚爱,她的孤独的死,那一个女人——这些是什么意思?你知道把一个最好的人加上这种每个人都会听得怕起来的色彩是容易的——并且不用加添什么,你看——但这也是一种诽谤!"

列兹尧夫又站起来在室内走着。

"我并不要你听得怕,亚历克山得拉·巴夫洛夫娜,"他终于说出来,"我并不诽谤。可是,"他想了一会继续说,"真的,你所说的也有至理。我不想诽谤罗亭;但是——谁知道!很可能地他自从那时候起有时间转变过来——也许我错怪了他。"

"啊!你看。所以你要答应我和他重复旧交,想法完全了解他,然后把你的最后的意见来报告给我。"

"遵命。但是你为何这样一声不响,塞尔该·巴夫里奇?"

服玲萨夫一怔,抬起头来,好像他刚醒过来一样。

"我有什么可说?我不认识他。其次,我今天头痛。"

---

① 蓝袜会(Blue Stocking Society意即不穿晚礼服者的集会)是1750年间在蒙泰琪夫人家中举行的一种文艺谈话会。后人即借"蓝袜子"(Blue-stocking)的名词来称有文学造诣的或爱好文学的妇女,微含讥讽的意思。——译者

"是的，今晚你脸色好像有点发青，"亚历克山得拉·巴夫洛夫娜说；"你不舒适么？"

"我头痛，"服玲萨夫回答，他走了。

亚历克山得拉·巴夫洛夫娜和列兹尧夫望着他的背后，彼此交换了一眼，虽则他们不说什么。在服玲萨夫心头掠过些什么，在他们两人中间都并不费解。

六

两个多月过去了；在这整个时期中罗亭几乎不曾离开过达尔雅·密哈伊洛夫娜的家。她没有他便过不了。和他谈谈自己，听听他的雄辩，于她已成了必需。有一次罗亭说要离开，说是他所有的钱都用完了；她给了他五百卢布。他又向服玲萨夫借了两百卢布。毕加梭夫来望达尔雅·密哈伊洛夫娜的次数也比先前少了；罗亭的在场压倒了他。真的也不仅毕加梭夫一人感到一种威压。

"我不欢喜这自命不凡者，"毕加梭夫时常这样说，"他把自己说得来像煞传奇里的英雄。假如他说'我，'他便停住，极力推崇一番，'我，是的，我！'一套老话便和盘搬出来了；假如你打喷嚏，他立刻便会很正确地解释给你听为何你要打喷嚏而不咳嗽。假如他称赞你，便把你捧到九天高，假如他骂自己，便谦卑到尘土之不如——叫别人想来他将没脸再见天日了。可是一点儿都不！反而更快活些，好像灌了一杯酒。"

柏达列夫斯基有点怕罗亭，小心翼翼地试想赢得他的欢心。服玲萨夫和他结了奇怪的交情。罗亭把他叫做"游侠武士"，当面背后都吹捧他；但是服玲萨夫总近不拢去欢喜他，并且当罗亭在他的跟前卖气力把他的美点铺张扬厉开来的时候，他总觉得一种不由自主的不耐烦和讨厌。"他是和我开玩笑罢，"他想，于是心中便感到一腔妒恨。他想把感情抑制住，但是无效；他是因了娜泰雅的缘故在妒恨他。罗亭自己呢，虽则热情洋溢地欢迎服玲萨夫，虽则叫他"游侠武士"，向他借钱，对他也并不觉得真真亲热。当他们像真的朋友般地互相握手道好，眼睛彼此对望着的时候，他们两人中间的感情是很难解释的。

巴西斯它夫继续崇拜罗亭，他所说的每一个字眼，都专注地听取。罗亭却很少注意到他。有一次和他谈了一整个早晨，讨论着生命的最烦重的问题，唤醒他的最恳切的热情，但是后来他再也没有注意到他。很明显地，他说要寻找纯洁的、献身的灵魂只不过是一句话罢了。列兹尧夫，他近来也常常来的，罗亭和他很少谈论；好像在规避他。在列兹尧夫的一方面，对罗亭也冷淡。他可是并没有把他关于罗亭最后的结论报告给亚历克山得拉·巴夫洛夫娜，这层使她有几分不安。她着迷于罗亭，但是她信任列兹尧夫，达尔雅·密哈伊洛夫娜家中的每一个人都顺着罗亭的好恶；他的极微细的爱好都照做了。他决定一天的计划。没有一个同乐会（Partie de plaisir）不经他的合作而布置的。可是他并不很欢喜偶然随兴（impromptu）的郊游或野宴，好像大人参加孩子们的游戏一样，带着一种温和的但是倦累的友谊的神气。他对不论什么事都发生兴趣，达尔雅·密哈伊洛夫娜和他讨论起她的田庄的计划，孩子教育的计划，家务的处理，和一般的事情；他听着她的计划，并不以这琐屑的事情为苦，并且，在他的方面，他建议了许多改革，提出许多意见。达尔雅·密哈伊洛夫娜在口头上都赞成他的意见，但只是口头赞成而已。在事务上她实在是以她的管理人——一位年老的、独眼的小俄罗斯人，一位好脾气、富于机智的老家伙——的意见为依归的。"旧的肥，新的瘦，"他时常说，安详地一笑，映着孤独的眼睛。

次于达尔雅·密哈伊洛夫娜，罗亭和娜泰雅谈得顶多，顶长。他时常私自借书给她，把他的计划密告给她，把他在脑筋中所想的论文或其他作品的头几页念给她听。娜泰雅时常不能完全捉摸到其中的意义的。但是罗亭好像并不在乎她的懂不懂，只要她听着便好。他和娜泰雅的亲密在达尔雅·密哈伊洛夫娜并不欢喜。"暂且，"她想，"在乡间让她和他去谈罢。现在她还是像一个小姑娘和他逗着玩。这没有大害处，并且，倒反，还能够改进她的思想。到彼得堡我便立刻可以阻止它。"

达尔雅·密哈伊洛夫娜错了。娜泰雅并不像学校的女孩子般地和罗亭胡扯着；她渴饮着他的字句；想探索它的完全的意义；她把她的思想、她的怀疑都交托给罗亭；他成了她的首领，她的导师。直到那时止，她只是头脑受了扰乱，但是年青人不会单单脑筋被扰乱的。（心不久也会被扰乱的啊！）当，有时候，在花园的凳子上，在菩提树叶透明的阴影底下，罗亭开始把哥德的《浮士德》，霍甫曼[1]或贝蒂娜[2]的书简或诺伐里斯[3]读给她听，屡屡停止着替她解释对她费解的地方，娜泰雅过的是多么甜美的时刻。像大部分的俄国女孩子们一样，她德语说得不行，但是很能听得，而罗亭是熟谙德国的诗歌，德国的浪漫主义作品和哲学的，他把娜泰雅带引到这禁苑中来了。从罗亭摊开在膝上的书页中，想象不到的壮丽显示在她的有所期待的眼睛之前；神圣的憧憬，新的、光辉灿烂的思想的川流以韵律的乐曲流入她的灵魂，在她的心中，受崇高的感情的无上的喜悦所感动，缓缓地燃起圣洁的热情的星火而扇成了巨焰。

"告诉我，德密特里·尼哥拉伊奇，"有一天她说，坐在靠窗口绣花架的旁边，"冬天，你要到彼得堡去么？"

"我不知道，"罗亭回答，让正在浏览的书本跌在膝上。"假如找到钱，我要去。"

---

[1] 霍甫曼（Ernst Theodor Wilhelm Hoffmann 1776~1822），德国小说家，——译者
[2] 贝蒂娜（Bettina d'Arnim，1785~1859），德国女散文作家。——译者
[3] 诺伐里斯（Novalis 1772~1801），德诗人Friedrich von Hardenburg之笔名。——译者

他沮丧地说；他觉得疲倦，但是一整天并没有做什么事。

"我想你一定找得到的。"

罗亭摇摇头。

"你这样想么？"

他瞅头望着别处，似含无限深意。

娜泰雅正想回答，但又耐一下。

"看罢，"罗亭说，做个手势指着窗口，"你看到这苹果树么？被它自己的丰富的果实的重量压断了。天才的真实的象征。"

"因为没有支持的东西，所以断了。"娜泰雅回答。

"我懂得你，娜泰雅·亚历舍耶夫娜，但是一个男子要找这种支持是不容易的。"

"我想别人的同情……无论如何，孤独总是……"

娜泰雅有点迷惘了，脸孔微微一红。

"冬天你在乡间做什么事？"她急遽地问。

"做什么？我将完成我的长篇论文——你知道的——论'人生与艺术的悲剧'。前天我把大纲对你说过了的，我要把这篇论文送给你。"

"要付印出版么？"

"不。"

"不？那么你为谁而工作呢？"

"假使为了你？"

娜泰雅低下眼睛。

"对我太高深了。"

"我可以问么？论文的题目叫什么？"巴西斯它夫谦和地问。他坐在稍远的所在。

"'人生与艺术的悲剧'。"罗亭重述了一遍。"巴西斯它夫先生也将读它。但是我还没有十分决定论文的基本要旨。现在我还没有把

'爱的悲剧的意义'弄出来。"

罗亭欢喜谈到爱，时常这样。起先讲到"爱"的字眼，彭果小姐便会跳起来，好像老战马听到号角的声音便尖起耳朵；但是到后来她渐渐听惯了，而现在，只是撅一撅嘴唇，不时吸着鼻烟罢了。

"在我看来，"娜泰雅胆怯地说，"爱的悲剧便是无酬报的爱。"

"并不然！"罗亭回答；"这倒是爱的喜剧的一方面……这问题应当用完全另外一种看法——应当更深奥地去探求……爱！"他继续说，"爱的一切都是神秘的；怎样产生；怎样发展；怎样消灭。有时它突然来了，毫不犹豫的，像白昼那样光明愉快；有时它好像稿灰底下的余烬在那儿冒烟，在事过境迁之后在心中突然爆发出烈焰来；有时它如一条蛇弯弯曲曲地爬进你的心，又突然溜了出去……是的，是的；这是大问题。但是在我们现在，有谁在爱？谁是这样勇敢地去爱？"

罗亭沉思了。

"为什么我们这许久没有看见塞尔该·巴夫里奇呢？"他突然问。

娜泰雅脸孔一红，把头低到绣花架上面。

"我不知道，"她喃喃地说。

"他是一个多么漂亮仁厚的家伙！"罗亭发言道，站了起来。"这是俄罗斯绅士的最佳的典型之一。"

彭果小姐用她的细小的法兰西眼睛斜看了他一眼。

罗亭在室内走来走去。

"你注意到么，"他说，顿起脚跟急速地转过身，"在老橡树上——橡树是坚强的树——旧叶子只是在新叶子开始萌发的时候才脱落的么？"

"是的，"娜泰雅慢慢地回答，"我注意到。"

"在坚强的心中旧的爱就是这样；已经枯死了，但仍牢系着；只等到新的爱来方能把它赶走。"

娜泰雅没有回答。

"这是什么意思？"她想了。

罗亭站住不动，把头发望脑后一掠，走开去了。

娜泰雅回到自己的房间。她困惑地坐在床上好久，思索着罗亭最后的一句话。突然捏紧了双手，很辛酸地哭起来。她哭的什么，谁能够说。她自己也不知道眼泪为何如此迅速地淌下来。她拭干了；但又重新流出来，好像久壅顿开的泉水。

同一天，亚历克山得拉·巴夫洛夫娜和列兹尧夫谈起罗亭。起始他默默地忍受住她一切的进攻，但是终于被挑拨起来谈着。

"我看到，"她对他说。"你不欢喜罗亭，和从前一样。我是故意熬到现在不来问你的，但是现在你已有时间来打定主意他究竟有否改变，我想知道你为何不欢喜他。"

"很好，"列兹尧夫回答，带着他的惯常的冷峻，"既然你已经忍耐不得，听着，要不生气。"

"你说，开始，开始。"

"要让我说完。"

"当然，当然，说呀！"

"很好，"列兹尧夫说，懒洋洋地倒在沙发上；"我承认我确是不欢喜罗亭。他是聪明人。"

"我也这样想。"

"他是异常聪明的人，虽则实际上非常浅薄。"

"说这话是容易的。"

"虽则非常浅薄，"列兹尧夫重复一句，"但是这还没有多大害处；我们都是浅薄的。甚至我也不想求全责备，他内心是暴君、懒惰者、学识谫陋！

亚历克山得拉·巴夫洛夫娜互握着两手。

"罗亭，学识谫陋！"她喊道。

"学识谫陋！"列兹尧夫用完全同样的声调复述一句，"他欢喜吃别人用别人的，装面子，如此等等——这也够平常。但错处是，他冷得和冰一样。"

"他冷！这狂热的灵魂冷！"亚历克山得拉·巴夫洛夫娜截断他的话）

"是的，和冰一样的冷，他自己知道，装做狂热的样子。坏的是，"列兹尧夫接着说，渐渐兴奋起来，他在玩危险的把戏——对他自己没有危险，当然的；他不费一文钱，不损一毛。——但是别人把灵魂孤注一掷地押在里面了。

"你说的是什么？指谁？我不懂，"亚历克山得拉·巴夫洛夫娜问。

"坏的是，他不忠实。他是一个聪明人，当然的；他应该知道他自己的话的无价值，但是说出来的时候好像都含有重大的意义似的。我并不争辩他是一个说话能手，但这不是俄罗斯式的。真的，说完了一句，说漂亮话在一个孩子是可以原谅的，但是在他这般年纪，说话只是为了自己听了好听，炫本领，这是可耻的！"

"我想，密哈伊罗·密哈伊里奇，不管炫本领不炫本领，别人听了还是一样。"

"请原谅，亚历克山得拉·巴夫洛夫娜，并不完全一样。有人说了一句话，使我整个身心感动，另一个人说了同样的话，或许更漂亮些——而我耳朵都尖不起，这是什么缘故？"

"'你'不，也许，"亚历克山得拉·巴夫洛夫娜插口道。

"我不，"列兹尧夫反驳道，"虽则我的耳朵也许相当长。主要点是在这里，罗亭的话好像始终是话，永远不会成为事实——而同时话也会扰乱一个年青的心，会把它毁了。"

"但是你指谁，密哈伊罗·密哈伊里奇？"

列兹尧夫停了一下。

"你要知道我的意思是指谁，要不是指娜泰雅·亚历舍耶夫娜？"

亚历克山得拉·巴夫洛夫娜一怔。但是一会儿后又笑起来。

"当真！"她说，"你的想头真古怪！娜泰雅还是一个孩子；其次，如果真如你所说，你想达尔雅·密哈伊洛夫娜——"

"第一点，达尔雅·密哈伊洛夫娜是一个自我主义者，她只顾自己的生活；第二点，她相信自己教育孩子的本领，为他们感到不安连想也没有想到。胡说！这怎样可能：只要她一点头，威严地一眨眼，一切——便了结了，一切又服从了。这就是这位太太所想的；她自以为是女梅西纳斯[1]一个有学问的妇女，天晓得，事实上她不过是一个愚笨的庸俗的老妇人。但是娜泰雅不是一个孩子；请相信我，她比你我想得更多，更深刻。她的真挚的、善感的、热烈的性质偏会碰到这样一位戏角，一位浮薄少年。但是世界上这类事情并无足奇。"

"一位浮薄少年！你意下以为他是浮薄少年？"

"当然是的。请你自己告诉我，亚历克山得拉·巴夫洛夫娜，他在达尔雅·密哈伊洛夫娜的家里处的是什么地位？成了偶像；家庭的巫师，一切的布置、一切的闲谈琐屑都插一手——这是男子身份所配处的地位么？"

亚历克山得拉·巴夫洛夫娜愕然望着列兹尧夫。

"我不知道，密哈伊罗·密哈伊里奇，"她开始说。"你面都涨红了，兴奋了。我相信其中还有别的隐情。"

"哦，对了！告诉给女人一桩确信的真实，除非她捏造出一些和本

---

[1] 梅西纳斯（Caius Clinius Maecenas，73?~8 BC），罗马政治家，文艺保护者。——译者

题离得很远的不相干的琐屑的原因，来解释你为何要这样说而不是另一说法，她们是永远不会放心的。"

亚历克山得拉·巴夫洛夫娜生气了。

"好啦，列兹尧夫先生！你开始和毕加梭夫先生一样苛刻地攻击女人了；但是你要说，尽说便是，虽则说得透切，我总难得能够相信你了解每一个人、每一桩事。我想你错了。照你的意见，罗亭是泰尔杜夫[1]一流人物。"

"不，要点是在，他连泰尔杜夫都够不上。泰尔杜夫至少知道他所向的目标是什么；但是这个家伙，他的满肚才干——"

"好，好，他的什么？把你的话说完，你这不公平的、可怕的人！"

列兹尧夫站起来。

"听着，亚历克山得拉·巴夫洛夫娜，"他说，"是你不公平，不是我。你为了我的对罗亭粗暴的评语动气；我有权利很粗暴地说他！我付过相当高的代价，也许便是为了这特权的。我很知道他，我和他住过一个长时间。你记得我曾经应许你有一天要把我们在莫斯科的生活告诉给你。你明白地我现在必得这样做了，但是你有没有耐性听我说完？"

"告诉我，告诉我。"

"很好，那么。"

列兹尧夫开始用方步在室内走来走去，有时站住一会，低着头。

"你知道也许，"他说，"也许你不知道，我早岁便是一个孤儿，在十七岁的时候便没人管束我了。我住在莫斯科姑母的家里，欢喜怎样便怎样做。在童年时代我是相当愚而自负地欢喜说大话、夸本事。进了大学之后我像一个正式学生一样的生活着，所以便吃瘪了。我不想告诉你这一切；这值不得说起。但是其中我只要提起一桩，我说了一句谎

---

[1] 泰尔杜夫 Tartuffe，莫利哀作喜剧Tartuffe中主角。似是而非的信仰家，伪善者。——译者

话,一句相当可耻的谎话。事情拆穿了,我受到公开的羞辱。我昏了,像孩子般地哭了起来。这正在一位朋友的房间里,当着一大群同学的面。他们都笑我,只有一个同学,他,请你注意,在我坚不吐实的当儿他是比任何人都还要气愤的。也许是他怜了我;不管怎样,总之,他牵了我的臂,带我到他的房间里去。"

"这是罗亭么?"亚历克山得拉·巴夫洛夫娜问。

"不,这不是罗亭……这是另一个人……他现在死了……他是一个非常的人。他的名字叫做波珂尔斯基。要在几句话中描写他是我的能力所不及,但是一开始说到他,便不高兴再提起别人了。他具有高贵的纯洁的心,和我从来不曾遇到过的聪颖。波珂尔斯基住在一间小小的、屋顶很低的房间里,一间木屋的顶楼里。他很穷,好像靠教课维持生活。有时茶都没有一杯来请朋友们喝,他的唯一的沙发摇摇落落的。坐在里面好像在船里一样。但是不管这些不安适,很多的人时常去看他。大家都爱他,他牵住了每条心。你会不相信坐在他的贫陋的小室中是多么的甜蜜和快乐!就是在他的房里我遇见罗亭。那时候他已经离开他的亲王了。"

"在这位波珂尔斯基的身上有什么异乎常人的地方?"亚历克山得拉·巴夫洛夫娜问。

"我怎样告诉你呢?诗和真实,这便是把我们吸引到他那儿去的力量。不仅他头脑清楚,知识广博,他还和孩子一样的甜蜜单纯,就是现在我耳朵里尚鸣响着他的欢忭的朗笑,同时他

  在圣洁和真实的座前
   燃了他夜半的灯

一如一位亲爱的半痴半颠的家伙,我们淘里的诗人,所说的。"

"他谈吐怎样？"亚历克山得拉·巴夫洛夫娜又问。

"他在高兴谈的时候谈得很好，但并不怎样出色。罗亭就是在那个时候，口才比他好上二十倍。"

列兹尧夫站住不动，交叠插着双手。

"波珂尔斯基和罗亭完全不同。罗亭是光芒毕露，言语流畅，也许更热狂。表面看来他的天资好像比波珂尔斯基高，但是两相比较起来他便是可怜的小动物了。发扬某种理想，罗亭是最好不过，他在辩论中是一等，但是他的理想不是从他自己的脑筋中发出来的；他借取于别人，尤其是借波珂尔斯基，波珂尔斯基是恬静温和的——就是面貌也有几分文弱——他欢喜女人欢喜得入迷，欢喜寻开心消遣，从来不肯受人家的讥辱。罗亭好像充满了火、果敢和生命，但内心是冷的，几乎是懦弱的，除非冒犯了他的自尊心，他什么都忍受。他老想高人一等，但是他只凭着一般的原理和理想的名词达到这目的，当然对很多人也有巨大的影响；说老实话，没有人爱他；也许我是唯一的一个依恋着他的。他们忍受着他的支配，但是大家都忠心于波珂尔斯基。罗亭从来不拒绝和他所遇见的任何人争辩讨论。他书读得不多，虽则远超于波珂尔斯基和我们其余的人；其次，他有一个有条不紊的头脑，还有异常的记忆力，这些对于青年是有何等的影响啊！他们需要纲要，结论，错不错由你，也许是，但总得是结论！一个完全诚实无欺的人永不配他们的胃口。试想对青年说你不能给他们以一个完好无缺的真理，他们是不来听你的。但是你也不能骗他们。你要一半相信你自己是得到了真理。这就是为什么罗亭对我们有强有力的影响的缘故了。刚才我告诉过你，你知道，他书读得不多。但是读些哲学书籍，他的脑筋又是天生就的能够把读过的概括的原则抽取出来，看透凡事的根底，于是向各方演绎开去——连贯的，光明的，坚实的理想，给灵魂展开广阔的天地。我们的集团——只能这样说——是一群孩子们组织成的，学识浅陋的孩子们。哲学，艺术，科学，以至生命的本身于我们只是一大堆字汇——你要说是概念也随你的便，是迷幻的、富丽堂皇的概念，但是不连贯的、断续的。这些理想的总网络、宇宙的总原则，我们一点也不知道，也没有接触过，虽则我们泛泛地讨论着，想替我们自己形成一种概念。我们听了罗亭的话，初次地我们觉得终于把这总网络握得了，好像一层帷幕被揭开了一样！就算他所说的是摭拾别人的，这又有什么关系！在我们所认识的事物中确立了秩序与和谐；一切没有连络的都合成整体，在我们的眼前成了定形，像一座房子般地撑竖起来，一切充满了光明，到处都有兴感。……再也没有一样东西是没有意义的没有计划的，每样事物都明显地有巧智的设计和美，每一种事物都有了清晰的但仍是神秘的意义；每一桩游离的生活的事故都融入和谐，我们怀着一种神圣的畏惧和虔敬，怀着愉快的情绪，觉得我们自己是永久的真理的有生命的神器，宿命注定要为什么伟大的……这些在你看来不是很可笑的么？"

"一点也不！"亚历克山得拉·巴夫洛夫娜缓慢地回答；"为什么你这样想？我没有完全听懂你的意思，但是我并不以为这是可笑的。"

"自从那时之后我们有时间变得聪明点了，当然，"列兹尧夫继续道，"现在，这一切都好像孩子气……但是，我得重说一句，在当时我们大家受罗亭的赐益是不浅的；波珂尔斯基是无俦匹地比他高贵得多，这毫无疑义。波珂尔斯基把火和力嘘渡给我们大家；但是他自己是常常抑郁的、沉默的。他是神经质，体格不强壮；但是当他展开翅翼来的时候——天啊！是何等的冲飞！一直到蓝天的高处！在罗亭有许多卑微小器的地方，虽则外表漂亮，相貌魁梧；真的，他是一个侈谈者，他事事都欢喜插一手，事事要他布置、解释。他的细节的活动力是无穷竭的——他是天生的政略家。我所说的是我在那时认识的他。不幸他没有改变。在另一方面，到了三十五岁他的理想还没有改变！这不是任何人所能自说白道的！"

"坐下来，"亚历克山得拉·巴夫洛夫娜说，"为什么你像一只钟摆一样地尽动着？"

"我欢喜这样，"列兹尧夫回答。"且说，自从我加入了波珂尔斯基的小集团中之后，我可以告诉你，亚历克山得拉·巴夫洛夫娜，我完全改变了；我谦虚起来，热心想要学习；我读书，我觉得幸福而虔敬——换一句话说，我觉得好像走进了一个圣庙里面去一样。真的，当我回忆起我们的集会，我敢发誓，其中是有很多优美的感人的记忆的。试想一群五六个的孩子聚在一起，燃着一支蜡烛。茶是非常的苦，饼子是走了味的；但是你得看看我们的脸，听听我们的谈话！眼睛为着热情发光，两颊红了，心跳了，我们谈着上帝、真理、人类的将来、诗……我们所说的时常是错误的，我们狂悦于这些废话；但废话又何足为病？……波珂尔斯基叠起腿子坐着，苍白的脸托在手里，眼睛好像迸射出光辉。罗亭站在房间的中央说着，说得非常漂亮，一模一样地好像年青的提摩斯西尼斯[1]在澎湃的海滨；我们的诗人，蓬头乱发的苏波丁，不时好像从梦中飞出不意的断句，而薛勒尔，四十岁的老学生，一位德国牧师的儿子，多谢他的永久打不破的沉默，在我们中间有深刻的思想家的称誉的，带着一心不乱的庄严比平时愈守沉默；就是天真活泼的契托夫，我们团体中的亚里斯多芬尼斯[2]也帖服了，而仅有微笑；同时两三个新来的人怀着尊敬的欢愉倾听着。夜好像驾着轻翼似的飞过去。在我们分手的时候，已经是灰白的早朝了，怀着一种甘美的灵魂的疲倦感动的，快乐的，无限希望的，陶然如有几分醉意（在这时候，我们中间是决不喝酒的）……甚至于仰睇天星都有一种信赖，好像它们是更近更可亲的了。啊，这欢乐的时间，我不能相信这是完全白费的！这并没有白费——就是对于此后过着鄙吝的生活的人们。有多少次我凑巧碰到这

---

[1] 提摩斯西尼斯（Demosthenes 384~322 B.C.），希腊雄辩家，政治家，战士。——译者
[2] 亚里斯多芬尼斯（Aristophanes 444? ~380? B.C.），雅典最早戏剧作家，诗人。——译者

辈我大学里的老同窗！你会相信他全然失却人性的了，但是只要你在他的面前提起波珂尔斯基的名字，高贵的感情便会纤介不遗地立刻在他的心头搅动起来；好像在什么暗黑肮脏的室内打开被遗忘了的香水瓶的栓塞。"

列兹尧夫停止了，他的无血色的脸泛红了。

"你和罗亭闹翻的是什么原因呢？"亚历克山得拉·巴夫洛夫娜说，奇异地望着列兹尧夫。

"我并没有和他闹翻，当我在国外全盘知道了他的底蕴时，遂和他疏离了。但是在莫斯科，我真可能和他吵架的，在那里我吃了他的大亏。"

"怎样一回事？"

"就是这样。我——怎样告诉你呢？——和我的外表似乎不大相称，但是我时常有陷入恋爱的倾向的。"

"你！"

"是的，我，真的。这是奇怪的想头，对么？但是不管如何，确是这样。对啦，当时我爱上了一位很美丽的少女……但是你为什么这样眈眈地望着我，我可以告诉你比这事更奇特得多多的我的轶事哩！"

"是些什么事，假如我可以知道？"

"哦，就是这样。在莫斯科的时候我每晚都有约会——和谁，你猜？和花园尽头的一株小菩提树。我时常去抱它的苗条美丽的树干，我觉得好像拥抱了整个的自然，我的心溶化了膨胀了，恍如将万汇纳入怀中。那个时候我便是这个样子。你想，也许会，我写过诗么？……怎么不，我简直写过一个完整的剧本，模仿《曼斐列特》[1]的。在人物中有一个幽灵，胸前染着热血，并不是他自己的血请注意，而是'全人类'

---

[1] 屠格涅夫在圣彼得堡大学学生时代，曾写过一篇诗剧Stenio模仿拜伦长诗《曼斐列特》（Manfred）的。——译者

的血……是的，是的，你用不着奇怪这一些。但是我要开始把我的恋爱事件说给你听。我和一个女孩子相熟了——"

"你放弃了你和菩提树的夜会么？"亚历克山得拉·巴夫洛夫娜问。

"是的，我放弃了。这个女孩子是温柔的良善的宝宝，明湛活泼的眼睛和铃般的声音。"

"你把她描写得很不坏，"亚历克山得拉·巴夫洛夫娜添一下注释，带着微笑。

"你是这样苛刻的批评者，"列兹尧夫反辩说。"好啦，这位女孩子和她的父亲住在一起……但是我不详说；我只要告诉你说这位女孩子的心地是这样的良善，假如你向她要半杯茶，她会给你满满的一杯！在和她会见的两天之后，我是发狂地爱上她了，在第七天我便再也隐藏不住，底底细细地吐露给罗亭。在那时候我是完全受他的影响的，他的影响，我要说一句平心话，在许多事情上面是有裨益的。他是第一个人不轻视我，想把我培植成材。我热情地爱波珂尔斯基，在他的纯洁的灵魂的前面我感觉到一种敬畏，但罗亭是更可亲的。当他听到我的恋爱的时候，他便说不出来的欣喜，庆贺我，拥抱我，立刻便把我新处的地位的可贵加以讨论加以铺张。我尖起耳朵来听……你知道他是怎样能够说话的。他的话对我有非常的影响。我立刻觉得自己是相当了不起，装作正经的样子，笑着走开了。我记得我在那时候走路惯是大模大样安步徐行的，好像肚皮里放着一个宝瓶，里面满装着无价的液体，怕敢把它倾溢出来……我很幸福，尤其是我在她的眼睛里发现欢喜我的时候。罗亭想和我的爱人认识，我自己也坚执着要替他介绍。"

"啊，我看出来了，现在我看到这是怎样一回事，"亚历克山得拉·巴夫洛夫娜插嘴道。"罗亭夺去了你的情人，所以你永远不能原谅他……我简直可以赌东道说我是对的。"

"你赌输了，亚历克山得拉·巴夫洛夫娜；你错了。罗亭并没有夺去我的爱人，甚至于连想也不曾想；但是，还是一样，他把我的幸福断送了；虽则，冷静地观察起来，我现在还要感激他。但是在当时我几乎神经失常了。罗亭一点也没有想伤害我之意——倒相反；但是由于他的把不论什么感情——他自己的和别人的——都要用话句来钉一钉——好像把蝴蝶钉在标本箱里一样——的可咒诅的习惯，他开始替我们剖析我们彼此的关系，我们应该怎样互相接待，硬要我们调查考察我们的感情和思想，称赞我们，责备我们，甚至于我们往来的信札，他都要参加意见——你相信么？好，他结果把我们弄得完全失和了！就是在那时候，我是不容易和这位少女结婚的，（我多少还有点常识）但是至少我们可以幸福地过几个月à la Paul et Virginie [1]（波儿与维齐尼）式的生活，但是目前来了硬拉的关系，各色各样的误解。这桩事是罗亭结束了的，一天晴和的早晨，他自信这是他做朋友的神圣义务，把一切的事情都去告诉她的老父亲——他这样做了。"

　　"这是可能的么？"亚历克山得拉·巴夫洛夫娜喊道。

　　"是的，而且他是得到我的同意做的，请注意。妙便妙在这儿！……就是现在我还记得当时我头脑浑沌昏乱；一切都上下颠倒了，事情好像在摄影机的暗箱里面一样——白的像黑，黑的像白；假的当做真的，妄想当做义务……啊，就是现在回忆起来都觉得可耻！罗亭——他永不认输的——一点都不觉得！他从一切的误解和困恼的上面飞越过去，好像燕子掠过池塘。"

　　"你就这样离开那位女孩子么？"亚历克山得拉·巴夫洛夫娜问，很天真地把头歪在一边，掀一掀眉毛。

　　"我们离开了——这是可怕的离别——异常出丑的，公开的，完全

---

[1] 《波儿与维齐尼》（Paul et Virginie），法国贝娜廷·圣彼得（Bemadin de Saint Pierre.1737~1814）作恋爱小说。——译者

不必要的公开……我哭了，她也哭了，不知道是怎样的一回事……好像一个'戈登结'①，割是割断了，但是痛苦的！可是，世界上的事情都是铺排得顶好不过。她嫁给一个极体贴的男子，现在很幸福。"

"但是，请你承认，你是永远不会原谅罗亭的，不管怎样。"亚历克山得拉·巴夫洛夫娜说。

"并不尽然！"列兹尧夫打断她的话，"反之，当他到外国去的时候，我哭得像一个孩子。说真话，我心头不高兴他的种子，就是在那时候埋种下来的。后来在外国碰见他的时候，我长大了些了……罗亭的本相也给我看出来了。"

"你在他身上确确实实地发现些什么？"

"不是么，刚才不是统统告诉了你么。但是说他说得够了。也许事情会变好的。我只要向你表明一句，假如我批评他过于苛刻，这并不是因为不了解他……至于关于娜泰雅·亚历舍耶夫娜，我不想多说，但是你应该留心你的兄弟。"

"我的兄弟！为什么？"

"为什么，望着他罢！难道你真的不曾留意到什么？"

亚历克山得拉·巴夫洛夫娜眼睛望着地上。

"你说的对，"她同意了。"当然——我的兄弟——好几天来他便和从前判若两人了。……但是你真的以为……"

"住口！我想他来了，"列兹尧夫轻声说。"但是娜泰雅不是一个小孩子，请相信我，虽则不幸和小孩子一样的没有经验。你将会看到，这女孩子会使你我惊异的。"

"怎样呢？"

"哦，这样……你知道正是这样的女孩子才会去投水，服毒，如此

---

① 希腊神话：菲里基（Phrygian）国王戈登（Gordius）作一固结，并预言能解此结者，将为全亚细亚君主。后亚历山大拔剑斩之，遂应此预言。——译者

等等!……不要因为她貌似平静而看错了。她的感情是强烈的,她的性格——天啊!"

"来了!我看你现在想入非非了。在你那样忧郁的人看来,也许连我都像是一座火山么?"

"哦,不!"列兹尧夫回答带着微笑。"谈到个性——你根本没有个性,谢谢上帝!"

"这是何等无礼!"

"这,这是最高的赞美,请相信我。"

服玲萨夫跑进来,怀疑地望着列兹尧夫和他的姊姊。他近来瘦了。他们开始和他谈话,但是他对于他们的谐谑连笑都懒得笑,看来,正如毕加梭夫有一次说他的,好像一只忧郁的兔子。但是一生中没有某一个时期看来像一只忧郁的兔子似的人,在世界上恐怕永不会有。服玲萨夫觉得娜泰雅从他这里漂浮开去。随同着她,好像脚底下的土地也要滑走了。

七

翌晨是星期,娜泰雅起身很迟,昨天她缄默了一整天;她暗自惭愧自己的眼泪,她睡得很不好。衣服只披了一半,坐在她的小钢琴前面,间或弹了几声,声音是微弱得几乎听不见的,怕惊醒了彭果小姐。于是把前额靠在冰冷的键盘上,一动也不动地凭在那儿好久。她想着,并不是想罗亭本人,是想他所说的几句话,她完全陷入沉思中了。有时她记起了服玲萨夫,她知道他爱她的。但是这种对他的关怀一瞬即逝了……她觉得一种异样的激动。朝日初上时,她匆匆忙忙地穿好衣服跑下来,和她的母亲说了早安之后,找一个机会便跑到园子里去了。……这是热天,空际明朗,阳光熙和,虽则时有阵雨。微薄的烟般的浮云静静地掠过湛净的天空，好容易遮住一片太阳，偶时倾盆似的注下一阵急雨，复很快地收住了。粗而密的雨点，像钻石般的耀眼，迅速地以沉重的声音打在地上；阳光透过它的闪烁的颗粒；草在风中瑟瑟作响的，也静了，渴饮着雨后的水分；淋湿了的树木无力地摇动它的叶子；鸟不住地唱着，这流啭的啁啾夹和着新流的雨水的潺湲，听来是悦耳的。灰尘厚密的道路被急骤的粗雨点打得飞扬起来，成了点点的浅斑。于是云收了，微风开始拂来，草开始显出翠绿和金黄的颜色。潮湿的树叶子黏贴在一起，好像更成为透明了。四周发出一股浓厚的香味。

当娜泰雅走到园里来的时候，天空几无一片云。园中充满着芬芳与和平——那种与人慰藉的吉祥的和平，人处其间，心中便会被难以说明的情欲和秘密的感情的柔美的憔思激动了。

娜泰雅沿着池旁一行白杨走去；突然，好像从地底下钻出来似的，罗亭站在她的前面。她迷乱了。他望着她的脸。

"你独自个儿么？"

"是的，我一个人，"娜泰雅回答，"但是我立刻就要回去。这是回家的时候了。"

"我和你一道走。"

他在她的旁边走着。

"你好像有点忧郁，"他说。

"我——我正想说你好像失神似的。"

"也许是的——我时常是这样。在我，比起你来总更可原谅些。"

"你以为我没有什么可以忧郁的么？"

"在你的年龄，你应当寻求生命的快乐。"

娜泰雅没有出声地走了几步。

"德密特里·尼哥拉伊奇！"她说。

"嗯？"

"你记得么——昨天你所说的比喻——你记得么——说那橛树？"

"是的，我记得，怎样？"

娜泰雅偷瞥了他一眼。

"为什么你——你说的比喻是什么意思？"

罗亭低了头，眼睛望着远处。

"娜泰雅·亚历舍耶夫娜！"他用一种他所特具的、热烈的、意味深长的声调说，这种声调时常会使听者信以为罗亭还没有表示出他心里蕴藏着的感情的十分之一来的——"娜泰雅·亚历舍耶夫娜！你也许注意到我很少说起我的过去。那儿是几条我从来不曾去拨动过的琴弦。我的心——谁需要知道在它的里面有什么闪过呢？把它披露出来在我总觉得是一种冒渎。但是对你我把这矜持撇在一边了。你赢得我的信任……我不能欺瞒你，我也和一切的人们一样有爱也有痛苦……什么时候，怎样的？这些说也无用；但是我的心是认识很多的幸福和很多的痛苦的……"

罗亭略停了一下。

"昨天我对你所说的，"他继续道，"在某种程度可以应用到我目前的处境。但是这些说了又是无用的。这一方面的生活现在于我已成过去了。留下来给我的是烦累的疲劳的旅途，沿着灼热的尘封的道路从一处到另一处……什么时候才走得到——是否走得到——天知道……还是让我们谈你的事罢。"

"这是可能的么，德密特里·尼哥拉伊奇，"娜泰雅打断他的话，"在生命中你不希望些什么？"

"哦，不！我希望得很多，但不是为自己的。……要成为有用之身，从活动中得到的满足，我将永不放弃；但是我把幸福放弃了。我的希望，我的梦想和我自己的幸福二者不可得兼。爱"——说到这个字，他耸一耸肩膀——"爱不是为我存在的；我消受不起；一个女人爱男子，她有权利要求他的整体，而我不能献出我的全部来的。其次，青年们才会赢得爱，我是太老了。我怎样能叫别人回头向我呢？谢谢上帝，我把我自己的头放在自己的肩上。"

"我懂得了，"娜泰雅说，"一个志在崇高的目标的人不应该想到自己；但是难道一个女子便不能够契重这样的男子么？反之，我倒想，一个女子是不久便会拒绝一个自私者的……所有的青年——你所说的青年——都是自私者，他们只顾自己，甚至于他们恋爱的时候。请相信我，一个女子不单能够重视牺牲的价值，并且她也能牺牲自己。"

娜泰雅的双颊微微红了，眼睛发光。在她没有和罗亭结识之前，她是从来不曾说过这样冗长的热烈的话的。

"你曾经不止一次地听到我对一个女子的使命的见解，"罗亭回答，带着谦逊的微笑。"你知道，我认为只有贞德[1]一人能拯救法国的……但是要点不在这里。我要说的是你。你正站在人生的门槛上……讨论到你的将来是饶有兴味的而同时不是无益的事……听着：你知道我是你的朋友；我如兄弟般的关心你，所以我希望你不要想作我所问的问题是欠审慎的；请告诉我，你的心是从来不曾感动过么？"

娜泰雅浑身发热起来，什么也没有说。罗亭站住了，她也站住。

"你不对我生气么？"他问。

"不，"她回答，"但是我没有想到——"

"可是，"他继续说，"你不用回答我。我知道你的秘密。"

娜泰雅几乎惊愕地望着他。

"是的，是的，我知道什么人赢得了你的心。我应当说你是不能有更好的选择了。他是极好的人；他知道怎样尊重你；他不曾受过人生的磨折——他是单纯的，灵魂高洁的……他将使你快乐。……"

---

[1] 贞德（Joan of Arc，1412~1431）被称作"奥伦之女"（Maid of Orlean）的法国女烈。英法战争时奋解奥伦之围，拯法国于濒亡。后被捕为英军梵死。——译者

"你指谁，德密特里·尼哥拉伊奇？"

"难道你还不懂么？指服玲萨夫，当然。怎样？对么？"

娜泰雅向罗亭背过身去，跑开一点，她是完全失却主意了。

"你想他不爱你么？谬想！他眼睛不离开你，紧盯着你的每一个动作；真的，爱是瞒得住的么？你自己不也是欢喜地望着他么？据我所观察得到的，你的母亲也高兴他。……你的选择——"

"德密特里·尼哥拉伊奇，"娜泰雅插口道，在迷乱中把双手向近身的一株小树伸去，"真的这很难，要我说这话；但是我向你保证……你错了。"

"我错了！"罗亭复说一句。"我想不会的。我认识你不很久，但是我已经很知道你。我眼见你心中起了改变，这什么意思？我看得很清楚。你是不是和我初次遇见你的时候——六星期之前，完全一样呢？不，娜泰雅·亚历舍耶夫娜，你的心是不自由的。"

"也许不，"娜泰雅回答，几乎轻得听不见了，"但是还是一样，你是错了。"

"怎样？"罗亭问。

"让我去罢！不要问我！"娜泰雅回答，用急速的脚步朝屋子走去。

她是被自己突然意识到的感情惊住了。

罗亭赶上她，把她留住。

"娜泰雅·亚达舍耶夫娜，"他说，"这谈话不能像这样了结啊；这对我是太重要了……我怎样得了解你？"

"让我去罢！"娜泰雅重复道。

"娜泰雅·亚历舍耶夫娜，只是为了怜悯！"

罗亭的脸表示出他的激动不安来了。他苍白起来。

"你事事都懂得，一定也懂得我！"娜泰雅说；她挣脱他的手向前跑去，头也不回。

"只要一句话！"罗亭在她的后面喊。

她站住了，但并不回头来。

"你问我昨天的比喻是什么意思，让我来告诉你，我不想骗你。我说到我自己，我的过去——和你。"

"怎样，说我？"

"是的，说你；我再重复一句，我不骗你。现在你知道这感情是什么，我说过的新的感情……直到今天我尚不敢……"

娜泰雅突然把脸埋在手里，向屋子奔去。

她是被这和罗亭的谈话中的意料不到的结论迷乱了，甚至于跑过服玲萨夫的身边都没有注意到他。他一动不动地站着，背子靠在树上。他是一刻钟之前来到这屋子里的，在客室里遇见达尔雅·密哈伊洛夫娜；和她谈了几句话之后，在别人不注意中溜出来找娜泰雅，被爱的本能的导引，他一直跑到园子里，正巧碰见娜泰雅挣脱开罗亭的手。他眼前似乎起一阵黑。凝视着娜泰雅的背影，他离开树踱了两步，不知道到哪里去好，也不知道为了什么。罗亭跑上前来的时候看到他。大家面对面望了一望，一点头，默默地离开。

"这样不是结束。"两人都在想。

服玲萨夫跑到园子的尽头，他觉得悲哀而病了；他的心头如荷重负，他的血液奔腾起来，一阵阵感到突如的刺痛。雨又下了。罗亭回到自己的房间。他也激动了；他的思想是在旋涡里。真挚地出乎意外地年青的心的接触对任何人都会起激动的。

餐桌上情形有几分不对了。娜泰雅，苍白的，坐也不安的，不曾抬起眼睛来。服玲萨夫和平时一样地坐在她的旁边，有时候很勉强地和她谈了几句。这一天恰值毕加梭夫也在达尔雅·密哈伊洛夫娜家里吃饭。在桌上他比任何人都谈得多。在许多别的谈话中他说起人，好像狗，可以分成长尾巴的和短尾巴的两类。短尾巴的人们,他说,或是生来短尾或者是自作之孽。短尾巴的人们处境都是悲惨的;他们什么都没有成就——对自己也没有自信。但是有了毛茸茸的长尾巴的人是幸福的。他也许比短尾巴的差一些、弱一些;但是他自己相信自己;他把他的尾巴展开来,人人都称赞他。这真是不可解的一回事啦;尾巴,当然,是完全没有用的身体的一部分,你得承认;尾巴有什么用呢?但是大家都凭尾巴判断他们的能力。"我自己呢,"他叹了一声下结论道,"是属于短尾巴一类的,最讨厌的是,是我自己把我的尾巴弄断了。"

"你所说的,"罗亭随口下注解道,"在你之前很早拉霍雪甫戈[1]便说过了:先信任你自己,然后别人也会信任你。为什么扯到尾巴上去,我不懂。"

"让每一个人,"服玲萨夫尖刺地说,眼睛在发光,"让每一个人随他的高兴来表达自己。谈谈专横压制罢!……我以为没有比所谓聪明能干的人的专横压制更坏的;天罚他们罢!"

从服玲萨夫的口中突然吐出这样的话,大家都愕然了;大家默然地接受了这句话。罗亭试想望他一眼,但是他的眼睛不肯听命,他转过头去,嘴唇不开动地苦笑了一下。

"啊哈!你也失去你的尾巴了!"毕加梭夫想;娜泰雅的心陷入恐怖里。达尔雅·密哈伊洛夫娜茫然不解地久长地凝视着服玲萨夫,终于第一个开口说话;她开始描写一只异常珍贵的某某大臣的狗。

饭后不久服玲萨夫便跑开了。当他向娜泰雅告别的时候,他禁不住向她说:

"为什么你迷惘失神了,好像做了错事一样?你是不会错待任何人的!"

---

[1] 拉霍雪甫戈(La Rochefoucauld,1613~1680),法国讽刺诗作家。——译者

娜泰雅一点也不懂，只在背后呆望着他。在喝茶前，罗亭跑到她前面，身子俯在桌面上，好像在察看什么报纸一样，低声说：

"一切都像梦般，是么？我绝对地要你单独地给我一面，就是一分钟也好。"他转向彭果小姐，"这里，"他对她说，"这就是你所要找的一篇，"于是又转向娜泰雅，轻轻地加上一句，"请于十点钟左右到紫丁香花亭子附近，我等你。"

毕加梭夫是今晚的英雄。罗亭把地盘让给他占据了。他给达尔雅·密哈伊洛夫娜以很多的娱乐；起先他说起他的一个邻人的故事，说他三十年来被他的老婆弄怕了，性情变成女性似的，有一天他涉过一个水潭的时候，毕加梭夫恰在那里，他用手撩起他的衣裾，正像女人撩起裙子一样。于是又转到另一个人的身上，他起先是共济会[1]会员，后来成为忧郁病患者，最后又想做一个银行家。

"你怎样做共济会会员，腓立普·斯蒂普尼奇？"毕加梭夫问他。

"你知道怎样做，我把小指的指甲留得很长。"

但是最使得达尔雅·密哈伊洛夫娜乐意的是毕加梭夫开始讨论到恋爱的时候，坚持着说就是他也曾经被人仰慕追求过的，说是一位热情的德国妇人甚至于替他起了绰号叫做她的"小阿菲利加宝贝"，她的"嘎声的小乌鸦"。达尔雅·密哈伊洛夫娜笑了，但是毕加梭夫说的倒是老实话；他真的是有可以骄傲的地方的。他坚持说没有比要使你选定的女人爱上你的一桩事更容易的了；你只要接连地向她说了十天，说天堂在她的嘴唇上，幸福在她的眼睛中，其余的女人和她比起来便是一些破布袋子；在第十一天她自己便会说，天堂在她的嘴唇上，幸福在她的眼睛

---

[1] 共济会（Freemasons）为Free and Accepted Masons（自由石工及参加石工）之略，创立于中古，原先为石工所组织的秘密结社，目的在互相救济。迨十八世纪初叶，始邀石工以外职业者参加。在旧俄，十八、十九世纪之间，此种秘密结社之风极盛，一时成为社会改革之先声。——译者

中，便会爱上你。世界上什么事都能发生；所以谁知道，也许毕加梭夫的话是对的。

九点半[1]的时候，罗亭已经在亭子里了。星星从苍白的天空的辽远的深处出现；在太阳沉下去的西方，红色的残辉尚未消尽，地平线上显得更明亮更清湛了；半圆的月亮从如泣如诉的白杨枝叶交错的黑网里露出金黄的脸。一些树木好似狰狞的巨人站着，枝叶的罅隙好像几千百双的小眼睛，或者错叠成一堆堆密集的黑影。没有一片树叶在动着；紫丁香花和刺毯花的最高枝在温暖的空气中向上伸展着，好像在探听什么。房屋成了一团黑影了；一小块一小块的红光示出点着灯火的长窗；这是温柔而和平的夜，在这平和里微微觉得秘密的热情的呼吸。

罗亭站着，双手交叉叠在胸口，以紧张的注意倾听着。他的心跳得厉害，他不由自主地把呼吸屏住了。终于他听到了轻轻的急促的脚步的声音，娜泰雅到亭子里来了。

罗亭迎上前去握住她的手。它们是冷得和冰一样。

"娜泰雅·亚历舍耶夫娜！"他以激动的低声说，"我要看你……我不能等到明天。我一定要告诉你我自己都没有想到的——就是在今天早晨都曾觉察到的。我爱你。"

娜泰雅的手在他的掌里微微颤动了。

"我爱你！"他重复说，"怎样会这许久我自己瞒着自己？为什么很早以前我不曾猜到我爱你？你呢？娜泰雅·亚历舍耶夫娜，告诉我！"

娜泰雅几乎呼吸都透不过来了。

"你看我跑到此地来了。"她终于说。

---

[1] 在北半球，愈近北方则夏天的白昼愈长，冬天的白昼愈短，所以俄国的夏天，到夜里九点半的时候地平线上还有落日的余晖的。——译者

"不，说，你爱我！"

"我想——是的。"她轻轻地说。

罗亭更热情地紧握着她的手，想把她拉到他身边来。

娜泰雅很快地向四周一看。

"让我去罢——我怕……我想有人在偷听我们……看上帝面上，你小心点。服玲萨夫疑心着。"

"不要管他！你看今天我简直没有回答他的问话。……啊！娜泰雅·亚历舍耶夫娜，我多么幸福！现在将没有什么能够把我们分开！"

娜泰雅望着他的眼睛。

"让我去罢，"她低声地说；"时候到了。"

"再等一刻。"罗亭说。

"不，让我去，让我去罢。"

"你好像在怕我。"

"不，但是时候到了。"

"再说，至少再说一次。……"

"你说你是幸福的么？"娜泰雅说。

"我？世界上没有人比我更幸福的了！你还不相信么？"

娜泰雅抬起她的头。她的苍白的高贵的稚嫩的脸，因热情而变形，在这神秘的亭子的影下，在这从暮空返映下来的微弱的光辉中，是很美丽的。

"那么我告诉你，"她说，"我是你的。"

"哦，天哪！"罗亭喊。

但是娜泰雅跑开了，去了。

罗亭又站了一会儿，于是慢慢地走出亭子来。月光照在他的脸；他的唇上有一丝微笑。

"我是幸福的，"他轻轻地说。"是的，我是幸福。"他又重说了一句,好像他要使自己相信。

他伸一伸高长的身子,摇一摇头发,很快地跑进园子里,两手做着快乐的姿势。

同时紫丁香亭的矮树丛分开了,柏达列夫斯基出现。他小心地向四周看了一看,摇摇头,皱一皱嘴唇,郑重地说,"原来是这样。应该告诉达尔雅·密哈伊洛夫娜让她知道。"他隐没了。

八

服玲萨夫回到家中,非常忧郁、沮丧,没精打采地回答他姊姊的问话,复很快地把自己锁在房里,于是她决定差人通知列兹尧夫。在困难的时候,她时常求助于列兹尧夫的。列兹尧夫回报她说第二天来。

第二天早晨服玲萨夫仍然不见得高兴。早茶过后他原要出去监督田庄的工作的,但是他留在家里,躺在沙发上,手里拿起一本书——这是不常有的事。服玲萨夫对文学没有趣味,诗只会使他吃惊。"这是和诗般的不可解,"他时常这样说。为要证实他的话,他时常引下面的一位俄国诗人的句子:

> 等到他的惨澹的有生完时,
> 理智和骄傲的折磨,
> 将不会碾碎和揉皱,
> 血染的命运的莫忘我花

亚历克山得拉·巴夫洛夫娜不安地望着她的兄弟,但是并不用许多问话来使他烦忧。一辆马车跑近门口了。

"呵!"她想,"列兹尧夫,谢天谢地!"

一个仆人进来报知说罗亭来了。

服玲萨夫把书抛在地板上，抬起头来。"谁来了？"他问。

"罗亭，德密待里·尼哥拉伊奇。"仆人重复一句。服玲萨夫站起来。

"请他进来，"他说，"你，姊姊，"他回头向亚历山得拉·巴夫洛夫娜添一句，"请你避开，单让我们两人。"

"为什么？"她问。

"我自有很充分的理由，"他打断她的话，热情地说。"我请你避开。"

罗亭进来。服玲萨夫站在房间的当中，冷冷地点一点头招呼他，没有向他伸手。

"请你承认，你料想不到我会来这里罢。"罗亭开言说，把帽子放在窗口旁边。他的嘴唇微微有一点痉挛，他有点不自在，但是想把他的局促不安隐藏住。

"我并没有料到你，当然的，"服玲萨夫回答，"在昨天的事情发生了之后。我倒是等着会有什么人把你的特殊消息告知我的。"

"我懂得你的意思，"罗亭说，坐了下来，"我很感激你的爽直。这样是比较好得多。我想你是有身份的人，所以亲自跑来谒见。"

"我们可不可以省些客套呢？"服玲萨夫说。

"我要向你解释我为什么要来。"

"我们是相熟的，为什么你不可以来？再者，你也并不是初次光临。"

"我来，一如有身份的人拜见另一位有身份的人，"罗亭重复说，"现在我要拜求你的公正的理性……我完全信任你。"

"什么事？"服玲萨夫说，他一直站在原处，悻悻然凝视着罗亭，有时拈一拈他的短髭。

"假如承你好意……我来此是要解释，当然，还是同样地不是几句话说得明白的。"

"为什么不？"

"事情牵连到第三者。"

"谁是第三者？"

"塞尔该·巴夫里奇，你懂得我么？"

"德密特里·尼哥拉伊奇，我一点都不懂得你。"

"你欢喜——"

"我欢喜明明白白地说！"服玲萨夫插进一句。

他焦急得开始发怒了。

罗亭皱一皱眉。

"允许我……目前只有你我两人……我得告诉你——虽则你一定早就注意到的（服玲萨夫不耐烦地耸一耸肩膀）——我须得告诉你我爱娜泰雅·亚历舍耶夫娜，而我并且有权利可以相信她也爱我。"

服玲萨夫脸发白了，但是没有回答。他走到窗口旁边，背朝着里面。

"你懂得，塞尔该·巴夫里奇，"罗亭继续说，"假如我没有这种自信……"

"我起誓！"服玲萨夫打断他的话，"我一点也不怀疑……好！这样就是！祝你幸运！我只是奇怪什么鬼主意引你把这消息送来给我。这消息对我有什么用？你所爱的人或爱你的人和我有什么相干？这真是超乎我的理解。"

服玲萨夫继续地凝视着窗外。他的声音似乎有点哽塞。

罗亭站起来。

"我要告诉你、塞尔该·巴夫里奇，为什么我决定来你这里，为什么我想我没有权利把我们的——她和我的——互爱的感情瞒住你。我对你的尊敬是太深了——这就是为什么我要来的缘故；我不要……我们俩都不愿在你的面前耍把戏。你对于娜泰雅·亚历舍耶夫娜的感情我是知道的。……相信我，我自己并没有妄想；我知道我是多么不配地在她的心中占据了你的地位的，但是如果命运如此，这样说明了不是比虚饰、作伪、欺骗要好一些么？比把我们弄成误会，甚至于弄成如同昨天晚餐桌上那种场幕要好一些么？塞尔该·巴夫里奇，请你自己告诉我，这对么？"

服玲萨夫把手抱在胸前，好像要按捺住自己似的。

"塞尔该·巴夫里奇！"罗亭继续道，"我给了你痛苦，我觉到——但是请了解我们——了解我们没有别的方法来表示我们对你的尊敬，来证明我们是知道怎样尊重你的信誉和正直。公开，完全的公开，对别的人们也许不适用；但是对你这形成了一种义务。我们很高兴地想做我们的秘密都在你的手中。"

服玲萨夫吐出一声强笑。

"谢谢你对我的信任！"他喊道，"虽则，请你注意，我并不希望知道你的秘密，也不想把我的秘密告诉你——纵然你把它们当做自己的私产一般——但是原谅我，你说来好像代表两个人。那么我可以猜想娜泰雅·亚历舍耶夫娜知道你到这里来和此来的目的罢？"

罗亭有点失惊了。

"不，我没有把我的主张告知娜泰雅·亚历舍耶夫娜；但是我知道她会赞成我的意见的。"

"这统统很好，真的！"服玲萨夫停了一会说，用手指摇着窗扇，"虽则我得承认假如你对我少有几分尊敬这倒好些。说句老实话，我并不稀罕你的尊敬；但是现在你要我做什么？"

"我不要什么——或者——不！我只要一件；我要你不把我看做一个口是心非的伪善者，要了解我……我希望现在你总不至于怀疑我的诚意……我要我们，塞尔该·巴夫里奇，像朋友般地离开……你要和从前一样地把手伸给我。"

罗亭跑到服玲萨夫的前面。

"原谅我,我的好先生,"服玲萨夫说,回转身来向后退了几步,"我准备完全平心接受你的好意,我承认这些都是很好的、很高超的,但是我们是平平常常的人,我们不会把姜饼上镀上黄金,我们跟不上像你那样的大思想家的迅飞疾展……你意下以为忠实的,我们看作是无礼的、不智的,和欠审慎的……对你很清楚很简单的,对我们是错综的隐晦的……我们要守秘密的而你要吹播开来……我们怎样了解你!原谅我,我也不能把你看作一位朋友,也不伸手给你……这是很小器的,但是我只是一个小器的人。"

罗亭从窗边椅上拿起帽子。

"塞尔该·巴夫里奇!"他很悲愁地说,"再会;我的料想错了。我的拜访原不近情……但是我希望你……(服玲萨夫做着不耐烦的动作)原谅我,我不再提起这些了。从各方面想一想,真的我看你是对的,你只好这样做。再会,容许我至少再说一次,最后的一次,向你保证我的来意是真纯的……我相信你会保守秘密。"

"尽够了!"服玲萨夫喊到,气得发抖,"我从来没有要求过你的信任;这样你便没有任何权利来打算到我替你保守秘密!"

罗亭还想说些什么,但是他只摇一摇手,一鞠躬,去了,服玲萨夫身子一倒,躺在沙发上,脸朝着墙壁。

"我可以进来么?"门边亚历克山得拉·巴夫洛夫娜的声音。

服玲萨夫没有即时回答,偷偷地把手拭过脸。"不,莎夏,"他说,声音有点改变,"再等一会。"

半点钟后亚历克山得拉·巴夫洛夫娜又来门边。

"密哈伊罗·密哈伊里奇在这里,"她说,"你要见他么?"

"好,"服玲萨夫回答,"请他上来。"

列兹尧夫进来。

"什么事，你不舒适么？"他问，在沙发旁边的一张椅子上坐下。

服玲萨夫欠身起来，斜靠在肘上，在他的朋友的脸上久久地望了一眼，于是一字不漏地把他和罗亭的对话全部告诉给列兹尧夫。他以前从来不曾对列兹尧夫提起对于娜泰雅的感情，虽则他猜想这于他并不是秘密。

"好，兄弟，你惊了我！"当服玲萨夫说完这故事时，列兹尧夫说。"我盼待着他有什么出奇的事做出来，但是这未免——然而在这里面我仍旧看得他出来。"

"凭我的信誉起誓！"服玲萨夫喊道，非常奋兴，"这实在是一种侮辱！怎的不，我几乎要把他掼出窗口去。他是向我夸口呢，还是他怕？这是什么目的？怎样他会起了这样的主意跑到一个人——？"

服玲萨夫把手抱在头上，不说话了。

"不，兄弟，这不是的，"列兹尧夫很平静地回答；"你会不相信，但是真的，他的动机是好的。是的，真的。你看得出来么？无疑地，这样才是宽大、亢直，才能给他一个讲话的机会，显出他的漂亮的言词，当然，这就是他所需要的，没有它便不能生活。呵，他的口舌便是他的仇敌，虽则也是他的得力的仆人。"

"他进来说话的时候是多么严重的神气，你想不到！"

"对，不是这样他便什么都不能做。他把他的外套扣得整整齐齐的好像要尽一桩神圣的义务一样。我真想把他放在一个荒岛上，躲在一只角里看他怎样动作。而他是大谈其单纯朴素的。"

"但是告诉我，亲爱的朋友，"服玲萨夫问，"这是什么？是哲理还是什么？"

"我怎样告诉你？一方面这是哲理，我敢说，在另一方面又是完全不同的东西。把什么傻劲儿都当做哲理，这是不对的。"

服玲萨夫望着他。

"那么他撒谎么？你想？"

"不，我的孩子，他没有撒谎。但是，你知道，关于他我们已经说得够了。让我们点起烟斗，叫亚历克山得拉·巴夫洛夫娜进来。她和我们一起的时候，我们说话要容易些，要静默也容易些。她可以替我们预备一点茶。"

"很好，"服玲萨夫回答。"莎夏，请进来，"他高声地喊。

亚历克山得拉·巴夫洛夫娜进来，他握住她的手，很热情地压放在自己的唇上。

罗亭回去，脑筋在奇异的紊乱的状态中。他对自己发恼了，他责备自己，责备他的不可原谅的鲁莽，孩子气的冲动。有人说得好：没有比自己意识到做了什么傻事更痛苦的了。

罗亭被悔恨吞噬着。

"什么鬼主意骗使我，"他在齿缝间喃喃道，"去会见这家伙！这是什么想头！只是自求侮辱！"

但是在达尔雅·密哈伊洛夫娜的家中有什么异常的事情发生了。女主人整个早晨都没见，也没有来吃晚餐；她头痛，柏达列夫斯基传言说，只有他一个人被允许进她的房间里去。娜泰雅呢，罗亭也很难得见她一面；她和彭果小姐一起坐在自己的房里。当她在晚餐席上遇见罗亭时，凄然望了他一眼，他的心都沉下去了。她的脸改变了，好像自从昨天起有一种悲哀的重负压着她。罗亭也为了将有什么变故发生的模糊的预感开始感到悲戚。为要排遣他的愁思，他便去找巴西斯它夫，和他谈了很多，发现他是一个热情的恳切的孩子，满怀着热情的希望和不渝的信仰。晚上，达尔雅·密哈伊洛夫娜在客室里出现了几个钟头。她对罗亭很客气，但是有几分和他疏远，笑着，皱着眉头，打鼻孔里说话，比平时更富暗示。处处她都有社交场中宫廷贵妇人的神气。最近她似乎对罗亭冷淡了。"这秘密是什么？"他想，斜眼望着她骄傲地抬着的头。

他等不了多久便得到这谜的答案，当他晚上十二点回到房里的时候，有什么人突然把一张字条摔在他的手里。他向四周一望，一个女孩子在远处急急地跑过去，娜泰雅的女用人，他猜。他跑到房间里，把仆人喊出去，撕开信，读着娜泰雅手书的几行字：

请你明天早晨七点钟，不要太迟，到阿夫杜馨池来，在槲树林的那边。别的时候是不可能的。这是我们最后的会面，什么都完了，除非……来罢，我们必得决定。

又及，假如我不来，这意思便是说我们将不能再见了。那时我会通知你。

罗亭把这信在手里翻来覆去，默默地想着，于是把它放在枕头底下，脱了衣服，睡下去。很久他没有睡着，于是微微的一忽，他醒来的时候，还不到五点钟。

九

阿夫杜馨池，娜泰雅指定那儿附近做约会的地点的，很久便不成其为一个池了。三十年前，堤岸崩了，水流出去，从此便被废弃。只有原先一片淤泥结成平坦的池底的洼穴，和依稀可辨的堤岸的痕迹，令人想起这曾经是一个池子。池的附近原有一所田庄，也在很久以前便坍毁了。仅有巨松两株，留存一些记忆而已。风永远在松树的修长苍绿的高枝凄其地悲啸着。流传于人们中间的神秘传说，说是在这松树的底下曾做过可怕的罪恶；他们时常说，假如其中有一株树倒下来，一定要杀死什么人的；从前还有第三株，被一阵暴风吹倒，压死了一个女孩子。这古池附近的一带说是常常有鬼灵出现；这里青草不生，满片荒凉，就是天气好的时候，也暗黑阴惨——附近一座年代古远满是枯死的槲树的森林，衬得更加阴暗惨淡了，几株大树从低矮的灌木丛中好像疲乏了的巨灵抬起它的灰色的头脸。光景凶恶怕人，有如阴险的老人，聚在一起商量什么恶魔的计划。一条几乎难辨的狭径在这近旁迤逦通过，假如没有紧急的事由，人们是不会到阿夫杜馨池附近去的。这池离达尔雅·密哈伊洛夫娜的家约有一英里半远。

罗亭到阿夫杜馨池附近的时候，太阳已经出来有好一会儿了。这并不是晴朗的早晨。乳色的浓云遮满了天空，被呼啸的悲号的风驱逐着。罗亭沿着长满牵裳缀襟的牛蒡草和斑黑的野荨麻的堤岸走来走去，心在忐忑不安。这些晤谈，这些新的感情于他有几分喜悦，但又恼了他，尤其是读了昨晚那封信之后。他预感到末日临近了，精神上暗暗在烦恼，虽则看他双手抱在胸前，望着四周，带着凝神集虑的坚决的样子，想不到他有这种心事。毕加梭夫有一次说得真对，说他像一个中国的塑像，头总是太大了，因之失却全身的平衡。但是一个人只凭着头脑，无论它如何厉害，是连自己曾经想过什么东西都难知道的……罗亭，明敏聪慧的罗亭也不能肯定说他是否真爱娜泰雅，是否在痛苦着，是否将会感到痛苦，假如离开了她。既然他一点也没有玩玩恋爱把戏的初意——这一层是相信得过的——那么为什么他去逗动那可怜的女孩子的心呢？为什么他怀着秘密的战栗等待着她？对于这些问题唯一的解答便是没有比薄情的人更容易失去主意的了。

他在堤上走来走去，同时娜泰雅踏着润湿的草，一直穿过田野，急急地向他跑来。

"娜泰雅·亚历舍耶夫娜，你的脚会弄湿了！"她的女仆说，几乎赶不上她。

娜泰雅没有听，也没看四周，向前跑着。

"啊，假如他们看见我们！"马夏（女仆的名字）喊道；"真的，真奇怪的我们怎样会从屋子里跑了出来！……彭果小姐也许会醒来。……谢谢天，亏得还不远……呵，先生已经在等着了，"她接着说，突然看到罗亭长大的身躯，宛如入画地站在堤上；"他站在这高墩上做什么——他应该隐藏在池洼里。"

娜泰雅站住了。

"在此地等一等，马夏，在这松树旁边。"她说，跑到池旁去。

罗亭迎上她；他突然惊愕地站住。在她的脸上他从来没有看到过这样的表情。她的眉蹙拢来，嘴唇紧闭着，眼睛坚定地一直望着前面。

"德密特里·尼哥拉伊奇，"她说，"我们没有时间可浪费。我来只能有五分钟。我须得告诉你我的母亲什么都知道了。前天柏达列夫斯基看到我们，把我们的约会告诉了她。他时常是妈妈的侦探。昨天她叫了我去。"

"天哪！"罗亭喊道，"这是可怕的……你的母亲说些什么？"

"她并没有对我生气，她没有骂我，但是她责备我缺少审慎。"

"就是这样么？"

"是的，她宣称宁愿看到我死而不愿看到我做你的妻子！"

"她这样说是可能的么？"

"是的；她还说你自己也不想要和我结婚，你只是和我调情，因为你无聊，说是她不曾料到你会这样；但这都是她自己不好，让我和你见面得太多……说是她相信我聪明懂事，说是我这番使她惊异了……还有，我现在不记得她对我所说的一切。"

娜泰雅用一种平的、几乎没有表情的声音说这些话。

"你，娜泰雅·亚历舍耶夫娜，你回答些什么呢？"罗亭问。

"我回答什么？"娜泰雅重复一句，"现在你想怎样办呢？"

"天哪！天哪！"罗亭回答，"这是残酷的！这样快……这突然的打击！……你的母亲是这般生气么？"

"是的，是的，她听都不要听到谈起你。"

"这是可怕的！你以为没有希望了么。"

"没有。"

"为什么我们这样不幸！这可憎的柏达列夫斯基！……你问我，娜泰雅·亚历舍耶夫娜，我怎样办？我的头在打转了——我什么都想不通……我只感觉到我的不幸……我很奇怪你能够这样地保持镇定！"

"你想我心里是好过的么？"娜泰雅说。

罗亭开始在堤岸上走。娜泰雅眼睛不离开他。

"你的母亲没有问你？"他终于说。

"她问我是否爱你。"

"唔……你呢？"

娜泰雅静默了一刻。"我说了真话。"

罗亭握住她的手。

"永远是，不论什么事情上面，都是宽厚、心地高洁的，哦，女孩子的心——这是纯金！但是你的母亲真的是这般绝对地声明我们的结婚的不可能性的决心么？"

"是的，绝对的。我已经对你说过；她相信是你自己不想和我结婚。"

"那么她把我看做一个负义的人！我做了些什么，配受这猜疑呢？"罗亭把他的头抱在手里。

"德密特里·尼哥拉伊奇！"娜泰雅说，"我们把时间耽误了。记得，这是我最后一次见你。我来这里不是为了哭，不是为了诉苦——你看我并没有流泪啊——我是来征求你的意见。"

"我有什么意见可以给你，娜泰雅·亚历舍耶夫娜？"

275

"什么意见？你是男子；我一向信任你，我要信任你到底。告诉我，你的计划是什么？"

"我的计划……你的母亲当然要把我赶出去。"

"也许是的。昨天她告我她要和你断绝一切来往……但是你不回答我的问题么？"

"什么问题？"

"你想我们现在应该怎样做？"

"我们应该怎样做？"罗亭回答，"当然服从。"

"服从，"娜泰雅慢慢地复一句，她的嘴唇变白了。

"服从命运，"罗亭继续说。"此外还能够做些什么呢？我很知道这是多么酸辛，多么痛苦，多么难忍。但是你自己想一想，娜泰雅·亚历舍耶夫娜，我是穷的。固然我可以做工，但是就算我是一个有钱的人，你能够忍受和你的家庭破裂，忍受你母亲的怒么？……不，娜泰雅·亚历舍耶夫娜，简直连想都用不着想。这是很明显的，我们是命里注定不能生活在一起，我所梦想的幸福是非我所有的！"

突然娜泰雅把脸藏在手里，开始哭起来。罗亭跑近她。

"娜泰雅·亚历舍耶夫娜！亲爱的娜泰雅！"他带着温情说，"不要哭，看上帝面上，不要磨折我，宽心些罢。"

娜泰雅抬起头来。

"你要我宽心些，"她说，她的眼睛在泪中发光，"我并不是为了如你所设想的那些理由而哭——对这我一点也不悲哀；我悲哀的是我受了你的骗……什么！我是来求你的意见的，在这个时候！而你的第一句话是服从！服从！这就是你所谈的独立、牺牲的解释么，这些……"

她的声音咽住了。

"但是，娜泰雅·亚历舍耶夫娜，"罗亭不知所措地说，"记得——我并不是不忠于我的话——只是——"

"你问我，"她以新的力量继续说道，"我用什么话来回答我的母亲，当她声明说是她宁愿我死而不同意我和你结婚的时候；我回答说是我宁愿死而不愿另嫁给别人……而你说'服从'！她一定是对的了；你一定，因为没有事做，因为无聊，和我来闹玩意儿。"

"我向你发誓，娜泰雅·亚历舍耶夫娜——我向你保证。"罗亭分辩说。

但是她没有听。

"为什么你不阻止住我？为什么你自己也不——或者你是没有料想到阻碍么？我说这话很惭愧——但是我看现在一切都成过去了。"

"你得静一静，娜泰雅·亚历舍耶夫娜，"罗亭说，"我们须得共同商量一下有什么方法——"

"你时常说牺牲自己，"她播口道"但是你知道么，假使你今天立刻对我说'我爱你，但是我不能和你结婚，我不担保将来，把你的手给我，跟我来罢。'你知道么？我会跟你来，你知道么？我会冒一切危险！但是说话和行为是这样大不相同，现在你是害怕了，正如前天在晚餐席上怕服玲萨夫一样。"

红潮上了罗亭的面颊。娜泰雅的出乎意料的力量惊了他，但是她最后的一句话伤了他的虚荣心。

"现在你是太愤怒了，娜泰雅·亚历舍耶夫娜，"他说，"你想不到你如何尖酸地伤了我。我希望时间过后你会了解我；你会懂得我放弃了这你自己承认于我并无任何义务的幸福是费了如何代价。你的平安比世上的一切于我更形宝贵，我将成为人类中最卑贱的人，假如我利用机会——"

"也许是的，也许是的，"娜泰雅打断了他的话，"也许你是对的；我不知道我在说些什么。但是直到现在我是相信你，相信你所说的每一句话。……将来，请你守住你的话罢，不要随随便便地任意地瞎

277

说。当我对你说'我爱你'的时候，我知道这句话的意义；我准备一切。……现在，我只谢谢你给了我一个教训——和你说声再会。"

"住罢，看上帝面上，娜泰雅·亚历舍耶夫娜，我恳求你。我不该受你的侮蔑，我向你发誓。试把你自己处在我的地位想一想。我要对你和我自己负责任。假如我不以至忠诚的爱来爱你——天哪！我应该立刻便怂恿你和我逃走……迟早有一天你的母亲会原谅我们——那时候……但是在打算到我自己的幸福之前……"

他住口了。娜泰雅的眼睛一直盯住他，使他迷乱了。

"你想对我证明你是有信谊的人，德密特里·尼哥拉伊奇，"她说，"我并不怀疑。你是不能不盘算利害而做事的；但是我需要相信这些么？我是为这而来的么？"

"我没料到，娜泰雅·亚历舍耶夫娜——"

"啊！终究你说出来了！是的，这些你都不曾料到——你不认识我。不要不安……你不爱我，我再也不强迫我自己去爱任何人。"

"我爱你的！"罗亭喊道。

娜泰雅身子挺一挺。

"也许是的；但是你怎样爱我呢？记住你所说的一切话，德密特里·尼哥拉伊奇。你告诉我：'没有完全平等便没有爱。'……你之于我是太高超了，我配不上你……我罚有应受。在你的面前还有许多更有价值的义务。我将不会忘记今天……再会。"

"娜泰雅·亚历舍耶夫娜，你去了么？难道我们就像这样地分开么？"

他伸手向她。她站住了。他的求恳的声音使她犹豫了。

"不，"她终于说了出来，"我觉得在我的心里有什么东西碎了……我来这里，我好像疯狂了的一样和你说话；我必得定神想一下。这是不可能的，你自己说过，这一定不可能的。天哪，我出来到此地的时候，我心中暗暗已和我的家庭告别，和我的过去告别——什么？我在此地遇见了什么人？——一位懦夫。……你怎样知道我不能忍受和我的家庭脱离呢？'你的母亲将不答应……这是可怕的！'这就是我从你的口里所听到的一切，是你，你，罗亭？——不！再会……呵！假如你爱我，我将会在'此刻'感到，在这一刻……不，不，再会！"

她很快地转身向马夏跑去，马夏已经开始不安起来，很早便在向她做手势了。

"是'你'怕，不是我！"罗亭在娜泰雅背后喊。

她没有理他，穿过田野赶快地跑回家去。她回到自己的卧室，但是一跨进门槛，便气力不加，昏倒在马夏的臂上。

但是罗亭仍旧在堤岸上站了好久。终于他浑身打了一个寒噤，以迟缓的脚步踏上那条小径，静静地沿着它走。他是深深地羞赧了……受伤了。"何等的女孩子！"他想，"十七岁！……不，我不了解她！……她是一个特异的女孩子。何等强的意志！……她是对的！她配受较之我对她所感到的另一种爱。我对她感到？……"他自己问自己。"我已经感到不爱她，这是可能的么？那么事情就这样结束了！在她的旁边我是一个多么可怜的流氓！"

一辆竞赛马车的轻微的辚辚的声音使罗亭抬起头来。列兹尧夫赶着他的永不更换的竞赛小马迎面而来。罗亭没有开口，向他点一点头，好像突如来了一个想念，他折向路的一边，急急地向达尔雅·密哈伊洛夫娜的家的方向走去。

列兹尧夫让他过去，望着他的背影，想了一想，拨转马头，赶回服玲萨夫的家。他昨晚就在那里过夜的。他见他还睡着，吩咐不要把他惊醒，自己坐在走廊上等茶喝，吸着烟斗。

十

服玲萨夫十点钟起身。听到列兹尧夫坐在走廊上，他很惊讶，叫人把他请进房里来。

"碰到什么事情？"他问，"我想你是赶着车子回家去了。"

"是的，我这样想，但是我遇见罗亭……他带着失神的脸色在田野中徜来徜去，所以我立刻折回来了。"

"因为你碰到罗亭所以便回来么？"

"这就是说——说真话，我自己也不知道为什么跑回来，我想是因为惦记起你；我要和你在一起，在我需要回家之前我还有很多的时间。"

服玲萨夫酸苦地一笑。

"是哟，人们不能想起罗亭而不想到我……仆欧！"他粗鲁地喊，"拿茶来。"

两位朋友开始喝茶。列兹尧夫讲到农业上的事情——用纸料来盖造谷仓的新方法……

突然服玲萨夫从椅子上跳起来，用力打着桌子，打得杯子碟子都玲琅响起来。

"不！"他喊到，"我不能再容忍了！我要把这位聪明人喊出来，让他拿枪来打我——至少我要试试送一颗子弹到他的有学问的脑子里去！"

"你说些什么？"列兹尧夫咕哝道，"你怎样能够喊得这样？我烟斗掉了……什么事啦！"

"事情是这样，我听到他的名字便要冒火；这使我的血液都沸腾了！"

"住口，亲爱的朋友，住口，你不羞么？"列兹尧夫接着说，从地上拾起烟斗。"由他！让他去罢！"

"他侮辱了我，"服玲萨夫在室内走来走去，继续道，"是的，他侮辱了我。你也得承认。起先我没有觉察到，他是出其不意地来，谁能够料得到这层呢？但是我要给他看看他不能把我当做傻子……我要枪杀他，这该死的哲学家，好像枪杀一只鹧鸪。"

"这样有什么上算，真的！我现在姑且撇开你的姊姊不谈……我看你是兴奋了……你想你的姊姊怎样办呢！至于和另一个人的关系——什么！你以为你把哲学家杀死了，你就能把你的机会改善一些？"

服玲萨夫把身子倒在椅子上。

"那么我须得到什么地方跑一跑！在此地我的心简直被苦痛压毁了；只是我找不到地方去。"

"跑开去……这是另一回事！我倒赞成。你知道我还有什么提议么？让我们一同去——到高加索，或者简直就到小俄罗斯去吃团子。这是顶好的想头，亲爱的朋友！"

"是的，但是谁留在这里陪我的姊姊呢？"

"为什么亚历克山得拉·巴夫洛夫娜不可以和我们一同去？天哪！这将是愉快的。至于照料她——是的，我来担任！一定不会缺少什么；假如她高兴的话，我每天晚上可以在她的窗下预备一支夜歌；我用香水洒在马车夫的背上，用花撒满道路。而你我都成了单纯的新的人，亲爱的孩子；我们将娱乐自己，我们回来的时候，体胖心怡，抵御得住爱情的冷箭了！"

"你惯会说笑，密夏！"

"我并不说笑。这是你的绝妙的想头。"

"不，废话！"服玲萨夫又喊起来。"我要和他决斗，我要和他决斗！……"

"又来了！多么地发怒啊！"

一个仆人进来，手里拿着一封信。

"谁寄来的？"列兹尧夫问。

"罗亭，德密特里·尼哥拉伊奇，拉苏斯基的仆人送来的。"

"罗亭？"服玲萨夫重说一句，"给谁？"

"给你。"

"给我！……拿来。"

服玲萨夫拿了这封信，很快地扯开，开始读。列兹尧夫很注意地望着他；一种奇异的，几乎是快乐的惊讶浮上服玲萨夫的脸；他双手一放，垂在身旁。

"什么？"列兹尧夫问。

"读它。"服玲萨夫低声地说，把信递给他。

列兹尧夫开始读。这就是罗亭所写的：

先生：

今天我要离开达尔雅·密哈伊洛夫娜的家，永远离开。这当然会使你惊奇，尤其是在昨天经过的事情之后。我不能向你解释为什么我必得要这样做的正确的原因；但是在我想来是有几分理由应该让你知道我的离开。你不欢喜我，甚至于把我当做坏人，我并不想替自己分辨，时间会替我分辨的。在我的意见，要向一个怀有成见的人证明他的成见的不公允，在一个男子是不屑为而且是无益的。想要了解我的人不会责备我，不想了解我或不能了解我的，他的咒诅不会使我痛苦。我看错了你了。在我的眼里你依然是和从前一样的一位高贵的可敬的人，但是我以为你也许会比你长育其间的环境高出一头。我错了。这算什么？在我的经验中，这不是初次也不是最后一次。我再向你说一遍,我去了。我祝你快乐。请承认这祷祝是完全没有自私的,我希望现在你将能快乐。也许时间过后,你会把你对我的观念转变。我们是否再得遇见,我不知道,但是不管怎样我仍是你的忠实的幸福祝愿者。

罗亭

又及,我欠你的两百卢布,等我到了T省田庄的时候直接寄来还你。还有我请求你不要对达尔雅·密哈伊洛夫娜说起这封信。

又又及,还有一个最后的,但是重要的要求;既然我就要离开,我希望你在娜泰雅·亚历舍耶夫娜的前面不要提起我来拜访过你的一回事。

"好啦!你怎么说?"列兹尧夫读完信之后,服玲萨夫跟着便问。

"叫人怎么说?"列兹尧夫回答,"像回教徒一样喊'阿拉!阿拉!'[1]张口结舌地惊奇地坐着,这便是所能做的一切……好,走得真好!但是,奇怪;你看,他想这是他的'义务'要写这封信来给你,他来看你也是为了'义务'的观念……这些先生们每步都不忘'义务',他们总是负着什么'义务'!……或者负着债务!"列兹尧夫说,带着微笑指着信后的附言。

"他的词句多么婉转!"服玲萨夫喊道,"他把我看错了。他希望我能够比我的环境高出一头。何等的谵语!天哪!这比诗还要坏!"

列兹尧夫没有回答,但是他的眼睛在眯笑着。服玲萨夫站起来。

"我要到达尔雅·密哈伊洛夫娜的家去,"他声明道,"我要去找出这是什么意思。"

---

[1] 阿拉(Allah),回教的"神"　——译者

"等一等，亲爱的孩子，给他时间起身。又跑去和他冲突起来有什么好处，他去隐起来了，好像是。你还要怎样？还是进去躺一躺，稍为睡一睡的好；昨晚你辗转了一整夜，我想。但以后百事都一帆风顺了。"

"你从何得到这结论？"

"哦，我这样想。去睡一睡，我去看你的姊姊，我陪她。"

"我一点也不想睡。要我到床上去是什么目的？我宁愿出外到田野里去。"服玲萨夫说，披上他的外衣。

"好，这也是很好的一回事。去罢，看一看田野！……"

列兹尧夫自己跑到亚历克山得拉·巴夫洛夫娜的房里去。他在客室里遇见她。她欢天喜地地欢迎他。他来的时候她总是高兴的，但是她的脸色有点忧愁。她为了昨天罗亭的拜访感到不安。

"你看到我的兄弟么？"她问列兹尧夫，"今天他怎样？"

"很好，他到田野里去了。"

亚历克山得拉·巴夫洛夫娜一会子没有说话。

"请你告诉我，"她开始说，恳切地凝望着衣袋里手帕的角，"你知不知道为什么……"

"为什么罗亭到此地来？"列兹尧夫接上去，"我知道，他是来道别的。"

亚历克山得拉·巴夫洛夫娜抬起她的头。

"什么？来道别！"

"是的。你听到么？他要离开达尔雅·密哈伊洛夫娜的家了。"

"他要离开？"

"永远离开，至少他这样说。"

"但是，请你说，这终究？怎样解释……"

"哦，这是另一回事！要解释是不可能的，但事情是这样。他们中间一定有什么事故发生了。他把弓弦拉得太紧，断了。"

"密哈伊罗·密哈伊里奇！"亚历克山得拉·巴夫洛夫娜说，"我不懂；你在和我开玩笑，我想。"

"不，真的！我告诉你他走了，甚至写信让他的朋友们知道。我敢说这是好的，从某一个观点看来；但是他的离开把我刚和你的兄弟谈起的一个惊人的计划阻住不能实现了。"

"你说的是什么意思？什么计划？"

"什么，我建议给你的兄弟说我们旅行去，散散他的心，你也要一道去。特别来照顾你的是我自己负……"

"这是一等！"亚历克山得拉·巴夫洛夫娜喊道。"我可以猜想到你怎样来照顾我。好啦，你会让我饿死的。"

"你这样说，亚历克山得拉·巴夫洛夫娜，因为你不知道我。你想我是一个完全的笨伯，一块木头么？但是你知不知道我也会像搪一般地溶化了，跪在膝盖上过一整天呢？"

"我倒欢喜看看这样，我真想说！"

列兹尧夫突然站起来，"好，嫁给我，亚历克山得拉·巴夫洛夫娜，你便可以看到了。"

亚历克山得拉·巴夫洛夫娜脸红到耳朵根。

"你说什么？密哈伊罗·密哈伊里奇？"她在昏乱中喃喃地说。

"我说这很久我就想说的，"列兹尧夫回答，"在我的舌尖上说了一千遍了。终于给我说了出来，假如你想来这样顶好，你便这样做。但是现在我要跑开去，这样省得你为难。假使你愿意做我的妻子……我要跑开去了……假使你并不欢喜这个意见，你只要叫人来喊我进来；我会懂得的……"

亚历克山得拉·巴夫洛夫娜想把列兹尧夫留住，但是他很快地跑开去了，跑到园子里去，帽子都没戴，他斜靠在一扇小门上，眼睛向四周望着。

"密哈伊罗·密哈伊里奇！"他后面的女佣人的声音，"请你到我的太太这里来。她叫我来喊你。"

密哈伊罗·密哈伊里奇回过头来，出其不意地双手捧住女孩子的脸，吻一下她的前额，于是跑到亚历克山得拉·巴夫洛夫娜那里去。

<h2 style="text-align:center">十一</h2>

罗亭回家来——在碰见列兹尧夫之后——把自己关在房里，写了两封信；一封给服玲萨夫（读者已经知道的），另一封给娜泰雅，他在第二封信上费了不少时间，涂了很多，审改了很多，然后仔仔细细地抄在一张精美的信笺纸上，褶得很小很小，把它放在衣袋里。脸上带着苦痛的样子，他在房间里来来往往地走了好几趟，坐在窗前的一张椅子上，用手臂支着身子；一滴眼泪从他的眼眶里慢慢地淌出来。突然他站起来，把衣钮扣好，喊仆人上来，叫他去问一问达尔雅·密哈伊洛夫娜，他能不能去看她。

仆人很快地回来，回答说达尔雅·密哈伊洛夫娜很高兴见他。罗亭便到她那里去。

她在闺房里接见他，正是两个月以前，第一次接见他的地方。但是现在她不是一个人；柏达列夫斯基坐在她的旁边，永远是谦逊的，潇洒的，整洁的，态度娴雅的。

达尔雅·密哈伊洛夫娜和蔼地接见罗亭，罗亭也很谦和地向她行礼：但是一瞥眼看到他们两个人的笑脸，就是缺少经验的人也会懂得在他们中间是有什么不快的事情发生过的，即使没有表示出来。罗亭知道达尔雅·密哈伊洛夫娜在恼他。达尔雅·密哈伊洛夫娜也猜疑他现在对一切曾经发生过的事情都知道了罢。

柏达列夫斯基的告密使她大大不安。这一点触犯了她的浮俗的骄傲。罗亭，一个没有爵位的穷汉子，直到现在也没有什么名望，竟敢妄想和她的女儿——达尔雅·密哈伊洛夫娜的女儿——作秘密的约会。

"作算他是聪明人，是一个才子！"她说；"这算得什么？要是这样，那么不论什么人都可以做我的女婿了。"

"很久的工夫我不相信我自己的眼睛，"柏达列夫斯基说，"我很奇怪他不明白他自己的地位！"

达尔雅·密哈伊洛夫娜很激动，娜泰雅因此受罪着。

她请罗亭坐下。他坐下来，但是不像往日的几乎是屋子里的主人的罗亭，甚至于也不像一个老朋友，而是一位客人，一位不很亲密的客人。这些都在一霎时间发生的……水是突然变成固体的冰了。

"我来，达尔雅·密哈伊洛夫娜，"罗亭开始说，"是为了谢谢你款待的盛意。今天我接到从我的小小的田庄发来的一点消息，是绝对地需要我在今天即刻动身。"

达尔雅·密哈伊洛夫娜注意地望着罗亭。

"他先摸到我的心思了；这一定是因为他起了什么疑心，"她想。"他避免了一个不快的解释。最好也没有。呵！永远是聪明人！"

"真的？"她高声地回答。"啊！多使人失望！好，我想这也无法。我希望今冬在莫斯科能看到你。我们不久便要离开此地。"

"我不知道，达尔雅·密哈伊洛夫娜，我能不能到莫斯科，但是，假如我做得到，我将视做是一种应尽的义务来拜见你。"

"啊哈，我的好先生！"柏达列夫斯基在想，"不久之前你在此间的行为举止像煞一个主人，现在你是在怎样说啊！"

"那么我猜想也许你从你庄子得到了一个不满意的消息？"他说，带着习惯的轻易。

"是的。"罗亭干涩地回答。

"田稼收成不好么，我猜？"

"不是，别的事。相信我，达尔雅·密哈伊洛夫娜，"罗亭继续说，"我将永不忘记在你的家里所过的日子。"

"我，德密特里·尼哥拉伊奇，也将时常快乐地回忆起我们的友谊。你什么时候动身呢？"

"今天，晚餐后。"

"这样忽促！……好，我祝你一路平安。但是，假使你的事务不勾住你，也许你可以在此地再见我们。"

"我将难得有时间。"罗亭回答，站起来。"原谅我，"他又说一句，"我不能立刻偿还你的借款，但是我一到家——"

"废话，德密特里·尼哥拉伊奇！"达尔雅·密哈伊洛夫娜直截打断他的话。"我很奇怪你说这话不害羞！……现在几点钟了？"她问。

柏达列夫斯基从背心袋子里掏出一只瓷面的金表，把玫瑰色的下巴在他的坚挺的雪白的硬领上弯下来，仔细地看了一下。

"两点三十三分。"他报告。

"是梳妆的时候了，"达尔雅·密哈伊洛夫娜说，"目下，暂时再见，德密特里·尼哥拉伊奇！"

罗亭站起来。他和达尔雅·密哈伊洛夫娜谈话的全部都有一种特殊的性质。一般无二的好像戏子在复习他们的剧词，又好像外交官在交换他们的择字谨严的句子。

罗亭跑开了。他现在由经验知道交际场中的男子们和女子们就是和对于他们再也没有什么用处了的人也不曾破脸，只是让他掉了下去，好像跳舞会后的手套，好像包糖果的纸片，好像不中彩的奖券。

他很快地把行李收拾起来，不耐烦地等着动身的时刻。听到他打主意要离开，一家人个个都惊讶了；连仆人们也以迷惑的神气望着他。巴西斯它夫隐不住他的悲伤了。娜泰雅明显地在避开罗亭。她试想不去碰见他的眼睛。可是他终于把信送到她的手里。晚餐后达尔雅·密哈伊洛夫娜重申一遍说她希望在她们未去莫斯科之前能够再看到他，罗亭没有回答。柏达列夫斯基对他比任何人都谈得多。有好几次罗亭真想要扑上去，在他的玫瑰色的得意洋洋的脸上掴一下耳光。彭果小姐时常用一种她眼睛里的特别的偷偷的表情瞥着他，在一只老猎狗的脸上有时可以看到这同样的表情。

"啊哈！"她好像对她自己在说，"你被捉住了！"

终于六点钟响了，罗亭的车子到了门口。他开始和大家匆匆地告别。他心里觉得一种透心的嫌恶。他不曾料到会这样地离开这屋子，好像他们把他赶出去似的。"是何等样的走法！这样匆忙的目的是什么？可是，还是这样比较好。"当他带着勉强的笑向着各方打躬的时候他这样想着。最后一次他望见娜泰雅，他的心悸动了；她的眼睛落在他的身上，以一种悲哀的、责备的告别。

他急速地走下石阶，跳进车子里，巴西斯它夫要求陪他到第二个车站，他坐在他的身边。

"你记得么，"马车从庭院中出到杉木夹道的大路上的时候，罗亭开始说，"你记得唐吉诃德离开公爵夫人的宫殿的时候对他的仆人怎样说？'自由，'他说'我的朋友桑佐，自由是人的最宝贵的财产，能不仰赖别人而有上帝赐他一片面包的人是幸福了！'唐吉诃德在那时所感到的，现在我也感到了……愿上帝赐恩，我的亲爱的巴西斯它夫，你也有一天会体验到这感觉！"

巴西斯它夫紧压着罗亭的手，这位诚实的孩子的心是因了感情强烈地跳动着。他们一路谈着到了车站，罗亭说起人的尊严，真实的独立自由的意识。他说得高尚地、热情地、公正地，在分手的当儿，巴西斯它夫禁不住扑倒在他身上，挽住他的头颈呜咽起来。罗亭自己也落泪了，但是他并不是因为要离开巴西斯它夫而落泪。他的眼泪是为了受伤的自尊心而流的。

娜泰雅跑回她自己的房间，读着罗亭的信。

"亲爱的娜泰雅·亚历舍耶夫娜，"他写：

我决定离开了。更没有别的路可走。我决定在未曾明明白白被逐之前离开，我离开后，所有的困难将会终结，也不会有人来惋惜我。我还期待些什么呢？……老是这样，但是为什么我要写信给你？

我也许就此永远离开你，在你的心上留下一个较我所应受的更恶劣的记忆，这于我是太痛苦了。这就是我为什么要写给你的原因。我并不想替自己辩解，也不想除了自己之外埋怨任何别人；我只想，在可能范围内，解释我自己……前几天的事情是这样地出乎意料，这样地突然……

我们今天的谈话时我是一课不忘的教训。是的，你是对的；我并没有了解你，而自作是了解你！在我的一生中我曾经遇见各色各样的人。我认识许多妇人，许多年青的女孩子，但是在你的身上，我初次遇见一个绝对真实的、正直的灵魂。这是我不常见的事，所以我不知道怎样合度地来尊重你。第一天和你相识，我觉得被你吸引住了；你也会觉察到的。我和你一起过了一个钟头又是一个钟头，而不了解你. 甚至于不想来了解你——而我竟以为我爱你！为了这罪孽，我现在是受罚了。

曾有一次我爱上了一个女子，她也爱我。我对她的感情是错综复杂的，和她对我的一样；但是，因为她自己也不单纯，这于她倒好些。在那时候，"真实"不曾显示给我，现在"真实"呈献在我的面前，我不能认识它了。……终于我认识了，已是太迟。……已往的事是不能召回的。……我们的生命也许能够触合在一起，而现在将永不能融合了。我怎样向你证明说我也许是用真的爱——衷心的爱而不是一时的欢喜——来爱你的呢？当我自己还不知道我能不能有这一种爱的时候？

自然禀赋给我的很多。我知道，我不欲以虚伪的谦逊，来向你隐瞒，尤其在我是这样难堪这样屈辱的时候。……是的，自然禀赋给我的很多，但是我将碌碌而死，没有做一桩我的能力值得做的事，在身后不留一丝痕迹。我的所有的富藏将落空地耗散，我看不到我所播的种子的果实。我是缺少了什么。我自己不能确实地说我是缺少了什么。……当然的，我是缺少了什么，没有这便不能打动男子的心，或者整个地赢得女子的爱；率领人们的思想是浮移难定的，犹如率领地上的皇国也落不得好处。奇异的，几近乎滑稽的是我的命运；我想献出我自己——切望地，整个地，为了某种事业——而我不能献出我自己。我将为了什么连我自己都不大相信的傻事或别的把自己牺牲作为了结……可怜！到了三十五岁还要做某种的准备！

我以前从来不曾对什么人这样赤裸裸地披露过自己——这是我的招供。

但是把我说得够了。我将要说起你，贡献你一些意见，我对你是再也不能效劳了。……你是年青；但是尽你的一生，要顺随你的感情的冲动，不要受你的理智或别人的理智的钳驭。相信我，生活过得愈简单，范围愈狭，愈好；不要到新的方面去找伟大的事业，而生命各个阶段都要在一定的时间内臻于完整。"在青年时年青的人有福了。"但是我看到这个劝告应用到我自己的身上比你倒更恰当些。

我承认，娜泰雅·亚历舍耶夫娜，我是很不幸。对于我在达尔雅·密哈伊洛夫娜心中所引起的感情的本质，我从来不信我的观察会有错误，我是希望着我至少找到一个暂时的家。……现在我又要听凭崎岖的世界的机遇的簸弄了。代替了你的谈话，你的亲身，你的注意而睿智的脸的将是什么？……我自己才该责备；但是请承认命运好像都是取给于我而来计划就这恶作剧的。一星期之前连我自己也一点也没有疑心到我在爱你。前天，在园里的夜晚，我第一次从你的唇上……但是为什么要使你记起你那时所说的话？既然我今天要走了。我含辱地走开，在和你作了一番残酷的解释之后，并没有携着希望……你不知道我负疚是如何的深，为了你。……我是这样糊涂而缺少涵养，有对人动辄吐露腹心的不良的习惯。但是为何要说这话？我既然要永远地和你离开！

写到这里，罗亭把他去会见服玲萨夫的事陈述给娜泰雅，但是一转念他把这段都擦去了，在给服玲萨夫的信上添了第二个附注：

世上只有我留着要献身于比我更有价值的别人的利益，像你今天早晨以尖刻的讥讽向我说的。可怜！……假使我真的得能为这些利益献身，假使我终于能克服我的惰性。但是不！我将到底仍然是一个充满缺陷的和从前一样的人……第一个阻碍……我便完全失败了；我和你的经过便把我表示出来。假如我是为了将来的事业和我的使命牺牲爱情，那也聊可自慰；而我却只是为了落在我身上的责任，畏难胆怯，所以我是真的配不上你的。我不配受你为了我和你的环境脱离……这一切，真的也许是最好的。从这经验，我也许会变成更坚强些更纯洁些。

愿一切幸福归你。再会！偶时想到我罢。我希望你仍能够听到我的消息。

罗亭

娜泰雅让这信掉在膝上,很久地坐着不动,眼睛望着地面。这封信比什么话都清楚,证明她的话是对的。当今天早晨和罗亭分别的时候,她不由自主地喊出来说"他是不爱她的",但这并不会使她宽慰些。她完全不动地坐着;好像没有一线光明的黑暗的波涛笼罩了她的头顶,而她冰冷而喑哑地沉到深底里去了。初度的幻象消失对于任何人都是痛苦的;但是对于一个诚实的心,极端厌恶自欺的,不解轻佻和夸大的心,这几乎是难堪了。娜泰雅记起她的儿时,怎样地,当她在傍晚散步的时候,她总是朝落日的方向走去,那边的天空有着光明;而不向另一半黑暗的天空,现在,生命是站在黑暗的面前,她把背朝向着光明了,永远地……

眼泪涌自娜泰雅的眼睛。眼泪不是时常携来安慰的。当,眼泪,在胸口中抽汲了许久之后,终于得流了出来,开始是急骤地,于是比较容易地,更柔和地,这种眼泪是能慰安的,有益的,哀愁的喑哑的痛楚因眼泪得减轻了……但是有一种冷的眼泪,很吝惜地流出来的眼泪,被推移不动的累坠的苦痛的重量从心头绞出来的一滴一滴的眼泪,它们不会安慰,不会消愁。可怜人便流这种眼泪,没有流过这种眼泪的人们还不能算是不幸的。娜泰雅今天懂得了。

两个钟头过去。娜泰雅重新打起精神,站起来,拭干眼泪,点起一枝蜡烛,把罗亭的信放在火中烧了,将纸灰抛出窗外。于是她随手翻开普希金的诗,读着最初入眼来的几行(她时常这样来占卜休咎的)。这就是她所看到的:

当他认识了他的痛苦,

旧日缠人的鬼灵便将不再临，
于他将不再有幻影，仅有悔恨
与记忆的蛇噬着他的心。

她停止了，带着冷峻的笑，在镜子里望一望自己，微微点一点头，跑到客室里去。

达尔雅·密哈伊洛夫娜看到她，叫她到闺房里去，将她坐在身边，爱抚地摸着她的颊。同时她注意地，几乎是带着奇异地，望着她的眼睛。达尔雅·密哈伊洛夫娜暗暗地困恼了，第一次她觉到她真的不了解她的女儿。当她从柏达列夫斯基口里听到她和罗亭约会的时候，以她的贤慧的女儿竟会取决这种步骤，她倒不见得怎样不高兴而比较惊异。但是当她将她喊来，开始责骂她——并不像我们所期想的一个欧洲有声望的贵妇人的说法，而是一种高声的俚俗的辱骂——的时候，娜泰雅坚决的回答，和她的眼光中以及动作中的决心，使她惘然不知所措而甚至于感到胁迫了。

罗亭的突然的完全不加解释的离开使她的心卸去重负，但是她希望会有眼泪，精神失常……娜泰雅表面的镇静又使她算料不着了。

"好，孩子，"达尔雅·密哈伊洛夫娜说，"今天你好么？"娜泰雅望着她的母亲。"他去了，你看……你的英雄。你知道他为什么这样快地决定离开么？"

"妈妈！"娜泰雅低声地说，"我说，假使你不提起他，你将永远不会从我口里听到他的名字。"

"那么你承认你是怎样错误地怪我么？"

娜泰雅低了眼睛复述一句：

"你将永远不会从我口里听到他的名字。"

"好，好，"达尔雅·密哈伊洛夫娜微笑地回答。"我相信你。但是前天，你记得，怎样地——啊，我们别提罢。一切过去了，埋葬了，遗忘了罢。对么？现在我又认识你了；但是在那时候我完全迷惑不解；好，吻我，像一个乖女儿！"

娜泰雅把达尔雅·密哈伊洛夫娜的手拿到唇边，达尔雅·密哈伊洛夫娜吻着她的低垂的前额。

"要常常听我的话。不要忘记你是姓拉苏斯基，是我的女儿，"她又说，"你将快乐。现在你去好了。"

娜泰雅默默地跑开。达尔雅·密哈伊洛夫娜望着她的背影，想："她像我——她也会被感情带走的；mais elle aura moins d'abandon（但是她比较不放纵）。"于是达尔雅·密哈伊洛夫娜想起了她的过去……远久的过去。

于是她请了彭果小姐来，和她密谈了好久。当她辞去之后，又叫了柏达列夫斯基来。她想用各种方法去找出罗亭离开的真正原因……柏达列夫斯基终于完全地满足了她。这便是他的用处。

第二天服玲萨夫和他的姊姊来吃晚餐。达尔雅·密哈伊洛夫娜对他总是很和蔼的，但是这一次特别恳挚地欢迎他。娜泰雅觉得难堪的悲苦；但是服玲萨夫是这样的敬重她，这样低声下气地向她说话，使她在心中不得不感激他。那一天过得很平静，宁可说是烦厌的，但是在分手的时候大家都觉得他们都回复了旧秩序；这便是说很好，够好了。

是的，大家都回复到旧秩序——大家，除了娜泰雅。等到别人散后撇下她独自个儿的时候，她很困难地把自己拽到床上，疲倦而乏力地，倒下去，脸埋在枕头里。生命好像这样地残酷，这样地可憎，这样地鄙吝，为了她自己，为了她的爱，和她的哀愁，她是这样地可耻，在这个时候她真高兴去死。……以后还有许多的忧郁的日子，无眠的夜，和折磨的感情在伫候着她；但是她是年青——生命在她刚是开始，迟早些，生命的创伤自会平复的。不管是何种打击落在一个人的身上，他一定——恕用一句粗鲁的说法——要咽下去当天的日子或是至少第二天，这就是安慰的第一步。

娜泰雅可怕地苦痛着，她第一次苦痛着……但是第一个的悲哀，一如第一次的爱恋，不会再度来的——这该是，谢谢上帝罢！

十二

两年过去，又是五月初旬。亚历克山得拉·巴夫洛夫娜，不再姓黎宾而是姓列兹尧夫了，坐在屋前的走廊上；她和密哈伊罗·密哈伊里奇结婚已经一年有余。她依然是这般的可爱，近来只长得更结实了些。在走廊的前面，有一个梯级通到园子里去的，一个保姆在散步，手里抱着一个两颊玫瑰红的孩子，披着白斗篷，头上戴着白帽。亚历克山得拉·巴夫洛夫娜眼睛不住地望着他。孩子没有哭，只是很庄严地吮着指头，望望四周。他已经表示他是密哈伊罗·密哈伊里奇的肖子了。

在走廊上，靠近亚历克山得拉·巴夫洛夫娜，坐着我们的老朋友毕加梭夫。自从我们别开他后，他明显地长得苍老了，身子佝偻而瘦削，说话有点含糊；他的一个门牙掉了；这点含糊更增加了他的语气的粗重……他的怨怼并不曾随年龄减少，但是他的诙谐比较不生动，他时常自己复诵自己的话。密哈伊罗·密哈伊里奇不在家，他们在等他回来喝茶。太阳已经沉下去了。日没的一方，一道金黄色和柠檬色的辉光延展开在地平线上；对面的天空的一角，上边是浅灰色的，下面是紫红色的几条光彩。浮云在头上渐渐消散。一切都预示着好的天气。

突然，毕加梭夫喷出笑声来了。

"笑什么，阿菲利加·塞美尼奇？"亚历克山得拉·巴夫洛夫娜问。

"哦，昨天我听到一个农夫对他的妻子说——她正在喋喋不休——'不要啼！'我非常欢喜这句话。说完了一句，女人能谈点什么呢？我从来不，你知道，讲眼前的人的。我们的祖先是比我们聪明得多。他们的故事里的美人总是坐在窗前，额角上饰着一颗星星，一句话也不说的。真应该是如此的。想一想！前天，我们的族长夫人——她也许会送一颗弹子到我的脑壳里去的！——对我说她不欢喜我的'倾向！''倾向！'假如有什么仁惠的自然的法令把她的口舌的运用突然褫夺去，这不是更好些么？"

"哦，你老是这样，阿菲利加·塞美尼奇，你老是攻击我们可怜的…你知道这是一种不幸吗？真的，我替你可惜。"

"一种不幸！为什么你这样说？第一点，在我的意见，世上只有三种不幸：冬天住冷寓所，夏天穿紧靴子，和在有不能用扑粉使他安静的小孩子的叫哭声的房间中过夜；第二点，我现在是最平安的人。不消说，我是一个标准人物！你知道我的行为多合理！"

"好行为！真的！只是昨天伊里娜·安它诺夫娜对我诉苦。"

"好！她对你说些什么，假如我可以知道？"

"她告诉我说你一整个早晨都不回答她的问话，只是'什么？''什么？'，老是同样的'啼'声！"

毕加梭夫笑了。

"这倒是一个好主意，你容我说，亚历克山得拉·巴夫洛夫娜，嗳？"

"好极啦，真的！真的你能够这样粗暴地对待一个女太太么，阿菲利加·塞美尼奇？"

"什么！你把伊里娜·安它诺夫娜看做一位女太太么？"

"那么你把她看做什么？"

"一枚鼓，我说，一枚普通的拿槌子来敲的鼓。"

"哦，"亚历克山得拉·巴夫洛夫娜很想把话锋转过来，"他们告诉我应该庆贺你的一回事。"

"贺什么？"

"你的诉讼结束了。格林诺夫斯奇牧场是你的。"

"是的，是我的。"毕加梭夫黯然地说。

"好多年来你想得到它，而现在你好像不满意。"

"我向你保证，亚历克山得拉·巴夫洛夫娜，"毕加梭夫慢慢地说，"没有比来得太迟了的幸运更坏更有害的。它不能予以你快乐，而把你的鸣不平的咒天骂地的权利——宝贵的权利——褫夺了。是的，太太，这是残忍而侮辱的恶作剧——迟暮的幸福。"

亚历克山得拉·巴夫洛夫娜只耸一耸肩膀。

"保姆，"她说，"我想这是密夏睡的时候了。把他给我。"

当亚历克山得拉·马夫洛夫娜忙于料理孩子的时候，毕加梭夫跑开去，在走廊的另一只角上喃喃着。

突然间，在不远的沿着园子的大路上，密哈伊罗·密哈伊里奇赶着他的跑车出现了。两只大的守望狗跑在马的前面，一只黄的，一只灰的这两条都是新近买来的狗。它们不时地互咬着，是分不开的伴侣。一只老猎犬从门里跑出来迎接它们。它把口一张，好像要吠的样子，但结果是打了一个呵欠。翻过头来，亲昵地摇着尾巴。

"看这里，莎夏。"列兹尧夫老远便对他的妻子喊，"看我把谁带来见你了。"

亚历克山得拉·巴夫洛夫娜一时认不出坐在她丈夫背后的人。

"啊！巴西斯它夫先生！"她终于喊出来了。

"是他，"列兹尧夫回答，"他带了这样好的消息来。等一会，你立刻便会知道。"

他把马车赶进院子里。

几分钟之后,他和巴西斯它夫一道跑到走廊上来。

"哈啦!"他喊道,抱住他的妻子,"塞莱夏要结婚了。"

"和谁?"亚历克山得拉·巴夫洛夫娜夫问,很激动地。

"和娜泰雅,当然。我们的朋友从莫斯科带这消息来,这是给你的一封信。"

"你听到么,密夏,"他把儿子抢在手里,继续说,"你的舅舅要结婚了?多该死的冷淡!还眯着眼睛佯作不知呢!"

"他要睡了。"保姆说。

"是的,"巴西斯它夫说,跑到亚历克山提拉·巴夫洛夫娜的前面,"我今天从莫斯科来,替达尔雅·密哈伊洛夫娜料理一点事——审核一下田庄的账项。这是他的信。"

亚历克山得拉·巴夫洛夫娜急急地拆开她兄弟寄来的信。里面只有很少的几行字。在初度的狂喜中他告诉他的姊姊说他对于娜泰雅作了一个要求,得到她和达尔雅·密哈伊洛夫娜的同意;他答应在下一次信里多写给她一些,并向各人遥寄他的拥抱和吻。很明白地,他是在狂喜状态中写这信的。

茶端上来,巴西斯它夫坐下了。问题急雨般落在他身上。每一个人,连毕加梭夫也在内,都高兴地听他带来的消息。

"请告诉我,"在许多问题中列兹尧夫说,"流言说是有一位某某珂尔查瑾先生。这是完全无稽的罢,我想?"

珂尔查瑾是一位美少年,社会的猛狮,非常自负而骄傲的;他的行状非常尊严,好像他不是活着的一个人,但是他的雕像是由群众集资竖立起来的。

"不,不是完全无稽,"巴西斯它夫带笑地回答,"达尔雅·密哈伊洛夫娜很欢喜他;但是娜泰雅·亚历舍耶夫娜听都不高兴听到他。"

"我知道他。"毕加梭夫插口道,"他是双料的笨伯,有名声的笨伯！假如你愿意这样说！假如人们都像他这样，要想人答应活在这世界上就非需要大批的钱去劝动他不可——我敢担保！"

"很对啦！"巴西斯它夫回答，"但是他在社会上占有重要的地位。"

"好，不管他罢！"亚历克山得拉·巴夫洛夫娜喊道。"不要说起他罢！啊，我多么地替我的兄弟高兴！娜泰雅呢，她是活泼而快乐么？"

"是的。她是娴静的，像往常一样。你知道她——但是她好像满意的。"

黄昏在活泼的友爱的谈话中过去了。他们坐下来吃晚饭。

"哦，"列兹尧夫问巴西斯它夫，替他注了一杯红葡萄酒，"你知道罗亭在什么地方么？"

"现在我不确实知道他。去年冬天他在莫斯科住了一个短时期，于是和同伴到莘比尔斯克去。我和他通了一时期的信；在他最后的信里说他要离开莘比尔斯克了——他没有说到什么地方去——以后我就没有听到他的消息。"

"他是好的！"毕加梭夫插口说。"他是住在什么地方在说教。这位先生到处总会找到两个三个附和的人，张口听着他的话，借钱给他。你将来可以看到他会在什么无人知的辽远的一角，死在一位带假发的老妇女的臂上，而她会相信他是世界上最伟大的天才。"

"你说得他很苛刻。"巴西斯它夫不高兴地轻声地说。

"一点也不苛刻，"毕加梭夫回答，"而是十分公允的。在我的意见，他只不过是一条寄生虫。我忘记了告诉你，"他转朝着列兹尧夫继续说，"我认识了一位岱尔拉霍夫，罗亭在外国和他一起旅行过的。是的！是的！他告诉我罗亭的事，你们想都想不到——说起来令人绝倒！这是可注意的事实，所有罗亭的朋友和敬慕者迟早都会成了他的敌人。"

"我请求你在这些朋友中间把我除开！"巴西斯它夫热情地插口道。

"哦，你——这是另一回事！我并不说你。"

"但是岱尔霍夫告诉你一些什么？"亚历克山得拉·巴夫洛夫娜问。

"哦，他告诉我很多，我不完全记得。但是其中最有趣的是罗亭的一段轶事。当他不住地发展着（别人只是吃和睡；这些先生们总是在发展的；他们是在发展的余暇中调整他们的吃和睡，对么，巴西斯它夫先生？）"（巴西斯它夫没有回答。）"这样，当他继续地在发展，罗亭得了一个结论，根据着他的哲理，说是他应当恋爱了。他开始寻找一个配得上他的可惊的结论的爱人。幸运笑临着他。他认识了一位很美丽的法国女裁缝。这整个的故事都发生在莱茵河畔的一个德国小城中，请注意。他开始跑去看她，拿各种各样的书给她，和她谈论些自然和黑格尔。你猜这位女裁缝心里怎样想？她把他当做一个天文学家。不管怎样，你知道他的样子生得不坏——一位外国人，一位俄国人，当然——他得到她的喜爱了。终于他请她去赴一个约会，一个饶有诗意的约会，在河上的小船里。法国女人答应了；打扮得漂漂亮亮的，和他一起上船去。他们过了两个钟头。你想他在这全部时间内干点什么？他拍拍女裁缝的头，好像想什么似的望着天，三番两次说他对她觉得父亲般的温爱。法国女人气得发昏地回到家中，后来她自己把这个故事告诉岱尔拉霍夫！他是这样的一个人！"

毕加梭夫高声大笑了。

"你这老恨世者！"亚历克山得拉·巴夫洛夫娜带着烦厌的语调说，"但是我益发愈加相信就是攻击罗亭的人们也找不出他的什么坏处。"

"没有坏处？我敢担保！他的永久的靠别人生活，他的借钱……密哈伊罗·密哈伊里奇，他也向你借过钱罢，无疑地，他不曾么？"

"听着，阿菲利加·塞美尼奇！"列兹尧夫说，脸上摆出严重正经的表情，"听着；你知道，我的妻子也知道，直到最后一次和罗亭见面，我并不觉得对他有什么特别的好感情，甚至时常责备他。不管这一些，（列兹尧夫把各个的杯子都斟满了酒）这就是我现在想要向你们提议的，刚才我们曾经祝了我的兄弟和他的将来的新夫人的健康，现在我提议你们饮一杯来祝罗亭的健康！"

亚历克山得拉·巴夫洛夫娜和毕加梭夫，惊奇地望着列兹尧夫，但是巴西斯它夫笑着，眼睛长得很大，快乐得浑身都震颤起来，红着脸。

"我很知道他，"列兹尧夫继续说，"我洞悉他的缺点。这些缺点因为他本身被人注意的目标不小，所以更显而易见。"

"罗亭有个性，有天才！"巴西斯它夫喊道。

"天才，很对，他是有的！"列兹尧夫回答，"但是至于个性……这正是他的不幸，他没有个性……但问题的要点不在这里。我想说他的好的难得的地方是什么。他有热情；请相信我——我是一个够悒郁冷淡的人——这是我们的时代最可宝贵的性质。我们大家都变成难堪的有理智，冷淡，而懒惰了；我们是睡着的，冷的，谁能够喊醒我们温暖我们的是该感谢的！这是千钧一发的时代。你记得么？莎夏，有一次我和你谈起他，我责备他的冷静？我的话是对的，同时也是错了。冷静是在他的血液里面——这不是他的错处——并不在他的头脑里。他不是一个戏子，如我所称他的，不是欺伪者，也不是一个无赖；是的，他靠别人生活，但不是像骗子，而是像一个孩子……无疑的他将会在什么地方因穷困与贫乏而死去，但是我们能因此向他下井投石么？他自己永远不能确切地干出什么事业，他没有生机蓬勃的力，没有血；但是谁有权利说他是没有用处？说他的话不曾在青年——青年们，大自然没有拒绝（如对罗亭那样）赋予他们以行动的力量，和实现他们的理想的才能——的心中播下良好的种子？真的，我自己，第一个，都从他那里得来的……莎夏知道罗亭在我的幼年时代所给予我的影响。我也曾坚持说，我记得，罗亭的话不能对'人'发生什么影响；但是我是指像我自己那样的'成人'，像我这般年纪，已经生活过的和受过生活的驯攀的'成人'。在人的舌辩中有一个错误的音符，在我们听来整个的谐和便毁坏了；但是青年的耳朵，很侥幸的，没有这样的过分精微，没有这样的熟练。假如他觉得他所听见的东西投他的所好，他还管什么声调！声调他们自己会添补进去的！"

"好极！好极！"巴西斯它夫喊道，"这说得公允，至于说到罗亭给别人的影响，我向你们发誓，这个人不但知道怎样来打动你，他还要把你举起来，不让你安静地站着，他一直搅扰到你的灵魂深处而把你燃烧起来！"

"你听见么？"列兹尧夫继续地说，朝着毕加梭夫，"你还要什么更进一步的证明？你攻击哲学；谈谈哲学罢，你也不能找出轻蔑哲学的理由。我自己对它不十分专心研究，我知道得很少；但是我们的主要的不幸并不由于哲学！俄国人从来不会受到哲学的剖微析缕的议论和无意义的空谈的影响的；他们的常识是太丰富了；但是我们不应该让追求智识和真理的挚恳的努力在哲学的名义下受到攻击。罗亭的不幸就是他不了解俄罗斯，这当然的，是一个大大的不幸。俄罗斯可以没有我们中间的任何人，但是我们不能没有俄罗斯！谁想可以没有俄罗斯的人有祸了，谁是真的不要俄罗斯的双倍有祸了！世界大同主义都是谵语，世界大同是乌有——或更坏于乌有；没有民族便没有艺术，没有真理，也没有生命，什么都没有。你不能有一个没有个性表情的理想的脸，只有平凡粗俗的脸才没有个性。但是我再说一遍，这不是罗亭的错误；这是他的命运——一个残酷而不幸的命运——对这我们不能责备他。假如我们要追迹为什么罗亭能在我们中间崛起的原由，这是说得太远了。但是他身上的优点，让我们感谢他罢。这样比曲解他总要愉快些，而我们曾经是曲解他的。去责罚他不是我们的事，也不需要；他自已已经远过于他所应受的更残酷地责罚过自己了。愿上帝能借颠沛流离的不幸把他身上的坏处抹消，而只留下优美的！我祝饮罗亭的健康！我祝饮我的最美丽的童年时代的老友，祝饮我们的青年，和那时的希望、努力、信仰、真纯，以及二十岁时我们的心为之鼓动的一切；我们所知道的，我们将要知道的，一生中没有什么比这更可贵……我祝饮这黄金时代——祝饮罗亭的健康！"

大家和列兹尧夫碰杯。巴西斯它夫，在热狂中，几乎把杯子碰碎了，一口饮干。亚历克山得拉·巴夫洛夫娜握住列兹尧夫的手。

"怎么，密哈伊罗·密哈伊里奇，我想不到你是一个演说家，"毕加梭夫说，"和罗亭先生自己没有上下，连我也感动了。"

"我并不是演说家，"列兹尧夫回答，有几分讨厌，"但是要感动你，我想是很难的。但是说罗亭说得够了，让我们谈别的事情罢。什么——他叫什么名字——柏达列夫斯基？他还是住在达尔雅·密哈伊洛夫娜的家里么？"他作结语问，转向着巴西斯它夫。

"哦，是的，他仍在那里。她替他设法了一个很好的位置。"

列兹尧夫笑了。

"这就是不会穷困而死的一个人，可以担保。"

晚餐过了。宾客们散去。当亚历克山得拉·巴夫洛夫娜和她的丈夫独自个在一起的时候，她微笑地望着他的脸。

"今晚你多漂亮，密夏，"她说，抚着他的额，"你说得多流畅多高贵！但是请承认，你把罗亭过奖了一点，正如你往日过分地责备他一样。"

"我不能让他们去攻击一个倒下去了的人。在以前的日子呢，我怕他会转移你的念头。"

"不，"亚历克山得拉·巴夫洛夫娜率直地说，"他在我看来总是学问太高。我怕他，在他的面前从来不知道怎样说。但是今晚毕加梭夫对他的嘲谑不是太恶毒了一点么？"

"毕加梭夫？"列兹尧夫回答。"这就是我为什么要这样热烈地袒护罗亭的理由，因为毕加梭夫在此地。他胆敢叫罗亭寄生虫，真的！什么，我认为他所做的角色——我指毕加梭夫——是更坏一百倍！他有自给的财产，而他鄙夷任何人，再看他怎样对有钱的和有地位的人阿谀逢迎！你知道么，这种人，对任何人都貌视，任何事都辱骂，攻击哲学和女人，你知道不知道他在做事的时候，便会受贿和做出种种的事！吁！他就是这种人！"

"这是可能的么？"亚历克山得拉·巴夫洛夫娜喊道，"我从来不曾想到这层！密夏，"她停了一停又说，"我要问你——。"

"什么？"

"你怎样想，我的兄弟和娜泰雅一起会快乐么？"

"我怎能告诉你？……从各方面种种看来，这是很可能的。她会占上风……在我们中间是没有理由掩饰这事实的……她比他能干；但是他是一等的好人，整个灵魂都爱着她。你还要什么呢？你看我和你，彼此相爱而幸福的，不是么？"

亚历克山得拉·巴夫洛夫娜微笑着压紧他的手。

同一天，就是刚才描写的在亚历克山得拉·巴夫洛夫娜家中经过了这许多事的一天，在俄罗斯僻远的一个边区，有一辆破烂的有篷小马车，由三只耕马拖着，在熬灼的炎热底下徐徐地沿大路蠕行。车的前座踞着一个头发斑白的农人，穿着褴褛的外衣，两只脚斜挂在车轴上；他不住地抖动着缰绳——这是一根普通的绳——挥着鞭子。车里面，一位高大的男子坐在行囊的上面，戴一顶便帽，穿一件旧外衣。这就是罗亭。他坐着，低了头，帽舌拉到眼际。车子的震动把他抛到这边又那边；但是他好像一点也没有觉得，恍如睡着了的一样。终于他挺一挺身子。

"我们什么时候才到车站？"他问坐在前面的农人。

"过山便是，小伯伯，"农人说，更强烈地抖动缰绳。"还得走一英里半……不会再多了……呢！留神呵！……我来教训你。"他以尖锐的声音加上一句，打右边的一只马。

"你好像不会赶车子，"罗亭说，"我们一清早便上路了，而我们还没到那里。你唱点什么歌儿罢。"

"你有什么办法，小伯伯？你自己可以看到，马匹是过劳了……又是大热天；而我不会唱。我不是马车夫……喂，你这头小羊子！"农人突然朝着一个迎面走来的穿着棕褐色的外衣和后跟都踏平了的草鞋的人喊道。"让开！"

"好一个赶车的！"那人在他的后面喃喃地说，站着不动。"你这坏蛋的莫斯科佬。"他带着十分轻蔑的声音说，摇摇头，一拐一拐地走开了。

"你跑到哪里去？"农人不时地叱着，拢一拢领队的马。"啊！你这恶鬼！走啊！"

疲乏了的马匹终于也一步一捱地到了车站了。罗亭从马车里爬出来，付了钱（农人没有向他鞠躬道谢，把钱留在手掌中摇了好久——显然酒钱是太少了），他自己提着行囊走进车站。

一位当时在俄国旅行得很多的我的朋友告诉我说，假使车站墙壁上挂着《高加索的囚人》[1]的几幅插画或者是俄罗斯将军们的肖像画

---

[1] 《高加索的囚人》普希金作长诗。——译者

的，你就不久可以得到马匹；但是假如图画中描写的是著名的赌棍乔治·达·日耳曼的生活的，旅行者便用不着希望很快地离开了；他尽有时间去全部细细鉴赏鹦尾式（à la cookafoo）的头发，白的开襟的背心，以及这位赌棍年青时候穿的非常短而窄小的裤子，和他的在老年的时候，在一间屋顶窄斜的草屋中，挥起椅子打死他的儿子的怒冲冲的面部表情。罗亭走进去的屋子恰正是挂着"人生三十年，又名赌徒生活"的图画的。应了他的喊声，一位管理员出现了，他是刚睡醒起来的（带说一句，曾有人看到不瞌睡的管理员么？），便不待罗亭的动问，用带睡的声音告诉他说没有马匹。

"你怎么可以说是没有马匹呢？"罗亭说，"连我要到什么地方去你都还不知道！我是赶着耕马来的。"

"不论到什么地方我们都没有马匹，"管理人回答，"但是你要到哪里去？"

"到S——"

"我们没有马匹。"管理人重说一句，跑开去了。

罗亭有点着恼地跑到窗边，把帽子抛在桌上。他改变得不很多，但是两年来他苍黄了些：银丝这边一根那边一根地显露在他的发鬓上了；他的眼睛，依然光彩焕发的，好像有一点迷糊了；细纤的皱纹，辛苦和劳思的痕迹，已经刻上了他的嘴唇和前额。他的衣服旧损而破烂，看不到有衬里。他的最佳日子是显明地过去了：正如园丁所说，他要结子了。

他开始读着墙壁上的文字——这是疲乏的旅人的通常的消遣；突然门咭咭地响了，管理人跑进来。

"没有马匹到S——去，很久都不会有，"他说，"但是此地有几位准备到V——去。"

"到V——？"罗亭说。"什么，这完全不在我的路线上。我要到彭柴去，V——是坐落在，我想，到泰卜夫去的方向上的。"

"这算什么？你可以从泰卜夫到那里去，再从V——你并不绕远路。"

罗亭想了一会。

"好，就算，"他终于说出来，"告诉他们把马配起来。对我是一样的，我就到泰卜夫去。"

马匹不久便驾好了。罗亭拿了自己的行囊，爬上车子，坐下去，和先前一样低垂了头。在他低俯着的姿态上有一点什么无可告助的可怜的恭顺的神情……在单调的铃声中三匹马以慢慢的脚步动身跑了。

尾　声

过了几年。

秋凉的一天。一辆旅行马车跑近县厅所在地C——城的头等旅馆的阶前；一位绅士打着呵欠伸着懒腰从车里跑出来。他年纪并不老，但是身段已经长得往往令人望而生敬的魁岸。他走上扶梯，到了二层楼，在宽阔的走廊的入口站住。看见没有人在，便高声地喊说要一个房间。什么地方门响了，一个高大的侍者从低矮的幕后闪出，侧着身子急步地跑上前来，有光泽的背后，捲起的衣袖，在半暗的走廊中隐现着。旅客走进房间之后，立刻便抛去肩巾和外衣，坐在沙发上，两拳拄在膝头，好像刚睡醒似的先向四周瞥了一眼，然后吩咐把仆人喊上来。旅馆侍者一鞠躬便不见了。这位旅客并非别人，就是列兹尧夫。他从乡间到C——来，为了征兵的事情。

列兹尧夫的仆人，一个卷头发、两颊绯红的青年，穿一件鼠灰色的外衣，腰上束着蓝带，着一双软毡鞋，跑进房里来。

"好了，孩子，我们到了，"列兹尧夫说，"你还时时刻刻怕车轮子掉下来哩。"

"我们到了,"仆人回答,在外衣的高领子上试想笑一笑,"但是为什么缘故轮子不掉下来——"

"这里没有人么?"走廊上一个人的声音。

列兹尧夫吓了一跳,听着。

"喂?有人么?"又喊了一声。

列兹尧夫站起来,走到门边,很快地打开门。

在他的前面站着一个高大的,佝偻的,头发几乎完全灰白了的男子,穿了一件缀有青铜纽扣的绒外套。

"罗亭。"他用一种惊奇的声音喊。

罗亭转过身来。他认不出列兹尧夫的形貌,因为他是背光站着的,他迷惑地望着他。

"你不认识我么?"列兹尧夫说。

"密哈伊罗·密哈伊里奇!"罗亭喊道,伸出手来,但又不知所措地缩了回去。列兹尧夫赶快地抓住它,握在自己的双手里。

"进来,请进来!"他对罗亭说,把他拖到房里。

"你多么改变了!"静默了一会之后,列兹尧夫说,不由自主地放低了声音。

"是的,他们也这样说。"罗亭回答,眼睛漫视着室内。"岁月催人……你改变得并不多。你的妻子亚历克山得拉——好么?"

"她很好,谢谢你。但是哪一阵风吹得你来的?"

"故事太长了。简截些说,我是偶然来到此间的。我来找一个朋友……但是我很高兴……"

"你到哪里去吃晚饭呢?"

"哦,我不知道。到什么饭店里。我今天一定要离开此地。"

"你一定?"

罗亭含意深长地微微一笑。

"是的，一定。他们把我送回我自己的老家了。"

"和我一起吃晚饭。"

罗亭还是第一次直望着列兹尧夫的脸。

"你请我和你一起吃晚饭么？"他说。

"是的，罗亭，为了往日和旧谊。你高兴么？我想不到碰到你，只有上帝知道我们将来是否再得相见。我不能像这样地离开你。"

"很好，我同意！"

列兹尧夫压紧罗亭的手，喊他的仆人进来，吩咐预备晚餐，告诉他说要一瓶冰冻的香槟。

吃晚餐的时候，列兹尧夫和罗亭，不约而同地，谈着他们的学生时代，回忆起许多事和许多朋友——死了的和活着的。开始罗亭很少兴趣地说着，但是喝了几杯酒之后，他的血液渐渐温热起来了。等到仆人撤去最后的一碟菜时，列兹尧夫站起来，关上门，又回到桌上，面对着罗亭坐下来，安静地把下巴托在两手里。

"现在，那么，"他说，"请把你所经过的一切事情都告诉我，自从我最末一次和你见面之后。"

罗亭望着列兹尧夫。

"天哪，"列兹尧夫想，"他多么改变了，可怜的人！"

罗亭的容貌和我们上一次在车站上遇见他的时候改变得并不多，虽则逐步逼近的老年添印了不少衰痕；他的表情是不同了。他的眼睛的神色也迥异从前；他的全身，一时缓慢一时又猝然而断续的动作，他的颓丧的讷讷的说话的样子，一切都表示着极端的疲乏，一种默受的暗暗的沮丧，和他从前曾有一时故意装着青年们在充满了希望和怀着自信自尊的时候惯装的那种假设的忧郁是不同了。

"把所碰到的事情统统告诉你？"他说，"我不能统统告诉你，这也不值得。我是疲累了，我漂流得很远——肉体和精神一样。我结识了多少的朋友——天哪！多少事多少人令我失去信仰！是的，多多少少！"罗亭复述一句，注意到列兹尧夫带着一种特别的同情在望着他的脸。"有多少次我自己的话对我自己成了可恨！我不是说我自己唇边的话，而是采纳我的主张者的唇边的话！有多少次我从孩子般的使性易怒递变到像一匹抽上鞭子都不会拂一拂尾巴的驽马一样的鲁钝无感觉！……有多少次我是幸福而有希望的，但是无缘无故结了仇敌，屈辱了自己！有多少次我像鹰般地疾扬高飞——而像一个碎了壳的蜗牛似的蠕行回来……什么地方我不曾住过！什么路不曾走过！……而路，往往是脏的。"罗亭添上一句，稍稍回转头。"你知道……"他继续说……

"听着，"列兹尧夫插口道，"我们曾有一时惯常彼此称着'德密特里和密哈伊'的。让我们恢复了旧习惯罢……你愿意么？让我们祝饮这已往的日子！"

罗亭一怔，身子挺一挺，在他的眼睛中有一种非言语所能表达的光辉。

"让我们祝饮这往日罢，"他说，"谢谢你，兄弟，让我们祝饮这往日！"

列兹尧夫和罗亭干了杯。

"你知道，密哈伊。"罗亭带着微笑开始说，把名字说得特别重，"在我的肚子里有一条虫在啮着我，磨折着我，永远不让我休息，除非到了生命完时。这虫使我和人们撞击——起先是他们受了我的影响，但到后来……"

罗亭在空中挥他的手。

"自从离开了你，密哈伊，我见得很多，经验得很多……我曾经重新开始生活，创办过二十几桩新的事业——而现在，你看！"

"你没有恒心。"列兹尧夫说,好像对自己说话的一样。

"正如你所说,我没有恒心。我永远不能建设什么,这是很难的,兄弟,要建设什么事业而复得先建筑自己脚下的基础,要先替自己建筑基础!我的所有的尝试——准确地说,我的所有的失败,我不想多描写了。我只告诉你两三件事——在我的一生中觉得有成功的微笑临着我的或者说我希望成功(成功不成功又是另一回事)的几桩事。"

罗亭把他的灰白的已经稀疏的头发往后一掠,一如往时惯把他的厚密的浓厚的发鬓往后掠的姿势一样。

"好,告诉你,密哈伊。"他开始说。"在莫斯科我碰到一个相当古怪的人。他很有钱,是很大的土地的所有者。他的主要的唯一的爱好便是欢喜科学,一般的科学。我永远也想不通怎样他会发生这种爱好。这种爱好之适合于他,正如马鞍之适合于牛背脊。他困难地把自己维持在这样的智力的水平线上,他几乎没有说话的能力,只是带着表情地滚着眼珠,含意深长地摇一摇头。我从来不曾,兄弟,碰到比他脑筋更笨,天资更钝的……在斯摩伦斯克省,有些地方,除了黄沙和几簇没有动物要啃食的草以外什么都没有。正是像他,在他的手里什么也没有成就;凡事好像都从他的手里滑开了,但是他仍疯狂似的把平易的事情弄成复杂。假如依照他的计划,人们便得倒竖在头顶上吃饭了。他作工,他写,不倦地读书。他以一种固执的不折不挠的精神,一种可怕的忍耐致心于科学;他的虚荣心是大的,他有铁般的意志。他孤独地住着,怪僻得出名。我和他结了朋友……他欢喜我。我得承认,我很快地便把他看透了;但是他的热诚吸引了我。其次,他是拥有如许资源的主人;靠了他,可以做许多有益的事,许多真正有用的事……我就寄住在他的家里,和他一起到乡间去。我的计划,兄弟,规模是很大的;我梦想了许多的改善,许多的革新……"

"正如在拉苏斯基家里一样,你记得么,德密特里?"列兹尧夫回答,带着宽容的笑。

"啊,但是在那时候我心里知道我的话是不能成为事实的;而这一次……一种全然不同的活动的范围展开在我的面前……我搜集了许多农业书籍……说老实话,我一本都没有读完。……好,我开始工作。起先是一点也没有进步,正如我自己所预期的;但是后来渐渐得有点进展了。我的新朋友袖手旁观着,什么也不说;他不干预我,至少也没有到显明的程度。他接受我的意见,将它们实行起来,但是带着固执的悻悻之色,暗中缺少信心;他什么事都照自己的方法去做。他把自己的每一种理想都称赞得不得了。好像一只瓢虫,好容易爬上一片草叶,它坐着,坐着,虽则在剔剔它的鞘翅,预备起飞的样子,而突然间复坠下来。又开始匍匐着了……请不要惊异于这种比喻,当时我老是这样取譬的。这样,我在那儿挣扎了两年。无论我多少努力,工作仍无进步。我开始疲倦了。我的朋友折磨了我;我讥笑他,他好像羽毛的褥子般把我闷死了;他的缺乏信心变成了一种不出声的怨恨;一种敌意起自我们中间两人;我们简直不能说什么话;他静静地但是无间歇地试想表示给我看说他是没有受到我的影响的,我的计划或者是撇在一边,或者是完全改变了。终于,我觉察到,我是在一个显贵的地主的家里扮演一个用智慧的娱乐来讨好他的脚色。无谓地耗费了我的时间和精力,这对我很痛苦,更痛苦的是我觉得我的期望是一次再次地被骗了。我很知道假如我跑开了去我是蒙如何的损失;但是我自己抑制不住自己,有一天,在一场痛苦的可嫌恶的争论里,我自己是在场证人之一,我发现了友人的劣点,我终于和他闹翻了,跑开去,撇下了这新奇的学究,这俄罗斯麦粉揉和着德意志糖浆搓捏就的奇异的混合物。"

"这就是,你抛弃了你每天的面包了,德密特里。"列兹尧夫说,把双手放在罗亭的肩上。

"是的,我又漂流了,两手空空,不名一文,愿意到什么地方便飞向何方。啊！让我们喝一杯罢！"

"祝你健康！"列兹尧夫说，站起来吻着罗亭的前额。"祝你的健康和记念波珂尔斯基，他，也知道怎样安贫的。"

"这是我的第一个故事。"罗亭稍停了一刻说，"要再说下去么？"

"说下去，请你。"

"啊！我不想说话。我说得疲倦了，兄弟……可是，就说一说罢。在到处碰碰之后——说到这里，我本该告诉你，我怎样地成了一位仁慈的显宦的秘书，后来又怎样，但是说来太长……在各处碰碰之后，我终于决定要做一个商人——不要笑，我求你——一个务实的商人。机会来了。我结识了一位——有一个时期他是被人盛道着的——叫做库尔比叶夫的人。"

"哦，我从来不曾听到过他。但是，真的，德密特里，以你的聪明，你怎样不想到营商不是你的项业呢？"

"我知道的，兄弟，这不是我的项业；但是，那么，有什么项业给我呢？只要你见一见库尔比叶夫！请你，不要把他想做是一个头脑空空的佹谈者。他们都说我是会说话的人。在他的身边我便算不得什么了。他是一个非常有智识有学问的人——一个天才，兄弟，一个对于商业和投机事业有创造力的天才，他的脑筋腾涌着最勇敢最出人意料的计划。我遇见了他，我们决定要把我们的能力转移到公众利益的工作上去。"

"什么工作，假如我可以知道？"

罗亭低下眼睛。

"你要笑的，密哈伊。"

"为什么我要笑？不，我不笑。"

"我们决定在K——省开一条供航行用的运河。"罗亭说，带着说不出口似的微笑。

"真的！这位库尔比叶夫是一位资本家，那么？"

"他比我还穷。"罗亭回答，他的灰色的头沉到胸际。

列兹尧夫开始笑了，但又突然停止，握住罗亭的手。

"请原谅！兄弟，请你，"他说，"但是我并没有料到那类事情。这样，我想你们的企业没有比纸上更进展一步罢。"

"并不如此。做了一个开头。我们雇了工人，着手工作了。但是当时就碰到种种的困难。第一点磨坊主人便根本不赞成我们；更困难的，我们不能没有机械使水流改道，而我们没有足够的钱购买机械。六个月来我们住在泥泞的草屋中。库尔比叶夫吃着干面包，我也没有多东西可吃。可是，我们并不埋怨；那里的风景是非常壮丽的。我们努力着，努力着，向商人们呼吁，写信，写传单。在把我的最后一文钱用完了之后告了结束。"

"唔！"列兹尧夫说，"我想把你的最后一文钱花完，德密特里，这不是难事罢？"

"当然不难。"

罗亭望着窗外。

"但是这计划真的是不坏的，也许有绝大的用途。"

"那么库尔比叶夫到哪儿去了呢？"列兹尧夫问。

"哦，现在他在西伯利亚，做了一个淘金者。你可以看到他会替自己造成一个地位；他会发财的。"

"也许是的，但是那么你好像是，是不会替自己造地位发财的罢。"

"对啦！这没有办法！但是我知道我在你的眼睛里永远是一个轻佻的人物。"

"莫说，兄弟；当然有一个时候，当我看到你的弱点的时候；但是现在，请相信我，我学习得了如何来尊重你。你不替你自己造一个地位捞钱。而我爱你，德密特里，就是为了这一点，真的我爱你。"

罗亭淡然地一笑。

"真的？"

"我为了这一点敬你！"列兹尧夫重复说，"你懂得我么？"

两人都沉默了一会。

"好，我要不要往下说第三件事？"罗亭问。

"请说。"

"第三，最后的一件。我刚把这第三件事交代清楚。但是我不累了你么？密哈伊？"

"说下去，说下去。"

"好，"罗亭说，"有一次在闲空的时候——我时常有许多闲空的——我来了一个理想；我有学问的，我的本心是好的。我想就是你也不会否认我的本心是好的罢？"

"我想不会！"

"在别的各方面我多少都失败了……为什么我不做一个讲师，或者简单地说做一个教书匠……不比浪费我的生命好些么？"

罗亭停住了叹一口气。

"与其浪费我的生命，把我所知道的授给人家还不是更好些么；也许他们至少能从我的学问里面汲出一点用处来。我的能力无论如何比普通人高，语言方面我是拿手。所以我决定把我自己献身于新的工作了。找一个位置，可不容易；我不想教授私人；在低级里面我也没有什么可做。终于，给我找到此地一所中学校的一个教员的位置。"

"什么教员？"列兹尧夫问。

"国文教员。我可以告诉你我从来没有像这番一样热心地来开始做工作的。想到会对青年发生一种影响的念头鼓舞了我。为了开头的一篇讲义，我花了三星期的工夫。"

"这篇讲义还在么?德密特里?"列兹尧夫插口问。

"不!遗失在什么地方了。讲得很不坏,是受了欢迎的。现在我还仿佛看到听众们的脸——良善的青年们的脸,带着灵魂纯洁的注意和同情的表情,几乎是怀着几分惊异的。我踏上讲台,狂热地读我的讲义,我原先想是够讲一点多钟的,但是在二十分钟之内读完了。学校的视察员坐在那里——一位戴银边眼镜和短假发的枯干的老人——他时常把头朝着我看。当我讲完了的时候,他从座位上跳了起来,对我说,'很好,但是超过他们的理解力,意义不大明了,关于本题说得太少一点。'但是学生们的眼光中表示尊敬地望着我——真的,他们是这样。啊!这就是青年们是如何可贵的地方!我讲了第二次事先写就的演说稿,又来了一个第三次。自此之后我开始作临时的讲演。"

"你得到成功么?"列兹尧夫问。

"我博得极大的成功。我把我灵魂中的所有的一切献给听众。他们中间有两三个真的是难得的孩子;其余的不很了解我。我还得承认就是这几位了解我的人有时也用问题来难倒我,但是我并没有灰心。他们都爱我的,在考试的时候我都给了他们一百分。于是反对我的阴谋来了——不!并不算是阴谋;只是我不守本分罢了。我成了别人的障碍,别人也成了我的障碍。我对中学生所讲演的,就是在大学生中间也不是常有的;他们从我的讲演中得到很少的进益……我自己不大知道这些事实。再者,我不满意于指定给我的限定的范围——你知道这往往是我的弱点。我要求根本的改革,我可以向你起誓这些改革同时是合理的又是易于实行的。我希望靠校长的力量可以实行起来,他是一位正直的良善的人,起先曾受到我的影响的。他的夫人帮助我。我不曾,兄弟,在我的一生中不曾遇见像她那样的妇女。她年纪四十左右;她有信善之心,以十五岁的女孩子的热诚爱着一切佳美的事物,毫不胆怯地在任何人的前面说出她的信仰。我将永远不会忘却她的宽容大度的热情和温善。接受她的意见，我拟了一个计划……但是就在这时候有人在暗算我了，在她的面前进了谗言。我的主要的敌人是数学教师，一位性情乖戾胆汁质的矮小的人，什么都不相信，像毕加梭夫那样的人物，但是比他能干得多……说到这点，毕加梭夫怎样？他还活着么？"

"哦，活着的；只要想一想，他和一位乡下婆娘结了婚，他们说，她打他。"

"该打！娜泰雅·亚历舍耶夫娜呢——她好么？"

"是的。"

"幸福么？"

"是的。"

罗亭静默了一刻。

"我谈到什么地方！……哦，是的！谈到数学教师。他十分恨我；他把我的讲演比作烟火，抓住我的不大清楚的每一句子，有一次为了一个什么十六世纪的纪念碑把我弄得糊涂了。……但是最重要的事，是他怀疑我的主张；我的最后的肥皂泡好像碰上了尖钉一样地碰上了他，破了。这位视察员，开头就和我不投机的，唆动校长反对我。一场冲突发生了。我并不预备让步；我愤慨起来；这桩事传扬到当局的手里了；我逼得要辞职。我不肯就此甘休，我想要证明他们是不能这样地对待我的。……但是他们正得随他们的高兴对待我。……现在我逼得要离开这城市。"

接着是一阵静默，两位朋友都低了头，坐着。

罗亭先开口。

"是啊兄弟，"他说，"现在我可以说，引用珂尔佐夫的话，'你把我导入迷途了，我的青春，竟使我无路可走了'……难道我竟是什么事都不适宜，在地上没有我可以做的工作么？我时常把这问题反问自己，但是无论如何我试想把自己看得低微一点，我总觉得我有一种别人所不曾赋有的才能！为什么我的才能不会开花结实？让我再说一遍，密哈伊，当我和你在外国的时候，我是自负的而充满了错误的思想……当然我没有清晰地觉察到我所需要的是什么；我生活在空谈中，相信着空中楼阁。但是现在，我向你起誓，我可以在人前说出我所感到的种种愿望。我绝对没有什么隐瞒的东西；我是绝对的照着字面上不折不扣的释义，是一个有'良好的意志'的人。我是谦虚，我准备适应任何环境；我需要很少；我要做最就近的有益的事，甚至于很少益处的事。但是不！我永远失败。这是什么意思？什么东西阻碍了我不能和别人一样地生活，一样地做工？……现在我只是梦想着。我刚得到什么固定的位置，而命运复会来簸弄我。我开始怕它了——我的命运……为什么这样？请为我解释这谜！"

"谜！"列兹尧夫重复一句道。"是的，真的；你之于我永远是一个谜。就是在你的少年时，当在无关紧要的戏谑之后，你会突然好像被刺透了心一样地吐出惊心夺魄的话，于是你又……你知道我说的意思……就在那时候我已经不了解你。这就是我为什么要离开你。……你有这许多能力，这种不倦地对于理想的追求。"

"空话，一切都是空话！什么都没有做！"罗亭插口道。

"什么没有做！有什么可做？"

"有什么可做！靠一己的工作来养活一个盲目的老妇人和她的一家，正如，你记得的，密哈伊，普里雅岑佐夫这样做了。……这就是做了点什么。"

"是的，但是一句有益的话——也是做了点事。"

罗亭望着列兹尧夫，不说话，没精打采地微微摇头。

列兹尧夫还想说些什么，但是他把手抹过脸孔。

"这样，你所以回到你的乡间去么？"他终于问。

"是的。"

"你还有一点财产留在那儿么？"

"有一点。两个半灵魂。这是坐以待死的一只角落了。也许此时你仍在想：'就是到现在他还是少不了漂亮话！''话'真是毁了我；它们把我消损了，而到头来我还撇不了它。这些白发，这些皱纹，这褴褛的衣肘——这可不是只是空话。你对我的批评总是严峻的，密哈伊，你是对的；但是现在不是严峻的时候了，当一切都是完了，当灯里的油干了，而灯的本身也已经破碎，灯芯在那里冒烟熄灭了的时候。死，兄弟啊，终会把我们重归和好……"

列兹尧夫跳起来。

"罗亭，"他喊道，"为什么你对我说这样的话？我怎样受当得起？我是这样的一个批评者，我是这样的一个人么？假如我看到你的低陷的两颊和皱纹，'只是空话'的念头会进入我的脑筋里来么？你要不要知道我对你作如何想，德密特里？好！我想：这里有一个人——以他的能力什么事会达不到，哪一种世上的利益会得不到，只要他愿意！……而我遇见他饥饿而无家……"

"我引起你的怜悯了。"罗亭喃喃地说，声音有点哽塞。

"不，你错了，你引起我的尊敬——这是我所感觉到的。谁能够阻止你在地主的家里一年又是一年地住下去，他，是你的朋友，他，我纯然相信，会替你预备将来，假使你愿意供他说笑的话？为什么你不能谐和地在中学校里生活下去，为什么你——奇异的人！——不论对某桩事业上的任何理想，结果总是无可避免地牺牲了自己私人的利益，而拒绝了在肥美土地上生根，不管它是如何的有利？"

"我生来就是无根的萍草，"罗亭说，带着忧郁的笑，"自己也停留不住。"

"这是真的；但是你不能停止，不是因为有虫在啮着你，像你最初对我所说的……这不是虫，不是无谓的好动——这是爱真理的烈火在你的心中燃烧着，明显地，纵然你屡次失败；这火在你的心中燃烧着，也许比许多自命为不是自私者竟敢于把你叫做骗子的人们要热烈得多。假如我处在你的地位，很早便会把这条虫安静下来，和一切的事情妥协了；而你简直并不以为苦，德密特里。你是准备就了，我相信，就在今天，会像一个孩子一样地重新开始新的工作。"

"不，兄弟，现在我是疲倦了，"罗亭说，"我受得够了。"

"疲倦了！在别的人便早就会死了。你说死将会把我们重归和好；但是活着，你想，不会和好么？一个活了一生不曾宽恕过别人的人是不配受别人的宽恕的。但是谁能够说他是不需要宽恕呢？你尽了你的所能做了，德密特里……你尽你的所能长时间地奋斗了……还要怎样？我们的路是不同的……"

"你和我全然不同。"罗亭说，吐出一声叹。

"我们的路是不同的，"列兹尧夫继续说，"也许正是因此，多谢我的地位，我的冷血，和诸般幸运的环境，没有什么来阻止我坐在家里，做一个袖手旁观的人；但是你须得要跑到世界上去，卷起袖子，要劳苦，要作工。我们的路是不同的——但是请看我们是如何的接近。我们说的是几乎同样的话。只要半句暗示，我们便互相了解，我们是在同一的理想中长大的。同道的人已是不多，兄弟，我们是摩希庚[1]最后的孑遗了！在往时，当生命在我们的面前留着很多的时候，我们意见尽可不同，甚至于闹架；但是现在，我们这一辈人渐渐减少了，新的一辈越上我们，怀着和我们不同的目的，我们应当彼此偎近！让我们碰杯痛饮罢，德密特里，唱一曲往日的Gaudeamus isitur！（起来，大家欢乐罢）"

两位朋友碰了杯子，以不合拍的真正的俄罗斯的土风，低声地唱着

---

[1] 摩希庚（Mohicans），北美洲土著Algokin人种之一，美国小说家 James Cooper（1789~1851）著有The Lvst of Mohicans（1826）一书，故文中引用该语。——译者

从前学生时代的歌。

"这样，现在你要回到你的乡间去了。"列兹尧夫又开始说。"我想你不会在那儿久住，我也想不到你在什么地方以及怎样地结束你的一生。……但是请记得，不管你受到如何的遭遇，你总是有一个地方，一个你可以藏身的窝，这就是我的家——你听见么？老伙计？思想，也有它的衰老之年；它们也要一个家。"

罗亭站起来。

"谢谢你，兄弟，"他说，"谢谢！我将不会忘记你的话。只是我不配有一个家。我浪费了我的生命，没有实行我的思想，如我所应该做的。"

"别提！"列兹尧夫说。"各人听天由命罢，不能强求！你曾称你自己是一个'漂泊的犹太人'……但是你怎样知道——也许你这样永久的漂流是对的，也许就是这样你在完成你自己尚不知道的更高的使命呢；俗慧说我们是在上帝的手中，是有几分真理的。你去了，德密特里，"列兹尧夫继续说，看到罗亭在拿他的帽子，"你不在此地过夜么？"

"是的，我去了！再会。谢谢你……我将会有坏的收场。"

"只有上帝知道。……你决意要去了么？"

"是的，我要去了。再会。不要记着我的坏处。"

"好，也不要记着我的坏处——不要忘记我对你所说的话。再会……"

两位朋友互相拥抱。罗亭很快地跑开了。

列兹尧夫在室内来来往往走了好久，站在窗的前面想，喃喃地说。"可怜的人！"于是他坐在桌前，开始写一封给他的妻子的信。

但是外面起风了，带着不吉的预兆在长嚎，盛怒似地摇撼着格格作响的窗叶。长的秋夜开始了。在这种夜里，能有家庭的庇荫，坐在安全的温暖的一只角上的人是有福了……愿上帝帮助所有的无家可归的流落的人!

一八四八年七月二十六日的一个酷热的下午，在巴黎，当赤色共和党（ateliers nationaux）的革命几乎完全敉平了的时候，主战队中的一大队在圣安东尼近郊的一条窄巷里攻取一个防垒。几发的炮弹已经把它击毁；残余的守御者都只顾自己的安全把它抛弃了，突然间在防垒的高顶，一辆翻身的公共马车的箱架上，出现一个穿着一件旧外套的高大的汉子，束着一条红腰带，灰白的蓬乱的头发上戴着一顶草帽。他一手握着红旗，另一只手一把缺锋的弯形大刀，当他扒上来的时候，口里喊着一声尖锐的声音，挥舞着旗帜和大刀。一个维赛尼斯的枪手瞄准他，放了。这个高大汉子掉下了红旗——像一只布袋似的面孔朝地翻下来，好像他仆倒在什么人的脚前致最敬的礼一样。弹子贯了他的心脏。

"Tiens！"（"瞧！"）一位逃走的革命党对另一个人说，"on vientde tuer le polonais！（啊！波兰人打死了。）"

"Bigre！"（"妈的"）另一个人回答，两个人一同跑进屋子的地窖里面，这屋子的窗户都是关着的，墙壁上满是子弹和炸药的斑痕。

这位波兰人便是德密特里·罗亭。

葛莱齐拉（节选）

第一章

一

十八岁的时候，家人将我托给一位亲戚照管。她因事要同她的丈夫到托斯坎纳[1]去。这是给我旅行的机会，家居和都市生活使我的心灵的最初热情因缺少活动而消沉下去了，借此我得以从这长此堪虞的宴安中拯拔出来。我怀着有如行将目睹揭开大自然和生命的最壮丽的帷幕般的童年热狂，动身出发。

儿时素稔的，在地平尽处，密里小山之巅，遥遥在望的闪烁着终古白雪的阿尔卑斯山；诗人和旅行者在我的心中投映下如许鲜明的影像的海；在《科琳纳》[2]书页上和哥德的诗句：

---

[1] 托斯坎纳（Toscane），意大利中部，位于亚平宁山脉东南。首邑为弗洛伦斯。
[2] 《科琳纳》（Corinne），史得安夫人（Mme Stael）名著。备述意大利之光荣。

汝其知否有地石榴花璀璨[1]？

中可说是已经吮吸到温热和怡爽的意大利天空；才读了不久的充盈脑际的古史课程中的至今依然屹立的古罗马碑物；末了，自由；在辽远的景物上赋以一种诱惑的远距离；一如青年的幻想所能预期，事先构成兴趣和二味的长途旅行中不可逆知的某种灾厄、奇遇；和仿佛开始了解一个新的世界似的语言、容貌、风俗的变换，凡此种种，令我神思飞越。在动身前数天悠长的日子中，我生活在一种恒常的陶醉状态里。这种沙芙[2]、瑞士、日内瓦湖、沁卜隆冰川[3]、冈沫湖[4]、米兰[5]、弗洛伦斯等处大自然的伟观每天催唤起来的热狂，除非我游罢归来，方会平息。

牵引我的旅伴到里芙纳[6]来的事务，遥遥无期地尽自迁延下去，他们说不待我见过罗马、拿波里，便要将我带回法国。这就是当我正要抓住幻想的当儿，又把它夺去了。我对于这般主张，内心起了反感。我写信给我的父亲，要求他准许我独自个继续在意大利旅行，而不等待这极少嘉许希望的回信到来，我便决定先它一着以事实来违命了。我想："即使阻止的信到来，也来不及了。我也许会被训斥一顿，但将会被原谅的；我就回来，可是我已经见识过了。"我检点一下我些微的川资；但是我估量到在拿波里有一位母亲的亲眷，我回来时向她借一点路费，是不会遭拒绝的。在一个皎洁的夜晚，我搭上了往罗马去的邮车，离开了里芙纳。

在一条通往西班牙广场的暗黑的街道上，我寄寓在一位罗马画师的家中，我孤独地在一间小室中过了一冬。我的面貌，我的年青，我的

---

① 哥德《迷娘歌》首句。
② 沙芙（Sovoie），法国东南部多山区域，与意大利毗连，为著名风景区。
③ 沁卜隆冰川（Glaciers du Simplon），阿尔卑斯亚宁山中隧道，旧为冰川河床。
④ 冈沫湖（Lac de Come），在阿尔卑斯山麓，意大利名胜之一。
⑤⑥ 米兰（Milan）、里芙纳（Livourne）俱意境。

热情和客地的孤独，使一位在弗洛伦斯到罗马途中遇见的旅伴对我很关心。他突然地和我交好。他是和我年龄不相上下的美少年，好像是著名歌师大卫的儿子或侄儿。大卫是当时意大利舞台上唱次中音的头等角色，已有相当年纪。他是到拿波里圣查利戏院去作最后一次的演唱的。

大卫父亲般地待我，他的年轻的旅伴对我也十二分和蔼慈祥。我则满不在乎地以我那年龄的坦白报答这番盛意。我们还不曾到罗马，这位美少年和我已经要好到不得开交的了。在那时候，从弗洛伦斯到罗马，邮车至少要走三天的工夫。在旅店中，新朋友便是我的翻译；在餐桌上，他第一个先招呼我；在车厢里，他靠身收拾一个最好的座位给我；睡的时候，无疑地，我总是枕在他的肩膀上。

当邮车走到托斯坎纳或萨宾纳山间上坡的长路，我从车中走下来的时候，他和我一道下来，将地点解释给我听，告诉我各个城市的名字，指出各个纪念物。并且在途中采了美丽的花，买了美丽的无花果和葡萄；将这些果品装满了我的双手和帽子。大卫看到他的伴侣对我的友爱，好像很高兴。他们有时望着我会心地一笑，睿智而温良的微笑。

晚间到了罗马，我自然而然地下榻在和他们同一的旅馆中。我开了一号房间，直到第二天我的朋友来叩门叫我吃早餐时方才醒来。我赶忙穿好衣服，走到旅客毕集的客厅中。我想和我的朋友握手，在宾客中用眼睛遍找不得，一种微笑在大家的脸上显露出来。在大卫的身边，不是他的儿子或侄儿，我看见一位装束入宜的罗马少女的可爱的倩影，黑的头发在额际结成辫儿，用两枝顶端嵌珠的金针，有如蒂伏里[1]村妇们所戴的，挽在后面。这就是我的朋友，到了罗马之后，已恢复她的装束和女性了。

---

[1] 蒂伏里（Tivoli），旧名蒂浦尔（Tibur），罗马古代诗人如荷拉士（Horace）等，对此颇多吟咏。

她目光中的妩媚和微笑里的彬雅，令我几乎不能自信。但无疑地这便是她。"衣服不会使心改变哪。"这位罗马姑娘说，脸孔微微一红，"只是你不能再睡在我的肩上，并且，从前是你受我的花，现在要你送花给我了。这桩故事可以使你得到教训，以后，别人对你的友谊是不可貌相的，也许是另一回事呢。"

　　这位小姑娘是一个女歌者，大卫的弟子及得意门生。老歌师带她往来各处，将她扮成男子，以免途中盘诘多费唇舌。他倒是像父亲般，不仅是保护者似的照拂她，对于他自己让她和我要好的柔美的无知的亲昵，一点也没有妒忌之意。

二

　　大卫和他的女弟子在罗马约须勾留数星期。我们到后的翌日，她复穿上男子的服装，领导我先到圣彼得教堂[1]，继后到歌丽芮[2]斗兽场、弗拉斯卡底[3]、蒂伏里和亚尔伯诺[4]。这样，我便避免了雇佣的导游者，在旅客跟前将罗马的尸骸节节肢解的千遍一律的复述，他们，在你的影像中投下许多人名、地名、日子，那种单调的唠叨，缠住你的思想，将你对于佳胜触发的情绪驱散。拉加弥雅（少女的名字）并不渊博，但是，生在罗马，她本能地知道美丽的地点和幼时铭刻脑际的伟大景物。

---

① 圣彼得教堂（Saint Pierre Eglise），为世界最大天主教堂，在罗马梵蒂冈（Vatican）宫畔，昔圣彼得殉道处。始建于1450年，至1614年方告落成。为布拉蒙得（Bramante）、拉法爱尔（Raphael）及米开朗琪罗（Michelangelo）诸人之心血结晶。
② 歌丽芮（Colisee），古罗马巨大斗兽场，可容观众八万人。中世纪时被毁，现庞然遗址尚存。
③ 弗拉斯卡底（Frascati），罗马郊外别墅，以园林喷泉胜。
④ 亚尔伯诺（Albano），距罗马二十公里，以亚尔伯诺湖得名，湖水能愈风湿等症。

她不假思索地领导着我，在适宜的时间到适宜的地点，去观摩古城的遗迹：早晨，到蒙得宾遮[1]大圆穹的杉荫之下；晚上，到圣彼得柱廊巍巍的黑影中；月光下，去歌丽芮静寂的阛阓里；秋时佳日，则往亚尔伯诺、弗拉斯卡底和蒂伏里瀑声淙淙飞雾如注的西比里[2]寺宇。她是快乐而热狂的，在历劫和死灭的废墟中，有如一座永恒不死的"青春"女神。她在赛而梨·梅坦拉的墓上跳舞，当我坐在一块石头上幻想着的时候，她吐出舞台的歌喉，响彻掉逖奥克雷沁宫殿阴森的穹宇。

晚上，我们回到城里来，车中满载着花朵和石像的残片，与因事滞留城中的大卫重聚在一起，在他的戏院包厢中过了白天余剩的时间。这位女歌者，比我大了几岁，对于我，除了有点过分温柔的友谊之外，没有表示什么别的感情。我自己，也太羞怯得不能有其他的表示；我简直不曾想到，纵然她是美丽而我是年青。她男的服装，男子性的亲昵，次高音的男子的声音，和她无羁的风度，予我以这般的印象：我只看做她是一位美男子，一位同伴，一位朋友。

三

拉加弥雅去了之后，我完全孤独地留在罗马。没有一封推荐的书信，除了拉加弥雅介绍给我的那些地点和残址之外，一无相识。我寄住在他家里的老画师，一向足不出户，只是在星期天伴着他的妻子和与他一样勤苦的小女儿去做一回弥撒。他们的家好像修道院一样，艺师的工作，仅因了粗粝的餐食和祈祷方才间歇的。

黄昏，当落日的余晖在贫苦的画家居室的窗上消逝，当附近的教堂

---

[1] 蒙得宾遮（Monte Pincio），罗马北面小山，古有花园山（Colline des Jardins）之称。登山凭览罗马全城，一望无遗。
[2] 西比里（Sibylle），古代供奉阿波罗神的女祭司。有预言祸福之能。

发出在意大利与昼告辞的Ave Maria的钟声,这家人唯一的休息就是大家一起来诵着赞词和低低地念着主祷文,直至喉音为瞌睡低沉,在模糊和单调的喃声中消失,仿佛为夜风卷到滩头的海浪,渐渐微弱无闻。

我心爱这夜间庄严肃穆的场面。在三个灵魂上达于天的赞美诗中结束了勤苦的一天,各自休息。这样令我忆起我的老家,那儿,傍晚,我的母亲在薄暮最后的晖光中,将我们召聚拢来,有时在她的房里,有时在密至小花园沙铺的小径上,叫我们祈祷。在这素不相识的家庭中,发现了这同样的习惯,同样的举止,同样的宗教,我觉得仿佛在故居的檐下。我从来不曾见到比这罗马人一家的生活更多默念,更孤独,更勤劳的。

画师有一位兄弟。这位兄弟没有和他住在一起。他是教授意大利语给来罗马过冬的上流外国人的。他不仅是语文教师,而且是负有盛誉的罗马学者。年纪尚轻,身材魁梧,性质有点古风,他曾在那求祖国自由的复活的罗马民党的革命尝试中大显过身手。他是保民官(Tribun)之一,当代的李齐[1],在为法国人煽起的古罗马的短期复活[2]中,不久便被孟克[3]和拿波里人所扑灭的,他做过重要角色。他曾在凯旋庙[4]向民众演说,树起独立的旗帜,占了共和国主要的位置。反动的时候,他便被控诉、压迫、囚禁,他应该多谢法国人的到来,将共和党人救了出来,而将共和国没收了。

这位罗马人对革命的和哲理上的法国推崇备至:他痛恨皇帝和帝

---

① 李齐(Colo di Rienzi),原名(Nicolas Gabrino),古罗马保民官。1347年反抗贵族的民众首领。死于1354年骚动中。
② 罗马在纪元前510年为民主国。自奥古斯德大帝(31B.C.)大权独揽,即皇位后,暴主相继,民不堪命。故辄憧憬于昔日之自由,冀古罗马之复活。
③ 孟克(Mack, 1752~1828),奥国子爵,为反对法国革命主力之一员。
④ 凯旋庙(Capitole),为朱庇特神庙,位于罗马七山之一的太平山(Tarpeien)上,凯旋者于此受庆典,视为无上光荣。

国。对于他,正如一切的意大利自由党人一样,波拿巴(BonaParte,拿破仑的姓氏)是自由的恺撒。年纪轻轻的我也有同样的感情。这种意见的契合不久便在我们中间互相表示出来了。当我们一同读着诗人蒙蒂[1]烈火般的诗句或亚尔斐利[2]共和主义的戏剧时,见我以这般年青而又古道的热情在自由的激昂声调中战栗着,他看到可以和我开诚相见,于是我不复是他的学生而是他的朋友了。

四

自由是人类神圣的理想的明证,就是它是青年的最初幻想,只是在心苗枯萎、精力衰老或失望的时候,才能在我们的灵魂中消失。二十岁的人,没有一个不是民主党。劳瘁了的心没有一个不卑屈的。

岂不曾有多少次,教师和我,跑去坐在邦斐利别墅的小山上,在那儿望见罗马城,以及它的圆屋顶,它的废墟,它的底勃尔河污浊地静静地含辱地在龙图桥对称的穹窿底下流着,那儿可以听见喷泉幽咽的潺潺声和民众在荒凉的街道上静悄悄地走着几乎没有响动的脚步声!岂不曾有多少次,我们为了这委身于暴政的世界的命运落几滴痛泪,而哲理和自由在法兰西和意大利的昙花一现,只是为了到处被污。被骗、被压迫而产生的!岂不曾有过多少低声的诅咒,从我们的胸膛发出来,对于人类精神上的暴君,对于膺荣的兵士,在革命中磨炼出来,只是从其中汲取精力来翻头消灭革命,将民众重新投献在一切的成见和奴役的跟前!就在这时期,我产生了对人类精神解放的热爱和对于当代英雄的内心的憎恨,同时也是经过一番推考的憎恨,纵然纪录中每多诳言者,但思索和时间能予以公允的论断的。

---

① 蒙蒂(Vincenzo Monti,1754~1828),意大利戏剧作家及任叙事诗人。
② 亚尔斐利(Le Comle victor Alfieri,1749~1803),意大利悲剧诗人,笔姿以雄健胜。

五

　　就在这些感觉的影响之下，我研究罗马，它的史乘和纪念物。早晨，在都市的蠢动未能使默思者的想念散弛之前，我独自个儿出去。臂下挟了历史家、诗人、罗马描述家的作品。我跑去坐在孚陇[1]、歌丽芮的遗址上，或漫游郊野。我时而眺望着，时而读着，时而思考着，对罗马作一番切实的研究。这是我最好的历史课程。古代的风物，不独不令我厌恶，反成了一种爱好。不过我只是随心所好的并无任何计划的研究而已。我信步走着，我从古代的罗马走到近代的罗马，从百代翁[2]走到莱渥第十[3]的宫殿，从蒂浦尔荷拉士[4]的小屋走到拉法爱尔[5]的故居。诗人、画家、历史家、伟人，一切在我的眼前乱七八糟的经过。我只是在当时和我有深切关系者的前面，逗留了一回。

　　十一点钟，我回到画师家中我自己的小室里吃早点。在工作的桌子上，我一面读，一面吃着面包和乳酪。我喝了一杯牛奶，于是便埋头工作、做札记，写，直到午餐时分。午餐是房东主妇和她的女儿亲手为我们预备的。餐后我复出外作别的游程，到傍晚方才归来。同画师的家人作几点钟的谈话和长时间的夜读，便结束了这平静的日子。我并没有感觉到有什么社交的需要。在孤独中也能自得其乐。罗马和自己的心灵，便尽够了。这样的我过了一个长冬，从十月直到次年四月，没有一天的疲倦和不耐烦的。十年后，我写了一些关于蒂浦尔的诗，便是这时候的

---

[1] 孚陇（Forum），古罗马集合的场所，市场、裁判厅、众神庙、祠宇俱在其间。
[2] 百代翁（Panthéon），为罗马神庙，一代伟人如维克多·爱玛努尔第二等，葬骨于此。
[3] 莱渥第十（Jean de Medicis Leon X），1513年至1521年罗马教皇，于保护艺术、科学、文学颇具功绩。
[4] 荷拉士（Horace，64~8B.C.），著名拉丁诗人。
[5] 拉法爱尔（Raphaël，1483~1520），罗马不朽画家、雕刻家建筑师。

印象的回忆。

六

现在，当我在脑中细索所有的罗马印象时，我只找到两个压倒一切的，至少是驾凌一切的东西：罗马民众的作品——歌丽芮斗兽场和天主教的杰作——圣彼得教堂。歌丽芮是超人的民族的伟大的遗迹，为了骄傲和残酷的享乐，建起能够容纳一整个国家的纪念物。在质量上和亘久上看来，这是堪与自然的巨作相颉颃的纪念物。底勃尔河也许会在泞泥的两岸中干涸，而歌丽芮将永远巍然独存。

圣彼得教堂是思想、宗教和一个时代中整个人道的结晶。这不是命定来容纳丑恶的民众的巨厦，而是命定来容纳人类全部的哲理、一切的祈祷、全部的伟大和全部的思想的。墙壁好像不是依照着人的比例而是照着上帝的比例，高筑而广建。只有米开朗琪罗一人懂得天主教的真谛，在圣彼得教堂中将他最高尚、最完美的表现呈献给上帝。圣彼得是真正的石筑的封神榜，是基督教永垂后世的化身。

哥特式的教堂建筑是无垠的蛮俗。只有米开朗琪罗一人的概念中含孕有哲理。圣彼得便是哲理的基督教义，神圣的建筑驱逐了黑暗，而将广大的空间、美、对称和源源不绝的光线延纳其中。罗马圣彼得教学之所以是无与伦比的美者，在于它全部的辉煌，命定是铺饰神意的庙殿而已。

基督教也许会归于消灭，而圣彼得则依然是普遍的、永久的、有理性的神宇，亘古长存，不问继基督教之后者为何种宗教，只要它配得上人道和上帝。这是人类的英华，为神意所启发，在地上筑就的最幽玄的庙宇。进入其间，不知道是古代的抑是近代的庙宇；没有纤微的处所使你的眼睛不舒服，没有一个图像眩惑你的思想；各宗各派的人们，进后都怀着同样的虔敬。人们觉得这所只是神意所居的圣殿，没有其余的意念弥漫其中。

撤去牧师，除去圣坛，卸下图画，搬去神像，一点都不会改变，永远是上帝的圣居！或者可以说，圣彼得是唯一属于上帝的千古不磨的基督教的伟大象征，在上帝的弘德和圣洁中获得了一切时代一切人类不息地演进的宗教思想的曲蘖，随着上帝的显赫发扬宏大，在光明中与上帝相通，随着融聚全部民众于同一敬仰的增长无巨的人类精神扩大，将一切的神祇形成唯一的上帝，将一切的信念并成唯一的教义，将一切的民众合成唯一的"人道"。

米开朗琪罗是历劫长存的天主教的摩西，有一天会被人了解的。他做了未来时间所不能毁灭的"方舟"[1]，建了尊为神明的理性的百代翁。

七

终于，在饱游罗马之后，我想一游拿波里。这是维齐尔[2]的坟墓，戴索[3]的摇篮。尤其令我神往。在我看来，山川所钟，总有人杰的。有拿波里，便有维齐尔和戴索。好像他们昨天还活着，他们的遗烬尚然温热似的。隔着大气的氛围，就波西里卜[4]、桑朗[5]、维苏威[6]和大海望来，我便可预卜他们的绮丽和才华。

---

① 太古之世，洪水泛滥，上帝命挪亚造方舟，遣每种鸟兽各一对，避入舟中。事见《圣经·创世记》。
② 维齐尔（Virgile，70~19B.C.），罗马伟大诗人，但丁《神曲》中拟之为天堂地狱之导游者
③ 戴索（Tasso，1544~1593），意大利诗人
④ 波西罗卜（Pausilippe），拿波里湾及布梭里湾间小山，高一百七十公尺，山麓有古罗马葬骨处（Columbarium）遗址，相传维齐尔墓在于此。
⑤ 桑朗（Sorrente），意大利小城，距拿波里海约二十五公里
⑥ 维苏威（Vésuve），意大利活火山，距拿波里约八公里，高一千二百余公尺

我在三月尾动身赴拿波里。和一位法国商人同乘一部驿车。他是为得要减轻旅费，正在找一位旅伴的。离伐里屈利不远，我们遇见从罗马到拿波里去的邮车，翻倒在路边，被枪弹打得蜂窠般的。邮差、马夫和两匹马都被杀死。他们正将死者抬到附近的破屋中去。撕毁了的公函和信件的碎片在风中飞舞。匪众已奔上阿勃卢兹的大道了。法国的骑兵支队和步兵队，本部驻扎在得拉莘纳的，正在山中兜剿。前锋队的枪声历历可闻，山腰间可以望见一朵朵的枪烟。每隔若干距离，我们便可以遇见法兰西和拿波里的配置在沿途队伍的防哨站。当时就在这样情形之下，我们进了拿波里王国。

　　这种匪案是有政治性质的。缪拉[1]当朝，卡拉勃勒人[2]仍然顽抗。法尔提南王[3]退居西西里岛，维持着山中游击队首领的津贴。著名的弗拉·狄阿伏罗便是队中首领。他们的策略便是暗杀。只是在拿波里四周，才有安全和秩序。

　　*四月一号我到了拿波里。不多几天之后，我会见了一位和我差不多年龄的青年朋友，我真是如亲兄弟般的依恋着他的。他的名字叫做霭蒙·达·维柳（Aymon de Virieu）。从他的孩提时代直到他的逝世，他的生命与我的生命是融合在一起的，我们两人的生存彼此都成了对方的一部分，说到我自己的时候，到处都要提起他……

---

[1] 缪（Murat，1767~1815），拿破仑一世妻舅，为骑兵队名将，1805年拿破仑封他为拿波里国王。
[2] 卡拉勃勒（Calaber），意大利西南部多山区域，历史上为盗匪蟠踞之地。
[3] 法尔提南王，系指法尔提南王一世（Ferdinand I），1806年，拿波里王位被夺，退居西西里岛，1815年为西西里王。
* 本书所改英译本从此处开始，系节译，原名《葛莱齐拉：一个意大利爱情故事》

插　曲

一

　　在拿波里，我过着同样的默思的生活，正如在西班牙广场老画师的家中一样。只是不再在古代的废墟中终日闲荡过活，而是在拿波里湾畔或海中消磨我整日的时间的。晚上，我回到古旧的修道院中，在那里，多谢我妈妈的亲戚的招待，我住在一间上方碰到屋顶的小小的楼房，悬廊上点缀着几盆花卉和蔓藤，廊前可以望见海、维苏威火山。加斯达拉玛拉矿泉和桑朗。

　　当清晨天际清澄，我望见在被海涛横击的黄色的悬岩陡壁之巅，有如天鹅巢垒，闪烁着诗人戴索的白屋。这景色使我欣狂。房屋的光辉射入我的灵魂深处，有似荣誉的光辉，远远地照着我的童年，照临我的黑暗。我想起这伟人一生，荷马史诗般的场幕：当他出自狱中，为幼童所嫉妒，成人所谗话，甚至他唯一的宝藏，天才，也被讥讽抹煞时，他回向桑朗的故居，寻求一些安宁、怜悯和柔情，他假装成乞丐，求见从前疼爱他的姊姊，试探她的心，至少，看她会不会认识他。

　　"她立即认出是他，"在率直的自传里这样地说，"不顾他憔悴的病容，银白的胡须和破烂的外衣，她以至上的柔情和爱悯，投入他的怀中，正如他做法兰拉侍臣，穿着金碧的服装时一样，她认识她的兄弟。她的声音为呜咽所哽塞；将他紧紧抱在心头。她为他洗足，捧上他父亲的外衣，为他张筵设宴。但是两人对此盛筵，彼此都不能下咽，他们的心是满含着眼泪；他们哭了一整天，一句话也不能交谈，望着大海，各自怀想着童年。"

二

　　一天，时正初夏，拿波里海湾四周围绕着小山、白屋和葡萄枝叶铺满的岩石，环成一片比天空还蓝的碧海。好像一枚白沫迸涌的苍绿的古樽，边缘和环耳上饰着常春藤和葡萄枝叶。这正是捕鱼的时令，波西里卜的渔夫，结棚岩石之上，在沙土纤细的浅滩上张开渔网，夜间，怀着自信，到离海滨二三海里的远处去捉鱼，直到喀普里[1]、普洛西达、伊什亚的峭壁之下或该依得湾中。

　　有人携了树脂的火炬，燃点起来，用以诱聚鱼类。鱼群疑是薄暮的晖明，便逐光而上。一个孩子蹲在船头，一声不响地欹着身，火炬斜照水面上，渔夫则俯瞰水底，觅取水族的踪迹，然后下网。这火光，赤如炉中巨焰，在海面上反射出长长的波动的光纹，正如皓月投映下的一片修长的银影。浪涛的起伏，益发令其摇曳不定，炫目的光芒，随着波浪延展开来，前面的波浪，复将光辉反射到后面的波浪上，互相辉映。

三

　　我的朋友和我，时常坐在湿漉漉的若纳皇后宫殿的遗址上或是一块礁石上，度过几个整整的钟头。眼望着迷幻的光影，企羡着贫穷的渔夫们无忧无虑的飘荡生活。

　　旅居拿波里的数月间，我们每天在郊外或海上的游程中与人们的日常的接触，使我们渐渐谙习了他们抑扬的、清朗的、侧重于姿态和眉目

---

[1] 喀普里（Capi），拿波里湾中小岛，罗马奥古斯德大帝的继位者蒂贝勒（Tibère）在此度其晚年，蒂贝勒生活豪奢放逸，故后人辄目喀普里为淫乐之地。

表情的言语。在未认识他们之前，好像他们是倦于生活的无谓的自扰，预知未来的哲学家。我们嫉羡那时充满了拿波里船埠头和沙滩上的那些幸福的"拉萨罗尼"（Lazzaroni，穷光蛋们），他们，日里，睡在小舟的影下，沙滩之上，听着他们的流浪诗人们的即兴歌曲，晚间则在葡萄棚下，挽着和他们身份相同的姑娘们，跳个泰楞塔拉舞。我们熟悉他们的习惯、性格和风俗，较之那些与我们从不来往的缙绅们，要了解得多了。这种生活使我们欣喜，使得那种在命运尚未召人行动或思索之前徒令青年们耗尽幻想的灵魂的狂热的荡动在我们心中入睡。

我的朋友年二十岁，我是十八。我们正当那种年龄，会将现实和幻想混在一道的。我们决定要和这辈渔夫们结识，上船去过几天和他们同样的生活。在起伏的波浪的摇篮中，帆之旁，星辰璀璨高天之下度这般温暖辉煌的长宵，于我们看来好似一种自然的最神妙的享乐，就是说起来也会神往的。

我们的行动和游踪是自由的，不需任何人负责，第二天我们便将所幻想的来实现了。跑过通到波西里卜山麓的诗人维齐尔之墓去的麦折里拿海滩，拿波里的渔夫们就在那里将船拖到沙滩上去，在补缀他们的破网时，我们遇见一位精神矍铄的老翁。他正将渔具搬上一只彩色绚烂的小艇。船尾上嵌了一块圣弗朗桑的小小雕像。一个年约十二岁的孩子——渔夫唯一的摇桨者——此刻正将两块面包，一块金黄色的好像沙滩上小石块的发光的坚硬的水牛乳酪，几只无花果和一个盛着清水的土缶，拿到船上。

这一老一小的神采吸引了我们。我们接谈起来。当我们提议说请他接受我们做他的桨手，将我们带下海去的时候，他微笑了。

"你们的手上没有胼胝，"他说，"握桨柄时是必需要有的。你们白白的手，是生就弄弄笔杆儿而不是玩木器的。在海上被风吹老，来免可惜。"

"我们还年青，"我的朋友回答说，"在我们未曾择定何项职业之前，统统都想试一回看。你的职业使我们欢喜，因为这是在海之上，天之下做的。"

"你说得有理，"老船户这样地回答道，"这项职业，能令人心满意足，将灵魂委托圣者保护。渔夫是直接受天庇护的。人们都不知道风和浪从何而来。锉刀和刨，在工人手中；财富和恩宠，在皇帝手中；而渔艇则在上帝手中。"

这种"巴加罗勒"[1]虔诚的哲理，愈使我们坚持刚才的意见，和他一同上船去。在一番持久的拒绝之后，他答应了。我们商量妥定，我们每人每天给他两个卡林[2]，作为我们习艺和饮食的用费。

商量定当之后，他便叫他的孩子到麦哲里拿去添一份粮食：面包、酒、干乳酪和水果。在日没的时分，我们助他移艇下水，我们起程。

四

第一夜是甘美的。海面平静，有如装嵌在瑞士山间的湖沼。当我们离岸渐远，我们望见宫殿的窗户中的和拿波里船埠上的火舌，渐渐在昏暗的地平线下隐没。仅有灯塔示我们以海岸。这灯光，在维苏威火山口中喷出的袅袅的烟柱前面，便显得苍白了。孩子已入半睡状态，手中火炬摇曳不定，每当渔夫撒网或收网的时候，辄给艇身以轻微的动荡。我们，迷醉地，倾听着玲琮的水珠，有如贝珠落入银盘，和谐地，自桨上滴入海中。

我们很久便已绕过波西里卜的尖嘴，经布苏里和贝依夏湾，渡该依得的港峡，到了密瑞纳岬和普洛西达岛。我们已经入了大海；睡魔攫住

---

[1] 巴加罗勒（Barcarole），威尼斯人称为bacarolo，摇小艇者。
[2] 卡林（Carlin），意大利古币名。

我们，我们便在坐凳底下，睡在孩子的旁边。

渔夫将褶藏在船底的沉重的布帆，张盖在我们身上。这样，我们便在浪窝中睡去，仅能使船桅微微斜欹的几乎感觉不到的海的波动，为我们催眠。我们醒来的时候，天已大明。

绚烂的太阳在海面印上了火赤的无数条的锦带，复映射到不知名的海岸上的白屋。一阵岸上吹来的微风，使我们头上的风帆跃动，送我们出了一湾又是一湾，一礁复一礁。这便是可爱的伊什亚岛峻壁参差的海岸，是我后来百般心爱而想久住的。小岛，出自海际，浴在光涛里，与天空的蓝色相融合，初次地在我看来，好像是诗人的幻想，在夏夜轻柔的梦里浮现着。

五

划分该依得湾的拿波里湾和伊什亚小岛，与普洛西达岛间，隔一条狭狭的海峡，原不过是一座陡峭的孤山。白色的，时被雷击的山峰，齿形参差地没入大际。险岨的山腹，镂刻着山谷、溪涧，急湍的河床，自顶至麓，满被着栗树的浓荫。渐渐斜到水至去的离海甚近处的斜坡，负有几间草屋，几座乡村风味的别墅，和几舍在葡萄棚间半隐半现的村落。每一村落都有各自的"玛林纳"（Marine），他们称小小的港湾为"玛林纳"的，那儿有本岛的渔舟停泊，间或有大船的桅柱，挂着拉丁式的篷帆，微微地摇荡着。帆架与岸上的树木和葡萄藤，就要碰着了。

浮悬在山坡间的小屋，或隐藏在谷底，或竖立平野上，或突伸到海角，背面靠着栗树林，有杉木的树荫掩蔽着，白色的穹廊饰着流苏般的葡萄藤，没有一座小屋不会使你梦般地想起，这是诗人或爱侣的理想的素居。

我们目击伟观，不会疲倦。海滨饶产鱼类，渔夫夜来收获甚丰。我们停泊在海岛的一个小湾中,在邻近的泉中汲取饮水,在岩下略为休息。日暮时,我们动身回拿波里,我们睡在打桨的凳下。一块方布帆,横悬在船首的小桅上,由孩子管理绳缆,便尽足使小艇驶过普洛西达岩礁及密瑞纳海岬。海面上,溅起了白色的浪花。

由我们的协助,老渔夫和他的孩子将小艇曳到沙滩上来,将鱼篮携回麦哲里拿岩下他们居住的小屋的地窖中。

六

以后的几天,我们兴高采烈地重操旧业。我们先后将拿波里的海面游遍。我们随着海风,任其所之地到处飘驶。这样地我们到过喀普里岛,那儿,令人重新想起蒂贝勒的可怕的阴影来;居墨及其隐没在野生无花果树和桂树荫下的庙宇;贝侬夏和它的阴郁的沙滩,有如曾受它庇护的罗马士民,昔时曾是年青秀丽,而现在是苍白而衰老了;邦蒂济及庞培城,[①]在维苏威火山的熔岩及灰烬底下微笑;加斯得拉玛勒,桂树和野栗的高黑的树荫,照映在海中,令湾中渲潺不息的波涛染成浓绿色。老渔夫到处都认识几家和他自己相似的渔家,当海面粗暴,不能回拿波里的时候,便受尽他们的款待。

两个月来,我们不曾进过旅店。我们同贫苦大众一起在露天底下过着大众的素朴的生活。为要愈加接近自然,我们也成了贫民了。我们穿了他们的服装,我们说他们的话,可说是他们生活习惯的质朴将他们感情的率直处传给我们了。

况乎这种转变,在我们——友人和我——并不费任何代价。我们两人都是在乡间长大的,在革命的暴风雨中,我们的家族飘零四散,我们

[①] 邦蒂济(Porlici)和庞培城(Pompeia)在纪元后七十九年维苏威火山大爆发时,全城为熔淹没。至十八世纪方才被人发掘出来。

自从幼时，便过着很久的乡村生活；他，当他的母亲被系入狱的时候，住在格雷锡伏丹山中一位将他收养的保姆的家里；而我，寄居在麦贡山里小小的陋室中，是我的父母在旧巢被危害后重新建筑的。我们山间的劳力者、牧人和拿波里湾中的渔夫们，其间除了职业和言语以外，并没有什么差别。犁沟和浪沟，对于田间或在海上工作的人们，启透了同样的思想。"自然"以同样的喉舌与和它同居的人物相语，不论是在山间或在水中。

我们体验到了。在这辈淳厚的人们中间，我们不会感到寂寞无侣。人们同具的良知，便是人们的联系。即使这种催我们入睡的单调生活，也使我们欢喜。看到夏季末尾渐临，过后便是秋冬之季，那时我们必须返国，心里便十分痛楚。我们的家庭，不放心的，已开始催促我们了。我们竭力想法祛除离开此地的想念，我们老是爱想象着这样的生活是永无穷尽的。

七

但是九月挟着雷和雨开始了。海面较不平静。我们的操业渐渐艰苦起来，有时成为危险的。海风生凉，浪涛白沫喷溅，时常将我们湿个透。我们在港埠上买了两袭棕色的粗羊毛的连帽披肩，如拿波里一般水手们和"拉萨罗尼"冬季搭在肩头上的。宽大的衣袖垂悬在赤裸的臂膊旁边。风帽，则视天气而定，有时飘在脑后，有时束在额上，以蔽头部的风雨和寒冷，或让刚光和轻风来抚弄潮湿的头发。

一天，我们从麦哲里拿微波不兴的光油油的海面出发，想到居末的沿岸打捞在这时节为海流冲来的火鱼和第一批的鲔鱼。淡红色的朝雾在半山飘展着，预示今晚是有大风的。我们希望能够事先趋避，在沉睡窒闷的海面尚未掀扬之前，我们尚有时间绕过密瑞纳岬。

捞获是丰富的。我何想再抛几网。大风突然袭来。风是从雷帕美峨——雄踞伊什亚的高山——顶上吹来，挟着连岩带石崩裂到海中来的山岳的重量和巨响。起先，我们四周的水面顿成平静，有如铁耙过处，田畦的犁沟全被摊平一样。继而，巨浪重新卷至，怒吼地翻腾掀涌，不数分钟，浪头的高度时将两边海岸和小岛遮隐得望不见了。

我们离开大陆和伊什亚同样的远。已经一半进了划分密瑞纳岬和希腊的岛峙普洛西达间的海峡。我们只有一条路可走；我们决意驶入峡门，假如得以通过的话，便可向左折入贝依夏湾，在它平静的水中可以得到掩蔽。

老渔夫毫不犹疑。在浪花顶上小艇的均衡使我们得以在水沫的旋涡中浮悬片刻，他迅速向四周瞥了一眼，好像迷路的旅人攀上树巅找寻归路似的，随即急忙地抓住船舵，喊着说："努力摇桨，孩子们！我们须得比风抢先驶进海峡，假如风先吹到，那便完了！"我们好像躯体服从本能似的照行了。

我们的眼睛和他的眼睛紧紧地钉住。想在那儿找出指挥方向的迅速的指示。我们只顾到我们的船桨，有时须得辛苦地划上屹立的浪头，有时复迅速地随着喷溅的水沫降到浪窝里。我们要设法上升，又得要用桨借着水的阻力制止我们的下坠。愈来愈大的七八个浪头，将我们打入海峡的最狭处。但风已越过我们，正如老水手说过的，狂风闯入海岛尖嘴和山峡之后，力量猛增起来，将海水掀起，怒涛如沸，水浪为狂风所逼，无处流泻，便壁立起来，然后重又坍下，奔流，向四面八方走散，正所谓疯狂的海。因为在峡中找不到去路，于是便以骇怖的撞击，与密瑞纳峭壁相冲突，在那儿，竖起白沫喷溅的水柱，如雾的浪沫一直泼到我们身上。

八

　　想借着这般脆弱的小船通过这海峡，只消一个浪花便会将水注满而被卷去的，这简直是糊涂。渔夫在为浪柱晃照的岩岬上瞥了使我永远不会忘记的一眼，划了一个十字，喊着说："通过是不可能，退回大海，更不行，我们只有一条路可走：驶到普洛西达岛去或是覆灭。"

　　航海的技巧在我们都是生手，我们感觉到在疾风里航行的困难。我们朝着岩岬驶去，风打在船尾上，将我们向前驱送，我们逐着流奔的海水前进，随巨浪浮沉上下。这样它便少有机会能将我们卷入掀起来的深渊中。

　　但是要驶靠普洛西达，那儿，我们望见夜间的灯火在我们的右边闪烁着的，须得对浪头斜驶过去，就是说我们要在浪窝中滑走，将船边迎向浪头，令单薄的船舷临挡风力，但是迫切的需要不容我们犹疑，渔夫向我们做了个手势，叫我们提起船桨，趁着前浪与后浪相隔的片刻时间掉过头来。我们好像一茎海草，从一浪抛到一浪，一波逐着一波地向普洛西达划去。

九

　　我们前进不远，夜色已经四合。雾沫浪花和在海峡上被风推卷破絮般的乌云，今天色倍加黑暗。老人吩咐孩子点起树脂的火炬来，也许是在海上的黑暗中用来为驾驶手照明，也许是为要指示给普洛西达岛上的渔夫们说有一只船在海峡中遇险，不是求他们的援助而是求他们的祈祷。

　　这是一幅卓绝而惨淡的景象。可怜的孩子，蹲在竖立船尾的小桅边，一手抓住桅杆，一手高高地在头上举起红赤的火炬，烟和火在风中扭卷，灼焦了他的头发和手指。飘现海上飞舞的火星，在漆黑的长空中消灭，火炬时熄时明，象征我们四人的生命，在今夜的影暗和危急中，在生死中间挣扎。

十

三个钟头，每分钟在刻刻计量着的脑筋中都占有相当久暂的，便这样过去了。月亮上升了，正是通常惯例，最狂暴的风是和它一起来的。假使在这时候我们还剩半块布帆，便会被它打二十来个翻身的。虽则我们的船舷很低，不甚吹风，但是有时好像要将我们的船底从浪中连根拔起，则我们将成离枝枯叶，在空中打转了。

船中装进了不少海水，我们不能如进水一样地迅速将它舀出去。有时我们觉得脚底的船板软弱无力，有如进坟坑去的朽棺。水的重量使船身不能随意驾驶，在雨浪中间更难浮起。再返一秒钟，一切便完了。

老人说不出话来，眼眶中含着眼泪，向我们做个手势，将堆积在船舱中的一切都抛入海中。水瓶、鱼篮、两幅巨帆、铁锚、绳索，甚至他的沉重的衣包，连同我们的满渍着水的粗羊毛披肩，全都掷出船槛外。可怜的老水手对飘浮在水面的财产瞥了一回。船身重又浮起，有如卸载的驿骑，在浪顶轻捷地驰逝。

不知不觉间，我们进了被普洛西达东部尖角略为遮住的比较平静的海面。风势渐杀，火炬复明，月亮在云间穿了一个大洞，露出一块青天。海浪延长开来，不再在我们头上溅进了。海水渐渐窄浅，微波粼粼，有如一个可说是风平浪静的小湾。普洛西达峭壁的黑影，横堵在地平线上。我们已在岛屿中间的水面上了。

十一

  岛尖上的海面还是太粗暴，不能在那儿找到港口上岸。我们还得决定在海岛的侧面许多礁石中上岸。"不要担心，孩子们。"借着火炬的光，渔夫认识这崖岸，他对我们这样说："圣母已救了我们，我们可以登陆，今晚可以在我的家里睡觉。"我们以为他神经错乱了，因为我们只认识一个在麦哲里拿暗黑的小屋的他的家，并没有别的，而要回到那儿时，还得要重入海峡，绕过山岬，重与渲腾的大海搏战，而我们是刚从那儿逃出来的。

  但是他对我们的惊讶报以微笑，在我们的眼中已知道了我们的想念，重又说道："放心，年青的人们，我们可以干手干脚的到了那儿，一个浪花也不会溅湿我们。"于是他向我们解释说，他是普洛西达人，在岛的近岸，他还有他父亲留下的一所小屋和花园，此时，家中住有他的妻子和孙女儿，就是我们的小水手贝宾诺的姊姊和两个孩子，他们在那儿收晒无花果和葡萄，将葡萄接到拿波里出卖。"再摇上几桨，"他继续说，"我们便可喝到泉中的清水，那是比伊什亚的酒还要清冽的。"

  这几句话提起我们的勇气。我们沿着笔立的白沫喷溅的普洛西达岛岸，复划了约摸二海里之遥。孩子时时擎起火把摇了一回。黯然的火光照在岩石上，指示我们到处都是不能靠岸的岩壁。后来，拐过了一个好像城垛般伸到海中的花岗石尖嘴，我们看见岩壁起了回折，四成一个窟窿，好像围墙的缺口；我们一转舵便折到右边去了，三个最后的浪头，将我们饱尝辛苦的小船抛搁在两块礁石中间，那儿，浪沫在浅水中打着洄旋。

十二

　　船头碰在岩石上，发出干脆而响亮的声音，好像一块木板，跌个不着实而碎断的破响一样。我们跳到海里，尽力用留剩下来的绳索将船系好。老人和孩子在前面走，我们跟在后面。

　　我们贴着岩壁攀登一种在岩石上斧锤凿成的高低不等的被雾沫湿得滑透了的狭窄的石级。这活岩上的石级，有时缺了几步，便用人造的梯级去代替，就是用几根木桩，插在岩隙里面，投上几块摇摇欲坠的木板，或是髹漆过的旧船板，或是几束栗树丫枝，上面还留着干枯的树叶。

　　这样慢慢地扒登了四五百级之后，我们到了一个临空的庭院，周围绕着灰色的石墙。庭院的底部，开着二道阴森森的拱门，看来是通到储藏室去的。在这笨重的拱门上面。有两个圆而带扁的穹窿，支撑着边上饰着几钵罗曼铃花和藿香花的晒台式的屋顶。圆穹之下，露出一道粗朴的走廊，几行玉蜀黍悬挂着，在月光中闪着金色的光辉。

　　一个接榫不紧的木板门，开向这走廊。右边是一块旷地，上面筑着一座大小不相称的小屋，高与走廊相齐。一株大无花果树，几枝拳曲的葡萄藤从树上垂挂到屋角上来，在廊前间隙处交错着枝叶和果实，复在穹窿的短墙上垂下两三个累累的葡萄串。它们的枝条，将两个门开向这种也叫做园子的低低的窗户栅住了一半；假如没有这两个窗子，则人们会将这项大的、低矮的方块房子当做海边一块灰色的岩石，或是一块冷凝的火山熔岩，被栗树、常春藤和葡萄的枝叶所荫蔽，在那儿，加斯得拉玛勒或桑朗地方的葡萄工人，挖上一个窟洞，用一扇小门掩着，以储藏他们带来的酒和葡萄。

　　迅速而久长地攀缘和压在我们肩上的船桨的重量，令我们喘不过气来。我们，老人和我，在庭院中想了一会儿，舒一口气。但是孩子，把桨抛在一堆荆棘里面，轻轻扒上扶梯，用仍然燃着的火炬敲着窗门，以快乐的声音喊他的祖母和姊妹："妈妈，姊妹！Madre（母亲）！Sorellina（小姊姊）！该苔娜！葛莱齐拉！起来开门，是祖父，是我，是和我们同来的两位客人！"

我们听见一个半醒半睡，但是清晰柔和的声音，带着莫名所以的惊奇从室内发出来。随即窗门开了半边，一只从宽松的衣袖中伸出来的洁白的赤裸的臂膊在撑着；在孩子跂着脚尖擎到窗口头的火把的光中，我们看见一个少女的可爱的面庞，在窗扉开处出现。

梦里，被她弟弟的声音所惊醒，葛莱齐拉不曾思索，也没有时间整理她的夜装。她赤着脚跑近窗口，样子和睡在床上时一般的蓬乱。黑色的长发一半垂在颊上，一半缠住她的头颈，被猛吹的风飘到另一肩膀，打在半掩着的窗扇上，复回鞭在她自己的颜面，正像在风中拍舞的乌鸦的翅膀。

这位姑娘用手背揉一揉眼睛，举起两肘，撑一撑肩胛，正如一个睡醒时想要逐去睡魔似的孩子的最初姿态。她的衬衫结在头颈上，让她的修长单薄的身材在布层底下形成的青春稚嫩的胸脯微微显露出来。她的眼睛，又圆又大，是介于海上的蔚蓝和深黑二者之间的难定的颜色，使眉间喜气，因润湿的眼波更显得柔和，在女性的眼中等量地混合了灵魂的温婉与热情的力，是亚细亚和意大利妇人眼中所特有，钟灵于骄阳如焚的光焰，夜，海，天的净朗的碧蓝的天仙似的色调。她的面颊是丰满的，圆的，有着结实的轮廓，略带黄色和气候所致的棕黑，但不是北地病态的憔黄而是南国健美的白皙，有如数世纪间风吹浪打的大理石的颜色。她的嘴，两层较我们那里的妇人们略厚而阔大的，形成心地良善憨直的皱褶。短短的但是洁白的牙齿，在火炬的光中闪烁，有如海边阳光照射着的水底玉珠贝的钿壳。

当她和小弟弟说话的时候，生动的言语有点粗率，顿挫，一半被海风吹散了，音乐般的在我的耳朵中回响着。她的颜面表情，和照在她面上的火炬的光辉一样地流动，一霎间由惊奇而恐怖，而快乐，而笑里的温柔；于是，在大无花果树后望见我们，茫然无措地退向窗后，她的手离开窗扇，窗门便不由自主地打在墙上；只有将衣服穿好一半和喊醒她的祖母的一刻工夫，便跑到圆穹底下来替我们开门，十分感动地吻着她的弟弟和祖父。

十三

老祖母不久也出现了，手中拿着红泥灯。灯光照在她瘦削的萎黄的面颊和白得像桌上锭锤旁边散堆着的羊毛束一样的银发。她吻了她丈夫和孩子的额。整个的故事，在这几行文字中所记载的，在这穷苦的家庭各分子中间，只消几句话和几个手势便说完了。我们什么都没有听见。我们站开一步，以免打扰我们的主人真心说话。他们是穷的，我们是异邦人；我们应当尊敬他们。我们站在门边最后的一角上的自重的态度，默默地证明了这一层。

葛莱齐拉时时以惊奇的眼光，有如出自幻梦的深处似的来瞧我们。当祖父说完了故事，祖母在壁炉旁边跪下来的时候，葛莱齐拉走到屋顶晒台上，折了一枝罗曼铃花和几朵开着大白星的橙花回来，移过一张椅子，从头发里拔下几枚长针，将花圈钉在被烟熏黑了的，放在门上的圣母像前，前面点着一盏灯。我们知道这是对于圣明的保护者，为了救了她的祖父和弟弟所致的感恩的动作，我们，对她的谢恩也有我们的一份感激。

十四

屋子的内部和外面一样的一无所有，一样的像块岩石。只有几堵没有壁泥的墙，只用少许的石灰刷得有一点儿白。被灯光惊醒了的壁虎，溜进石缝里和孩子们作产的凤尾草叶子底下去，窸窣作响。盖着树皮充作屋顶的梁上，筑着燕窝，可以望见从窝里伸出的黑色小头，不安的眼睛在打溜。葛莱齐拉和祖母同睡在第二个房间，一张家中唯一的上面盖着帆布破片的床上。几只水果篮和一个驴子的驮鞍，丢在地板上。

渔夫转身来向着我们，用手指示我们他家里的穷苦，带着几分惭色；于是将我们引导到屋顶晒台上，在东方和意大利南部，这是敬礼宾客的场所。由孩子和葛莱齐拉的协助，搭成了一个栅架，就是将船桨的一端搁在晒台的短墙上，一端靠着地，又在架上盖了十几束新砍来的栗树枝，在栅下铺了几扎凤尾草。他拿给我们两块面包，一些水和无花果，请我们安睡。

日里的疲倦和紧张的情绪，使我们很迅速地就睡熟了。醒来的时候，燕子已经在我们的榻周啾唼，轻轻地掠过晒台，来偷取我们晚餐吃剩的面包屑。太阳已经高悬天上，好像一个大洪炉，将我们当做屋顶的叶束晒干。

我们在凤尾草上躺了许久，陷在半醒半睡的状态中，人们在未有勇气起身做事之前，往往是这样懒洋洋地躺着默想的。我们含糊地交换了几句话，隔了一回久长的静默，重新又沉入幻想中，昨晚的捞鱼，在我们足底摇摆着的小艇，怒狂的海，不能近身的岩壁，两扇窗门中间树脂光里的葛莱齐拉的面庞，一切的幻象在我们的脑海中杂沓，纷乱，纠缠不清。

老祖母在屋里对她丈夫说话时的谴责和哽咽声，使我们从朦胧中惊醒，穿到晒台上来的烟突开口，将声音和几句话语传到我们的耳朵里来。可怜的妇人在悲悼失去的水瓶、铁锚、几乎全新的绳索，尤其是两块她用自己的苎麻亲手织成的美好的篷帆，而我们竟是这样的忍心，为要救自己的性命，便全都抛入海中了。

"你干吗？"她对默然无语狼狈的老人说道，"将这两个外国人——两个法国人——和你一起带来？你难道不知道他们是Pagani（异教徒），会带来不幸而侮蔑神明吗？圣者已降罚于你。他们已将我们的财产夺去，谢谢他们吧，不要再将我们的灵魂也拿去哪！"

可怜的老人不知怎样作答。但是，葛莱齐拉，祖母对她是一切都容许的，以决截的不耐烦的孩子气，对这不公平的谴责反抗，替祖父辩护：

"谁告诉你这两位外国人是异教徒？"她回答她的祖母说，"难道异教徒对穷人有这般怜悯的神色么？难道异教徒也和我们一样，在圣母像前划十字么？嗳，我对你说，昨天当你跪在地上向上帝致谢，我将花束插在圣母像前的时候，我看见他们低下头来，好像在祈祷，在胸上划了十字，甚至于，我看见年纪较轻的一位，眼中闪着泪珠，滴在手上。"

"那是从他头发上流下来的一滴海水。"祖母冷冷地回答。

"我，我告诉你这是一点眼泪，"葛莱齐拉带怒地回答，"从海岸走到这岩巅上面来时，呼号的海风尽够有时间将他们的头发吹干。但是心是吹不干的。总之，我告诉你，他们眼里含有泪珠。"

我们懂得，在这房子里面，我们有着一位全权的保护者，因为祖母不曾回答，也不再唠叨不休。

十五

我们急忙下来，想向贫苦的一家人感谢其招待我们的盛意。我们看到渔夫、老祖母、贝波、葛莱齐拉以及两个孩子，预备走到海边去，看一看昨晚撇在那儿的船，在石上是否系得够牢固，因为风暴还是继续着。我们也一起去，低着额，有几分怯生生的，恰似在一个正逢灾难的家中做客，不确实知道人们对他所抱的情感是怎样。

渔夫和他的妻子走在我们前面几步；葛莱齐拉一手牵着一位小弟弟，另一只手抱着一个，跟在后面；我们，默默地，随在末尾。在石级最后的一个转弯处，从那儿可以望见有一部分被一块岩头的尖角遮住的礁石，我们听见一阵痛楚的呼声，同时从渔夫和他女人的口中喊出。我们望见他们，朝天举着赤裸的臂膊，双手在失望的痉挛中绞扭着，用拳头捶打自己的额角和眼睛，抓下一团团的白发，为风飘卷，落到岩石上。

葛莱齐拉和孩子们不久也在号咷中掺入了哭声。大家都疯狂似的，越过最后的几段石级，向礁石冲去，一直到被巨浪驱送到岸上来的浪沫的边际。大家倒在沙滩上，或是跪着，或是朝天仰卧，老妇人的脸埋在手里，头则倒在潮湿的沙中。

我们在小土角上默视着这绝望的情景，无力前进，也无力后退。系在岩石上的小艇，因为船尾没有铁锚锁住，在夜间为浪卷起，已经在原来该是要保护它的礁石的尖上打得粉碎。可怜相的小艇，半身仍旧为绳索吊在昨晚为我们系着的岩石上。挣扎着，发出悲惨的声响，好像临危的人的声音，在绝望的力竭声嘶的哀号中逐渐微弱下去。

船身的其余各部分，船尾、桅杆、船骨、髹漆过的木板，东一块西一块地散在沙滩上，好像搏斗了一回之后，被狼撕毁了的死人的骸骨。

当我们走到沙滩上来时，老渔夫正在跑来跑去逐一捡拾这些残片。将它们拾起，冷冷地瞥了一眼，投在脚下，随即稍往远处。葛莱齐拉坐在地上，头埋在围裙里哭着。孩子们，赤足浸在海里，喊着，逐着木板的碎片，用尽气力，把它们拉到岸上来。

至于老妇人，她不住地叹苦，一面恸，一面说着。我们只能够听见那震裂空际令人心碎的模糊的怨语："啊！残暴的海！聋聩的海！比地狱里的妖魔还恶的海！没有良心，没有信谊的海！"用紧握的拳头向着海浪以咒诅的字眼喊着，"为什么不将我们自己带走？我们大家？既然你已经将我们的生财用具夺去，看哪！看哪！看哪！至少要将我一块块的带走，既然你还没有将我们全部拿去！"

说话时她站了起来，连同一片片的衣襟，将一团团的白发抛入海中，她做手势打那波浪，在水沫中跺脚；于是，更迭的，由愤怒变为怨恨，由痉挛变成柔弱无力，重新坐在沙上，将额角靠在手上，看着敲打在岩石上的散毁的木片，一面哭着。"可怜的小船！"她叫着说，好像这堆残物是亲爱的只是没有感情的一个生物的肢体，"这就是我们该给你的命运吗？我们不应和你同归灭亡吗？正如我们一同生活着，不是也该一同死亡吗？在那儿！一块块的，成了破片，成了尘土，虽则已经死了，可是仍在喊着，在礁石上，那儿，你彻夜喊着我们，我们应当来救你的！你对我们怎样想呢？你这般的服侍了我们，而我们将你骗卖，遗弃，至于灭亡！灭亡，在这儿，和屋子是这般靠近，可以听见你主人的声音的！抛在海岸上，有如一只忠诚的为主人淹死而复被海浪掷回他的脚下的狗的尸身！"

于是她的声音被眼泪咽住；于是她逐一地数起她的船的许多优点，花在船上的金钱，和她联系在这些飘浮着的碎片上的一切回忆。"在前回捉了鲔鱼之后，我们将它修理得髹漆得这样好好的，竟是为了这样么？我们的儿子，在未曾将三个无父无母的孩子抛给我们死去之前，费了如许的细心和热爱，几乎全部由他亲手造起来的，竟是为了这样么？当我到船舱里拿提篮的时候，我认识木头上的他的斧痕，我记念着他，和它亲吻。现在，是海中的鲨鱼和巨蟹吻着它了！冬夜，他自己用小刀在一块木板上雕了圣弗朗桑的神像，将它钉在船尾上，借保风浪平安。啊，无情的圣者，你怎样答谢我们？你将我的儿子，以及他的妻，还有为了他的可怜的孩子们过活留给我们的小船，你将他们怎样了？你怎样地保护了自己？你的圣像，成了海浪的玩具，现在哪儿呢？"

"妈妈！妈妈！"有一个孩子喊着说，在岸上两块岩石之间拾起了一块被浪飘来搁浅着的木片，"圣像在这里！"

可怜的妇人忘了一切的愤怒，一切的咒诅，跑到孩子身边，脚踹在水里，拿起那块他儿子所雕刻的木片，放在唇边，涕泪横流着。于是复坐下来，一语不发。

十六

我们帮同贝波和老人逐一捡起小舟的破片。我们将沙滩上的残损的龙骨再拖得上前一点，将残片聚成一堆，这些木板和铁器，于这些穷人们也许还有用处的；我们滚了几块大石，压在上面，以防潮水涨时将这小艇的亲爱的残骸飘散。我们上岸，悲愁地远远地跟在我们东家的后面，到屋子里去。海面情形和缺乏船只，不容我们动身回去了。

在无花果树下的井旁，低着头，不说一句话，吃了葛莱齐拉替我们拿来的一块面包和一些羊乳之后，我们就离开这忧愁的小屋，到葡萄棚的高架底下和岛上高坡的橄榄林中散步。

十七

  我们很少说话，友人和我，但是我们的思想相同，本能地，我们走遍了通到岛的东面尖角上去的几条小径，这小径该是通到邻近的普洛西达城市去的。几个路上碰到的牧羊人和油壶顶在头上的希腊装束的少女，有好几回指正我们正确的路线。步行一点钟之后，我们终于到了城市。

  "这是一个凄惨的遭遇。"终于友人向我说起来。"应该使这些良善的人们变得快乐。"我回答。

  "我这样想。"拍着他皮带里藏着的不少金币，锵锵作声地说。

  "我也这样，但是我袋中只有五六枚萨庚[1]，可是这回的不幸我有一半份儿的，我应该担负一半的赔偿。"

  "两人中我比较有钱，"我的朋友说，"在拿波里银行里我有点汇款的。一切由我垫付，我们到法国后再来清算好了。"

---

[1] 萨庚（Sagin），古时威尼斯通用的金币。